BOLSILLO

ZETA

Título original: *Black Notice*

Traducción: Albert Solé

1.ª edición: octubre 2005

para el sello Zeta Bolsillo
Bailén, 84 - 08009 Barcelona (España)
www.edicionesb.com

Diseño de colección: Ignacio Ballesteros

Printed in Spain
ISBN: 84-96546-35-7
Depósito legal: B. 36.942-2005

Impreso por LIBERDÚPLEX, S.L.
Constitució, 19 - 08014 Barcelona

IDENTIDAD DESCONOCIDA

PATRICIA CORNWELL

BOLSILLO
ZETA

A Nina Salter

Agua y palabras

Y el tercer ángel derramó su copa sobre los ríos y sobre las fuentes de las aguas, y se convirtieron en sangre.

Apocalipsis 16:4

BW

6 de diciembre de 1996
Epworth Heights
Luddington, Michigan

Mi queridísima Kay:

Estoy sentado en el porche, contemplando el lago Michigan. Un viento penetrante me advierte que necesito un corte de pelo. Recuerdo la última vez que estuvimos aquí, los dos olvidamos quién y qué somos durante un precioso instante en la historia de nuestro tiempo. Necesito que me escuches, Kay.

Estás leyendo esto porque estoy muerto. Cuando decidí escribirlo, le pedí al senador Lord que te lo entregara personalmente a principios de diciembre, un año después de mi muerte. Sé que la Navidad siempre ha sido una época muy difícil para ti, y ahora debe de ser insoportable. Mi vida empezó cuando me enamoré de ti. Ahora que ha terminado, el regalo que puedes hacerme es seguir adelante.

Naturalmente, te has negado a enfrentarte a lo ocurrido, Kay. Has corrido hacia escenas del crimen y has practicado más autopsias que nunca. Te has dejado consumir por los tribunales y la dirección del instituto, por las conferencias, por tu preocupación por Lucy y tus enfados con Marino, por eludir a tus vecinos y por tu temor a la noche. No te has tomado ningún día libre, ni por vacaciones, ni por enfermedad, por mucho que lo necesitaras.

Ya es hora de que dejes de huir de tu dolor y me permitas consolarte. Tómame mentalmente de la mano y recuerda las muchas veces que hablamos de la muerte sin aceptar jamás el poder de aniquilación de cualquier enfermedad, accidente o acto de violencia, porque nuestros cuerpos sólo son los trajes que llevamos. Y nosotros somos mucho más que eso.

Kay, quiero que creas que de alguna manera sé que estás leyendo esto, que de alguna manera estoy cuidando de ti y que todo va a salir bien. Te pido que hagas una cosa por mí, en conmemoración de una vida que tuvimos y que nunca terminará. Telefonea a Marino y a Lucy. Invítalos a cenar esta noche. Prepárales una de tus famosas cenas y resérvame un sitio.

Siempre te querré, Kay.

BENTON

1

El mediodía brillaba con un resplandor de cielos azules y colores otoñales, pero nada de eso estaba destinado a mí. La luz del sol y la belleza eran para otras personas, porque mi vida se había convertido en un desierto sin canciones. Miré por la ventana a un vecino que estaba rastrillando las hojas secas y me sentí desamparada, rota y perdida.

Las palabras de Benton resucitaron todas las imágenes horribles que yo había reprimido. Vi haces de luz sobre huesos destrozados por el calor que asomaban entre el agua y la basura empapada. Volví a tambalearme cuando formas confusas se convirtieron en una cabeza calcinada, carente de rasgos, con mechones de cabellos plateados cubiertos de hollín.

Sentada junto a la mesa de mi cocina, tomaba a sorbos el té caliente que me había preparado el senador Frank Lord. Estaba agotada y un poco mareada después de los ataques de náuseas que, por dos veces, me habían obligado a correr al cuarto de baño. Me sentía humillada porque lo que más temía era perder el control, y acababa de hacerlo.

—He de volver a rastrillar las hojas —le dije tontamente a mi viejo amigo—. Estamos a 6 de diciembre y parece que fuese octubre. Echa un vistazo ahí fuera, Frank. Las bellotas están enormes. ¿Te has fijado? Se supone que eso significa que el invierno será duro, pero ni siquiera parece que vayamos a tener invierno. No consigo acordarme de si tenéis bellotas en Washington.

—Las tenemos. Siempre que consigas encontrar uno o dos árboles, claro.

—¿Y son grandes? Las bellotas, quiero decir.

—Procuraré averiguarlo, Kay.

Me tapé la cara con las manos y sollocé. Él se levantó y vino hasta mi silla. El senador Lord y yo habíamos crecido en Miami y estudiado en la misma archidiócesis, aunque yo sólo fui al instituto de educación secundaria de St. Brendan un año, y fue mucho después de que él hubiera estado allí. Aun así, ese cruce de caminos un tanto distante fue un signo de lo que vendría después.

Mientras él era fiscal del distrito, yo trabajaba para el Departamento de Medicina Forense del condado de Dade y había testificado en muchos de sus casos. Cuando lo eligieron senador de Estados Unidos y luego lo nombraron presidente del Comité Judicial, yo era jefa de Medicina Forense de Virginia y él empezó a llamarme para que lo ayudase en su lucha contra el crimen.

Me había telefoneado el día anterior para decirme que me visitaría porque debía entregarme algo muy importante. Su llamada me dejó muy sorprendida y apenas había dormido en toda la noche. Cuando el senador Lord entró en mi cocina y sacó aquel sencillo sobre blanco de uno de los bolsillos de su traje, a punto estuve de desmayarme.

En ese momento, sentada a su lado a la mesa, entendí por qué Benton había confiado en él hasta ese punto. Sabía que el senador Lord me apreciaba mucho y que nunca me fallaría. Qué típico de Benton tener un plan que funcionara a la perfección aunque él no estuviera allí para llevarlo a cabo. Qué típico de él predecir mi conducta después de su muerte y acertar hasta en la última palabra.

—Kay —dijo el senador Lord, de pie junto a mí mientras yo lloraba en mi asiento—, sé lo duro que te resulta esto y desearía poder evitártelo. Prometerle a Benton que te entregaría la carta fue una de las cosas más difíciles que he hecho en mi vida. Nunca quise creer que llegaría este día, pero ha llegado y estoy aquí para echarte una mano. —Estuvo en silencio un momento y después añadió—: Nadie me había pedido nunca que hiciera algo semejante, y eso que me han pedido montones de cosas.

—Él no era como los demás —murmuré mientras intentaba calmarme—. Tú lo sabes, Frank. Afortunadamente, lo sabes.

El senador Lord era un hombre imponente que se comportaba con la dignidad que correspondía a su cargo. Era alto y esbelto, con una abundante cabellera canosa y penetrantes ojos azules. Vestía, como de costumbre, un traje oscuro de corte clásico realzado por una corbata de vivos colores, gemelos, reloj de bolsillo y alfiler de corbata. Me levanté e inspiré profunda y temblorosamente. Tomé unos cuantos pañuelos de papel de una caja, me limpié la cara y la nariz, y volví a sentarme.

—Has sido muy amable al venir.

—¿Qué otra cosa puedo hacer por ti? —me preguntó con una sonrisa melancólica.

—Tu presencia ya es más que suficiente. Tomarte tantas molestias, con tus obligaciones y todo lo demás...

—Debo admitir que he venido en avión desde Florida, y por cierto, fui a ver a Lucy, que está haciendo grandes cosas ahí abajo.

Lucy, mi sobrina, era agente del ATF, el Departamento de Alcohol, Tabaco y Armas de Fuego. No hacía mucho, la habían trasladado a Miami y llevaba meses sin verla.

—¿Sabe Lucy lo de la carta?

—No —respondió él mirando por la ventana—. Creo que eso es algo que te corresponde hacer a ti. Y quizá debería añadir que se siente bastante abandonada.

—¿Por mí? —exclamé sorprendida—. La ilocalizable es ella, no yo. Al menos yo no me paso la vida persiguiendo traficantes de armas y demás gente encantadora, intentando pillarlos. Ni siquiera puede hablar conmigo a menos que esté en el cuartel general o en algún teléfono público.

—Tú tampoco eres fácil de localizar. Desde que Benton murió, tu espíritu ha estado en algún otro lugar. Desaparecida en combate, y me parece que ni siquiera te das cuenta de ello. Lo sé. Yo también he intentado ponerme en contacto contigo, ¿no?

Sentí que los ojos volvían a llenárseme de lágrimas.

—Y si por fin consigo encontrarte, ¿qué me dices? —prosiguió—: «Todo va bien. Es sólo que tengo mucho trabajo.» Por no mencionar el que no hayas venido a verme ni una sola vez. En los viejos tiempos, incluso me traías alguna de tus sopas especiales de vez en cuando. No has estado cuidando de los que te quieren. No has estado cuidando de ti misma.

El senador Lord ya le había lanzado varias miradas disimuladas a su reloj. Me levanté.

—¿Vuelves a Florida? —le pregunté con voz temblorosa.

—Me temo que no. A Washington. Vuelvo a salir en *El rostro de la nación*. Más de lo mismo. Estoy tan harto de todo eso, Kay...

—Ojalá pudiera ayudarte de alguna manera.

—El mundo es un estercolero, Kay. Si ciertas personas supieran que estamos solos aquí en tu casa, enseguida harían correr algún rumor repugnante acerca de mí. Estoy seguro.

—En ese caso, preferiría que no hubieras venido.

—Nada hubiera podido impedírmelo. Y yo no debería estar quejándome de Washington. Ya tienes suficientes problemas.

—Puedo responder por tu intachable reputación en cualquier momento.

—Si las cosas llegaran a ese extremo, no serviría de nada.

Acompañé al senador por la impecable casa que yo misma había diseñado. Avanzamos por entre los hermosos muebles, las obras de arte y los instrumentos médicos antiguos que coleccionaba, caminando sobre alfombras de vivos colores y suelos de madera. Todo encajaba a la perfección con mis gustos, pero ya no era lo mismo que cuando Benton estaba allí. Últimamente, prestaba tan poca atención a mi hogar como a mí misma. Me había convertido en un despiadado custodio de mi vida, y eso era evidente allí donde mirase.

El senador Lord se fijó en mi maletín, abierto encima del

sofá de la sala, y en los expedientes, el correo y los informes esparcidos sobre la mesa de cristal. Los cojines estaban fuera de su sitio, y había un cenicero lleno de colillas, porque yo había vuelto a fumar. No me soltó ningún sermón.

—Kay, ¿entiendes que tendré que restringir mi contacto contigo después de esto? —me preguntó—. Por lo del asunto del que te he hablado antes.

—Dios, mira este sitio —farfullé con disgusto—. Parece que ya no puedo mantener el ritmo.

—Ha habido rumores —siguió diciendo él cautelosamente—. No entraré en ellos: amenazas veladas, y... —La ira confirió una nueva vehemencia a su voz—. Sólo porque somos amigos.

—Antes yo era tan ordenada... —Solté una carcajada carente de alegría—. Benton y yo siempre estábamos discutiendo por mi casa, toda esta mierda. Mi perfectamente ordenada y estructurada mierda. —Fui alzando la voz mientras la furia y la pena ardían cada vez más intensamente dentro de mí—. Si Benton cambiaba cosas de sitio o ponía algo en el cajón equivocado... Eso es lo que pasa cuando llegas a la madurez, y has vivido sola y siempre lo has hecho todo como te daba la maldita gana.

—Kay, ¿me estás escuchando? No quiero que pienses que no me importas si no te llamo mucho, si no te invito a almorzar o te pido consejo acerca de alguna ley que estoy intentando hacer aprobar.

—En estos momentos ni siquiera consigo acordarme de cuándo nos divorciamos Tony y yo —dije con amargura—. ¿Cuándo fue? ¿En 1983? Tony se marchó. ¿Y qué? No le necesitaba, ni a él ni a ninguno de los que vinieron después. Podía crear mi mundo a mi manera, y lo hice. Mi carrera, mis posesiones, mis inversiones. Y ahora, mira. —De pie en el centro del vestíbulo, moví la mano en un gran arco que abarcó mi hermosa casa de piedra y todo lo que había en ella—. ¿Y qué más daba? ¿Y qué más daba, joder? —Me volví hacia él y lo miré a los ojos—. ¡Benton habría podido tirar la basura en el suelo de la sala de esta casa! ¡Habría podido derribar todo el maldito edificio! Ojalá nada de eso hubiera importado nunca, Frank. —Me enjugué las lágrimas de furia—. Desearía poder volver a empezar desde el principio y no criticarle nunca por nada. Sólo quiero tenerlo aquí. Oh, Dios, quiero tenerlo aquí. Cada mañana me despierto sin pensar en ello y entonces, de pronto, me acuerdo de todo y apenas si logro levantarme.

—Hiciste muy feliz a Benton —dijo el senador Lord con dulzura y sincera emoción—. Lo eras todo para él. Me contó lo buena que eras, hasta qué punto comprendías las dificultades de su vida, todas las cosas horribles que tenía que ver cuando trabajaba en esos casos atroces para el FBI. En lo más profundo de tu ser, sé que lo sabes.

Respiré hondo y me apoyé en la puerta.

—Y sé que él querría que ahora fueras feliz, que tuvieras una vida mejor —prosiguió el senador—. Si no lo haces, entonces el haber amado a Benton Wesley te arruinará la vida y te hará muchísimo daño. En última instancia, tu amor no habrá sido más que un error. ¿Entiendes lo que te estoy diciendo?

—Sí. Por supuesto. Sé exactamente qué es lo que querría él ahora. Y sé lo que quiero yo. No quiero esto, porque lo encuentro insoportable. A veces pienso que no podré aguantarlo, que me desmoronaré y acabarán por ingresarme en un manicomio. O quizás acabe en mi maldito depósito de cadáveres.

—Bueno, pues no acabarás ahí. —Tomó mi mano entre las suyas—. Si hay algo que sé acerca de ti es que superarás todos los obstáculos. Siempre lo has hecho. Esta parte del viaje es la más dura, pero hay un camino mejor más adelante. Te lo prometo, Kay.

Lo abracé con fuerza.

—Gracias —murmuré—. Gracias por hacer esto, por no guardarlo en alguna carpeta y olvidarte de ella.

—Y ahora, ¿me llamarás si me necesitas? —casi me ordenó mientras yo abría la puerta principal—. Pero acuérdate de lo que te he dicho y prométeme que no te sentirás abandonada.

—De acuerdo.

—Siempre estoy a tu disposición si me necesitas. No lo olvides. En mi despacho me pueden localizar en cualquier momento.

Vi alejarse el Lincoln negro. Después fui a mi gran sala y encendí la chimenea, aunque no hacía tanto frío como para necesitar un fuego. Anhelaba desesperadamente algo caliente y vivo que llenara el vacío dejado por el senador Lord. Releí una y otra vez la carta de Benton, y recordé la voz de éste.

Me lo imaginé con las mangas subidas, las venas resaltando en sus robustos antebrazos y sus elegantes manos sosteniendo la estilográfica Mont Blanc, que yo le había regalado por la sencilla razón de que era tan precisa y pura como él. No lograba contener las lágrimas, y alcé la página con sus iniciales grabadas para que el escrito no se emborronara.

Su letra y su forma de expresarse siempre habían sido concisas y meditadas. Sus palabras se convirtieron tanto en un consuelo como en un tormento mientras las estudiaba obsesivamente, diseccionándolas para encontrar un nuevo matiz en ellas. En algunos momentos, casi creí que Benton me informaba crípticamente de que su muerte no había sido real, que formaba parte de una intriga, un plan, algo orquestado por el FBI, la CIA o Dios sabe quién. Luego la verdad se imponía, helándome el corazón. Benton había sido torturado y asesinado. El ADN, los registros dentales y los efectos personales habían confirmado que aquellos restos irreconocibles eran los suyos.

Intenté pensar en el modo de llevar a cabo su petición, y no se me ocurrió ninguno. Pensar en Lucy volando hasta Richmond, Virginia, para cenar, era sencillamente ridículo. De todas maneras intenté contactar con ella, porque eso era lo que Benton me había pedido que hiciera. Unos quince minutos después Lucy me llamó por su móvil.

—Los de la oficina han dicho que me buscabas. ¿Qué pasa? —preguntó alegremente.

—Es difícil de explicar, pero ojalá no tuviera que pasar por el filtro de tu departamento para hablar contigo.

—Sí, a mí tampoco me hace ninguna gracia.

—Y ya sé que no estoy en condiciones de decir gran cosa... —Empezaba a perder el control de mí misma otra vez.

—¿Qué ocurre? —me interrumpió ella.

—Benton escribió una carta...

—Hablaremos en otro momento.

Había vuelto a interrumpirme y entendí por qué lo hacía, o al menos creí entenderlo. Los móviles no eran seguros.

—Ven ahora mismo —ordenó Lucy a alguien—. Lo siento —me dijo a continuación—. Vamos a hacer una parada en Los Bobos para atizarnos una dosis de colada.

—¿Una qué?

—Cafeína de primera calidad con azúcar, en un vaso.

—Bueno, es algo que Benton quería que leyera ahora, hoy. Quería que tú... Olvídalo. Parece tan ridículo... —Traté de fingir que me encontraba estupendamente.

—He de irme.

—Llámame más tarde, si puedes...

—Lo haré —dijo Lucy en el mismo e irritante tono de antes.

—¿Con quién estás?

Yo prolongaba la conversación porque necesitaba su voz, y no quería colgar el auricular con el eco de su repentina frialdad en mi oído.

—Con la psicópata de mi compañera.

—Salúdala de mi parte.

—Te manda saludos —le dijo Lucy a su compañera Jo, que trabajaba para la DEA, la agencia directamente encargada de la guerra contra las drogas.

Las dos formaban parte de una patrulla especial, enviada a un Área de Alta Intensidad de Tráfico de Drogas, o HIDTA, que había estado llevando a cabo una serie de implacables registros domiciliarios. Jo y Lucy mantenían otro tipo de relaciones aparte de las estrictamente laborales, pero eran muy discretas. Yo no estaba segura de que el ATF o la DEA estuvieran al corriente.

—Luego te llamo —dijo Lucy, y se cortó la comunicación.

2

El capitán del Departamento de Policía de Richmond Pete Marino y yo nos conocíamos desde hacía tanto tiempo que a veces parecía que pudiéramos leernos el pensamiento. Por eso no me sorprendió que me telefoneara antes de que yo hubiera tenido ocasión de dar con él.

—Qué voz tienes —me dijo—. ¿Estás resfriada?

—No. Me alegro de oírte, porque me disponía a llamarte.

—¿De veras?

Supe que estaba fumando en su camioneta o en su coche de la policía. Ambos disponían de radios bidireccionales y escáners, que en aquel momento estaban haciendo mucho ruido.

—¿Dónde estás?

—Dando vueltas por ahí, escuchando el escáner —dijo, como si llevara la capota bajada y estuviera disfrutando de un magnífico día—. Contando las horas que me faltan para jubilarme. La vida es maravillosa, ¿verdad? Lo único que le falta es el pájaro azul de la felicidad —añadió con sarcasmo.

—¿Qué demonios te pasa?

—Supongo que ya sabes lo del fiambre que acaban de encontrar en el puerto de Richmond —dijo—. Por lo que he oído, lo están poniendo todo perdido a fuerza de vómitos. Me alegro de que no sea mi puto problema.

Mi cerebro se negaba a funcionar. No sabía de qué me hablaba. La señal de llamada en espera estaba sonando. Me pasé el teléfono inalámbrico a la otra oreja mientras entraba en mi estudio y acercaba una silla al escritorio.

—¿Qué fiambre? —pregunté—. No cuelgues, Marino.

—La señal de llamada en espera hacía un nuevo intento—. Déjame averiguar de quién se trata. No te vayas. —Pulsé el botón de pausa y dije—: Scarpetta.

—Soy Jack —dijo Jack Fielding, mi jefe adjunto—. Han encontrado un cadáver dentro de un contenedor de carga en el puerto de Richmond, en avanzado estado de descomposición.

—Hace un momento Marino me estaba hablando de ello.

—Suena como si tuviera la gripe, doctora. Creo que yo también la estoy pillando. Y Chuck llegará con retraso porque no se encuentra muy bien, o eso dice, de modo que...

—¿Y ese contenedor acababa de salir de un barco? —le interrumpí.

—Del *Sirius*, como la estrella. Una situación decididamente rara. ¿Cómo quiere que la lleve?

Empecé a tomar notas en una hoja, con una letra todavía más ilegible que de costumbre y mi sistema nervioso central tan colgado como un disco duro a punto de fenecer.

—Voy para allá —dije de inmediato al tiempo que las palabras de Benton resonaban en mi mente.

Había vuelto a la carrera, y esta vez quizás incluso más deprisa.

—No es necesario que lo haga, doctora Scarpetta —replicó Fielding como si de pronto estuviera al mando—. Ya iré yo. Se supone que usted tiene el día libre.

—¿Con quién hablo cuando llegue allí? —pregunté, porque no quería que Fielding volviera a empezar.

Mi adjunto llevaba meses rogándome que me tomara un descanso, que me marchara a cualquier sitio durante una o dos semanas. Estaba harta de que todo el mundo me observara con preocupación. Me irritaba la insinuación de que la muerte de Benton estaba afectando a mi trabajo, de que había empezado a aislarme de mi personal y de los demás, y de que se me veía exhausta y distraída.

—La detective Anderson nos avisó. Se encuentra en el lugar —estaba diciendo Fielding.

—¿Quién?

—Debe de ser nueva. Yo me encargaré de todo, doctora Scarpetta, de veras. ¿Por qué no se toma un descanso? Quédese en casa.

Me di cuenta de que seguía teniendo en espera a Marino. Cambié de conexión para decirle que le llamaría en cuanto acabara de hablar con mi departamento. Marino ya había colgado.

—Dígame cómo se llega allí —ordené a Fielding.

—Supongo que no va a aceptar mi consejo de amigo, ¿verdad?

—Desde mi casa, voy por la carretera que conduce al centro, ¿y luego qué? —pregunté.

Fielding me dio instrucciones. Colgué el auricular y fui corriendo a mi dormitorio, con la carta de Benton en la mano. No se me ocurría ningún sitio donde guardarla. No podía dejarla dentro de un cajón o en una carpeta. No quería perderla o que la asistenta la encontrara. Tampoco que estuviera en un sitio donde pudiera tropezarme con ella en el momento más inesperado y volviera a hacerme pedazos. Mis pensamientos bullían locamente, el corazón me latía a toda velocidad y la adrenalina gritaba en mi sangre cada vez que contemplaba el sobre color crema, la palabra «Kay» escrita con la precisa y elegante letra de Benton.

Finalmente, me acordé de la pequeña caja fuerte atornillada al suelo de mi armario. Intenté recordar dónde había anotado la combinación.

—Debo hacer algo o me volveré loca —exclamé en voz alta.

La combinación se encontraba donde había estado siempre, entre las páginas 670 y 671 de un volumen de la séptima edición de la *Medicina tropical* de Hunter. Guardé la carta en la caja fuerte, entré en el cuarto de baño y me eché varias veces agua fría en la cara. Telefoneé a Rose, mi secretaria, y le dije que hiciera los arreglos necesarios para que una unidad de traslado se reuniera conmigo en el puerto de Richmond hora y media más tarde.

—Diles que el cuerpo se encuentra en muy mal estado —insistí.

—¿Cómo va a llegar hasta allí? —preguntó Rose—. Le diría que se pasara antes por aquí y fuese en la Suburban, pero Chuck se la ha llevado para que le cambien el aceite.

—Creía que Chuck estaba enfermo.

—Se presentó hará unos quince minutos y se llevó la Suburban.

—Bueno, entonces tendré que usar mi coche. Rose, voy a necesitar la Luma-Lite y una extensión de treinta metros. Que alguien me espere en el aparcamiento con todo listo. Llamaré cuando esté a punto de llegar.

—Debería saber que Jean está un tanto furiosa.

—¿Cuál es el problema? —pregunté, sorprendida.

Jean Adams era la administradora del departamento y rara vez mostraba emociones, y mucho menos ira.

—Al parecer, todo el dinero del café ha desaparecido. Ya sabe que no es la primera vez...

—¡Maldición! —exclamé—. ¿Dónde lo tenía guardado?

—Estaba bajo llave en el cajón del escritorio de Jean, como siempre. No parece que hayan forzado la cerradura ni nada así, pero cuando abrió el cajón esta mañana, el dinero no estaba. Ciento once dólares y treinta y cinco centavos.

—Esto tiene que acabar.

—No sé si está al corriente de lo último —prosiguió Rose—. Han empezado a desaparecer almuerzos de la sala de descanso. La semana pasada, Cleta se dejó olvidado el móvil encima del escritorio al irse, y a la mañana siguiente había desaparecido. Al doctor Riley le ocurrió lo mismo: se dejó una estilográfica preciosa en el bolsillo de su bata de laboratorio, y a la mañana siguiente, ya no estaba allí.

—¿Los de la limpieza nocturna?

—Quizá. Pero le diré una cosa, doctora Scarpetta, y no estoy intentando acusar a nadie: me temo que sea alguien de dentro.

—Tienes razón en que no deberíamos acusar a nadie. ¿Ha habido alguna buena noticia hoy?

—Por el momento no —repuso Rose, impasible.

Rose llevaba trabajando para mí desde que me habían

nombrado jefa de Medicina Forense, lo cual significaba que había estado dirigiendo mi vida durante la mayor parte de mi carrera. Tenía la notable habilidad de enterarse de prácticamente todo lo que ocurría a su alrededor sin involucrarse en ello. Mi secretaria permanecía inmaculada, y aunque el personal le tenía un poco de miedo, era la primera persona a la que acudían en cuanto surgía un problema.

—Procure cuidarse, doctora Scarpetta. Tiene una voz horrible. ¿Por qué no deja que vaya Jack y se queda en casa por una vez?

—Iré en mi coche. —Una oleada de pena me invadió y se hizo perceptible en mi voz.

Rose lo advirtió pero no dijo nada. Oí que removía papeles sobre su escritorio. Sabía que hubiera deseado intentar consolarme de alguna manera, pero yo nunca se lo habría permitido.

—Bueno, asegúrese de cambiarse antes de volver a entrar en él —dijo finalmente.

—¿Cambiarme de qué?

—De ropa. Antes de volver a entrar en el coche —repuso Rose como si yo nunca hubiera tenido que vérmelas con un cuerpo descompuesto.

—Gracias, Rose.

3

Conecté la alarma, cerré la casa y encendí la luz del garaje, donde abrí un espacioso armario de cedro, con una hilera de ranuras de ventilación arriba y otra abajo. Dentro había calzado de montaña, botas de agua, gruesos guantes de cuero y una chaqueta Barbour con ese recubrimiento impermeable especial que siempre me recordaba a la cera.

Allí guardaba calcetines, ropa interior de abrigo, monos y demás prendas que nunca verían el interior de mi casa. Siempre terminaban en el fregadero de acero inoxidable de tamaño industrial y la lavadora y secadora que utilizaba para todo lo que no formaba parte de mi vestuario normal.

Metí en el maletero un mono, unas Reebok negras de piel y una gorra de béisbol con el logotipo del Departamento de Medicina Forense. Eché un vistazo a mi maletín de aluminio y me aseguré de que estuviera bien provisto de guantes de látex, bolsas de basura industriales, sábanas desechables, cámara y película. Después partí, apenada. Las palabras de Benton resonaban en mi mente. Intenté borrar su voz, sus ojos, su sonrisa y el tacto de su piel de mis pensamientos. Quería olvidarle, pero sobre todo no quería hacerlo.

Encendí la radio y me dirigí hacia la I-95 que conducía al centro, mientras el horizonte urbano de Richmond relucía bajo el sol. Estaba aminorando la velocidad en el peaje de Lombardy Plaza cuando el teléfono de mi coche sonó. Era Marino.

—He pensado que debía informarte de que voy a pasar por ahí.

Una bocina sonó cuando cambié de carril y estuve a punto de rozar un Toyota plateado que pareció surgir de la nada. El conductor pasó a toda velocidad por mi lado, soltando maldiciones que no conseguí oír.

—Vete al infierno —le espeté mientras se alejaba.

—¿Qué? —dijo Marino en mi oreja, alzando la voz.

—Un maldito conductor gilipollas.

—Ya. ¿Has oído hablar de la furia de la carretera, doctora?

—Sí, y creo que la tengo.

Fui por la salida de la Novena en dirección a mi departamento e informé a Rose de que llegaría en un par de minutos. Cuando entré en el aparcamiento, Fielding me estaba esperando con el foco especial y el cable.

—Supongo que la Suburban todavía no ha vuelto.

—No —repuso él, metiendo el equipo en mi maletero—. Cuando aparezca con este trasto causará sensación. Ya me imagino a todos esos estibadores boquiabiertos ante la preciosa rubia del Mercedes negro. Quizá debería tomar prestado mi coche.

Mi adjunto, un adicto al culturismo, acababa de divorciarse y lo había celebrado sustituyendo su Mustang por un Corvette rojo.

—Buena idea —dije ásperamente—. Si no le importa, claro. Y siempre que sea un ocho cilindros en V.

—Sí, sí. Ya entiendo. Llámeme si me necesita. Conoce el camino, ¿no?

—Lo conozco.

Sus indicaciones me llevaron hacia el sur. Cerca de Petersburg giré, dejé atrás la fachada posterior de la fábrica de Philip Morris y pasé por encima de las vías del ferrocarril. El estrecho camino me condujo a través de un descampado cubierto de maleza y algunos árboles y terminaba súbitamente en un control de seguridad. Me sentí como si estuviera cruzando la frontera de un país hostil. Al otro lado, había una zona de mercancías, con cientos de enormes contenedores de color naranja amontonados en pilas de tres y cuatro. Un guardia, que se tomaba muy en serio su trabajo, salió de su garita. Bajé el cristal de mi ventanilla.

—¿Puedo ayudarla en algo, señora? —me preguntó en un circunspecto tono militar.

—Soy la doctora Kay Scarpetta.

—¿Y a quién ha venido a ver?

—Estoy aquí porque ha habido una muerte —expliqué—. Soy la médico forense.

Le enseñé mis credenciales. El guardia las examinó cuidadosamente. Tuve la sensación de que no sabía qué era un médico forense y que no pensaba preguntarlo.

—Así que es la jefa. —Me devolvió la gastada cartera de cuero negro—. ¿Jefa de qué?

—Del Departamento de Medicina Forense de Virginia —contesté—. La policía me está esperando.

El guardia entró en la garita y habló por teléfono mientras mi impaciencia iba en aumento. Al parecer, debía pasar por eso cada vez que tenía que entrar en un área vigilada. Antes pensaba que me pasaba por ser mujer, y al principio probablemente fuese cierto, al menos en bastantes ocasiones. Pero había empezado a creer que la explicación había que buscarla en la amenaza del terrorismo, el crimen y las demandas legales. El guardia anotó mi número de matrícula junto a una descripción del coche. Después me alargó una tablilla para que pudiera firmar la hoja y me dio un pase de visitante, que no me colgué.

—¿Ve ese pino de allí? —dijo señalando con un dedo.

—Veo bastantes pinos.

—Ese pequeño que tiene el tronco torcido. Cuando llegue a él, tuerza a la izquierda y luego siga recto hacia el agua, señora. Que tenga un buen día.

Pasé junto a enormes camiones aparcados, aquí y allá, y varios edificios de ladrillo rojo cuyos letreros los identificaban como la Terminal Marítima Federal y el Servicio de Aduanas de Estados Unidos. El puerto propiamente dicho consistía en hileras de enormes almacenes ocupados por contenedores anaranjados que se alineaban junto a los muelles de carga como reses pegadas a sus comederos. Atracados en el embarcadero del río James, había dos buques de carga, el *Euroclip* y el *Sirius*, cada uno casi tan largo como dos campos de fútbol juntos. Grúas gigantescas se inclinaban sobre escotillas abiertas del tamaño de piscinas.

Una cinta amarilla amarrada a conos de tráfico rodeaba un contenedor ubicado encima de un chasis. No había nadie cerca. De hecho, no vi rastro de la policía salvo un Caprice azul sin identificación aparcado junto al malecón. Al parecer, la conductora estaba sentada al volante y hablaba a través de la ventanilla abierta con un hombre que llevaba corbata y camisa blanca. El trabajo se había interrumpido. Unos estibadores con cascos de seguridad y chalecos reflectantes parecían aburrirse mientras fumaban y bebían refrescos o agua mineral.

Marqué el número de mi despacho y Fielding se puso al teléfono.

—¿Cuándo nos notificaron lo de este cuerpo? —pregunté.

—Aguarde un momento. Deje que mire la hoja. —Oí un crujido de papeles—. A las diez y cincuenta y tres en punto.

—¿Y cuándo lo encontraron?

—Eh... Anderson no parecía saberlo.

—¿Cómo diablos puede no saber algo así?

—Ya le dije que creo que es nueva.

—Fielding, aquí no hay un solo policía visible excepto ella, o al menos supongo que se trata de ella. ¿Qué le dijo exactamente cuando notificó el caso?

—Cadáver descompuesto. Pidió que usted fuera a la escena del crimen.

—¿Solicitó específicamente mi presencia?

—Bueno, qué demonios. Todo el mundo la elige a usted en primer lugar, ¿verdad? Eso no es ninguna novedad. Pero dijo que Marino le había dicho que la hiciera ir a usted.

—¿Marino? —pregunté, sorprendida—. ¿Él le dijo a Anderson que pidiera que yo fuese a la escena del crimen?

—Sí, y me pareció que se había pasado un poco.

Recordé que Marino me había dicho que iría por allí y mi enfado fue en aumento. ¿Primero conseguía que una novata me diera lo que prácticamente era una orden y después, si encontraba un momento libre, quizá se pasara por allí a ver qué tal lo hacíamos?

—¿Cuándo habló con él por última vez, Fielding?

—Hace semanas. Y también estaba muy cabreado.

—Ni la mitad de lo que lo estaré yo cuando por fin se decida a aparecer —prometí.

Los estibadores me vieron apearme y abrir el maletero. Tomé mi maletín, el mono y las Reebok. Sentí un montón de ojos deslizarse sobre mí mientras caminaba hacia el coche sin identificación y me ponía un poco más furiosa a cada trabajoso paso que daba, con el pesado maletín golpeándome la pierna.

El hombre en camisa y corbata parecía tener calor y estar bastante enfadado. Hacía visera con una mano sobre los ojos para alzar la mirada hacia dos helicópteros de la televisión que describían círculos sobre el puerto, a unos cien metros de altura.

—Condenados reporteros —masculló, volviendo los ojos hacia mí.

—Estoy buscando a quienquiera que se encuentre a cargo de este caso.

—En ese caso me busca a mí —dijo una voz femenina desde dentro del Caprice.

Me incliné sobre la ventanilla y miré a la joven sentada al volante. Estaba muy morena, llevaba el cabello castaño corto y peinado hacia atrás, y su nariz y su mandíbula denotaban energía. Tenía una mirada dura y penetrante. Vestía tejanos descoloridos, camiseta blanca y botas de cuero negro atadas con cordones. Llevaba su arma en la cadera y la insignia colgada de una cadenilla metida por dentro de la camiseta. Tenía la refrigeración del coche al máximo, y un rock suave ondulaba en la radio por encima de la cháchara policial del escáner.

—La detective Anderson, supongo.

—Rene Anderson en persona. Y usted debe de ser esa

doctora de la que tanto he oído hablar —contestó ella con esa arrogancia que yo asociaba con casi todas las personas que no tenían ni idea de lo que estaban haciendo.

—Soy Joe Shaw, el director del puerto —se presentó el hombre—. Usted debe de ser la persona de la que me acaban de hablar los de seguridad.

Tenía más o menos mi edad, cabello rubio, luminosos ojos azules y piel arrugada por muchos años de estar expuesto al sol. Por la expresión de su cara advertí que detestaba a Anderson y todo lo relacionado con ese día.

—Me estaba preguntando si no tendría alguna información que pudiera serme de utilidad antes de empezar —le dije a Anderson por encima del ruido del aire acondicionado y el estrépito de los helicópteros—. Por ejemplo, ¿por qué no hay agentes de policía asegurándose de que nadie altera la escena del crimen?

—No los necesito —respondió Anderson al tiempo que abría la puerta del coche empujándola con la rodilla—. Después de todo no es que cualquiera pueda plantarse aquí con el coche, como descubrió usted cuando lo intentó.

Dejé el maletín de aluminio en el suelo. Anderson se aproximó a mí; me sorprendió lo baja que era.

—No estoy en condiciones de decirle gran cosa —añadió—. Lo que ve es todo lo que tenemos: un contenedor con un fiambre dentro.

—No, detective Anderson, hay muchas más cosas que podría decirme. ¿Cómo descubrieron el cuerpo y a qué hora? ¿Lo ha visto? ¿Alguien se ha acercado a él? ¿La escena del crimen ha sido alterada de alguna manera? Y más vale que la respuesta a esta última pregunta sea *no,* o la consideraré responsable de ello.

Anderson rió. Empecé a ponerme el mono por encima de la ropa.

—Nadie se ha acercado —dijo—. Huele demasiado mal para ofrecerse como voluntario.

—No hace falta entrar para saber lo que hay ahí —añadió Shaw.

Me puse las Reebok negras y me calé la gorra de béisbol. Anderson estaba contemplando mi Mercedes.

—Quizá debería empezar a trabajar para el estado —dijo.

La miré de arriba abajo.

—Si va entrar ahí, le sugiero que se cubra —le advertí.

—He de hacer un par de llamadas —repuso, y se fue.

—No es que pretenda decirle a la gente cómo ha de hacer su trabajo —señaló Shaw—, pero ¿qué demonios está pasando aquí? ¿Hay un muerto allí dentro y la policía nos envía a esa inútil? —Los músculos de su mandíbula se estaban tensando, y tenía el rostro enrojecido cubierto de sudor.

»¿Sabe?, en este negocio no se gana ni un centavo a menos que las cosas se muevan —prosiguió—. Y hace más de dos horas y media que aquí no se ha movido absolutamente nada, maldita sea.

Estaba haciendo todo lo posible para no maldecir delante de mí.

—No es que no lamente que alguien haya muerto, pero me encantaría que ustedes hicieran lo que tienen que hacer y se marcharan. —Volvió a contemplar el cielo con el entrecejo fruncido—. Y eso incluye a los medios de comunicación.

—Señor Shaw, ¿qué había dentro del contenedor?

—Equipo fotográfico alemán. Y debería saber que el sello del cierre no estaba roto, así que parece que nadie ha tocado la carga.

—¿El consignatario extranjero puso el sello?

—Eso es.

—Lo cual significa que el cuerpo, vivo o muerto, muy probablemente ya se encontraba dentro del contenedor antes de que éste fuera sellado.

—Eso parece. El número se corresponde con el de la entrada del agente de aduanas, y no hay nada raro. De hecho, los de aduanas ya habían dado el visto bueno al cargamento. De eso hace cinco días. Y por eso lo cargaron directamente encima de un chasis. Entonces el contenedor empezó a oler mal, y ahí se quedó hasta ahora.

Miré alrededor. Una suave brisa hacía tintinear las gruesas cadenas contra las grúas, que habían estado descargando vigas de acero del *Euroclip*. Las grúas y los camiones habían sido abandonados. Los estibadores y la tripulación no tenían nada que hacer y se dedicaban a contemplarnos.

Algunos miraban desde las proas de sus barcos y por las ventanas de los cobertizos. El calor brotaba del asfalto manchado de aceite y cubierto de bastidores de madera, espaciadores y soportes. Un tren de mercancías crujía al atravesar un cruce de vías más allá de los almacenes. El olor a creosota era intenso, pero no lograba ocultar el hedor a carne humana putrefacta que flotaba como humo en el aire.

—¿De dónde zarpó el barco? —le pregunté a Shaw. Vi que un coche patrulla se detenía junto a mi Mercedes.

—De Amberes, Bélgica, hace dos semanas. —Volvió la mirada hacia el *Sirius* y el *Euroclip*—. Son barcos de pabellón extranjero, como todos los demás que tenemos por aquí. Ahora ya sólo vemos una bandera de Estados Unidos cuando alguien decide izarla como gesto de cortesía —añadió en tono de decepción.

Un hombre nos observaba con unos prismáticos desde estribor del *Euroclip*. Con el calor que hacía, me extrañó que llevara pantalones largos y no fuera con camisa de manga corta.

Shaw entornó los ojos.

—Maldición, el sol pega fuerte.

—¿Qué me dice de los polizones? Aunque no creo que a nadie se le ocurra pasar dos semanas en alta mar escondido dentro de un contenedor cerrado.

—Que yo sepa, nunca hemos tenido ninguno —respondió Shaw—. Y además no somos el primer puerto de atraque, porque antes hacen escala en Chester, Pennsylvania. La mayoría de nuestros barcos van de Amberes a Chester, luego vienen aquí y después vuelven directamente a Amberes. Un polizón seguramente bajaría del barco en Chester en vez de esperar hasta llegar a Richmond. Somos un puerto de segunda categoría, doctora Scarpetta.

Vi, con incredulidad, a Pete Marino bajar del coche patrulla que acababa de detenerse junto al mío.

—El año pasado debimos de tener unos ciento veinte atraques, entre barcazas y buques que cruzan el océano —me explicaba Shaw.

Marino ya era detective cuando nos conocimos; nunca lo había visto de uniforme.

—Si estuviera en su lugar y quisiera escaparme del barco o fuera un inmigrante ilegal, creo que preferiría acabar en algún puerto realmente grande como Miami o Los Ángeles, donde podría perderme entre el ajetreo.

Anderson vino hacia nosotros mascando chicle.

—El caso es que no rompemos los sellos y los abrimos a menos que sospechemos que en los contenedores hay algo ilegal, como drogas o cargamento sin declarar —prosiguió Shaw—. De vez en cuando, seleccionamos un barco y lo registramos de arriba abajo para que a la gente no se le ocurra violar la ley.

—Me alegro de ya no tener que ir vestida así —observó Anderson.

Marino venía hacia nosotros con los andares de un boxeador en busca de pelea, comportándose como hacía siempre que se sentía inseguro y estaba de un humor particularmente malo.

—¿Por qué va de uniforme? —le pregunté a Anderson.

—Lo han cambiado de puesto.

—Eso salta a la vista.

—Ha habido muchos cambios en el departamento desde que la jefa Bray llegó aquí —dijo Anderson como si se sintiera orgullosa de ello.

Yo no entendía cómo a alguien se le podía haber ocurrido volver a endosarle el uniforme a un hombre tan valioso. Me pregunté cuánto haría de eso. Me dolía que Marino no me lo hubiera dicho, y me avergoncé de no haberlo descubierto por mi cuenta aunque no me lo hubiese dicho. Habían pasado semanas, quizás un mes entero, desde que le llamé para saber cómo le iban las cosas. Ya ni me acordaba de cuándo había sido la última vez que le dije que se pasara por mi despacho para tomarse un café o lo había invitado a cenar en mi casa.

—¿Qué está pasando? —preguntó Marino tras emitir un gruñido a modo de saludo.

Ni siquiera miró a Anderson.

—Soy Joe Shaw. ¿Cómo está?

—Fatal. —Marino torció el gesto—. ¿Ha decidido llevar todo el asunto sin ayuda de nadie, Anderson? ¿O es que los otros polis no quieren saber nada de usted?

Ella lo miró fijamente. Después se sacó el chicle de la boca y lo tiró como si Marino le hubiera echado a perder el sabor.

—¿No se ha acordado de invitar a alguien a esta fiestecita suya? ¡Dios! —Marino estaba furioso—. ¡En mi vida había visto nada igual!

Marino estaba siendo estrangulado por una camisa blanca de manga corta abotonada hasta el cuello y una corbata de elástico. Su gran barriga estaba librando una dura batalla contra los pantalones azules del uniforme y el rígido cinturón reglamentario de cuero, que apenas si se veía bajo su pistola Sig-Sauer de nueve milímetros, las esposas, los cargadores de emergencia, el aerosol de gas paralizante y todo lo demás. Tenía la cara muy roja y sudaba, y unas gafas de sol ocultaban sus ojos.

—Tú y yo tenemos que hablar —le dije.

Intenté llevármelo a un lado, pero se negó a moverse. Golpeándolo con un dedo, sacó un Marlboro del paquete que siempre llevaba encima.

—¿Te gusta mi nuevo atuendo? —me preguntó en tono sardónico—. La jefa Bray ha pensado que me hacía falta ropa nueva.

—Su presencia no es necesaria aquí, Marino —le espetó Anderson—. De hecho, no creo que quiera que nadie se entere de que se le ha ocurrido pasarse por aquí.

—«Capitán», para usted —replicó Marino, expulsando las palabras entre bocanadas de humo de cigarrillo—. Y le aconsejo que controle su lengua porque soy su superior en rango, «cariño».

Shaw asistió a aquel intercambio de descortesías sin decir palabra.

—Creo que no es un modo de dirigirse a un agente de policía —advirtió Anderson.

—Tengo un cuerpo que examinar —intervine.

—Para llegar allí tenemos que pasar por el almacén —me informó Shaw.

Nos llevó a Marino y a mí hasta la puerta de un almacén que daba al río. Atravesamos un enorme espacio mal iluminado y peor ventilado, que olía a tabaco. Miles de balas de tabaco, envueltas en arpillera, estaban amontonadas sobre bastidores de madera, junto a toneladas de arena y gránulos de cal, cantina y otros minerales que, al parecer, se usaban en el procesado del acero. También había piezas y componentes cuyo destino, según lo que ponía en las cajas, era Trinidad.

Unos cuantos recintos más abajo, el contenedor había sido colocado junto a un muelle de carga. Cuanto más nos acercábamos a él, más intenso se hacía el hedor. Nos detuvimos delante de la cinta de la policía extendida sobre la puerta abierta del contenedor. La pestilencia era asfixiante. Las moscas habían hecho acto de presencia y su ominoso zumbido me recordó el estridente sonido de un avión de juguete manejado por control remoto.

—¿Había moscas cuando abrieron el contenedor por primera vez? —le pregunté a Shaw.

—No tantas.

—¿A qué distancia se aproximaron? —inquirí en el momento en que Marino y Anderson se reunían con nosotros.

—La suficiente —dijo Shaw.

—¿Nadie entró? —insistí, pues quería asegurarme.

—Eso se lo puedo garantizar, señora.

La fetidez empezaba a afectarle.

Marino se mostraba impertérrito. Sacó otro cigarrillo del paquete y farfulló algo mientras lo encendía con el mechero.

—Bueno, Anderson —dijo—, como no se le ha ocurrido echar un vistazo, supongo que no debe de tratarse de una res. Demonios, puede que algún perro se quedara encerrado ahí dentro por accidente. Después de hacer venir a la doctora y poner tan nerviosos a los chicos de la prensa, sería una lástima descubrir que no es más que un pobre perro de los muelles medio podrido.

Tanto él como yo sabíamos que lo que había ahí dentro no era un perro ni ninguna clase de animal. Marino y Anderson siguieron metiéndose el uno con el otro mientras yo abría mi maletín. Dejé caer la llave de mi coche dentro de él y saqué varios guantes y una mascarilla quirúrgica. Le puse un flash a mi Nikon de treinta y cinco milímetros, así como un objetivo de veintiocho milímetros. Después la cargué con un rollo de cuatrocientos ASA, para que las fotos no salieran demasiado granulosas, y metí los zapatos en un par de polainas estériles.

—Es como cuando alguien nos llama en pleno mes de julio quejándose de que una casa cerrada apesta. Miramos por la ventana, y si es necesario, entramos en la casa. Para asegurarnos de que lo que hay dentro es humano antes de llamar al médico forense, ya sabe. —Marino seguía instruyendo a su nueva protegida.

Pasé por debajo de la cinta, entré en el oscuro contenedor y me alivió descubrir que, como sólo estaba medio lleno de cartones blancos meticulosamente apilados, había espacio de sobra para moverse. Me adentré en él siguiendo el haz de luz de mi linterna, dirigiéndolo a un lado y a otro.

Casi al fondo, iluminó una hilera de cartones empapados del fluido rojizo que rezuma de la nariz y la boca de un cadáver en descomposición. La luz recorrió unos zapatos y unas pantorrillas, y de pronto un rostro barbudo y abotargado emergió de la oscuridad. Dos ojos lechosos y saltones me miraron fijamente por encima de una lengua tan hinchada que asomaba por la boca, como si el muerto estuviera burlándose de mí. Mi calzado producía un ominoso sonido de succión allí donde pisaba.

El cuerpo estaba vestido y sentado en el rincón, apoyado contra las paredes de metal del contenedor. Tenía las piernas extendidas hacia delante y las manos sobre el regazo debajo de un cartón que, al parecer, se había caído. Lo aparté y busqué en el cuerpo lesiones, abrasiones o uñas rotas que pudieran sugerir que había intentado defenderse o salir de allí. No vi sangre en su ropa, ni señales de heridas o de que hubiera habido alguna clase de lucha. Busqué comida o agua, así como agujeros practicados en las paredes del contenedor para proporcionar ventilación, pero no encontré nada.

Me metí entre las hileras de cajas y, tras ponerme en cuclillas, dirigí un rayo de luz hacia el suelo metálico en busca de huellas de zapatos. Las había por todas partes, naturalmente. Seguí avanzando centímetro a centímetro. Di con un cubo de plástico vacío. Después hallé dos monedas plateadas. Me incliné sobre ellas. Una era un marco alemán. No reconocí la otra, y no toqué nada.

Inmóvil en la entrada del contenedor, Marino parecía encontrarse a un kilómetro de distancia.

—La llave de mi coche está en el maletín —le dije a través de la mascarilla quirúrgica.

—¿Sí? —murmuró él, atisbando dentro del contenedor.

—¿Podrías traerme la Luma-Lite? Necesito la conexión de fibra óptica y el cable. El señor Shaw quizá pueda ayudarte a encontrar un sitio donde enchufarla. Tiene que ser de ciento quince voltios de corriente alterna con toma de tierra.

—Me encanta cuando dices guarradas —replicó él.

4

La Luma-Lite es una fuente de luz alternativa provista de un tubo en arco de alta intensidad que emite quince vatios de energía lumínica a cuatrocientos cincuenta nanómetros con una anchura de banda de veinte nanómetros.

Puede detectar fluidos corporales como la sangre o el semen, así como revelar drogas, huellas dactilares o cualquier cosa que no sea visible para el ojo humano.

Shaw localizó un enchufe dentro del almacén y yo envolví los pies de aluminio de la Luma-Lite con fundas de plástico desechables para asegurarme de que nada que correspondiera a una escena del crimen anterior fuera transferido a ella. Puse la fuente de luz alternativa, que se parecía bastante a un proyector casero, encima de un cartón y a continuación hice funcionar el ventilador durante un minuto antes de darle al interruptor.

Mientras esperaba a que la lámpara alcanzara su máxima potencia, Marino apareció con las gafas de cristales color ámbar necesarias para proteger los ojos de la intensa energía lumínica. Había cada vez más moscas. Chocaban contra nosotros y zumbaban ruidosamente cerca de nuestros oídos.

—¡Odio a estos bichos! —se quejó Marino, chorreando sudor.

Vi que no se había puesto un mono, y sólo guantes y protectores para el calzado.

—¿Vas a volver a casa en un coche cerrado yendo así?

—Tengo otro uniforme en el maletero. Por si se me derrama algo encima o lo que sea.

—Por si te echas algo encima o lo que sea —dije, echando un vistazo a mi reloj—. Falta un minuto.

—¿Te has fijado en lo oportunamente que ha desaparecido Anderson? Supe que lo haría en cuanto me enteré de qué iba esto, pero no se me ocurrió pensar que no habría nadie más. Mierda, aquí está pasando algo realmente raro.

—¿Cómo se las ha arreglado para llegar a detective de homicidios?

—Le lame el culo a Bray. He oído decir que incluso le hace recados: lleva su maravilloso Crown Vic nuevo al túnel de lavado, y probablemente saca punta a sus lápices y le lustra los zapatos.

—Ya está listo.

Empecé la búsqueda con un filtro de cuatrocientos cincuenta nanómetros, capaz de detectar una amplia variedad de residuos y manchas. Visto a través de nuestras gafas coloreadas, el interior del contenedor se convirtió en un espacio de negrura impenetrable salpicado, allí donde dirigía la lente, de formas que brillaban con una fluorescencia blanca y amarilla en distintos tonos e intensidades. La luz azul reveló pelos en el suelo y fibras por todas partes, que era justo lo que esperaba encontrar en un lugar como aquél, usado para guardar cargamentos manipulados por muchas personas. Los cartones emitían un suave resplandor blanco, semejante al de la luna.

Llevé la Luma-Lite un poco más adentro. El fluido de descomposición no emitió fluorescencia alguna, y el cadáver siguió siendo una patética silueta sentada en el rincón.

—Si murió por causas naturales, ¿por qué está sentado de esa manera, con las manos sobre el regazo, como si estuviera en la iglesia o algo por el estilo? —preguntó Marino.

—Si murió de asfixia, deshidratación o exposición, podría haber adoptado esa posición.

—Pues a mí me parece muy raro.

—Sólo digo que es posible. Aquí apenas hay espacio. ¿Podrías pasarme la fibra óptica, por favor?

Marino avanzó hacia mí tropezando con los cartones.

—Quizá deberías quitarte las gafas hasta que llegues aquí —le sugerí, porque no se podía ver nada a través de ellas excepto la intensa luz, que, en aquel momento, no se encontraba en el campo de visión de Marino.

—Ni lo sueñes. He oído decir que basta con un vistazo para pillar cataratas, cáncer y lo que se te ocurra.

—Por no mencionar el volverse de piedra.

—¿Eh?

—¡Marino! ¡Cuidado!

Chocó conmigo y no supe muy bien qué ocurrió después, pero de pronto los cartones se estaban derrumbando y por muy poco no caí al suelo.

—¿Marino? —Yo estaba desorientada y asustada—. ¡Marino!

Desconecté la Luma-Lite y me quité las gafas para poder ver.

—¡Maldito hijo de puta! —gritó Marino como si le hubiera mordido una serpiente.

Estaba caído de espaldas en el suelo, dando manotazos y apartando cajas a patadas. El cubo de plástico salió despedido por los aires. Me incliné sobre Marino.

—Quédate quieto —le dije con firmeza—. No te muevas hasta que estés seguro de que te encuentras bien.

—¡Oh, Dios! ¡Estoy cubierto de esa mierda! —chilló, presa del pánico.

—¿Te duele algo?

—Oh, Dios, voy a vomitar. ¡Joder! ¡Joder! —Se levantó a toda prisa y apartó con vehemencia las cajas que se interponían en su camino mientras se tambaleaba hacia la entrada del contenedor. Le oí vomitar. Después gimió y volvió a vomitar.

—Eso hará que te sientas mejor —le animé.

Marino se abrió la camisa de un manotazo, arrancando los botones, mientras, entre toses y jadeos, intentaba sacar los brazos de las mangas. Se quedó en camiseta, hizo una bola con lo que quedaba de la camisa de su uniforme y la arrojó por la puerta.

—¿Y si tiene el sida? —Su voz sonaba como una campana a medianoche.

—Este tipo no te va a contagiar el sida.

—¡Oh, joder! —murmuró, y le dieron más arcadas.

—Yo puedo apañármelas sola, Marino.

—Dame un momento.

—¿Por qué no sales y buscas una ducha?

—Que no se te ocurra contárselo a nadie —dijo, y supe que estaba pensando en Anderson—. ¿Sabes?, apuesto a que podrías sacar una buena pasta con esta mierda de cámaras.

—Apuesto a que tú podrías hacerlo.

—Me pregunto qué van a hacer con ellas.

—¿La unidad de traslado todavía no ha llegado? —pregunté.

Marino se llevó el radiotransmisor a los labios.

—¡Cristo! —Escupió y tuvo un nuevo acceso de arcadas. Limpió el aparato restregándolo vigorosamente contra sus pantalones y luego tosió, extrajo más saliva del fondo de su garganta y la expulsó.

»Unidad nueve —dijo, sosteniendo el radiotransmisor a un palmo de su cara.

—Aquí unidad nueve.

Era una mujer. Detecté cierta calidez en su voz, y eso me sorprendió. Los operadores de las centralitas y las radios de la policía casi siempre conservaban la calma y no mostraban ninguna emoción, fuera cual fuere la emergencia.

—Diez-cinco Rene Anderson —dijo Marino—. No sé su número de unidad. Dígale que, si no le molesta, nos haría mucha ilusión que los chicos de la unidad de traslado se pasaran por aquí.

—Unidad nueve. ¿Sabe el nombre del servicio?

—Eh, doctora —me dijo Marino, alzando la voz y dejando de transmitir—. ¿Cómo se llama el servicio que envía la unidad?

—Transportes Capital.

Marino transmitió la información.

—Radio —añadió luego—, si Anderson es un diez-dos,

diez-diez o diez-siete o digamos un diez-veintidós, vuelva a llamarme.

Un montón de policías conectaron sus micrófonos; era su manera de darle ánimos.

—Diez-cuatro, unidad nueve —dijo la operadora.

—¿Qué le has dicho para ganarte semejante ovación? Sé que el diez-siete es fuera de servicio, pero no he entendido el resto.

—Le dije que me informara si Anderson era una «señal débil» o un «negativo», o si tenía «tiempo para ocuparse del asunto». O si debíamos «olvidarnos de ella», joder.

—No me extraña que Anderson te aprecie tanto.

—Es un saco de mierda.

—¿Sabes por casualidad qué ha sido del cable de fibra óptica? —pregunté.

—Lo tenía en la mano —repuso.

Lo encontré entre los cartones, allí donde se había caído.

—¿Y si tiene el sida? —musitó Marino.

—Si estás decidido a preocuparte por algo, prueba con las bacterias gram-negativas. O las gram-positivas; clostridium, estreptococos y todo eso. Pero para eso deberías tener alguna herida abierta, y por lo que sé, no tienes ninguna.

Conecté un extremo del cable a la vara y el otro al aparato, y apreté las clavijas. Marino no me estaba escuchando.

—¡No voy a consentir que nadie vaya diciendo eso de mí! Que soy un jodido mariquita, ¿eh? Me volaré los sesos, te lo aseguro.

—No vas a pillar el sida, Marino —insistí.

Volví a encender la lámpara. Tendría que funcionar un mínimo de cuatro minutos antes de poner el aparato en marcha.

—¡Ayer me arranqué un pellejo de una uña y sangró! ¡Eso es una herida abierta!

—Llevas guantes, ¿no?

—Si pillo alguna porquería, mataré a esa zorra.

Supuse que se refería a Anderson.

—Y Bray también tendrá lo suyo. ¡Encontraré la manera de hacerlo!

—Cállate, Marino.

—¿Qué dirías si te pasara a ti, eh? ¿Te gustaría?

—No tienes ni idea de la cantidad de veces que me ha pasado. ¿Qué crees que hago cada día?

—¡Seguro que no te dedicas a chapotear en un montón de jugo de muerto!

—¿Jugo de muerto?

—No sabemos absolutamente nada sobre este tipo. ¿Y si en Bélgica tienen alguna enfermedad rara que aquí no podemos tratar?

—Cállate, Marino —repetí.

—¡No!

—Marino...

—¡Tengo derecho a estar nervioso!

—De acuerdo, pues entonces vete. —Se me había acabado la paciencia—. Estás interfiriendo con mi concentración. Estás impidiendo que me concentre. Date una ducha y atízate unos cuantos vasos de bourbon.

La Luma-Lite estaba lista y me puse las gafas protectoras. Marino guardó silencio.

—No me voy —dijo finalmente.

Empuñé la vara de fibra óptica como si fuera un hierro de soldar. El haz palpitante de un azul intenso era tan delgado como la mina de un lápiz. Empecé a examinar áreas muy reducidas.

—¿Ves algo? —preguntó Marino.

—Por el momento, no.

Los pegajosos protectores de sus zapatos se aproximaron mientras yo avanzaba lentamente, centímetro a centímetro, en dirección a lugares a los cuales no se podía acceder de otra manera. Incliné el cadáver hacia delante para examinar la espalda y la cabeza, y después miré entre las piernas. Inspeccioné las palmas de sus manos. La Luma-Lite podía detectar fluidos corporales como la orina, el semen, el sudor y la saliva, y por supuesto la sangre. Pero una vez más, nada emitió fluorescencia. El cuello y la espalda me dolían.

—Yo voto porque ya estaba muerto antes de que acabara aquí dentro —dijo Marino.

—Sabremos mucho más cuando lo llevemos al depósito de cadáveres.

Me incorporé y la luz iluminó la esquina de un cartón que Marino había sacado de su sitio al caer. El rabo de lo que parecía la letra «Y» brilló en la oscuridad con un resplandor de neón verdoso.

—Mira esto, Marino.

Letra a letra, fui iluminando palabras escritas a mano, en francés. Tendrían unos diez centímetros de altura y una curiosa forma cuadrada, como si un brazo mecánico las hubiera escrito con trazos rectos. Necesité un momento para entender lo que decían.

—*Bon voyage, le loup-garou* —leí.

Marino se había inclinado sobre mí y su aliento me rozaba el cabello.

—¿Qué demonios es un *loup-garou*?

—No lo sé.

Examiné minuciosamente el cartón. La parte de arriba estaba empapada, en tanto que la de abajo estaba seca.

—¿Hay huellas dactilares? ¿Ves alguna en la caja? —preguntó Marino.

—Todo esto debe de estar cubierto de huellas, pero hasta ahora no he encontrado ninguna.

—¿Crees que quienquiera que haya escrito esto quería que alguien lo encontrara?

—Posiblemente. Está escrito con alguna clase de tinta permanente que produce fluorescencia. Dejaremos que los de las huellas dactilares hagan su trabajo. La caja va al laboratorio, y tenemos que recoger algunos pelos del suelo para el ADN, por si alguna vez llega a hacer falta. Después tomamos fotos y nos largamos de aquí.

—Ya puestos, podría recoger las monedas —dijo Marino.

—Ya puestos... —dije, volviendo la cabeza hacia la entrada del contenedor.

Alguien estaba mirando hacia dentro. Con la luz del sol y el cielo azul a su espalda, no pude distinguir quién era.

—¿Dónde están los técnicos de la escena del crimen? —le pregunté a Marino.

—Ni idea.

—¡Maldición!

—Dímelo a mí.

—La semana pasada tuvimos dos homicidios y las cosas no fueron así.

—En ninguno de los dos casos estuviste en la escena del crimen, de modo que no sabes cómo fueron las cosas —dijo Marino, y tenía razón.

—Alguien de mi departamento fue allí. Si hubiera habido algún problema, yo lo sabría...

—No si el problema no era obvio —replicó—. Y como éste es el primer caso de Anderson, no cabe duda de que el problema no era obvio. Ahora sí que lo es.

—¿A qué problema te refieres?

—A que tenemos que cargar con una detective recién salida de la guardería. Demonios, no me extrañaría que ella misma hubiese metido este cadáver aquí para tener algo que hacer.

—Según ella, tú le dijiste que me llamara.

—Claro. Como yo no puedo perder el tiempo con semejantes tonterías, le doy tu nombre y luego tú te cabreas conmigo. Anderson es una jodida mentirosa.

Una hora después, habíamos terminado. Salimos de la oscuridad hedionda y volvimos al almacén. Anderson estaba en el recinto contiguo al nuestro, hablando con un hombre al que reconocí como el jefe adjunto Al Carson. Comprendí que era a él a quien había visto en la entrada del contenedor antes. Pasé junto a Anderson sin decir palabra y saludé a Carson mientras miraba alrededor para ver si los del traslado ya habían llegado. Me sentí aliviada al ver a dos hombres vestidos con mono, de pie junto a una camioneta azul oscuro, hablando con Shaw.

—¿Cómo estás, Al? —le pregunté al jefe Carson.

Carson llevaba tanto tiempo en circulación como yo. Era un hombre afable y callado que se había criado en una granja.

—Voy tirando, doctora. Tenemos un buen jaleo entre manos, ¿eh?

—Eso parece —convine.

—Había salido y se me ocurrió pasar por aquí para asegurarme de que todo iba bien.

Carson nunca se «pasaba» por la escena de un crimen. Estaba bastante tenso, parecía un poco deprimido, y, lo más importante, hacía tan poco caso de Anderson como el resto de nosotros.

—Lo tenemos cubierto —dijo Anderson, saltándose aparatosamente la cadena de mando y respondiendo al jefe Carson—. He estado hablando con el director del puerto... —Se calló cuando vio a Marino, o quizá lo olió antes de verlo.

—Hola, Pete —dijo Carson, visiblemente animado—. ¿Qué ocurre, viejo amigo? ¿Han cambiado el estilo de la división uniformada sin que yo me enterara?

—Necesito saber quién está trabajando en este caso, detective Anderson —le dije mientras ella se alejaba todo lo posible de Marino—, dónde están los técnicos de la escena del crimen y por qué han tardado tanto en llegar los de la unidad de traslado.

—Sí. Son las nuevas normas para las operaciones encubiertas, jefe: nos quitamos el uniforme —estaba diciendo Marino en voz alta.

Carson se echó a reír.

—¿Y por qué no estaba usted ahí dentro recogiendo pruebas y ayudando en todo lo posible, detective Anderson? —seguí acosándola.

—No he de rendirle cuentas de mis actos —replicó encogiéndose de hombros.

—Deje que le diga una cosa. —Mi tono consiguió atraer su atención—. Cuando hay un cadáver, yo soy la persona a la que tiene que rendir cuentas de sus actos.

—... Apuesto a que Bray también ha tenido que encubrirse lo suyo. Antes de subir a la cima, quiero decir. Esa clase de personas siempre tienen que estar arriba —prosiguió Marino con un guiño.

La luz se extinguió en los ojos de Carson, que volvió a parecer deprimido. Se le veía cansado, como si la vida ya le hubiera exigido todo lo que podía dar de sí.

—¿Al? —Marino se puso serio—. ¿Qué coño está pasando? ¿Cómo es que nadie ha venido a esta pequeña fiesta?

Un reluciente Crown Victoria negro estaba llegando al aparcamiento.

—Bueno, he de irme —dijo Carson de pronto, con la mente en otro sitio—. Nos veremos en el F.O.P. Te toca pagar la cerveza. ¿Te acuerdas de cuando Louisville ganó a Charlotte y perdiste la apuesta, viejo amigo?

Y un instante después Carson se había ido sin dirigirse a Anderson en ningún momento, porque estaba claro que no tenía ningún poder sobre ella.

—Eh, Anderson —dijo Marino, dándole una palmada en la espalda.

Anderson dio un respingo, y se tapó la boca y la nariz con una mano.

—¿Te gusta trabajar con Carson? —preguntó Marino—. Es un buen tipo, ¿verdad?

Anderson retrocedió y él la siguió. Incluso yo estaba bastante asqueada por Marino, con sus apestosos pantalones, y sus guantes y protectores para el calzado mugrientos. Su camiseta nunca volvería a ser blanca, y tenía grandes agujeros allí donde las costuras habían sucumbido a la presión de su enorme barriga. Se acercó tanto a Anderson que pensé que iba a besarla.

—¡Apesta! —exclamó Anderson, y trató de alejarse de él.

—Eso es algo que suele ocurrir en este tipo de trabajo. Curioso, ¿verdad?

—¡Aléjese de mí!

Pero Marino no iba a hacerlo. Anderson fue de un lado a otro, y a cada paso que daba, Marino se interponía en su camino igual que una montaña hasta que Anderson se encontró atrapada contra unos enormes sacos de carbón inyectable destinado a las Indias Occidentales.

—¿Qué demonios crees que estás haciendo? —Las palabras de Marino la agarraron por el cuello—. Tenemos un cadáver pudriéndose dentro de un contenedor de carga en un puto puerto internacional donde la mitad de la gente no habla nuestro puto idioma, ¿y decides que vas a encargarte de todo tú solita?

El Crown Victoria negro estaba atravesando el aparcamiento con un crujir de gravilla.

—La Señorita Detective investiga su primer caso. Y para celebrarlo, ¿por qué no invitamos a la jefa de Medicina Forense y a unos cuantos helicópteros de la prensa?

—¡Haré que los de Asuntos Internos acaben con usted! —le gritó Anderson—. ¡Le denunciaré!

—¿Por qué? ¿Por oler mal?

—¡Dese por muerto!

—No. El que puede darse por muerto es ese tipo de ahí dentro. —Marino señaló el contenedor—. Lo que de verdad estará muerto será su trasero si alguna vez tiene que declarar acerca de esto en un tribunal.

—Vamos, Marino —intenté calmarlo. El Crown Victoria entró en el muelle de acceso restringido como si tuviera todo el derecho del mundo a meterse en él.

—¡Eh! —Shaw corría detrás del coche agitando los brazos—. ¡No puede aparcar aquí!

—No es más que un perdedor, asqueroso paleto de mierda —le espetó Anderson a Marino mientras se iba.

Marino se quitó los guantes y se liberó de sus polainas de papel azul plastificado pisando el talón de cada una con la puntera del otro pie. Después levantó la manchada camisa blanca del uniforme sujetándola por la corbata de elástico. Sólo consiguió que ésta se desprendiera de la camisa, así que Marino decidió pisotear camisa y corbata como si fueran un fuego que hubiese que apagar. Cuando paró, yo lo recogí todo con calma y lo metí, junto con lo mío, en una bolsa roja para trasladar material contaminado.

—¿Has terminado?

—Ni siquiera he empezado —repuso Marino, mientras

contemplaba la puerta del conductor del Crown Victoria, por la que se apeó un agente de uniforme.

Anderson pasó por delante del almacén y fue rápidamente hacia el coche. Shaw también iba a toda prisa hacia allí. Los trabajadores del muelle admiraban a una hermosa mujer vestida con un uniforme de relucientes galones que salía de la parte trasera del coche. La mujer miró alrededor y el mundo le devolvió la mirada. Alguien silbó. Alguien más le imitó. Al instante, un coro de silbidos resonó en el muelle, como si una multitud de árbitros estuviera pitando todas las faltas imaginables.

—Deja que lo adivine —le dije a Marino—. Bray.

5

El aire estaba lleno del zumbido de moscas hambrientas, que parecía más intenso debido al calor y la hora. Los de la unidad de traslado habían metido la camilla en el almacén y me estaban esperando.

—Uuuf —dijo uno de ellos, meneando la cabeza y poniendo mala cara—. Señor, señor.

—Lo sé, lo sé —repliqué mientras me ponía unos guantes y unos protectores para el calzado limpios—. Yo entraré primero. Habremos terminado enseguida, se lo prometo.

—Si quiere entrar primero, por mí ningún problema.

Volví a meterme en el contenedor y ellos me siguieron, mirando donde ponían los pies y sosteniendo la camilla a la altura de la cintura, como si fuese una silla de manos. Su respiración se había vuelto entrecortada y laboriosa detrás de las mascarillas. Los dos eran viejos y estaban demasiado gordos, y no habrían tenido que ir por ahí levantando cuerpos pesados.

—Agárrenlo por las pantorrillas y los pies —ordené—. Con mucho cuidado, porque de lo contrario la piel se desprenderá. Trataremos de sujetarlo por la ropa.

Pusieron la camilla en el suelo y se inclinaron sobre los pies del cadáver.

—Señor —volvió a murmurar uno de ellos.

Pasé los brazos por debajo de los sobacos del muerto y ellos lo agarraron por los tobillos.

—Muy bien. Ahora lo levantaremos entre todos a la cuenta de tres. Uno, dos, tres.

Los hombres intentaron no perder el equilibrio. Resoplaron y se echaron hacia atrás. El cadáver no estaba rígido porque el rigor mortis ya había tenido tiempo de desaparecer. Lo centramos encima de la camilla y lo envolvimos en la sábana. Subí la cremallera de la bolsa para cadáveres y los dos hombres se fueron con su cliente. Lo llevarían al depósito, y una vez allí, yo haría todo lo que pudiese para conseguir que me revelara sus secretos.

—¡Mierda! —oí que exclamaba uno de los camilleros—. No me pagan lo suficiente para esto.

—Dímelo a mí.

Salimos del contenedor hacia una claridad solar deslumbrante y un aire que estaba limpio. Marino estaba hablando con Anderson y Bray en el muelle, todavía luciendo su camiseta sucia. Por la manera en que gesticulaba, supuse que la presencia de Bray lo había calmado un poco. Los ojos de Bray se posaron en mí al acercarme. No se presentó, así que empecé a hablar sin tenderle antes la mano.

—Soy la doctora Scarpetta.

Bray correspondió a mi saludo con una mirada vaga, como si no tuviera ni idea de quién era yo o por qué estaba allí.

—Creo que sería una buena idea que habláramos —añadí.

—¿Quién ha dicho que es? —preguntó Bray.

—¡Oh, por el amor de Dios! —estalló Marino—. Sabe condenadamente bien quién eres.

—Capitán... —dijo Bray, y su tono produjo el mismo efecto que el restallar de una fusta.

Marino se calló. Anderson también.

—Soy la jefa de Medicina Forense —intervine, diciéndole a Bray lo que ella ya sabía—. Kay Scarpetta.

Marino puso los ojos en blanco. Una mueca de resentimiento y celos ensombreció la expresión de Anderson cuando Bray me llamó con un gesto de la mano, apartándome de ellos. Fuimos al extremo del muelle, donde el *Sirius* se elevaba sobre nosotras, prácticamente inmóvil en la corriente de un azul fangoso que la brisa agitaba.

—Siento muchísimo no haber reconocido su nombre de inmediato —se disculpó.

Yo no abrí la boca.

—Ha sido una terrible falta de consideración por mi parte —añadió Bray.

Permanecí en silencio.

—Tendría que haber ido a verla antes, pero he estado tan ocupada que... Bueno, aquí estamos. Y eso está bien, de veras. El momento ideal se podría decir... —sonrió— para que nos conociéramos.

Diane Bray era una auténtica preciosidad de cabellos negros y rasgos perfectos. Tenía una figura realmente asombrosa. Los trabajadores del muelle no podían quitarle los ojos de encima.

—Verá —continuó en el mismo tono impasible y pausado de antes—, tengo un pequeño problema. Superviso al capitán Marino, pero al parecer él cree que trabaja para usted.

—Tonterías —dije finalmente.

Bray suspiró.

—Acaba de robarle a la ciudad el detective de homicidios más experimentado y decente que ha conocido en toda su historia, jefa Bray —le dije—. Y sé de qué hablo, créame.

—Estoy segura de ello.

—¿Qué es lo que está intentando conseguir?

—Necesitamos sangre nueva y detectives a los que no les importe recurrir al ordenador o utilizar el correo electrónico. ¿Es usted consciente de que Marino ni siquiera sabe usar el procesador de textos? ¿Sabe que todavía escribe a máquina con dos dedos?

No podía creer que Bray me estuviera diciendo aquello.

—Por no mencionar el insignificante problema de que Marino es incapaz de aprender y obedecer órdenes, y de que su conducta es una desgracia para el departamento —concluyó.

Anderson se había ido, dejando a Marino solo, apoyado en el coche y fumando. Sus brazos y sus hombros eran gruesos y peludos, y los pantalones, ceñidos debajo de la cintura, estaban a punto de caérsele. Se negaba a volver la mirada hacia nosotras, y eso bastó para que supiera que se sentía humillado.

—¿Por qué no hay técnicos en la escena del crimen? —le pregunté a Bray.

Un trabajador del muelle le dio un codazo a otro, colocó las manos delante del pecho e hizo como si acariciara los opulentos senos de Bray.

—¿Por qué ha venido? —pregunté.

—Porque me avisaron de que Marino estaba aquí —contestó ella—. Se le ha advertido. Quería ver por mí misma si estaba desobedeciendo mis órdenes tan descaradamente.

—Está aquí porque alguien tenía que estar.

—Está aquí porque él ha decidido estar aquí. —Me miró fijamente—. Y porque usted ha decidido hacer lo mismo. En realidad, todo se reduce a eso, ¿verdad, doctora Scarpetta? Marino es su detective personal. Hace años que lo es.

Sus ojos llegaban a lugares que ni siquiera yo podía ver, y parecía estar abriéndose paso a través de partes sagradas de mi ser, percibiendo el significado de mis muchas barreras. Bray examinaba mi cara y mi cuerpo, y yo no estaba segura de si estaba comparando lo que yo tenía con lo que poseía ella, o si estaba valorando algo que quizá decidiera querer tener.

—Deje en paz a Marino. Está intentando matar su espíritu. Se trata de eso, ¿no? Porque no puede controlarlo.

—Nadie ha podido controlar nunca a Marino. Por eso me lo entregaron.

—¿Se lo entregaron?

—La detective Anderson es sangre nueva, y está claro que eso es justamente lo que necesita este departamento.

—La detective Anderson no tiene ni conocimientos ni experiencia, y además es una cobarde —repliqué.

—Pero con sus amplias reservas de experiencia, seguramente usted podrá tolerar la presencia de alguien nuevo y enseñarle un poquito, ¿verdad, Kay?

—La falta de interés por el trabajo es algo que no tiene cura.

—Sospecho que ha estado escuchando a Marino. Según

él, nadie tiene los conocimientos, la experiencia o el interés suficientes para hacer lo que él hace.

Estaba harta de ella. Ajusté mi posición para sacar el máximo provecho del cambio en el viento, y me acerqué un poco más a ella, porque estaba decidida a restregarle una pequeña dosis de realidad en las narices.

—No vuelva a hacerme esto nunca, jefa Bray. Que ni yo ni nadie de mi departamento tengamos que ir a la escena de un crimen para cargar con una inútil que ni siquiera es capaz de molestarse en recoger pruebas. Y no me llame Kay.

Bray se apartó de mi hedionda presencia, pero no antes de que yo captase en ella un gesto de inseguridad.

—Ya almorzaremos juntas en alguna ocasión —dijo, despidiéndose mientras llamaba a su chófer—. Simmons, ¿a qué hora tengo mi próxima cita? —preguntó, alzando los ojos hacia el barco y disfrutando claramente de toda la atención que se le estaba dedicando.

Bray tenía una forma muy seductora de frotarse la zona lumbar o meter las manos en los bolsillos posteriores de los pantalones, echando los hombros hacia atrás, o de alisarse distraídamente la corbata por encima de la pronunciada ladera de su pecho.

Simmons era apuesto y tenía un cuerpo magnífico. Sacó una hoja de papel doblada de un bolsillo y ésta tembló mientras la estudiaba. Cuando Bray se le acercó un poco más, él carraspeó.

—A las dos quince, jefa Bray.

—Déjeme ver. —Se inclinó hacia él, rozándole el brazo y tomándose su tiempo mientras examinaba su itinerario—. ¡Oh, Dios! ¡Esa estúpida junta escolar otra vez no! —se quejó.

El agente Simmons cambió de posición y una gota de sudor se deslizó por su sien. Parecía aterrorizado.

—Llame y cancélelo —ordenó Bray.

—Sí, jefa.

—Bueno, no sé... Quizá debería dejarlo para otro momento.

Tomó el itinerario de su mano, restregándose contra

Simmons como una gata perezosa, y me sorprendí ante el fugaz destello de rabia que iluminó el rostro de Anderson. Marino se reunió conmigo cuando iba hacia mi coche.

—¿Te has dado cuenta de cómo se exhibe? —preguntó.

—No se me ha pasado por alto.

—Pues te aseguro que eso se ha convertido en un auténtico tema de conversación. Esa zorra es puro veneno, te lo digo yo.

—¿Cuál es su historia?

Marino se encogió de hombros.

—Nunca ha estado casada, seguramente porque ningún hombre es lo bastante bueno para ella. Se supone que se dedica a follar con tipos poderosos y casados. Sólo le interesa el poder, doctora. Se rumorea que quiere ser la próxima secretaria de Seguridad Pública para que todos los policías de la Commonwealth* tengan que besarle su hermoso trasero.

—Eso es imposible.

—No estés tan segura. He oído decir que tiene amistades muy bien situadas, aquí en Virginia, lo cual es una de las razones por las que tenemos que cargar con ella. Tiene un plan, de eso no cabe duda. Las serpientes como ella siempre tienen un plan.

Abrí el maletero, agotada y deprimida mientras el primer trauma del día volvía a mi mente con tal fuerza que pareció lanzarme contra el coche.

—No te vas a ocupar de ese tipo esta noche, ¿verdad? —preguntó Marino.

—Ni lo sueñes —murmuré—. No sería justo para él.

Marino me interrogó con la mirada. Advertí que me observaba mientras me quitaba el mono y los zapatos y los metía en una bolsa que a su vez metí en otra.

—Dame uno de tus cigarrillos, Marino, por favor.

—No puedo creer que hayas vuelto a caer.

* Designación oficial de cuatro estados de EE UU, entre ellos Virginia. *(N. del T.)*

—En ese almacén habrá unos cincuenta millones de toneladas de tabaco. El olor me ha dado ganas de fumar.

—Pues no era a tabaco lo que yo olía.

—Cuéntame qué está pasando —le pedí mientras me ofrecía su mechero.

—Acabas de ver lo que está pasando. Estoy seguro de que ella te lo ha explicado.

—Sí, lo hizo. Y no lo entiendo. Está al frente de la división uniformada, no de investigaciones. Dice que nadie puede controlarte, así que decidió ocuparse personalmente del asunto. ¿Por qué? Cuando llegó aquí, tú ni siquiera estabas en su división. ¿Por qué deberías importarle?

—Quizá me encuentra mono.

—Debe de ser eso.

Marino exhaló el humo como si estuviera apagando las velas de un pastel de cumpleaños, y luego se miró la camiseta con aire de haberse olvidado de ella. Sus gruesas manazas aún estaban cubiertas del talco de los guantes quirúrgicos, y, por un momento, pareció muy solo y derrotado; después volvió a ser cínico e indiferente.

—¿Sabes que si quisiera podría jubilarme y cobrar unos cuarenta mil al año de pensión?

—Ven a cenar a mi casa, Marino.

—Añade a eso lo que podría sacar con alguna asesoría de seguridad o lo que fuese, y entre una cosa y otra podría vivir bastante bien. No tendría que seguir recogiendo esta mierda día tras día con todos esos gusanitos que salen arrastrándose de cualquier sitio convencidos de que lo saben todo.

—Me han pedido que te invite.

—¿Quién? —preguntó con suspicacia.

—Lo sabrás cuando llegues allí.

—¿Qué demonios quiere decir eso? —preguntó frunciendo el entrecejo.

—Por el amor de Dios, date una ducha y ponte algo que no obligue a evacuar la ciudad. Luego ven a mi casa alrededor de las seis y media.

—Bueno, doctora, por si no te has dado cuenta estoy trabajando. Turno de tres a once esta semana, y turno de once a siete la semana que viene. Soy el nuevo gran comandante de guardia para toda la puta ciudad, y las únicas horas en que necesitan un puto comandante de guardia son aquellas en que los otros comandantes no están de servicio, o sea durante el turno de la tarde, el de la medianoche y el fin de semana, lo que significa que las cenas del resto de mi vida me las comeré dentro de mi coche.

—Tienes una radio. Vivo en la ciudad, así que no saldrás de tu jurisdicción. Ven a mi casa y si te llaman, pues te han llamado y te vas.

Subí a mi coche y encendí el motor.

—No sé, no sé —dijo él.

—Me pidieron que... —Las lágrimas volvían a amenazarme—. Estaba a punto de telefonearte cuando me llamaste.

—¿Eh? No entiendo nada. ¿Quién te pidió que me invitaras? ¿Qué pasa? ¿Es que Lucy está en la ciudad?

Aunque mi hospitalidad se redujera a esa causa, parecía complacerle que Lucy hubiera pensado en él.

—Ojalá estuviera aquí. ¿Te veré a las seis y media?

Titubeó un poco más, espantando moscas y oliendo fatal.

—Marino, realmente necesito que vengas a mi casa —le dije con un carraspeo—. Es muy importante para mí. Es personal y muy importante.

Decirle eso me había costado muchísimo. Creo que nunca le había dicho que le necesitaba por algo personal. Ya no me acordaba de la última vez que le había dicho algo así a nadie que no fuese Benton.

—Hablo en serio —añadí.

Marino aplastó el cigarrillo con el pie hasta convertirlo en una mancha de tabaco y papel pulverizado. Después encendió otro, volviendo los ojos de un lado a otro.

—Sabes, doctora, realmente tengo que dejarlo. Y también debo dejar el whisky, porque he empezado a vaciar las botellas de Wild Turkey como si fueran bolsas de palomitas. Depende de lo que vayas a cocinar.

6

Marino partió en busca de una ducha y yo me sentí un poco más animada, como si un terrible dolor hubiera cesado durante un rato. Después de detener el coche delante de mi garaje, saqué del maletero la bolsa con las ropas que había usado en la escena del crimen e inicié el mismo ritual desinfectante por el que había tenido que pasar durante la mayor parte de mi vida laboral.

En el garaje, rasgué las bolsas de basura y las tiré junto con los zapatos dentro de un fregadero lleno de agua hirviendo, detergente y lejía. Luego metí el mono en la lavadora, removí los zapatos y las bolsas dentro del fregadero con una cuchara de madera de mango largo y lo enjuagué todo. Metí las bolsas desinfectadas en dos bolsas limpias que fueron a parar al interior de un saco industrial, y dejé mis zapatos empapados en un estante para que se secaran.

Todo lo que llevaba puesto también fue a la lavadora, desde los tejanos a la ropa interior. Más detergente y lejía, y corrí desnuda por la casa hacia la ducha, donde me froté hasta el último centímetro del cuerpo con Phisioderm, sin olvidar el interior de las orejas y la nariz, o debajo de las uñas, y también me cepillé los dientes dentro de la ducha.

Me senté en el borde de la bañera y dejé que el agua me cayera sobre la nuca y la cabeza, y me acordé de los dedos de Benton amasando mis tendones y mis músculos. Desenredándolos, como él decía siempre. Echarlo de menos me producía un dolor fantasma, como el de un miembro amputado. Podía sentir lo que recordaba como si lo estuviera viviendo, y me pregunté qué necesitaría para empezar a vivir en el presente en vez de en ese pasado. La pena seguía y seguía. No quería renunciar a la pérdida, porque hacerlo habría supuesto aceptarla. Era lo que siempre les decía a los apenados familiares y amigos de víctimas que acudían a mí.

Me vestí con pantalones anchos de lona, mocasines y camisa a rayas azules, y puse un compacto de Mozart. Regué las plantas y arranqué las hojas muertas. Coloqué en su sitio o le quité el polvo a todo lo que lo necesitaba, y escondí cualquier cosa relacionada con el trabajo pendiente. Telefoneé a mi madre a Miami porque sabía que el lunes era noche de bingo y no estaría en casa, así que podía limitarme a dejarle un mensaje. No puse las noticias porque no quería que me recordaran aquello que tanto me había esforzado en quitarme de la cabeza.

Me serví un whisky doble, entré en mi estudio y encendí una lámpara. Busqué en las estanterías llenas de libros científicos y de medicina, de textos de astronomía y enciclopedias, y de toda clase de manuales sobre jardinería, flora, fauna, insectos, rocas y minerales, e incluso herramientas. Encontré un diccionario de francés y me lo llevé al escritorio. Un *loup* era un lobo, pero no tuve suerte con *garou*. Intenté encontrar una solución a aquel problema y acabé decidiéndome por un plan bien sencillo.

La Petite France era uno de los mejores restaurantes de la ciudad, y aunque las noches de los lunes estaba cerrado, yo conocía muy bien al chef y a su esposa. Llamé a su casa. Él se puso al teléfono y se mostró tan afable como de costumbre.

—Ya no viene a vernos —dijo—. Decimos esto demasiado a menudo.

—Últimamente no salgo mucho.

—Trabaja demasiado, señorita Kay.

—Necesito una traducción. Y también necesito que esto quede entre nosotros. Ni una palabra a nadie.

—Por supuesto.

—¿Qué es un *loup-garou*?

—¡Debe de estar teniendo pesadillas! —exclamó, muy divertido—. ¡No sabe cuánto me alegro de que no sea luna llena! ¡*Le loup-garou* es un hombre lobo!

Sonó el timbre de la puerta.

—En Francia, hace cientos de años, si creían que eras un *loup-garou*, te ahorcaban. Se hablaba mucho de ellos, ¿sabe?

Miré el reloj. Eran las seis y cuarto. Marino llegaba pronto y yo aún no estaba preparada.

—Gracias —le dije a mi amigo el chef—. Pronto iré a veros, lo prometo.

El timbre volvió a sonar.

—Ya voy —le dije a Marino por el interfono.

Desconecté la alarma y abrí la puerta. Su uniforme estaba limpio, iba pulcramente peinado y se había echado demasiada loción para después del afeitado.

—Tienes mejor aspecto que cuando te vi por última vez —comenté mientras íbamos hacia la cocina.

—Parece que has limpiado este antro —dijo mientras cruzábamos la sala.

—Sí, ya iba siendo hora.

Entramos en la cocina y Marino se sentó a la mesa en su lugar habitual, junto a la ventana. Después me observó, con expresión de curiosidad, sacar ajo y levadura de la nevera.

—Bueno, ¿y qué vamos a cenar? ¿Puedo fumar aquí dentro?

—No.

—Tú lo haces.

—Es mi casa.

—¿Qué te parece si abro la ventana y echo el humo fuera?

—Depende de la dirección en que esté soplando el viento.

—Podríamos conectar el ventilador del techo y ver si eso ayuda. Huelo a ajo.

—He pensado que podríamos cenar pizza.

Metí las manos en la alacena y empecé a apartar latas y jarras, buscando tomate triturado y harina rica en gluten.

—De las monedas que encontramos, una es inglesa y la otra alemana; dos libras y un marco respectivamente. Pero aquí es donde la cosa empieza a ponerse realmente interesante. Después de que te fueras todavía estuve un rato en el puerto, duchándome y todo eso. Y por cierto, puedo asegurarte que no perdieron ni un instante en sacar los cartones de ese contenedor y limpiarlo. Verás cómo acaban vendiendo todas esas cámaras igual que si no hubiera pasado nada.

Eché el contenido de medio paquete de levadura, agua caliente y miel en un cuenco; lo removí todo hasta mezclarlo y le añadí la harina.

—Me muero de hambre.

Encima de la mesa, su radiotransmisor farfullaba códigos diez y números de unidades. Marino se quitó la corbata de un tirón y se desabrochó el cinturón de servicio con todo el equipo. Empecé a amasar la pasta.

—Mis riñones me están matando, doctora —se quejó Marino—. ¿Tienes idea de lo que es llevar veinte kilos de mierda alrededor de la cintura?

Su humor parecía haber mejorado considerablemente mientras me veía trabajar, añadiendo harina y dando forma a la masa sobre la tabla de trinchar.

—Un *loup-garou* es un licántropo —dije.

—¿Un qué?

—Una especie de hombre lobo, o algo así.

—Mierda, odio esa clase de cosas.

—No sabía que te hubieras encontrado con uno.

—¿Te acuerdas de cómo se le llenaba la cara de pelos a Lon Chaney cuando salía la luna? Me moría del susto, créeme. Rocky solía ver *Cine de terror*, por la tele, ¿recuerdas?

Rocky era el único hijo de Marino, un chico al que yo nunca conocería. Eché la masa en un cuenco y lo tapé con un paño caliente mojado.

—¿Sabes algo de él? —pregunté cautelosamente—. ¿Lo verás por Navidad?

Marino sacudió el cigarrillo para hacer caer la ceniza.

—¿Sabes al menos dónde vive? —inquirí.

—Sí. Oh, demonios, sí.

—Pues te comportas como si no sintieras nada por él.

—Puede que no sienta nada por él.

Examiné el botellero en busca de algún tinto bueno. Marino dio una profunda calada y exhaló ruidosamente el humo. No tenía más que decir acerca de Rocky que otras veces.

—Uno de estos días me hablarás de él —dije mientras echaba el tomate triturado en un cazo.

—Ya sabes todo lo que necesitas saber al respecto.

—Tú quieres a Rocky, Marino.

—Te estoy diciendo que no quiero a Rocky. Ojalá nunca hubiera nacido. Ojalá nunca lo hubiera conocido. —Volvió la cabeza hacia la ventana y contempló cómo mi patio trasero iba desapareciendo en la noche. De pronto, Marino me pareció un completo desconocido. Era un desconocido sentado en mi cocina; un hombre de uniforme que tenía un hijo al que yo nunca conocería y sobre el que no sabía nada. Cuando dejé una taza de café ante él, no me miró a los ojos ni me dio las gracias.

—¿Quieres unos cacahuetes o algo? —le ofrecí.

—No. He estado pensando en ponerme a dieta.

—Pensar en ello no te servirá de mucho. Varios estudios lo han demostrado.

—¿Piensas llevar ajos alrededor del cuello o algo por el estilo cuando abras a tu licántropo muerto? Ya sabes que si te muerden, te conviertes en uno de ellos. Algo así como el sida.

—No tiene nada que ver con el sida, y me gustaría que te olvidaras de todo ese rollo del sida.

—¿Piensas que fue él quien escribió eso en la caja?

—No podemos dar por sentado que esa caja y lo que había escrito en ella estén relacionados con él, Marino.

—«Que tengas buen viaje, licántropo.» Sí, te encuentras con eso escrito en las cajas cada día. Sobre todo cuando están cerca de un cadáver.

—Volvamos a Bray y a tus nuevos gustos en cuestión de indumentaria. Empieza por el principio. ¿Qué hiciste para que se convirtiera en tu primera fan?

—Todo empezó unas dos semanas después de que Bray llegara aquí. ¿Te acuerdas de aquel ahorcamiento autoerótico?

—Sí.

—Pues ella aparece por allí como si tal cosa y comienza a decirle a la gente lo que ha de hacer, como si fuera la detective. Empieza a hojear las revistas porno con las que se estaba entreteniendo el tipo cuando se colgó con la máscara de cuero puesta. Empieza a hacerle preguntas a la esposa.

—Caray.

—Así que le digo que se vaya, que está estorbando, que lo está fastidiando todo, y al día siguiente me hace ir a su despacho. Yo voy allí pensando que me hará pagar muy caro lo ocurrido, pero no dice ni una palabra al respecto. Lo que hace es preguntarme qué pienso de la División de Detectives. —Tomó un sorbo de café y se echó dos cucharadas más de azúcar—. El caso es que me di cuenta de que no era eso lo que realmente le interesaba —prosiguió—. Yo sabía que ella quería algo. Bray no estaba al frente de la investigación, así que ¿por qué diablos me hacía todas esas preguntas acerca de la División de Detectives?

Me serví un vaso de vino.

—¿Y qué quería?

—Quería hablar de ti. Empezó a hacerme mil preguntas sobre ti y dijo que sabía que llevábamos mucho tiempo siendo «compañeros en el crimen», para emplear sus mismas palabras.

Comprobé la masa y después eché un vistazo a la salsa.

—Era como si quisiera saberlo todo sobre tu pasado, lo que pensaban de ti los policías y ese tipo de cosas.

—¿Y tú qué le dijiste?

—Le dije que eras una médica-abogada-jefa india con un cociente intelectual con más cifras que mi paga y que todos los policías estaban enamorados de ti, las agentes incluidas. A ver, ¿qué más le dije?

—Probablemente eso fue más que suficiente.

—Me preguntó por Benton, qué le había ocurrido y hasta qué punto había afectado eso a tu trabajo.

La ira se apoderó de mí.

—Después empezó a hacerme preguntas sobre Lucy.

Quería saber por qué dejó el FBI y cuáles eran sus inclinaciones sexuales.

—Esa mujer está sellando rápidamente su destino conmigo.

—Le dije que Lucy dejó el FBI porque la NASA le pidió que se hiciera astronauta —continuó Marino—. Pero cuando entró en el programa espacial, Lucy decidió que le gustaba más pilotar helicópteros y se enroló como piloto en el ATF. Bray quería que le avisara la próxima vez que Lucy estuviera en la ciudad para que pudieran conocerse, porque quizá querría reclutarla. Le dije que eso era algo así como preguntarle a Julia Roberts si quería ir a bailar contigo. ¿Fin de la historia? No le dije una mierda excepto que no soy tu secretaria. Una semana más tarde volvía a lucir el uniforme.

Agarré mi paquete de cigarrillos y me sentí como una yonqui. Compartimos un cenicero y fumamos en mi casa, silenciosos y frustrados. Yo estaba intentando no sentir odio.

—Creo que lo que pasa es que tiene celos de ti, doctora —dijo Marino finalmente—. Bray es la nueva estrella del momento, recién llegada de Washington, y sólo oye hablar de la gran doctora Scarpetta. Y, además, creo que la muy zorra disfruta jodiéndonos la vida a los dos. Hace que se sienta poderosa. —Aplastó la colilla en el cenicero hasta apagarla—. Es la primera vez que tú y yo no trabajamos juntos desde que viniste aquí —añadió mientras el timbre sonaba por segunda vez aquella noche . ¿Quién demonios es? —se apresuró a preguntar en cuanto lo oyó—. ¿Invitas a alguien más y no me lo dices?

Me levanté, miré la pantalla de vídeo del Aiphone en la pared de la cocina y contemplé con incredulidad las imágenes captadas por la cámara de la puerta principal.

—Debo de estar soñando.

7

Lucy y Jo eran como apariciones. Apenas ocho horas antes recorrían las calles de Miami, y en ese momento estaban entre mis brazos.

—No sé qué decir —repetí al menos cinco veces mientras dejaban sus bolsas de viaje en el suelo.

—¿Qué demonios está pasando? —preguntó Marino en tono perentorio saliendo de la cocina—. ¿Qué estás haciendo aquí? —le preguntó a Lucy, encarándose con ella como si hubiera hecho algo malo.

Marino nunca había sido capaz de demostrar afecto de una manera normal. Cuanto más desagradable y sarcástico se ponía, más contento estaba de ver a mi sobrina.

—¿Ya te han dado la patada los de allá abajo? —agregó.

—¿Qué es esto, la noche de carnaval? —replicó Lucy en voz tan alta como él mientras tiraba de una manga de la camisa de su uniforme—. ¿Estás intentando convencernos de que eres un auténtico poli?

—Me parece que no conoces a Jo Sanders, Marino —dije mientras entrábamos en la cocina.

—No.

—Me has oído hablar de ella.

Le lanzó una mirada inexpresiva. Jo era de constitución atlética y tenía los ojos azul oscuro y el pelo de un rubio rojizo. Enseguida me di cuenta de que Marino la encontraba guapa.

—Sabe muy bien quién eres —le dije a Jo—. Y no es que esté tratando de ser grosero, es que sencillamente es así.

—¿Trabajas? —le preguntó Marino, tomando del cenicero su cigarrillo todavía humeante y dándole una última calada.

—Sólo cuando no me queda más remedio —contestó Jo.

—¿Haciendo qué?

—Un poco de escalada en Black Hawks y redadas en busca de drogas. Nada especial.

—No me digas que tú y Lucy estáis en la misma división, allí en Suramérica.

—Ella es de la DEA —le explicó Lucy.

—Vaya por Dios —murmuró Marino mirando a Jo—. Pareces muy poquita cosa para estar en la DEA.

—Tuvieron que aceptarme para cumplir con la ley de cupos —repuso Jo.

Marino abrió la nevera y apartó cosas hasta encontrar una botella de cerveza Red Stripe. La destapó y empezó a vaciarla.

—La bebida corre por cuenta de la casa —proclamó.

—¿Qué haces, Marino? Estás de servicio.

—Ya no. Espera, te lo demostraré. —Dejó la botella encima de la mesa con un golpe seco y marcó un número—. A que no lo adivinas, Mann —dijo por el teléfono—. Sí, sí. Oye, no bromeo. Me encuentro fatal. ¿Crees que podrías sustituirme esta noche? Te deberé una.

Marino nos guiñó un ojo. Colgó el auricular, presionó el botón del altavoz del teléfono y volvió a marcar. Su llamada fue respondida al primer timbrazo.

—Bray —anunció la jefa adjunta de administración Diane Bray en mi cocina para que todos pudieran oírlo.

—Jefa adjunta Bray, soy Marino. —Su voz sonaba como la de alguien que se está muriendo a causa de una terrible enfermedad—. Lamento muchísimo molestarla llamándola a su casa.

No se oyó respuesta alguna. El que la hubiera llamado «jefa adjunta» debía de haberla irritado. Según el protocolo, a los jefes adjuntos siempre se les llamaba «jefe», mientras que al jefe propiamente dicho se le llamaba «coronel». El que le hubiese telefoneado a su casa tampoco debía de haberle gustado.

—¿Qué ocurre? —preguntó Bray en tono áspero.

—Me encuentro fatal —jadeó Marino—. Vómitos, fiebre y demás. He de causar baja y acostarme.

—Pues cuando lo vi hace unas horas no parecía enfermo.

—Ocurrió de pronto. Espero no haber pillado alguna cosa... bacteriana...

Escribí a toda prisa «estreptococos» y «clostridium» en un cuaderno de notas.

—... Ya sabe —añadió él—, algún estreptococo o closterida allí, en la escena del crimen. Un médico al que he llamado me ha dicho que podía tratarse de eso, porque estuve muy cerca de ese cadáver, ya sabe...

—¿Cuando termina su turno? —lo interrumpió ella.

—A las once.

Lucy, Jo y yo intentábamos contener la risa.

—No hay muchas probabilidades de que encuentre a alguien para que haga de comandante de guardia a estas horas de la noche —dijo Bray con voz gélida.

—Ya he hablado con el teniente Mann, de la comisaría tercera, y ha tenido el detalle de cubrir el resto del turno por mí —le informó Marino como si la salud lo abandonase por segundos.

—¡Tendría que haberme avisado antes! —exclamó Bray enfadada.

—Tenía la esperanza de que conseguiría aguantar, jefa adjunta Bray.

—Váyase a casa. Quiero verlo en mi despacho mañana.

—Si estoy lo bastante bien, tenga la seguridad de que me pasaré por allí, jefa adjunta Bray. Y cuídese. Espero que no pille lo mismo que yo.

Bray colgó el auricular.

—Qué encanto de mujer —dijo Marino, y los cuatro nos echamos a reír.

—Dios, no me extraña —repuso Jo cuando por fin recuperó el habla—. He oído decir que es bastante odiada.

—¿Cómo te has enterado? —Marino frunció el entrecejo—. ¿Hablan de ella en Miami?

—Soy de aquí. De Old Mill, justo al lado de Three Chopt, no muy lejos de la Universidad de Richmond.

—¿Tu papá enseña allí? —preguntó Marino.

—Es pastor baptista.

—Vaya. Eso debe de ser divertido.

—Sí —intervino Lucy—. Resulta un poco extraño pensar que Jo creció por aquí y que nos conocimos en Miami. Bueno, ¿qué vas a hacer respecto a Bray?

—Nada —contestó Marino. Apuró la botella de cerveza y fue a por otra a la nevera.

—Bueno, pues te aseguro que yo sí que haría algo —dijo ella con una enorme confianza en sí misma.

—Sabes, cuando eres joven siempre piensas ese tipo de chorradas —observó él—. Verdad, justicia y el estilo de vida americano. Espera a que tengas mi edad.

—Nunca tendré tu edad.

—Lucy me ha contado que eres detective —dijo Jo, dirigiéndose a Marino—. ¿Por qué entonces vas vestido así?

—Hora de dar explicaciones —dijo Marino—. ¿Quieres ponerte cómoda?

—Déjame adivinar. Hiciste enfadar a alguien. Probablemente a ella.

—¿La DEA os enseña a hacer esa clase de deducciones, o sólo eres desusadamente inteligente para tu edad?

Luego de trinchar cebollas, champiñones y pimientos verdes, me puse a cortar trozos de mozzarella mientras Lucy me observaba. Finalmente, consiguió que la mirara a los ojos.

—Esta mañana el senador Lord me telefoneó justo cuando acababas de colgar —me dijo en voz baja—. Y podría añadir que toda la división quedó muy impresionada.

—Apuesto a que sí.

—Me dijo que pillara el primer avión y viniera a verte...

—Si me hicieras a mí el mismo caso... —dije, sintiendo que volvía a temblar por dentro.

—En su opinión, me necesitabas.

—No sabes cuánto me alegro de que... —Se me quebró la voz.

—¿Por qué no me dijiste que me necesitabas?

—No quería molestarte. Estás muy ocupada y no parecías tener ganas de hablar.

—Bastaba con que dijeras «te necesito».

—Estabas hablando por un móvil.

—Muéstrame la carta.

8

Dejé el cuchillo encima de la tabla de trinchar y me limpié las manos en una toalla. Volví los ojos hacia Lucy, que vio la pena y el miedo reflejados en ellos.

—Quiero leerla a solas contigo —añadió.

Asentí, y las dos fuimos a mi dormitorio. Saqué la carta de la caja fuerte. Nos sentamos en el borde de mi cama y vi la Sig-Sauer 232 metida en una funda que asomaba por debajo de la pernera derecha de los pantalones de Lucy. No pude evitar sonreír al pensar en lo que hubiese dicho Benton. Habría meneado la cabeza, naturalmente, y se habría embarcado en algún exaltado discurso seudopsicológico, al final del cual todos estaríamos agotados de tanto reír.

Pero su humor siempre escondía alguna verdad. Yo era consciente del lado más oscuro y aterrador de lo que estaba viendo en aquel momento. Lucy siempre había sido una ardiente adoradora de la defensa personal. Pero desde el asesinato de Benton, se había convertido en una extremista.

—Estamos en casa. ¿Por qué no descansas tu tobillo?

—La única manera de acostumbrarse a uno de estos chismes es llevarlo mucho rato —replicó ella—. Especialmente si es de acero inoxidable, porque pesa mucho más.

—Y entonces, ¿por qué llevarlo de acero inoxidable?

—Me gusta más. Y con toda el agua salada y la humedad que hay allá abajo...

—¿Cuánto tiempo piensas seguir con esas operaciones de infiltración, Lucy? —le pregunté de pronto.

—Tía Kay. —Sosteniéndome la mirada, me puso la mano en el brazo—. No volvamos a empezar con eso.

—Es sólo que...

—Lo sé. Es sólo que no quieres que un día te entreguen una carta como ésta escrita por mí.

Sus manos temblaban mientras sostenían el papel color crema.

—No digas eso —murmuré con horror.

—Y yo tampoco quiero una tuya —añadió.

Las palabras de Benton tenían tanta fuerza y tanta vida como esa mañana, cuando el senador Lord me las había traído, y volví a oír la voz de Benton. Vi su cara y el amor que había en sus ojos. Lucy leyó la carta muy despacio. Cuando hubo terminado, por un momento fue incapaz de hablar.

—Nunca me envíes una de éstas —dijo al cabo de un instante—. No quiero recibir una de estas cartas, jamás.

Su voz temblaba de rabia y dolor.

—¿Para qué? —preguntó, levantándose de la cama—. ¿Para volver a removerlo todo?

—Sabes por qué lo hizo, Lucy. —Me sequé las lágrimas y la abracé—. En el fondo, lo sabes.

Llevé la carta a la cocina, y Marino y Jo la leyeron también. La reacción de Marino consistió en contemplar la noche por la ventana, sus enormes manos flácidas sobre el regazo. La de ella consistió en levantarse y quedarse plantada en medio de la cocina, sin saber adónde ir.

—Creo que debería irme —repetía, pero nos opusimos—. Él quería que estuvierais los tres juntos aquí. Creo que yo no debería estar.

—Si te hubiera conocido, habría querido que estuvieras aquí —le dije.

—Nadie se va —dijo Marino, hablando como un policía al entrar en una habitación llena de sospechosos—. Todos estamos juntos en esto. Maldición. —Se levantó de la mesa y se frotó la cara con las manos—. Preferiría que no hubiera hecho eso. —Me miró—. ¿Tú me harías eso, doctora? Porque si se te ha pasado la idea por la cabeza, más vale que lo olvides. No quiero recibir ningún mensaje desde la cripta después de que te hayas ido.

—Vamos a hacer esa pizza —dije.

Salimos al patio. Coloqué la masa en una base redonda, y la puse sobre la parrilla. Le eché la salsa, y después esparcí la carne, las verduras y el queso por encima. Marino, Lucy y Jo se sentaron en las sillas de hierro del jardín porque no quise que me ayudaran. Trataron de mantener una conversación, pero nadie estaba de humor para hablar. Eché aceite de oliva por encima de la pizza, rociándola con mucho cuidado para que los carbones encendidos no empezaran a llamear.

—No creo que quisiera reuniros sólo para que os deprimierais —dijo Jo finalmente.

—Yo no estoy deprimido —dijo Marino.

—Sí que lo estás —replicó Lucy.

—¿Y por qué iba a estar deprimido, listilla?

—Por todo.

—Al menos, yo no tengo miedo de decir que echo de menos a Benton.

Lucy lo miró con incredulidad. Su esgrima verbal acababa de derramar sangre.

—No puedo creer que hayas dicho eso —le dijo.

—Créelo. Es el único maldito padre que nunca has tenido, y aún no te he oído decir que lo echas de menos. ¿Por qué? Porque todavía crees que tú tuviste la culpa, ¿verdad?

—¿Qué demonios te pasa?

—Pues a ver si lo adivina, agente Lucy Farinelli. —Marino no quería callarse—. No fue culpa tuya, sino de la puta de Carrie Grethen, y por mucho que la llenes de agujeros, esa zorra nunca estará lo bastante muerta para ti. Eso es lo que pasa cuando odias a alguien hasta ese extremo.

—¿Y tú no la odias? —contraatacó Lucy.

—Mierda. —Marino agitó lo que quedaba de su cerveza—. La odio todavía más que tú.

—No creo que el plan de Benton consistiera en que estuviésemos sentados aquí hablando de lo mucho que la odiamos, a ella o a cualquier otra persona —dije.

—¿Y qué hace usted, doctora Scarpetta? —me preguntó Jo.

—Preferiría que me llamaras Kay. —Ya se lo había dicho muchas veces—. Sigo adelante. Es lo único que puedo hacer.

Esas palabras incluso a mí me sonaron banales. Jo se inclinó hacia la luz de la parrilla y me miró como si yo tuviera la respuesta a todas las preguntas que se había formulado a lo largo de su vida.

—¿Y cómo sigue adelante? —preguntó—. ¿Cómo se las arregla la gente para seguir adelante? Cada día nos enfrentamos a un montón de cosas horribles, pero en realidad estamos apartados de ellas. No nos ocurren a nosotros. En cuanto hemos cerrado la puerta, ya no tenemos que seguir viendo esa mancha en el suelo, allí donde la esposa de alguien fue violada y muerta a cuchilladas, o donde le volaron los sesos al esposo de alguien. Nos consolamos creyendo que investigamos casos y que nunca nos convertiremos en uno. Pero usted sabe que eso no es así.

Hizo una pausa, todavía inclinada hacia la luz de la parrilla. Las sombras del fuego danzaron sobre un rostro que parecía demasiado joven y puro para pertenecer a alguien con tantas preguntas.

—¿Cómo sigue adelante? —volvió a preguntar.

—El espíritu humano es muy resistente —dije, porque fue lo único que me vino a la cabeza.

—Bueno, pues me temo que yo no paro de pensar en qué haría si le ocurriera algo a Lucy —murmuró Jo.

—No me va a pasar nada —dijo Lucy.

Se levantó y dio un beso en la cabeza a Jo, que la rodeó con los brazos. Si tan clara señal acerca de la naturaleza de su relación era una novedad para Marino, éste ni lo demostró ni pareció que le importase. Conocía a Lucy desde que ella tenía diez años, y en cierta medida había influido en el hecho de que Lucy hubiera escogido incorporarse al cuerpo. Marino le había enseñado a disparar. Había permitido que recorriera las calles con él, e incluso la había sentado detrás del volante de una de sus sagradas camionetas.

Cuando se dio cuenta de que Lucy no se enamoraba de hombres reaccionó de la manera más asquerosamente sexista, probablemente porque temía que su influencia no hubiera surtido efecto allí donde, desde su punto de vista, era más importante. Se preguntó si no sería en parte culpable de ello. Hacía muchos años de eso. Yo ya no me acordaba de la última vez que Marino había hecho un comentario desagradable acerca de la orientación sexual de Lucy.

—Pero tú trabajas con la muerte cada día —insistió Jo—. Cuando ves que le ocurre a otra persona, ¿no te recuerda... lo que ocurrió? No estoy intentando decir que... Bueno, es sólo que no quiero tenerle tanto miedo a la muerte.

—No tengo una fórmula mágica —confesé, poniéndome en pie—. Excepto que aprendes a no pensar demasiado.

La pizza estaba lista. Deslicé una gran espátula por debajo de ella y la retiré del fuego.

—Eso huele bien —dijo Marino, y con cara de preocupación añadió—: ¿Crees que habrá suficiente?

Hice una segunda pizza y luego una tercera. Encendí la chimenea y nos sentamos delante con las luces de la sala apagadas. Marino siguió con la cerveza. Lucy, Jo y yo bebimos vino blanco frío.

—Quizá deberías buscar a alguien —me dijo Lucy, sobre cuyo rostro danzaban la luz y las sombras que proyectaban las llamas.

—¡Mierda! —exclamó Marino—. ¿A qué viene todo esto? ¿Estamos jugando a las adivinanzas o qué? Si ella quiere hablarte de estas cosas tan personales, ya lo hará. No deberías preguntárselo. Eso no está bien.

—En la vida hay muchas cosas que no están bien —dijo Lucy—, y si ella quiere jugar a las adivinanzas, ¿qué más te da?

Jo contemplaba el fuego en silencio. Yo me estaba hartando. Empezaba a pensar que tal vez hubiese hecho mejor pasando la noche sola. Ni siquiera Benton había tenido siempre razón.

—¿Te acuerdas de cuando Doris te dejó? —prosiguió Lucy—. Supón que nadie te hubiera preguntado nada. Supón que a nadie le hubiera importado lo que harías en el futuro o si serías capaz de tenerte en pie. Tú no habrías dicho palabra, desde luego, y ya no hablemos de las idiotas con las que has salido desde entonces. Cada vez que una de ellas no daba la talla, tus amigos tenían que volver a intervenir y sacarte la historia con un par de tenazas.

Marino dejó la botella de cerveza vacía sobre la repisa del hogar con tal violencia que temí que hubiera roto la pizarra.

—Uno de estos días deberías pensar en empezar a crecer. ¿Vas a esperar a los treinta para dejar de ser una condenada mocosa presumida? Voy a buscar otra cerveza. —Salió de la habitación—. Y permíteme decirte otra cosa —añadió desde la puerta—. ¡El mero hecho de que pilotes helicópteros, programes ordenadores, hagas culturismo y todo lo demás no significa que seas mejor que yo!

—¡Nunca he dicho que fuera mejor que tú! —gritó Lucy.

—¡Y una mierda que no lo has dicho! —replicó Marino desde la cocina.

—La diferencia entre tú y yo es que yo hago lo que quiero —dijo Lucy—. No acepto limitaciones.

—Sigue soñando, gilipollas.

—Ah, por fin estamos llegando al meollo del asunto —dijo Lucy cuando Marino regresó—. Yo soy una agente federal que combate a los malos en las calles más peligrosas del gran mundo, mientras que tú llevas uniforme y vas de un lado a otro haciendo de niñera a los polis a cualquier hora de la noche.

—¡Y te gustan las armas porque te encantaría tener una polla!

—¡Para lo que me serviría!

—Ya está bien —exclamé—. ¡Basta! Los dos deberíais avergonzaros. Hacer esto... precisamente en este momento... —Se me quebró la voz y las lágrimas me abrasaron los ojos. Estaba decidida a no volver a perder el control, y me horrorizó el que ya no pareciera poder evitarlo. Aparté la mirada. El fuego crepitaba rompiendo el tenso silencio. Marino se levantó, removió las ascuas con el atizador y colocó otro tronco.

—Odio la Navidad —mascculló Lucy.

9

A la mañana siguiente, Lucy y Jo debían tomar un avión a primera hora, y como yo no hubiera podido soportar el vacío que volvería a reinar en la casa al cerrarse la puerta, me fui con ellas, maletín en mano. Sabía que sería un día horrible.

—Ojalá no tuvierais que iros —dije—. Pero supongo que Miami no podría sobrevivir otro día si os quedarais aquí conmigo.

—Miami, probablemente, no sobrevivirá de todas maneras —afirmó Lucy—. Pero para eso nos pagan, para librar guerras que ya están perdidas. Algo así como Richmond, cuando piensas en ello. Dios, me encuentro fatal.

Las dos llevaban tejanos no muy limpios y camisas arrugadas, y lo único que habían hecho era echarse un poco de espuma fijadora en el pelo. Las tres nos sentíamos agotadas y con resaca mientras hablábamos delante de mi garaje. Las linternas y los faroles se apagaron en cuanto el cielo se volvió azul oscuro. No podíamos vernos muy bien, y sólo distinguíamos nuestras siluetas, los ojos relucientes y las nubecillas del aliento. La escarcha acumulada sobre nuestros coches parecía encaje.

—Pero los Uno Sesenta y Cinco no sobrevivirán —aseguró Lucy, decidida a hacerse la valiente—. Y tengo muchas ganas de verlo.

—¿Los quién? —pregunté.

—Esos traficantes de armas detrás de los que andamos. Acuérdate de que te conté que los llamábamos así porque su munición preferida es la Speer Gold Dot del uno sesenta y cinco, lo mejor de lo mejor. Eso y toda clase de mercancía: fusiles automáticos del quince, fusiles de asalto del calibre dos veintitrés, y mierda china y rusa totalmente automatizada. Todo procedente de la tierra prometida de los gusanos. Brasil, Venezuela, Colombia, Puerto Rico, ya sabes.

»Y la cosa es que todo eso está siendo introducido de contrabando en barcos de carga que no tienen ni idea de lo que llevan a bordo. Piensa en el puerto de Los Ángeles, por ejemplo: allí descargan un transporte de contenedores cada minuto y medio. Nadie puede registrar todo eso.

—Claro.

Me palpitaba la cabeza.

—Nos sentimos muy orgullosas de que nos encargaran la misión —añadió Jo ásperamente—. Hace un par de meses, el cadáver de un tipo de Panamá, que resultó que estaba relacionado con ese cártel, apareció en un canal del sur de Florida. Cuando le hicieron la autopsia, le encontraron la lengua en el estómago, porque sus compatriotas se la habían cortado y lo obligaron a comérsela.

—No estoy segura de querer oír todo esto —dije mientras el veneno volvía a infiltrarse en mi mente.

—Yo soy Terry y ella es Brandy —me hizo saber Lucy, y le sonrió a Jo—. Dos chicas de la Universidad de Miami que no llegaron a graduarse, pero, eh, ¿quién necesita un título universitario?, porque durante todos esos semestres de duro trabajo en que nos dejamos la piel tomando drogas y follando, acumulamos unas cuantas direcciones bastante interesantes que merecerían ser explotadas. Hemos desarrollado una excelente relación social con un par de chicos del Uno Sesenta y Cinco que se dedican a manejar armas, drogas y dinero. Ahora andamos detrás de un tipo de Fisher Island que tiene bastantes armas como para abrir su propia armería y suficiente coca para hacer que parezca que está nevando.

Yo no podía soportar oírla hablar de aquella manera.

—Naturalmente, la supuesta víctima también es un agente infiltrado —continuó diciendo Lucy mientras grandes cuervos negros empezaban a lanzar ásperos graznidos y las luces de las ventanas se encendían a lo largo de la calle.

Reparé en que había velas en las ventanas y guirnaldas en las puertas. Apenas había pensado en la Navidad, y en menos de tres semanas se presentaría a mi puerta. Lucy se sacó la cartera del bolsillo de atrás y me enseñó su permiso de conducir. La fotografía era suya, pero nada más lo era.

—Terry Jennifer Davis —leyó—. Blanca, veinticuatro años, metro sesenta y cinco, cincuenta y cinco kilos. Ser otra persona resulta verdaderamente extraño. Deberías ver la tapadera que me han organizado allí abajo, tía Kay. Tengo una casita preciosa en South Beach y conduzco un Mercedes Benz descapotable de doce cilindros confiscado durante una redada antidrogas en San Pablo. Color plateado. Y tendrías que ver mi Glock. Es un auténtico modelo de coleccionista: calibre cuarenta, guía de acero inoxidable, pequeña. Una preciosidad, te lo aseguro.

El veneno estaba empezando a sofocarme. Cubría mis ojos con un velo púrpura y hacía que se me entumecieran las manos y los pies.

—Lucy, ¿qué te parece parar de una vez con el numerito? —intervino Jo, dándose cuenta de cómo me estaba afectando todo aquello—. Es como si la vieras practicar una autopsia. Puede llegar a ser más de lo que quieres saber, ¿no?

—Me ha dejado mirar —siguió alardeando Lucy—. Habré visto una media docena.

Jo empezaba a enfadarse.

—Demostraciones para la academia de policía. —Mi sobrina se encogió de hombros—. Nada de crímenes brutales.

Su falta de sensibilidad me turbó. Era como si estuviese hablando de restaurantes.

—Por lo general, personas que se han suicidado o han muerto por causas naturales. Las familias donan los cuerpos a la División de Anatomía.

Sus palabras flotaban a mi alrededor como gas tóxico.

—Así que no les molesta que al tío Tim o a la prima Beth

les hagan la autopsia delante de un montón de policías —prosiguió Lucy—. De todas maneras, la mayoría de familias no están en situación de permitirse un entierro, incluso puede que les paguen algo por las donaciones de cuerpos. ¿No es así, tía Kay?

—No, no les pagan nada, y los cuerpos que las familias donan a la ciencia se utilizan para enseñar cómo se hace una autopsia —dije, horrorizada—. Por Dios, ¿qué te pasa? —exclamé sin poder contenerme.

Árboles sin hojas alzaban su silueta de araña hacia el nublado amanecer, y dos Cadillacs pasaron junto a nosotras. Noté gente mirándonos.

—Espero que no pienses convertir en un hábito esto de hacerte la dura —le espeté—, porque ya suena lo suficientemente estúpido cuando es un ignorante lobotomizado quien lo hace. Y para que conste en acta, Lucy, te he permitido asistir a tres autopsias, y aunque las demostraciones de la academia de policía no sean crímenes brutales, eran seres humanos. Alguien quería a esos tres muertos que viste. Esos tres muertos tenían sentimientos. Conocieron el amor, la felicidad y la pena. Cenaban, iban en coche a trabajar, salían de vacaciones...

—No pretendía... —balbuceó Lucy.

—Te aseguro que cuando vivían, esas tres personas nunca pensaron que acabarían en un depósito de cadáveres con veinte novatos y una cría como tú contemplando sus cuerpos desnudos y abiertos en canal. ¿Te gustaría que oyeran lo que has dicho hace un momento?

Un brillo de lágrimas apareció en los ojos de Lucy. Tragó saliva con dificultad y desvió la mirada.

—Lo lamento, tía Kay —susurró.

—Porque siempre he creído que debes imaginarte que los muertos te escuchan cuando hablas, y quizás oigan todos esos chistes y bromas de mal gusto. Porque nosotros los oímos, de eso no cabe duda. ¿Qué efecto te produce oírtelos decir u oírlos de alguna otra persona?

—Tía Kay...

—Te diré qué efecto produce eso en ti —continué, hirviendo de furia—. Acabas siendo tal como eres ahora. —Extendí la mano como si le estuviera presentando el mundo mientras ella me miraba con cara de perplejidad—. Acabas haciendo lo que yo estoy haciendo en este momento. Estar de pie delante de un garaje mientras sale el sol, imaginándote a alguien a quien quieres en un puto depósito de cadáveres. Te imaginas cómo se burlan de él, y cómo bromean y hacen comentarios sobre el tamaño de su pene o lo mucho que apesta. Quizá lo hayan dejado caer encima de la mesa y cuando estaban a mitad de la maldita autopsia, puede que le hayan tapado la cavidad torácica vacía con una toalla y se hayan ido a almorzar. Y puede que unos polis que están trabajando en otros casos entren a echar un vistazo y hagan comentarios estúpidos.

Lucy y Jo me miraban con expresión de asombro.

—No pienses que no he oído de todo —añadí, mientras abría bruscamente la puerta de mi coche—. Una vida pasando por manos indiferentes, y por el aire frío y el agua. Todo tan, tan, tan frío... Aunque haya muerto en la cama, al final todo es terriblemente frío. Así que no me hables de autopsias. —Me senté al volante—. Así que no vuelvas a hacerte la dura conmigo, Lucy —le advertí.

Era como si no pudiese parar. Mi voz parecía venir de otro lugar. Incluso se me ocurrió pensar que estaba perdiendo el juicio. ¿No era eso lo que ocurría cuando la gente se volvía loca? De pronto, se encontraban fuera de sí mismos y se veían hacer cosas que no eran propias de ellos, como matar a alguien o subirse al alféizar de una ventana y saltar al vacío.

—Esas cosas resuenan eternamente dentro de tu cabeza como una campana, estrellando su horrible badajo contra las paredes de tu cráneo —continué—. Dicen que las palabras nunca hacen daño, pero no es verdad. Porque las tuyas me han hecho muchísimo daño. Vuélvete a Miami.

Lucy no movió un músculo mientras yo ponía en marcha mi coche y me alejaba a toda velocidad, rozando el murete de granito con uno de los neumáticos traseros. Ella y Jo aparecieron en mi retrovisor. Se estaban diciendo algo, y después subieron a su coche alquilado. Las manos me temblaban de tal manera que no pude encender un cigarrillo hasta que el tráfico me obligó a detenerme.

No permití que Lucy y Jo me alcanzaran. Tomé por la salida de la calle Nueve y las imaginé yendo como una exhalación por la I-64, dirigiéndose hacia el aeropuerto para volver a sus vidas de agentes infiltrados.

—Maldita seas —murmuré pensando en mi sobrina.

El corazón me martilleaba el pecho como si estuviera intentando escapar.

—Maldita seas, Lucy —dije llorando.

10

El nuevo edificio en el que trabajaba se hallaba en el ojo de un feroz huracán de desarrollo inmobiliario que yo nunca hubiese podido imaginar al trasladarme a Richmond en los años setenta. Recordaba haberme sentido un tanto traicionada al llegar procedente de Miami en el momento en que los negocios de Richmond decidían huir en desbandada hacia los condados y los centros comerciales de los alrededores. La gente dejó de acudir a los comercios y los restaurantes del centro, especialmente por la noche.

El patrimonio histórico de Richmond fue víctima del abandono y el crimen hasta mediados de los noventa, cuando la Universidad de la Commonwealth de Virginia empezó a reclamar y revitalizar lo que había sido relegado a la ruina. Magníficos edificios, que compartían el mismo diseño de vidrio y ladrillos, parecían surgir del suelo de la noche a la mañana. Mi departamento y mi depósito de cadáveres compartían espacio con los laboratorios y el recientemente fundado Instituto de Ciencia y Medicina Forense de Virginia, que era la primera academia de su tipo del país, o quizá del mundo.

Incluso disponía de una buena plaza de aparcamiento cerca de la puerta del edificio principal. Allí me hallaba en aquel momento, sentada dentro de mi coche, recogiendo mis pertenencias e intentando frenar los pensamientos que daban vueltas dentro de mi cabeza. En una reacción infantil, había desconectado el teléfono de mi coche para que Lucy no pudiera llamarme. Volví a conectarlo con la esperanza de que sonara y clavé los ojos en él. La última vez que me había comportado así fue después de la peor pelea que tuve con Benton y yo le ordenara que se fuera de mi casa y no volviera nunca. Esa vez desconecté mis teléfonos, sólo para volver a conectarlos una hora después y dejarme llevar por el pánico cuando Benton no llamó.

Miré mi reloj. Faltaba menos de una hora para que Lucy subiera a su avión. Pensé en llamar a USAir y pedir que le avisaran. Me sentía perpleja y humillada por la forma en que me había comportado. También me sentía impotente, porque no podía pedir disculpas a una muchacha llamada Terry Davis que no tenía una tía Kay o un número de teléfono accesible y vivía en algún lugar de South Beach.

Cuando entré en el vestíbulo de terrazo y cristal del edificio, no tenía muy buena cara. Jake, que atendía la mesa de seguridad, enseguida se percató de ello.

—Buenos días, doctora Scarpetta —dijo, con su nerviosismo habitual—. Me parece que no se encuentra demasiado bien.

—Buenos días, Jake. ¿Qué tal estás?

—Así así. Aunque se supone que el tiempo no tardará en ir a peor, y eso es algo que no me hace ninguna falta.

Tenía un bolígrafo en las manos, y no paraba de abrirlo y cerrarlo.

—No consigo librarme de este dolor en la espalda, doctora Scarpetta. Lo tengo justo entre los omóplatos. —Movió los hombros y el cuello—. Es una especie de pellizco, como si tuviera algo encajado ahí. Empecé a notarlo el otro día, después de haber estado levantando pesas. ¿Qué cree que debería hacer? ¿O tengo que comunicárselo por escrito?

Pensé que estaba intentando hacerse el gracioso, pero no sonreía.

—Calor húmedo. Y olvídate de las pesas durante una temporada.

—Eh, gracias. ¿Cuánto le debo?

—No puedes pagarte mis servicios, Jake.

Sonrió. Pasé mi tarjeta electrónica por la cerradura de la puerta que daba acceso al área donde se encontraba mi despacho, y la puerta se abrió con un chasquido. Oí a las administrativas a mi cargo, Polly y Cleta, hablar y teclear. Los teléfonos ya estaban sonando, a pesar de que ni siquiera eran las siete y media.

—... Es serio, realmente serio.

—¿Crees que las personas de otros países huelen distinto cuando se pudren?

—¡Venga, Polly! ¿Se puede saber qué tontería es ésa?

Estaban metidas en sus cubículos grises, repasando fotos de autopsias e introduciendo datos en sus respectivos ordenadores.

—Más vale que se tome un café mientras pueda —me saludó Cleta con una mueca de preocupación.

—Desde luego —convino Polly, pulsando la tecla de entrada.

—Ya lo he oído —repliqué.

—Bueno, mantendré la boca cerrada —dijo Polly, que era incapaz de estarse callada por mucho que lo intentara.

Cleta se pasó un dedo por los labios sin que el ritmo de su tecleado se alterara por ello.

—¿Dónde se ha metido todo el mundo?

—En el depósito de cadáveres —me informó Cleta—. Hoy tenemos ocho casos.

—Has perdido un montón de peso, Cleta —observé mientras recogía los certificados de defunción del buzón de mi antesala.

—¡Casi seis kilos! —exclamó mientras esparcía fotos llenas de sangre y vísceras por encima del escritorio, como si estuviera jugando a las cartas, para ordenarlas por números de casos—. Gracias por haberse dado cuenta. Me alegro de que alguien de aquí lo note.

—Maldición —dije, echando una mirada al certificado de defunción que coronaba el montón de instantáneas—. ¿Crees que alguna vez conseguiremos convencer al doctor Carmichael de que «paro cardíaco» no es una causa de muerte? A todo el mundo se le para el corazón al morir. La cuestión es por qué se para. Bueno, éste tendrá que rectificarlo.

Examiné más certificados mientras andaba por el largo pasillo enmoquetado que llevaba a mi despacho en la esquina. Rose trabajaba en una amplia área con montones de ventanas, y no se podía llegar a mi puerta sin entrar en su espacio aéreo. Se hallaba de pie delante del cajón abierto de un archivador, moviendo los dedos con impaciencia sobre las etiquetas de los expedientes.

—¿Cómo está? —preguntó, sosteniendo el bolígrafo entre los dientes—. Marino anda buscándola.

—Rose, hemos de hablar con el doctor Carmichael.

—¿Otra vez?

—Me temo que sí.

—Ese hombre necesita jubilarse.

Mi secretaria llevaba años diciéndolo. Cerró el cajón y abrió otro.

—¿Por qué me busca Marino? ¿Llamó desde casa?

Rose se sacó el bolígrafo de la boca.

—Está aquí. O estaba. Doctora Scarpetta, ¿se acuerda de la carta que recibió el mes pasado de aquella horrible mujer?

—¿Qué horrible mujer? —pregunté, mirando pasillo arriba y pasillo abajo en busca de Marino sin ver ni rastro de él.

—La que han enchironado por asesinar a su esposo después de haberle hecho un seguro de vida por valor de un millón de dólares.

—Oh, ésa. —Me quité la chaqueta mientras entraba en mi despacho y dejé el maletín en el suelo—. ¿Y por qué me busca Marino? —volví a preguntar.

Rose no respondió. Se estaba volviendo un poco dura de oído, y cada recordatorio de sus crecientes flaquezas me asustaba. Dejé los certificados de defunción encima de unos cien más que aún no había tenido tiempo de revisar y colgué la chaqueta del respaldo de mi asiento.

—Bueno, el problema es que le ha enviado otra carta —dijo Rose alzando la voz—. Y esta vez la acusa de estar metida en el crimen organizado.

Descolgué mi bata de laboratorio de detrás de la puerta.

—Afirma que usted conspiró con la compañía de seguros y cambió la forma en que murió su esposo, de accidente a homicidio, para que no tuvieran que pagarle. Y que a cambio de eso se embolsó una buena cantidad, que es, según ella, la manera en que ha podido permitirse su Mercedes y todos sus trajes caros.

Me eché la bata de laboratorio por encima de los hombros y metí los brazos en las mangas.

—¿Sabe, doctora Scarpetta?, los locos de ahora me tienen muy preocupada —dijo Rose—. Algunos de ellos me dan auténtico pánico, y creo que Internet lo está empeorando todo. No está escuchando ni una sola palabra de lo que le digo —añadió asomando la cabeza por el hueco de la puerta.

—Yo compro trajes en las rebajas y tú le echas la culpa de todo a Internet.

Probablemente ni siquiera me molestaría en comprar ropa si Rose no me obligara a salir a la calle de vez en cuando, los días en que las tiendas liquidaban la moda de la temporada pasada. Odiaba ir de compras, a menos que fuera para ir a buscar buen vino o comida de calidad. Odiaba las multitudes. Odiaba los centros comerciales. Rose odiaba Internet y creía que algún día el mundo se acabaría a causa de la red. Usaba su correo electrónico sólo porque yo la obligaba a hacerlo.

—Si Lucy telefonea, ¿querrás asegurarte de que me pasan la llamada esté donde esté? —pedí en el mismo instante en que Marino entraba en el despacho de Rose—. Y prueba en su departamento; ahí pueden ayudarte a localizarla.

Pensar en Lucy hizo que se me formara un nudo en el estómago. Había perdido los estribos y la había atacado con palabras en las que no creía. Rose me miró. De alguna manera lo sabía.

—Está usted muy elegante esta mañana, capitán —le dijo a Marino.

Marino soltó un gruñido. Hubo un tintineo de cristal cuando abrió un frasco de caramelos de limón que Rose tenía encima de su escritorio y tomó uno.

—¿Qué quiere que haga con la carta de esa loca? —me

preguntó Rose por el hueco de la puerta, con las gafas de lectura inclinadas sobre su nariz, mientras rebuscaba en el interior de otro cajón.

—Creo que ya va siendo hora de que enviemos el expediente de la dama, eso suponiendo que consigas encontrarlo, a la oficina del fiscal general —contesté yo—. Por si se le ocurre presentar una demanda, que probablemente será lo próximo que haga. Buenos días, Marino.

—¿Seguís hablando de esa chiflada a la que metí entre rejas? —preguntó Marino, chupando el caramelo.

—Tienes razón. Esa chiflada fue uno de tus casos.

—Así que supongo que también me pondrá una demanda, ¿no?

—Probablemente —murmuré de pie delante de mi escritorio mientras examinaba los mensajes telefónicos del día anterior—. ¿Por qué todo el mundo me llama cuando no estoy aquí?

—Me parece que estoy acostumbrándome a que me demanden —dijo Marino—. Hace que me sienta especial.

—Pues yo no consigo acostumbrarme a verlo de uniforme, capitán Marino —confesó Rose—. ¿Debería cuadrarme y hacer la venia?

—No me cabrees, Rose.

—Creía que tu turno no empezaba hasta las tres —dije.

—Lo bueno de que me demanden es que será la ciudad la que tenga que pagar. Ja, ja. Que se jodan.

—Ya veremos lo mucho que se ríe cuando uno de estos días le toque pagar a usted y pierda su camioneta y su preciosa piscina. O todos esos adornos navideños y las cajas de fusibles extra, no lo quiera Dios —le dijo Rose mientras yo abría y cerraba los cajones de mi escritorio.

—¿Alguien ha visto mis rotuladores de punta fina? —pregunté—. No me queda ni un puto rotulador. ¿Rose? Estoy hablando de esos rotuladores Pilot. El viernes tenía al menos una caja entera. Lo sé porque los compré yo misma la última vez que fui a Ukrops. Y esto sí que no me lo puedo creer. ¡Mi Waterman también ha desaparecido!

—Y ahora no me venga con que no le había advertido que no debía dejar nada de valor por aquí —me recriminó Rose.

—Necesito fumar —dijo Marino—. Estoy harto de estos malditos edificios sin humos. Tenéis este sitio lleno de muertos, y al estado le preocupa que fumemos. ¿Y qué pasa con todos esos vapores de formalina? Unas cuantas inhalaciones de esa mierda matarían a un caballo.

—¡Joder! —Cerré un cajón y abrí otro—. ¿Y adivina qué más? El Advil, los polvos BC y el Sudafed también han desaparecido. Ahora sí que estoy empezando a cabrearme seriamente.

—El dinero del café, el móvil de Cleta, los almuerzos, y ahora sus bolígrafos y su aspirina. Las cosas han llegado a tal extremo que me he acostumbrado a llevarme la agenda siempre que he de salir del despacho. El personal ha empezado a llamar a quien sea que está robando todo eso «el Ladrón de Cadáveres» —dijo Rose con irritación—. Lo cual me parece que no tiene ninguna gracia.

Marino fue hacia ella y la rodeó con el brazo.

—Cariño, no puedes culpar a un hombre por querer llevarse tu cuerpo a casa —le dijo dulcemente al oído—. Llevo queriendo hacerlo desde que te vi por primera vez, cuando tuve que enseñarle a la doctora todo lo que sabe.

Rose le dio un casto beso en la mejilla y apoyó la cabeza en su hombro. Súbitamente, se la veía derrotada y vieja.

—Estoy cansada, capitán —murmuró.

—Yo también, cariño. Yo también.

Miré mi reloj.

—Rose, haz el favor de decir a todo el mundo que la reunión de personal se retrasará unos minutos. Hablemos, Marino.

La sala de fumadores era un rincón del recinto en el que había dos sillas, una máquina expendedora de refrescos y un cenicero sucio y abollado que Marino y yo dejamos entre nosotros. Encendimos sendos cigarrillos y sentí la vieja punzada de la vergüenza.

—¿Por qué estás aquí? —pregunté—. ¿No te buscaste suficientes problemas ayer?

—He estado pensando en lo que dijo Lucy anoche, doctora. Sobre mi situación actual, ya sabes: todo eso de que estoy acabado, ya no sirvo para nada y no hago más que darme de cabeza contra la pared. Si quieres que te diga la verdad, no lo soporto. Soy un detective y lo he sido durante casi toda mi vida. No puedo seguir con esta payasada del uniforme. No puedo trabajar para gilipollas como Diane Bray.

—Por eso te presentaste al examen de detective especializado el año pasado —le recordé—. No tienes que seguir en el departamento de policía, Marino, y cuando digo eso estoy pensando en cualquier departamento de policía. Tienes acumulados años de servicio más que suficientes para retirarte. Estás en situación de establecer tus propias reglas.

—No te ofendas, doctora, pero tampoco quiero trabajar para ti —repuso—. Ni a tiempo parcial, ni en casos determinados, ni de cualquier otra manera.

El estado me había adjudicado dos plazas para detectives especializados, y yo aún no había cubierto ninguna de ellas.

—Lo importante es que tienes varias opciones —dije, sintiéndome herida y no queriendo demostrarlo.

Marino guardó silencio. Benton apareció en mi mente y vi cariño en sus ojos; un instante después, ya se había esfumado. Sentí la reconfortante presencia de Rose y temí la pérdida de Lucy. Pensé en la vejez y en la gente desapareciendo de mi vida.

—No me dejes, Marino —le dije.

Tardó unos momentos en responderme, y cuando lo hizo le ardían los ojos.

—Que les den por saco a todos, doctora —mascullo—. Nadie va a decirme lo que he de hacer. Si quiero trabajar en un caso, te aseguro que lo haré. —Sacudió la ceniza de su cigarrillo pareciendo sentirse muy satisfecho de sí mismo.

—No quiero que te despidan o te degraden.

—No pueden degradarme más de lo que ya me han degradado —contestó él con otro relámpago de furia—. No pueden degradarme por debajo del rango de capitán, y no hay puesto peor que el que tengo. Y en cuanto a lo de despedirme, que me despidan. Pero ¿sabes una cosa? No lo harán. ¿Y quieres saber por qué? Porque podría irme con Henrico, Chesterfield, Hanover o con quien quieras. No sabes la de veces que me han pedido que dirigiera investigaciones en otros departamentos.

Me acordé del cigarrillo que tenía en la mano.

—Unos cuantos incluso querían que fuese jefe —añadió.

—No te engañes —le advertí. Noté el gusto del mentol—. Oh, Dios, no puedo creer que esté haciendo esto otra vez.

—No estoy intentando engañar a nadie —dijo, y advertí que su ánimo empezaba a decaer—. Es como si me encontrara en el planeta equivocado. No conozco a las Bray y las Anderson de este mundo. ¿Quiénes son esas mujeres?

—Personas hambrientas de poder.

—Tú eres poderosa. Tienes mucho más poder que ellas o que ninguna de las personas que he conocido jamás, la mayoría de los hombres incluidos, y no eres así.

—Últimamente no me siento muy poderosa. Esta mañana ni siquiera he sido capaz de controlar mi mal genio delante de mi sobrina, su chica y, probablemente, unos cuantos vecinos. —Exhalé una nubecilla de humo—. Y siento asco de mí misma.

Marino se inclinó hacia delante en su asiento.

—Tú y yo somos las dos únicas personas a las que les importa ese cadáver medio podrido de ahí dentro. —Señaló la puerta del depósito con el pulgar—. Apuesto a que Anderson ni siquiera aparecerá esta mañana. De una cosa puedes estar segura, y es que no presenciará cómo lo abres en canal.

La expresión de su rostro hizo que mi corazón empezara a latir desacompasadamente. Marino estaba desesperado. Lo que había hecho durante toda su vida era lo único que le quedaba, aparte de una ex esposa y un hijo llamado Rocky al que no veía. Estaba atrapado en un cuerpo sometido a demasiados abusos que no tardaría en pasarle factura. No tenía dinero, y su gusto en cuestión de mujeres no podía ser peor. Era políticamente incorrecto, malhablado e indolente.

—Bueno, en una cosa tienes razón: no deberías ir de uniforme —dije—. De hecho, eres una auténtica vergüenza para el departamento. ¿Qué es eso que veo en tu camisa? ¿Mostaza otra vez? Tu corbata es demasiado corta. Déjame ver tus calcetines. —Me incliné y miré por debajo de los pantalones de su uniforme—. No hacen juego. Uno es negro y el otro, azul marino.

—No permitas que te meta en líos, doctora.

—Ya estoy metida en un buen lío, Marino.

11

Uno de los aspectos más despiadados de mi trabajo era que los restos desconocidos se convertían en el Torso, la Dama del Maletero o el Superhombre. Estos apelativos despojaban a la persona de su identidad y de todo lo que había sido o hecho en la tierra de una forma tan implacable como la muerte misma.

Yo consideraba como una dolorosa derrota personal el no poder identificar a alguien que me era confiado. Metía los huesos en cajas y guardaba éstas bajo llave en el «armario de los esqueletos», con la esperanza de que algún día me dijesen quiénes eran. Guardaba cuerpos intactos o en partes durante meses y años en frigoríficos, y no los entregaba a la fosa común hasta que ya no había más esperanza o espacio. No disponíamos de sitio suficiente para conservar a todo el mundo eternamente.

El caso de esa mañana había sido bautizado como el Hombre del Contenedor. Se hallaba en muy mal estado, y confiaba en no tener que guardarlo durante mucho tiempo. Cuando la descomposición estaba tan avanzada, ni siquiera la refrigeración podía detenerla.

—A veces no sé cómo lo aguantas —gruñó Marino.

Estábamos en el vestuario contiguo al depósito y ninguna puerta cerrada o pared de cemento podía mantener completamente a raya el hedor.

—No tienes por qué estar aquí —le recordé.

—No me lo perdería por nada del mundo.

Nos envolvimos en batas dobles, guantes, protectores de mangas y zapatos, gorras y mascarillas quirúrgicas con protector facial. No usábamos bolsas de aire porque yo no creía en ellas, y mejor que no sorprendiera nunca a uno de mis doctores metiéndose un inhalador Vicks por la nariz, aunque los policías lo hacían continuamente. Si un forense es incapaz de soportar los aspectos más desagradables de su trabajo, debería dedicarse a otra cosa.

Y además, los olores son importantes. Tienen su propia historia que contar. Un olor dulzón podría indicar presencia de etclorvinol, mientras que el hidrato de cloro huele a peras. Ambos me harían pensar en una dosis de barbitúricos. Por otro lado, una pizca de olor a ajo podía ser una señal de arsénico. Los fenoles y el nitrobenceno recuerdan al éter y el betún respectivamente, y el glicolato de etileno huele exactamente igual que el anticongelante, porque eso es exactamente lo que es. Aislar olores potencialmente significativos en medio del espantoso hedor de los cuerpos sucios y medio podridos se parece bastante a un trabajo de arqueología. Te concentras en lo que estás buscando, y no en las pésimas condiciones que lo rodean.

La «sala de descompuestos», como la llamábamos, era una versión en miniatura de la sala de autopsias. Disponía de su propio sistema de ventilación y refrigeración, y de una mesa con ruedas que se podía unir a una enorme pileta. Todo, los armarios y las puertas incluidos, era de acero inoxidable. Las paredes y el suelo estaban recubiertos de un material acrílico no absorbente que podía soportar los lavados más enérgicos con lejía y desinfectantes. Las puertas automáticas se abrían mediante botones de acero lo bastante grandes para ser presionados con los codos en vez de con las manos.

Cuando las puertas se cerraron detrás de Marino y de mí, me sorprendió encontrar a Anderson apoyada contra el borde de una encimera, y la camilla, con el cuerpo dentro de la bolsa, aparcada en medio de la sala. El cadáver es evidencia. Nunca dejo a un investigador a solas con uno que no ha sido examinado, sobre todo desde la espantosa chapuza del juicio de O. J. Simpson, cuando se puso de moda que todo el mundo fuera inculpado ante el tribunal excepto el acusado.

—¿Qué está haciendo aquí y dónde se ha metido Chuck? —le pregunté a Anderson.

Chuck Ruffin era mi ayudante en el depósito, y debería haber estado allí desde hacía rato para inspeccionar el instrumental quirúrgico, etiquetar tubos de ensayo y asegurarse de que yo dispusiera de todo lo necesario.

—Me dejó entrar y se fue no sé dónde.

—¿La dejó entrar y luego se fue? ¿Cuánto hace de eso?

—Unos veinte minutos —respondió Anderson, cuyos ojos permanecían recelosamente fijos en Marino.

—¿Detecto acaso un ligero olor a Vicks? —dijo Marino en tono trivial.

La vaselina relucía sobre el labio superior de Anderson.

—¿Ve ese desodorizador de tamaño industrial de ahí arriba? —Marino alzó la cabeza hacia el sistema de ventilación especial del techo—. Pues lo crea o no, Anderson, en cuanto esa bolsa haya sido abierta, no servirá absolutamente de nada.

—No he planeado quedarme —contestó Anderson.

Eso era obvio. Ni siquiera se había puesto guantes quirúrgicos.

—No debería estar aquí sin la indumentaria adecuada —le dije.

—Sólo quería que supiera que estaré hablando con los testigos y que quiero que me llame en cuanto disponga de información sobre lo que le ocurrió —dijo.

—¿Qué testigos? ¿Bray va a enviarla a Bélgica? —preguntó Marino, cuyo aliento le empañaba el protector facial.

No creí ni por un instante que Anderson hubiera ido a ese sitio tan desagradable para decirme nada. Lo que la había llevado hasta allí no guardaba ninguna relación con aquel caso. Volví la mirada hacia la bolsa rojo oscuro que contenía el cadáver, para ver si había sufrido alguna alteración, mientras los fríos dedos de la paranoia rozaban mi cerebro. Después miré hacia el reloj de la pared. Ya eran casi las nueve.

—Llámeme —me dijo Anderson como si fuera una orden.

Las puertas se cerraron tras ella. Tomé el auricular del interfono y llamé a Rose.

—¿Dónde demonios está Chuck? —pregunté.

—Sólo Dios lo sabe —respondió Rose sin tratar de ocultar el desdén que sentía por mi joven ayudante.

—Por favor, localízalo y dile que venga aquí ahora mismo. Me tiene frita, créeme. Y anota esta llamada, como de costumbre. Documéntalo todo.

—Siempre lo hago.

—Uno de estos días voy a despedirlo —le dije a Marino cuando hube colgado—. En cuanto me haya hartado de él. Es un gandul y un completo irresponsable, y antes no era así.

—Sólo es más gandul e irresponsable de lo que solía ser —puntualizó Marino—. Ese tipo no es de fiar; anda tramando algo y, sólo para que lo sepas, ha estado intentando conseguir una plaza en la policía.

—Estupendo. Por mí ya os lo podéis quedar.

—Es uno de esos aspirantes que babean con los uniformes, las armas y las luces que destellan —dijo Marino mientras yo empezaba a abrir la cremallera de la bolsa.

Su voz ya estaba empezando a perder el brío habitual, pero hacía cuanto podía para mantener una actitud estoica.

—¿Te encuentras bien? —le pregunté.

—Desde luego.

El hedor se abatió sobre nosotros como una tormenta.

—¡Mierda! —se quejó Marino mientras yo apartaba las sábanas que envolvían el cuerpo—. ¡Maldito cabrón hijo de puta!

A veces, un cadáver se hallaba en un estado tan horrendo que se convertía en un miasma surreal de colores, texturas y olores imposibles capaces de distorsionar, desorientar y hacer que alguien cayera redondo al suelo. Marino retrocedió hacia la encimera, y yo tuve que hacer un considerable esfuerzo para no echarme a reír.

Estaba francamente ridículo con la indumentaria quirúrgica. Cuando llevaba los protectores para el calzado, tendía a patinar en vez de andar, y como la gorra no encontraba mucho asidero en su calva cabeza, solía adoptar la forma de un enorme vaso de papel. Le di quince minutos más antes de que saliera huyendo como siempre.

—El pobre no puede evitarlo —me dije, recordándole.

Marino estaba muy ocupado llenándose las fosas nasales con Vicks.

—Vamos, eso es un poco tonto, ¿no? —comenté mientras las puertas volvían a abrirse y Chuck Ruffin entraba con unas radiografías.

»Traer a alguien aquí y luego desaparecer como si tal cosa no es muy buena idea —le hice saber a Ruffin con más calma de la que sentía—. Especialmente cuando se trata de una detective novata.

—No sabía que era novata —explicó Ruffin.

—¿Y qué pensabas que era? —intervino Marino—. Nunca ha estado aquí antes y aparenta unos trece años de edad.

—Sí, no cabe duda de que es muy plana. No como a mí me gustan, eso se lo puedo asegurar —dijo Ruffin arrastrando las palabras—. ¡Alerta lesbiana! —añadió, y se puso a imitar el sonido de una sirena y agitar las manos.

—No dejamos a personas no autorizadas solas con cadáveres que no han sido examinados. Eso incluye a los policías, tanto si tienen experiencia como si no. —Me estaban entrando ganas de despedirlo en ese mismo instante.

—Lo sé. —Ruffin intentó hacerse el simpático—. O. J. y el guante de cuero que no debería haber estado ahí atacan de nuevo.

Ruffin era alto y delgado; tenía unos soñolientos ojos pardos y una indisciplinada cabellera rubia que parecía crecer en todas direcciones, lo que le daba un aspecto desaliñado, de recién levantado de la cama, que las mujeres parecían encontrar irresistible. Conmigo su encanto no funcionaba, y ya no intentaba valerse de él.

—¿A qué hora llegó la detective Anderson esta mañana? —pregunté.

Su respuesta consistió en recorrer la sala encendiendo las pantallas luminosas que se hallaban a lo largo de las paredes.

—Siento llegar con retraso. Estaba hablando por teléfono. Mi esposa está enferma.

Ruffin ya había usado esa excusa tantas veces que o su

esposa estaba crónicamente enferma, era una hipocondríaca o se encontraba a las puertas de la muerte.

—Supongo que Rene ha decidido no quedarse... —dijo, refiriéndose a Anderson.

—¿Rene? —le interrumpió Marino—. No sabía que fuerais tan buenos amigos.

Ruffin empezó a sacar radiografías de los grandes sobres marrones.

—¿A qué hora llegó Anderson aquí, Chuck? —insistí, intentándolo de nuevo.

—¿Para ser exactos? —Pensó durante unos momentos antes de responder—. Supongo que llegó aquí cosa de un cuarto de hora después.

—Después de las ocho —puntualicé.

—Ajá.

—¿Y permitiste que entrara en el depósito aun sabiendo que todo el mundo estaría en la reunión de personal? —pregunté. Él colocaba las radiografías sobre las pantallas iluminadas—. ¿Sabiendo que el depósito estaría desierto, con papeles, efectos personales y cadáveres por todos lados?

—Ella nunca había visto este sitio, así que la obsequié con una visita rápida... —dijo Ruffin, y se apresuró a añadir—: y además, yo estaba aquí intentando ponerme al día con el recuento de píldoras.

Se refería al inacabable suministro de fármacos vendidos con receta que llegaban al depósito de cadáveres con la mayor parte de nuestros casos. Ruffin tenía la tediosa obligación de contar píldoras y tirarlas por el desagüe.

—Uf, miren eso —dijo, mostrándonos unas radiografías del cráneo tomadas desde distintos ángulos que mostraban suturas metálicas en el lado izquierdo de la mandíbula. Eran tan visibles como las puntadas en una pelota de béisbol—. El Hombre del Contenedor se había fracturado la mandíbula —agregó—. Con eso ya basta para identificarlo, ¿verdad, doctora Scarpetta?

—Si conseguimos hacernos con sus viejas radiografías —contesté.

—Ése siempre es el gran «si» —dijo Ruffin, que estaba haciendo todo lo posible para distraerme porque sabía que se había metido en un buen lío.

Examiné las formas y sombras opacas de las radiografías, correspondientes a las cavidades y los huesos, y no vi otras fracturas, deformidades o anomalías. Sin embargo, cuando repasé los dientes, encontré una cúspide de Carabelli de más. Todos los molares tienen cuatro cúspides, o protuberancias. Aquél tenía cinco.

—¿Qué fue Carabelli? —quiso saber Marino.

—Alguien, no sé quién. —Señalé el diente en cuestión—. Maxilar superior. Lingual y mesial, o por la parte de la lengua y adelante.

—Supongo que eso es bueno —dijo Marino—. Aunque no tengo ni idea de qué es lo que acabas de decir.

—Es una característica muy rara —expliqué—. Por no hablar de la configuración de sus fosas nasales y la mandíbula fracturada, naturalmente. Disponemos de datos suficientes para identificarlo media docena de veces si encontramos algo *pre mortem* para compararlo.

—Decimos eso continuamente, doctora —me recordó Marino—. Demonios, aquí ha entrado gente con ojos de cristal, piernas artificiales, placas en la cabeza, anillos de sello, correctores dentales y lo que quieras, y aún no hemos logrado averiguar su identidad porque nunca se denunció su desaparición. O quizá la notificaron y el caso se perdió en el espacio. O no conseguimos encontrar ni una maldita radiografía o un historial médico.

—Restauraciones dentales aquí y allá —indiqué, señalando varios empastes metálicos que aparecían como masas de un blanco brillante sobre las formas opacas de dos muelas—. Parece que cuidaba bastante bien sus dientes. Uñas pulcramente recortadas. Coloquémoslo encima de la mesa. Tendremos que darnos prisa, porque se va a poner todavía peor de lo que ya está.

12

Los ojos sobresalían de las órbitas igual que los de una rana, y el cuero cabelludo y la barba empezaron a desprenderse junto con la capa externa de piel oscurecida. Cuando le rodeé las rodillas con las manos y Ruffin lo sujetó por debajo de los brazos, la cabeza osciló flácidamente y rezumó el poco fluido que le quedaba dentro. Después lo trasladamos trabajosamente a la mesa portátil mientras Marino sujetaba la camilla.

—¡Estas nuevas mesas han sido diseñadas para que no tuviéramos que hacer esto! —jadeé.

Al parecer, muchas unidades de traslado y funerarias todavía no se habían enterado. Seguían llegando con sus parihuelas y transferían el cuerpo a la primera camilla con ruedas que encontraban, en vez de hacerlo a una de las nuevas mesas de autopsia que podíamos empujar hasta la pileta. Por el momento, mis esfuerzos para ahorrar trabajo a nuestras espaldas no habían servido de mucho.

—Eh, Chucky —dijo Marino—. He oído que quieres trabajar con nosotros.

—¿Quién lo dice? —replicó Ruffin, claramente sorprendido y poniéndose inmediatamente a la defensiva.

El cuerpo dio un golpe sordo sobre el acero inoxidable.

—Es lo que se rumorea —respondió Marino.

Ruffin no abrió la boca, y se dedicó a limpiar la camilla con la manguera. La secó con una toalla, y después cubrió la camilla y una encimera con sábanas limpias al tiempo que yo sacaba fotos.

—Bueno, pues para que lo sepas, no es tan maravilloso como lo pintan —replicó Marino.

—Necesitamos más película Polaroid, Chuck —dije.

—Marchando.

—La realidad siempre es un poquito distinta —siguió diciendo Marino con el mismo tono condescendiente de antes—. Es conducir toda la noche sin que ocurra nada, muerto de aburrimiento. Es que te insulten y te escupan, que nadie te aprecie en lo que vales y conducir unos coches de mierda mientras unos capullos juegan a ser políticos, besan culos, disfrutan de hermosos despachos y juegan al golf con los peces gordos.

El aire soplaba y el agua fluía y tamborileaba. Marqué las suturas metálicas y la cúspide de más, y deseé que la pesadez que sentía se disipara de una vez. Pese a todo lo que sabía sobre el funcionamiento del organismo humano, en realidad seguía sin entender cómo era posible que la pena empezara en el cerebro y se difundiera por todo el cuerpo igual que una infección sistémica; erosionando y vibrando, inflamando y entumeciendo y, finalmente, destruyendo carreras, familias, y, en los peores casos, la vida misma.

—Buenos trapos —comentó Ruffin—. Armani. Nunca había visto uno tan de cerca.

—Sólo el cinturón y los zapatos de piel de cocodrilo deben de costar unos mil dólares —señalé.

—¿En serio? —comentó Marino—. Probablemente fue eso lo que lo mató. Su esposa se los compra para su cumpleaños, él se entera de lo que han costado y le da un infarto. ¿Te importa si enciendo uno aquí dentro, doctora?

—Sí que me importa. ¿Qué me dices de la temperatura que hacía en Amberes cuando zarpó el barco? ¿Se lo preguntaste a Shaw?

—Diez grados de mínima y veinte de máxima —repuso Marino—. El mismo calor impropio de la estación que ha estado haciendo por todas partes. Con un tiempo así, daría lo mismo que pasara la Navidad con Lucy en Miami. O eso o poner una palmera en mi sala de estar.

La mención del nombre de Lucy hizo que una mano helada me oprimiera el corazón. Mi sobrina siempre había sido bastante difícil y complicada. Muy pocas personas la conocían, incluso si creían conocerla. Agazapada detrás de su búnker de inteligencia, grandes logros y grandes riesgos, había una niña furiosa y herida que perseguía dragones temidos por el resto de nosotros. El abandono, imaginario o no, la aterrorizaba. Lucy siempre era la primera en rechazar a alguien.

—¿Se han fijado en que la mayoría de personas no parecen ir muy bien vestidas cuando las sorprende la muerte? —dijo Chuck—. Me pregunto por qué será.

—Oye, me pondré unos guantes limpios y me iré a un rincón —anunció Marino—. Necesito un cigarrillo.

—Excepto la primavera pasada, cuando se mataron aquellos chicos que volvían a casa después del baile —continuó Chuck—. El muchacho llevaba un esmoquin azul y todavía conservaba la flor en la solapa.

La cinturilla de los tejanos estaba arrugada bajo el cinturón.

—Los pantalones le van demasiado grandes en la cintura, puede que una o dos tallas —dije, anotándolo en un impreso—. Quizás antes estuviese más gordo.

—Cualquiera sabe qué talla gastaba —dijo Marino—. En este momento su tripa es más grande que la mía.

—Está lleno de gases —expliqué.

—Lástima que usted no pueda recurrir a esa excusa —le dijo Ruffin, que se estaba envalentonando.

—Un metro setenta y cuarenta y cinco kilos de peso, lo que significa, tomando en consideración la pérdida de fluidos, que en vida probablemente pesaba unos sesenta y cinco kilos —calculé—. Un hombre de constitución media que, basándonos en sus ropas, quizá pesara más en algún momento anterior de su vida. Hay unos pelos bastante raros en su ropa: tienen entre quince y diecisiete centímetros de largo, y son de un amarillo muy pálido.

Le di la vuelta al bolsillo izquierdo de los tejanos y encontré más pelos, un encendedor y un cortapuros de plata.

Los dejé encima de una hoja limpia de papel blanco, asegurándome de no echar a perder posibles huellas dactilares. En el bolsillo derecho, había dos monedas de cinco francos, una libra inglesa y un montón de billetes extranjeros que no reconocí doblados por la mitad.

—Ni cartera ni pasaporte ni joyas.

—Parece un robo —observó Marino—. Salvo por las cosas de sus bolsillos. No tiene mucho sentido. Si hubiese sido un robo, se habrían llevado eso también.

—¿Has llamado ya al doctor Boatwright, Chuck? —pregunté.

Boatwright era uno de los odontólogos que normalmente pedíamos prestados al Colegio Médico de Virginia.

—Ahora mismo iba a hacerlo. —Se quitó los guantes y se acercó al teléfono. Le oí abrir cajones y armarios—. ¿Ha visto la hoja de llamadas? —preguntó después.

—Se supone que el responsable de esas cosas eres tú —dije con irritación.

—Vuelvo enseguida.

Ruffin estaba impaciente por marcharse de nuevo.

Se fue corriendo.

—Es más burro que un arado —dijo Marino, siguiéndolo con la mirada.

—No sé qué hacer con él. Porque en realidad no es tonto, y eso precisamente forma parte del problema.

—¿Has probado a preguntarle qué diablos le está pasando? A lo mejor tiene problemas de memoria, trastornos de atención o alguna cosa por el estilo. Quizá se haya golpeado la cabeza con algo o se haya hecho demasiadas pajas.

—No se me ha ocurrido preguntarle por eso en concreto.

—Acuérdate de cuando se le cayó una bala por el desagüe el mes pasado, doctora. Después se comportó como si tú hubieras tenido la culpa de que se le cayera, lo cual fue una auténtica gilipollez. ¡Vamos, si yo estaba delante!

Mientras tanto yo forcejeaba con los tejanos húmedos y pringosos del muerto, intentando deslizárselos por las caderas y los muslos.

—¿Me echas una mano?

Pasamos cuidadosamente los tejanos por las rodillas y los pies. Le sacamos los calzoncillos negros, los calcetines y la camiseta, y los dejamos encima de la sábana que cubría la camilla. Los examiné minuciosamente en busca de desgarrones, agujeros o cualquier prueba posible. Tomé nota de que la parte posterior de los pantalones, especialmente el fondillo, estaba mucho más sucia que la de delante. La parte de atrás de los zapatos presentaba unas rozaduras.

—Los tejanos, los calzoncillos negros y la camiseta son de Armani y Versace. Los calzoncillos están del revés. —Proseguí con el inventario—. Los zapatos, el cinturón y los calcetines son de Armani. ¿Ves la suciedad y las rozaduras? —Las señalé—. Eso podría encajar con el que lo hubieran arrastrado desde atrás, si alguien lo tenía sujeto por debajo de los brazos.

—Es lo que estoy pensando.

Unos quince minutos después, las puertas se abrieron y Ruffin entró con una hoja de llamadas en la mano que pegó con cinta adhesiva a la puerta de un armario.

—¿Me he perdido algo? —preguntó alegremente.

—Echaremos un vistazo a las ropas con la Luma-Light, y después dejaremos que se sequen para que averigüen si hay huellas —dije en un tono bastante áspero—. En cuanto a sus otros efectos personales, deja que se sequen y luego mételos en bolsas.

Ruffin se puso unos guantes.

—Diez-cuatro —masculló.

—Parece que ya estás estudiando para entrar en la academia —dijo Marino, metiéndose un poco más con él—. Bravo, chaval.

13

Me concentré en lo que estaba haciendo, absorta en un cadáver que estaba totalmente putrefacto y apenas podía reconocerse como el de un ser humano.

La muerte había dejado indefenso a aquel hombre, y las bacterias habían escapado del tracto gastrointestinal para invadir el cuerpo a placer, aumentando, fermentando y llenando de gases todos los espacios. Las bacterias habían deshecho las paredes celulares, como consecuencia de lo cual la sangre de las venas y las arterias había adquirido un color negro verdoso. Debido a ello todo el sistema circulatorio podía ser visto a través de la piel descolorida como si fueran ríos y afluentes sobre un mapa.

Las partes del cuerpo que habían estado cubiertas por la ropa se encontraban en mejor estado que la cabeza y las manos.

—Dios, no me gustaría encontrármelo mientras me doy un baño a la luz de la luna —comentó Ruffin mirando al muerto.

—No puede evitarlo —señalé.

—¿Y a que no sabes una cosa, Chuckie? —dijo Marino—. Algún día tú estarás igual de feo.

—¿Sabemos exactamente en qué parte de la bodega del barco se encontraba el contenedor? —le pregunté a Marino.

—Un par de hileras hacia abajo.

—¿Y qué tiempo hizo durante las dos semanas que pasó en alta mar?

—Por lo general, bueno, con una temperatura promedio

de entre quince y veintiún grados. Cosas de *El Niño*, ya sabes. La gente está haciendo las compras navideñas en pantalón corto.

—¿Está pensando que este tipo quizá murió a bordo y alguien lo metió en el contenedor? —preguntó Ruffin.

—No, Chuckie, no es eso lo que estoy pensando.

—Me llamo Chuck.

—Eso depende de quién te esté hablando. Bueno, Chuckie, adelante con la pregunta del millón. Si tienes toneladas de contenedores apiñados igual que sardinas en una bodega, explícame cómo te las arreglas para meter un cadáver en uno —dijo Marino—. Ni siquiera puedes abrir la puerta, y además el sello estaba intacto.

Acerqué una lámpara quirúrgica y recogí fibras y restos, con ayuda de una lupa, pinzas y, en algunos casos, torundas.

—Chuck, tenemos que mirar cuánta formalina nos queda —dije—. El otro día el nivel estaba bastante bajo. ¿O ya te has ocupado de eso?

—Todavía no.

—No inhales demasiados vapores —le advirtió Marino—. Ya has visto lo que les pasa a todos esos cerebros que llevas al CMV.

La formalina es un formaldehído diluido, una sustancia química muy reactiva usada para preservar o «fijar» órganos, partes y, en las donaciones, cuerpos enteros. Mata el tejido. Es extremadamente corrosiva para los conductos respiratorios, la piel y los ojos.

—Iré a comprobar la formalina —anunció Ruffin.

—No, ahora no irás a hacer eso —le dije—. No hasta que hayamos terminado aquí.

Ruffin sacó el capuchón de un rotulador indeleble.

—¿Qué te parece si llamas a Cleta para averiguar si Anderson se ha ido ya? —propuse—. No quiero tenerla dando vueltas por ahí.

—Yo lo haré —se ofreció Marino.

—He de reconocer que todavía me sorprende un poco ver a una chavala persiguiendo asesinos —admitió Ruffin, dirigiendo aquella observación a Marino—. Cuando usted empezó, probablemente lo único que hacían era vigilar los parquímetros.

Marino fue hacia el teléfono.

—Quítate los guantes —le recordé, porque por muchos letreros de advertencia que hubiera alrededor, siempre olvidaba quitárselos.

Fui bajando la lupa muy despacio hasta llegar a las piernas. Las rodillas estaban sucias y llenas de abrasiones, como si el muerto hubiera estado arrodillado sobre una superficie rugosa y sucia sin llevar puestos los pantalones. Examiné sus codos. Parecían tener el mismo aspecto, pero la piel se encontraba en tan mal estado que resultaba difícil asegurarlo. Metí una torunda de algodón en agua estéril.

Marino colgó el auricular, y le oí rasgar el sobre de otro par de guantes.

—Anderson no está —informó—. Cleta dijo que se fue hará cosa de media hora.

—Bueno, ¿y qué opina de que las mujeres hagan pesas? —le preguntó Ruffin a Marino—. ¿Ha visto los músculos que tiene Anderson en los brazos?

Utilicé una regla de quince centímetros para marcar la escala y empecé a tomar fotos con una cámara de treinta y cinco milímetros y un objetivo macro. Encontré más áreas sucias en la parte de abajo de los brazos, y las froté con la torunda.

—Me estaba preguntando si había luna llena cuando el barco zarpó de Amberes —me dijo Marino.

—Supongo que si quieres vivir en un mundo de hombres tienes que ser tan fuerte como un hombre —seguía diciendo Ruffin.

El agua corría incesantemente, el acero chocaba con el acero y las luces del techo no permitían que hubiera sombras.

—Bueno, mañana habrá luna nueva —dije—. Bélgica se encuentra en el este, pero allí el ciclo lunar es el mismo.

—Así que podría haber habido luna llena —arriesgó Marino.

Yo sabía adónde quería ir a parar con todo aquello y mi silencio le indicó que se mantuviera alejado del tema de los hombres lobo.

—¿Y qué ocurrió, Marino? ¿Echaron ustedes un pulso para ver quién se quedaba con su puesto? —preguntó Ruffin, cortando el cordel que envolvía un montón de toallas.

Marino le lanzó una mirada de odio.

—Y dado que ahora ella es la detective y usted vuelve a ir de uniforme, supongo que ya sabemos quién ganó —añadió Ruffin con una sonrisita burlona.

—¿Me hablas a mí?

—Ya me ha oído —dijo Ruffin, abriendo la puerta corredera de un armario de cristal.

—¿Sabes?, debo de estar haciéndome viejo. —Marino se quitó la gorra quirúrgica y la tiró al cubo de la basura—. Mi oído ya no es lo que era, pero salvo que esté muy equivocado, creo que acabas de cabrearme.

—¿Qué opina de esas mujeres de hierro que salen en la televisión? ¿Y qué me dice de las luchadoras? —insistió Ruffin.

—Cierra la puta boca —le espetó Marino.

—Usted vive solo, Marino. ¿Saldría con una mujer así?

Ruffin siempre había odiado a Marino, y por fin tenía ocasión de hacer algo al respecto, o eso pensaba él, porque el mundo egocéntrico de Ruffin giraba sobre un eje muy débil. Desde su limitada perspectiva, Marino estaba herido y había caído. Era un buen momento para darle de patadas.

—La cuestión es si una mujer así saldría con usted. —Ruffin no tenía suficiente sentido común para salir corriendo de la sala—. O si alguna mujer saldría con usted, claro.

Marino se acercó tanto a Ruffin que sus protectores faciales a punto estuvieron de rozarse.

—Tengo unos cuantos consejos que darte, gilipollas —masculló Marino, empañando con el aliento el plástico que protegía su rostro—. Cierra esos labios de maricona que tienes antes de que te los parta de un puñetazo. Y vuelve a guardar esa pollita de mierda en su funda antes de que te hagas daño con ella.

El rostro de Chuck se puso escarlata. Todo esto ocurría mientras se abrían las puertas y Neils Vander entraba cargado con tinta, un rodillo y diez tarjetas para huellas.

—Callaos de una vez —ordené a Marino y a Ruffin—. De lo contrario os echaré de aquí a los dos.

—Buenos días —dijo Vander, como si en efecto lo fueran.

—Se le está desprendiendo la piel por momentos —señalé.

—Eso hace que resulte más fácil.

Vander era el jefe de la Sección de Huellas Dactilares y del laboratorio de impresiones, y no se inmutaba fácilmente. No le resultaba raro tener que ir apartando gusanos mientras tomaba las huellas dactilares de cadáveres descompuestos, y tampoco le amilanaban los casos de quemaduras en los que era necesario cortar los dedos de la víctima y llevarlos al piso de arriba en un recipiente de cristal.

Conocía a Vander desde hacía años, y se conservaba siempre igual. Seguía siendo alto, flaco y calvo, y siempre vestía batas demasiado grandes para él, que ondulaban y aleteaban a su alrededor mientras corría pasillo arriba y pasillo abajo.

Se puso un par de guantes de látex y tomó las manos del muerto, sosteniéndolas delicadamente para estudiarlas por uno y otro lado.

—Lo más sencillo será arrancar la piel —decidió.

Cuando un cuerpo está tan descompuesto como lo estaba aquél, la capa superior de la piel de la mano se suelta como un guante, que es, de hecho, como se la llama. Vander trabajó rápidamente, desprendiendo los «guantes» intactos y deslizando sus manos enfundadas en látex dentro de ellos, luego entintó cada dedo y lo hizo rodar sobre una tarjeta para huellas. Después se quitó los guantes de piel y los puso encima de una bandeja; a continuación se quitó sus guantes de látex y volvió al piso de arriba.

—Mételos en formalina, Chuck —indiqué—. Querremos conservarlos.

Ruffin desenroscó la tapa de un recipiente de plástico de cuarto de litro poniendo mala cara.

—Vamos a darle la vuelta —dije.

Marino nos ayudó a poner el cuerpo boca abajo. Encontré más suciedad, sobre todo en las nalgas, y también tomé muestras. No vi heridas, sólo una zona, en la parte superior derecha de la espalda, era un poco más oscura que la piel que la rodeaba. La examiné con una lupa, desconectando mis procesos mentales como hacía siempre que buscaba heridas, marcas de mordiscos u otra evidencia difícil de localizar. Era como practicar el submarinismo en un mar donde la visibilidad era prácticamente nula. Lo único que hacía era examinar sombras y formas, y esperar hasta que me tropezara con algo.

—¿Ves esto, Marino, o sólo es mi imaginación?

Marino inhaló un poco más de Vicks por la nariz y se apoyó en la mesa. Miró y miró.

—Quizá —respondió—. No lo sé.

Limpié la piel con una toalla húmeda y la capa exterior, o epidermis, se desprendió de inmediato. La carne que había debajo, o dermis, semejaba pergamino empapado y presentaba manchas de tinta oscura.

—Un tatuaje. —Estaba casi segura de que se trataba de eso—. La tinta penetró hasta la dermis, pero no consigo distinguir nada. Sólo veo un gran manchón borroso.

—Como una de esas marcas de nacimiento de color púrpura que tienen algunas personas —sugirió Marino.

Me acerqué un poco más con la lupa e hice lo propio con una lámpara para que me iluminara lo mejor posible. Ruffin sacaba brillo obsesivamente a una encimera de acero inoxidable, con los labios apretados.

—Probemos con los ultravioleta —decidí.

La lámpara ultravioleta de banda múltiple era muy sencilla de usar y tenía un aspecto bastante parecido al de los detectores manuales que se empleaban en los aeropuertos. Disminuimos la intensidad de las luces y empezamos con los ultravioleta de onda larga, sosteniendo la lámpara cerca del área que me interesaba. Nada emitió fluorescencia, pero un rastro púrpura parecía delinear una forma, y me pregunté si aquello podía significar que estábamos detectando la presencia de tinta blanca. Bajo la luz ultravioleta, cualquier cosa blanca, como la sábana que había encima de la camilla, brillaría igual que la nieve bajo la luz de la luna, y posiblemente desprendería un tenue matiz violeta procedente de la lámpara. Ajusté el selector y probé con la onda corta. No pude distinguir ninguna diferencia entre las dos.

—Luces —dije.

Ruffin las encendió.

—Pensaba que la tinta de un tatuaje resplandecería igual que el neón —comentó Marino.

—Las tintas fluorescentes, sí —expliqué—; pero como las concentraciones elevadas de yodo y mercurio no son buenas para la salud, ahora ya no se usan.

Era más de mediodía cuando por fin inicié la autopsia, haciendo la incisión en Y y abriendo la caja torácica. Encontré aproximadamente lo que esperaba. Los órganos estaban blandos y frágiles. Prácticamente se desmenuzaban al tocarlos y tuve que pesarlos y seccionarlos con mucho cuidado. No conseguí averiguar gran cosa acerca de las arterias coronarias aparte de que no estaban ocluidas. No quedaba sangre, sólo un fluido putrefacto, llamado efusión aceitosa, que recogí de la cavidad pleural. El cerebro se había licuado.

—Las muestras del cerebro y de la efusión van a Toxicología para un análisis del nivel de alcohol —le dije a Ruffin mientras trabajaba.

La orina y la bilis se habían filtrado a través de las células de sus órganos huecos y habían desaparecido, al igual que el estómago. Pero cuando aparté la carne del cráneo, creí encontrar la respuesta que buscaba. El muerto mostraba maculación del risco petroso de los huesos temporales y de la apófisis mastoide, que aparecía de manera bilateral.

Aunque no podía diagnosticar nada con certeza hasta tener todos los resultados de Toxicología, estaba casi segura de que aquel hombre se había ahogado.

—¿Qué? —Marino me miró fijamente.

—¿Ves esa maculación de ahí? —Se la señalé—. Una tremenda hemorragia, probablemente producida al debatirse mientras estaba ahogándose.

El teléfono sonó y Ruffin corrió a contestar.

—¿Cuándo fue la última vez que tuviste tratos con la Interpol? —le pregunté a Marino.

—Hace cinco años, tal vez seis, cuando ese fugitivo de Grecia vino aquí y se metió en una pelea en un bar de la calle Hull.

—Pues no cabe duda de que en este caso hay conexiones internacionales. Y si lo han dado por desaparecido en Francia, Inglaterra, Bélgica o Dios sabe dónde, o se trata de un fugitivo internacional, aquí en Richmond nunca nos enteraremos a menos que la Interpol lo relacione con alguien que figure en su base de datos.

—¿Has hablado con ellos alguna vez? —me preguntó Marino.

—No. Eso os corresponde hacerlo a vosotros.

—Deberías oír a todos esos policías soñando con que les toque un caso que tenga que ver con la Interpol, pero si les preguntas qué es la Interpol, no tienen ni idea. Si quieres que te diga la verdad, no tengo ningún interés en tratar con la Interpol. Me da tanto miedo como la CIA. Ni siquiera quiero que ese tipo de gente sepa que existo.

—Eso es ridículo. Ya sabes qué significa Interpol, Marino.

—Sí. Ardillas secretas.

—Es una contracción de «international police». Lo que se pretende es conseguir que los policías de los países miembros colaboren los unos con los otros y hablen entre ellos. Algo así como lo que desearías que hiciera la gente de tu departamento.

—Entonces no deben de tener a una Bray trabajando para ellos.

Yo estaba observando a Ruffin mientras hablaba por teléfono. Quienquiera que fuese la persona con la que estaba hablando, Ruffin quería que la conversación fuera lo más privada posible.

—Telecomunicación, una red policial mundial de acceso restringido... ¿Sabes?, no sé cuánto tiempo podré seguir aguantando esto. No sólo desobedece mis órdenes, sino que además alardea de ello —murmuré, sin apartar los ojos de Ruffin, que por fin colgaba.

Marino lo fulminó con la mirada.

—La Interpol hace circular avisos, codificados por colores, sobre personas buscadas y desaparecidas, advertencias y consultas —continué explicando distraídamente.

Vi a Ruffin meterse una toalla en el bolsillo trasero de su bata y sacar un contador de píldoras de un armario. Se sentó en un taburete delante de una pileta de acero, dándome la espalda. Abrió una bolsa de papel marrón marcada con un número de caso y sacó de ella tres frascos de Advil y dos de otros fármacos.

—Un cadáver sin identificar es un aviso negro —dije—. Normalmente se trata de sospechosos fugitivos con conexiones internacionales. ¿Por qué estás haciendo eso ahí, Chuck?

—Ya le he dicho que voy muy atrasado. Nunca había visto llegar tantas malditas píldoras con los cuerpos, doctora Scarpetta. No doy abasto. Y cuento hasta sesenta o setenta o lo que sea, y entonces suena el teléfono, y pierdo la cuenta y he de volver a empezar desde el principio.

—No me extraña, Chuckie —se burló Marino—. Ya veo que eres de los que pierden la cuenta con mucha facilidad.

Ruffin se puso a silbar.

—¿Se puede saber por qué de repente estás tan contento? —le preguntó Marino con irritación mientras Ruffin iba llenando las hileras de la bandejita de plástico azul con píldoras que tomaba con unas pinzas.

—Vamos a necesitar huellas dactilares, registros dentales y cualquier cosa que podamos encontrar —advertí a Marino. Extirpé una sección de músculo del muslo para el ADN—. Y tendremos que enviarles todo lo que reunamos —añadí.

—¿A quiénes? —preguntó Marino.

Yo estaba empezando a ponerme furiosa.

—A la Interpol —dije secamente.

El teléfono volvió a sonar.

—Eh, Marino, ¿puede contestar? —preguntó Ruffin—. Estoy contando.

—Mala suerte —dijo Marino.

—¿Me estás escuchando? —pregunté, alzando los ojos hacia Marino.

—Sí. El agente de enlace del Departamento de Investigación Criminal de la policía estatal era un tipo que antes había sido sargento primero, y recuerdo que una vez le pregunté si le apetecía ir al F.O.P. a tomarse una cerveza algún día, o comer algo en Chetti's con algunos de los chicos. Yo sólo estaba tratando de ser amable, ya sabes, y él ni siquiera cambió el tono de voz. Estoy seguro de que grabaron todo lo que dije.

Empecé a seccionar un trozo de columna vertebral que luego limpiaría con ácido sulfúrico y haría examinar en busca de unos organismos microscópicos, llamados diatomeas, que se encuentran en el agua de todo el planeta.

—No consigo acordarme de su nombre —prosiguió Marino—. Bueno, pues el caso es que ese tipo recogió toda la información y contactó con Washington, y Washington contactó con Lyon, que es donde están todas las ardillas secretas. He oído decir que tienen un edificio realmente tenebroso en una carretera escondida, algo así como Batman y su cueva. Verjas electrificadas, alambre de espino, puertas, guardias armados con metralletas y todo el rollo, ya sabes.

—Has visto demasiadas películas de James Bond.

—No desde que Sean Connery dejó la serie. Las películas de hoy en día son una mierda, y en la televisión ya no dan nada bueno. Ni siquiera sé por qué me molesto en encenderla.

—Quizá deberías ir pensando en leer un libro de vez en cuando.

—Era el doctor Cooper, doctora Scarpetta —dijo Chuck después de colgar el auricular—. Los resultados del análisis de alcohol son cero coma cero ocho en la efusión y cero en el cerebro.

La cantidad hallada en la efusión no significaba gran cosa, dado que el cerebro no mostraba indicios de alcohol. El muerto tal vez hubiera estado bebiendo antes de morir, o quizá lo que teníamos fuese alcohol generado por bacterias después de la muerte. No disponíamos de otros fluidos para realizar una comparación, ni orina ni sangre ni el fluido ocular conocido como humor vítreo, lo cual era una pena. Si 0,08 fuera un nivel real, podría indicar, como mínimo, que aquel hombre no se hallaba en completa posesión de sus facultades, y que, por lo tanto, habría sido más vulnerable.

—¿Cómo piensas catalogarlo? —preguntó Marino.

—Mareo agudo en alta mar —respondió Ruffin al mismo tiempo que le soltaba un toallazo a una mosca.

—¿Sabes?, realmente estás empezando a crisparme los nervios —le advirtió Marino.

—Causa de la muerte, indeterminada. Manera, homicidio. No estamos hablando de un pobre estibador que se quedó encerrado dentro de un contenedor por accidente, Chuck. Déjalo todo encima del mostrador y, antes de que termine el día, tú y yo tenemos que hablar.

Sus ojos se apartaron de mí como pececillos asustados. Me quité los guantes y llamé a Rose.

—¿Te importaría ir a los archivos y buscar una de mis viejas tablas de cortar de corcho? —le pregunté.

La OSHA había decidido que todas las tablas de cortar tenían que estar recubiertas de teflón, porque las porosas eran susceptibles de contaminación. Eso estaba muy bien si se trabajaba con pacientes vivos o se estaba amasando pan. Yo obedecía la norma, pero eso no significaba que tuviese que tirar nada.

—También necesito alfileres —añadí—. Tendría que haber una cajita de plástico llena en el cajón superior derecho de mi escritorio. A menos que alguien los haya robado también, claro.

—Oído —dijo Rose.

—Creo que las tablas están en uno de los estantes de abajo, en la parte de atrás del almacén, al lado de las cajas de los viejos manuales forenses.

—¿Alguna cosa más?

—Supongo que Lucy no habrá llamado.

—Todavía no. Si lo hace, ya daré con usted.

Reflexioné por un instante. Era más de la una. Lucy ya habría bajado del avión y hubiese podido llamar. La depresión y el miedo volvieron a apoderarse de mí.

—Manda flores a su despacho —dije—. Con una nota que rece: «Gracias por la visita, con amor de tía Kay.»

Silencio.

—¿Sigues ahí? —le pregunté a mi secretaria.

—¿Está segura de que eso es lo que quiere que ponga? —preguntó Rose.

Dudé un momento.

—Dile que la quiero y que lo lamento —murmuré.

14

Normalmente, habría utilizado un rotulador indeleble para delimitar el área de piel que necesitaba extirpar de un cadáver, pero en este caso, y estando la piel en tan mal estado, ningún rotulador dejaría una señal visible.

Hice lo que pude con una regla de plástico de quince centímetros, midiendo desde la base derecha del cuello hasta el hombro, y bajando hasta la base del omóplato para volver a subir.

—Veintiuno y medio por dieciocho; cinco por diez —le dicté a Ruffin.

La piel es elástica. Una vez extirpada, se contraería, y cuando la clavase en el tablero de corcho, era importante que la estirase hasta devolverla a sus dimensiones originales para evitar que cualquier imagen que pudiera estar tatuada sobre ella quedara distorsionada.

Marino ya se había ido, y mi personal estaba ocupado en sus despachos o en la sala de autopsias. De vez en cuando, el circuito cerrado de televisión mostraba un coche entrando en la zona de recepción para traer o llevarse un cuerpo. Ruffin y yo estábamos solos detrás de las puertas de acero de la sala de descompuestos, y yo estaba decidida a mantener una conversación con él.

—Si quieres ir a trabajar para el Departamento de Policía, perfecto —dije.

Hubo un tintineo de cristal mientras Ruffin colocaba tubos de sangre limpios en un soporte.

—Pero si vas a seguir aquí, Chuck —añadí—, tendrás que estar presente, mostrarte respetuoso y cumplir con tus obligaciones.

Agarré un escalpelo y un par de fórceps de la mesa quirúrgica y miré a Ruffin. Parecía haber estado esperando mis palabras, y ya tenía pensado lo que iba a contestar.

—No soy perfecto, pero sé cumplir con mis obligaciones —replicó.

—Últimamente no. Necesito más grapas.

—Están pasando muchas cosas. —Alzó las grapas de una bandeja y me las puso al alcance de la mano—. En mi vida personal, quiero decir. Mi mujer, la casa que compramos... No se imagina todos los problemas que eso trae consigo.

—Siento que estés teniendo dificultades, pero yo tengo todo un sistema estatal que dirigir. Y, francamente, no dispongo de tiempo para excusas. Si no eres capaz de hacer tu parte, entonces tendremos serios problemas. No hagas que entre en la morgue y me encuentre con que no has preparado las cosas. No me obligues a buscarte una vez más.

—Ya tenemos serios problemas —dijo como si ése fuese el disparo que había estado esperando poder hacer.

Inicié la incisión.

—Sólo que usted no lo sabe —añadió él.

—Y entonces, ¿por qué no me cuentas cuáles son esos problemas tan serios, Chuck? —Fui apartando la piel del muerto hasta llegar a la capa subcutánea. Ruffin contempló cómo sujetaba con las grapas los bordes cortados para mantener tensa la piel. Dejé lo que estaba haciendo y lo miré—. Adelante, cuéntamelo —insistí.

—Me parece que no soy quién para contárselo —supuso Ruffin, y advertí algo en sus ojos que me inquietó—. Verá, doctora Scarpetta: ya sé que no me he estado portando demasiado bien. Sé que me he escapado del trabajo varias veces para ir a entrevistas laborales y quizá no he sido todo lo responsable que debería. Y no me llevo nada bien con Marino. Todo eso lo admito, pero si promete que no me sancionará por ello, le diré lo que nadie más le dirá.

—No sanciono a la gente por decir la verdad —repliqué, molesta de que se hubiera atrevido a sugerir tal cosa.

Ruffin se encogió de hombros, y vi en sus ojos un fugaz destello de satisfacción porque me había sacado de quicio y lo sabía.

—Yo no sanciono, punto. Simplemente, espero que las personas hagan lo que tienen que hacer, y si no lo hacen, entonces son ellas las que se sancionan a sí mismas. Si pierdes este empleo, la culpa será tuya.

—Quizá he usado la palabra equivocada. —Se acercó a la encimera y se apoyó contra ella con los brazos cruzados—. No sé expresarme tan bien como usted, desde luego. Es sólo que no quiero que se enfade conmigo por haber sido franco con usted. ¿De acuerdo?

Permanecí en silencio.

—Bueno, todo el mundo lamenta lo que ocurrió el año pasado —prosiguió—. Nadie entiende cómo se las ha arreglado para digerirlo. De veras. Quiero decir que... Bueno, si alguien le hiciera eso a mi esposa, no sé qué haría, sobre todo si se tratara de algo como lo que le ocurrió al agente especial Wesley.

Ruffin siempre se había referido a Benton como «agente especial», lo cual me parecía una ridiculez. Si había habido alguien que careciera de pretensiones y evitase alardear de su título, ése había sido Benton. Pero al recordar las despectivas observaciones de Marino sobre lo enamorado que estaba Ruffin del trabajo policial, comencé a entenderlo. Mi impresionable e inmaduro ayudante en el depósito de cadáveres probablemente había puesto en un pedestal a un veterano agente del FBI, en especial a uno que hacía perfiles psicológicos, y, de pronto, se me ocurrió pensar que la buena conducta de Ruffin en aquellos primeros tiempos quizás hubiese tenido más que ver con Benton que conmigo.

—También nos afectó a todos nosotros —continuó diciendo Ruffin—. Solía venir aquí abajo, ¿sabe?, y encargaba pizzas y se quedaba un rato bromeando y charlando con nosotros. Que un hombre tan importante como él no fuera por ahí dándose aires de grandeza me parecía admirable.

Las piezas del pasado de Ruffin también comenzaron a encajar. Su padre había muerto en un accidente de coche cuando Ruffin era pequeño. Había sido educado por su madre, una mujer formidable e inteligente que ejercía de maestra. Su esposa también tenía una fuerte personalidad, y él trabajaba para mí. Siempre me había resultado fascinante que tantas personas volvieran a los lugares de sus crímenes infantiles, en busca siempre del mismo villano, que, en este caso, era una figura femenina de autoridad, como yo.

—Todo el mundo ha estado tratándola con pinzas —prosiguió Ruffin, decidido a exponer su caso—. Por eso nadie le ha dicho nada cuando usted no prestaba atención a lo que la rodeaba, y ahora están ocurriendo toda clase de cosas de las que no tiene ni idea.

—¿Como qué? —pregunté, al tiempo que doblaba cuidadosamente una esquina de tejido con el escalpelo.

—Bueno, para empezar tenemos un maldito ladrón en el edificio —contestó—, y apuesto a que es alguien del personal. Ya hace semanas que dura y usted no ha hecho absolutamente nada al respecto.

—No me he enterado hasta hace poco.

—Lo cual demuestra que tengo razón.

—Eso es ridículo. Rose no me oculta información.

—A ella también la tratan con guantes de seda. Admítalo, doctora Scarpetta: para el personal, Rose es su chivata. La gente no confía en ella.

Me obligué a concentrarme, porque sus palabras herían mis sentimientos y mi orgullo. Seguí apartando tejido, asegurándome de no romperlo o atravesarlo con el escalpelo. Ruffin esperaba mi reacción. Lo miré a los ojos.

—No tengo ningún chivato. No lo necesito. Todos los miembros de mi personal siempre han sabido que pueden venir a mi despacho y hablar de cualquier cosa conmigo.

Su silencio parecía una satisfecha acusación. Ruffin siguió manteniendo su postura desafiante, disfrutando inmensamente del momento. Apoyé los brazos sobre la mesa de acero.

—Creo que no será necesario que me defiendas ante nadie, Chuck. Me parece que eres el único miembro de mi personal que tiene un problema conmigo. Naturalmente, puedo entender por qué no te sientes a gusto teniendo por jefe a una mujer, ya que todas las personas con autoridad en tu vida han sido mujeres.

El brillo de sus ojos se extinguió como si hubiera dado con su interruptor, y la furia endureció su expresión. Seguí apartando tejido frágil y escurridizo.

—Pero te agradezco que hayas dicho lo que piensas —concluí con fría calma.

—No soy sólo yo —replicó groseramente—. La verdad es que todo el mundo piensa que a la doctora Scarpetta le queda poco.

—Me alegro de que parezcas estar al corriente de lo que piensa todo el mundo —apunté sin revelar la furia que sentía.

—No es difícil. No soy el único que se ha dado cuenta de que ya no hace las cosas como antes. Y usted sabe que es así. Tiene que admitirlo.

—Dime qué es lo que debería admitir.

Ruffin parecía tener toda una lista preparada.

—Cosas que no son propias de usted. Como matarse a trabajar y acudir a escenas del crimen a las que no tiene por qué ir, de manera que siempre está cansada y no se entera de lo que ocurre en el departamento. Y después todas esas personas con problemas que le telefonean y con las que usted ya no tiene tiempo para hablar como hacía antes.

—¿A qué personas con problemas te refieres? —Estaba a punto de perder el control de mí misma—. Hablo con las familias y con cualquiera que quiera hablar conmigo, siempre y cuando tenga derecho a la información.

—Quizá debería ir a ver al doctor Fielding y preguntarle a cuántas de sus llamadas ha respondido, a cuántos familiares de personas relacionadas con sus casos ha atendido y cuántas veces le ha cubierto las espaldas. Y después está lo de

Internet, claro. Eso ha sido como la gota que colma el vaso.

Quedé atónita.

—¿A qué te refieres con lo de Internet?

—Sus chats o lo que sea que hace. Para ser sincero, dado que no tengo ordenador, no lo he visto con mis propios ojos.

Pensamientos extraños y furiosos cruzaron por mi mente como un millar de estorninos ensombreciendo todas las percepciones que hubiera podido tener acerca de mi vida. Una miríada de oscuras y horribles ideas se aferró a mi razón y hundió sus garras en ella.

—No es que quiera hacerla sentir mal —prosiguió Chuck—, y espero que sepa que entiendo por qué las cosas han llegado a ponerse así. Después de todo lo que tuvo que soportar...

Yo no quería oír ni una maldita palabra más acerca de lo que había tenido que soportar.

—Gracias por tu comprensión, Chuck —dije, clavando mis ojos en los suyos hasta que apartó la mirada.

—Tenemos ese caso procedente de Powhatan, y a estas alturas ya debería estar aquí, de modo que si quiere que vaya a ver si ha llegado... —se ofreció, ansioso por marcharse.

—Hazlo y luego devuelve este cadáver al frigorífico.

—Claro.

Las puertas se cerraron tras él, y en la estancia se hizo el silencio. Aparté el último pliegue de tejido y lo puse encima de la tabla de cortar mientras una gélida ola de paranoia y dudas se filtraba por debajo de la gruesa puerta de mi confianza en mí misma. Empecé a sujetar el tejido con alfileres, extendiéndolo, midiéndolo y estirándolo. Puse la tabla de corcho dentro de una cubeta, la tapé con un paño verde y la guardé en el refrigerador.

Me duché y me cambié de ropa en el vestuario, y limpié mis pensamientos de fobias e indignación.

Me tomé un descanso lo bastante largo para beber un café preparado hacía tanto rato que el fondo de la jarra estaba negro. Después le di veinte dólares a la administradora de mi oficina para abrir un nuevo fondo para café.

—Jean, ¿has estado leyendo esas sesiones de chat que se supone que tengo en Internet? —le pregunté.

Negó con la cabeza, pero parecía incómoda. Después probé suerte con Cleta y Polly, y les hice la misma pregunta.

Cleta se ruborizó y bajó los ojos.

—A veces —respondió.

—¿Polly?

Dejó de teclear y también se ruborizó.

—No siempre —contestó.

Asentí.

—No soy yo —les dije—. Alguien se está haciendo pasar por mí. Ojalá me hubiera enterado antes.

Mis dos empleadas parecían confusas. Yo no estaba muy segura de que me creyeran.

—Puedo entender por qué no habéis querido hablarme de ello cuando os enterasteis de la existencia de esos supuestos chats. Si hubiera sido al revés, probablemente yo tampoco habría querido hablar de ello. Pero necesito vuestra ayuda. Si tenéis alguna idea acerca de quién puede estar haciendo esto, ¿me lo diréis?

Parecieron aliviadas.

—Es horrible —exclamó Cleta con emoción—. Quienquiera que esté haciendo eso debería ir a la cárcel.

—Siento no haberle dicho nada —añadió Polly con expresión contrita—. No tengo ni idea de quién puede haber hecho algo semejante.

—Quiero decir que, cuando lo lees, suena más o menos como usted. Ése es el problema —explicó Cleta.

—¿Suena más o menos como yo? —pregunté frunciendo el entrecejo.

—Ya sabe, da consejos sobre prevención de accidentes y seguridad, cómo enfrentarse a una pérdida y toda clase de cuestiones médicas.

—¿Me estás diciendo que suena como si estuviera escrito por un doctor, o por alguien con conocimientos médicos? —Mi incredulidad crecía por momentos.

—Bueno, quienquiera que sea parece saber de qué está

hablando —explicó Cleta—, pero el tono es más parecido al de una conversación. No es como leer un informe de autopsia ni nada por el estilo.

—Pues ahora que lo pienso, yo creo que no suena como ella —dijo Polly.

Vi que encima de su escritorio había un expediente abierto que mostraba las fotos digitales de la autopsia de un hombre cuya cabeza destrozada por un disparo de escopeta parecía una huevera ensangrentada. Lo reconocí como la víctima de asesinato cuya esposa me había escrito desde la cárcel para acusarme de todo lo imaginable, desde incompetencia hasta formar parte del crimen organizado.

—¿Qué es esto? —le pregunté.

—Al parecer el *Times-Dispatch* y la Oficina del Fiscal han oído hablar de esa loca, y hace un rato Ira Herbert telefoneó para hacer algunas preguntas sobre ella —me dijo Polly.

Herbert era el reportero de asuntos policiales del periódico local. Si había telefoneado, eso quizá significara que iban a ponerme una demanda.

—Y además Harriet Cummins llamó a Rose para obtener una copia de los informes —me explicó Cleta—. Al parecer, ahora esa psicópata dice que su esposo se metió el cañón de la escopeta en la boca y apretó el gatillo con el dedo gordo del pie.

—El pobre hombre llevaba botas del ejército —dije—. No pudo haber apretado el gatillo con el dedo gordo del pie, y además le dispararon a quemarropa en la nuca.

—No sé qué le está pasando a la gente. —Polly suspiró—. Lo único que hacen es mentir y engañar, y si los meten entre rejas, se sientan ahí tranquilamente, arman jaleo y presentan demandas. Me pone enferma.

—A mí también —convino Cleta.

—¿Sabéis dónde está el doctor Fielding?

—Lo vi pasar hace un rato —respondió Polly.

Encontré a Fielding en la biblioteca médica, hojeando *La nutrición en el ejercicio y el deporte*. Cuando me vio, sonrió, pero parecía cansado y un poco preocupado.

—No tomo suficientes hidratos de carbono —dijo, dando golpecitos a una página con el índice—. Me repito a mí mismo que si mi dieta no contiene entre un cincuenta y cinco y un setenta por ciento de hidratos de carbono, sufriré falta de glucógeno. Últimamente no tengo muchas energías...

—Jack. —El tono de mi voz hizo que se callara—. Necesito que seas tan sincero conmigo como siempre lo has sido.

Cerré la puerta de la biblioteca. Le conté lo que me había dicho Ruffin, y un triste destello de afirmación apareció en el rostro de mi jefe adjunto. Acercó una silla, se sentó junto a la mesa y cerró su libro. Me senté a su lado, cara a cara.

—Corren rumores de que el secretario Wagner está pensando en prescindir de sus servicios —explicó Fielding—. Yo creo que sólo son chorradas, y lamento que haya oído hablar de ello. Chuck es un idiota.

Sinclair Wagner era el secretario de Salud y Servicios Humanos,y sólo él o el gobernador podían nombrar o despedir a un jefe de Medicina Forense.

—¿Cuándo empezaste a oír esos rumores?

—Hace poco. Unas semanas.

—¿Y por qué razón iba a despedirme?

—Se supone que ustedes no se llevan bien.

—¡Eso es ridículo!

—O no está nada satisfecho de su trabajo o algo por el estilo, y en consecuencia, el gobernador tampoco lo está.

—Haz el favor de ser un poco más específico, Jack.

Titubeó y se movió nerviosamente en el asiento. Parecía sentirse culpable, como si de alguna manera tuviera la culpa de mis problemas.

—De acuerdo, doctora Scarpetta —dijo finalmente—. Puestos a contarlo todo, se dice que con eso de los chats en Internet, ha colocado a Wagner en una situación muy incómoda.

Me incliné sobre él y le puse la mano en el brazo.

—No tengo nada que ver con eso —le aseguré—. Alguien se está haciendo pasar por mí.

Fielding me lanzó una mirada de perplejidad.

—Bromea.

—Oh, no. No hay nada de gracioso en todo este asunto.

—Cristo —exclamó con disgusto—. A veces pienso que Internet es lo peor que nos ha ocurrido jamás.

—¿Por qué no me preguntaste al respecto, Jack? Si creías que yo estaba haciendo algo tan poco apropiado... Bueno, ¿tanto he conseguido distanciarme del personal de esta oficina que ya nadie cree poder hablarme de nada?

—No se trata de eso. No es un reflejo de que a la gente no le importe usted o de que se sientan distantes. De hecho, lo que ocurre es que nos importa tanto que supongo que hemos empezado a protegerla en exceso.

—¿Protegerme de qué?

—Todo el mundo debería tener derecho a su dolor, o incluso a pasar una temporada fuera del terreno de juego hasta que lo haya superado —contestó él suavemente—. Nadie esperaba que funcionara con todos los cilindros. Yo no lo habría hecho, desde luego. Dios, si a duras penas conseguí salir con vida de mi divorcio...

—No estoy fuera del terreno de juego, Jack, y funciono con todos los cilindros. Mi dolor privado y personal es sólo eso: privado y personal.

Me contempló en silencio por un largo momento, sosteniéndome la mirada y sin tragarse lo que le acababa de decir.

—Ojalá fuera tan fácil —dijo.

—Nunca he dicho que lo fuera. Hay mañanas en las que levantarme es lo más difícil que he hecho en mi vida. Pero no puedo permitir que mis problemas interfieran en lo que estoy haciendo aquí, y no lo permito.

—Francamente, no he sabido qué hacer y me siento realmente mal por ello —confesó—. Yo tampoco he sabido cómo enfrentarme a su muerte. Sé lo mucho que amaba a Benton. He pensado una y otra vez en invitarla a cenar o en preguntarle si hay algo que pueda reparar o hacer en su casa. Pero yo también he tenido mis propios problemas, como bien sabe. Y supongo que, en realidad, pensaba que no había nada que pudiera ofrecerle excepto cargar con todo el peso que pudiera aquí.

—¿Has estado atendiendo llamadas por mí, cuando los familiares necesitaban que fuera yo quien se pusiese al teléfono?

Por fin se lo había dicho.

—No ha sido ningún problema. Es lo mínimo que puedo hacer.

—Santo Dios —musité, llevándome las manos a la cabeza—. No me lo puedo creer.

—Yo sólo estaba...

—Jack, estoy aquí cada día excepto cuando voy a los tribunales. ¿Por qué razón iban a desviar cualquiera de mis llamadas a tu teléfono? No sabía nada acerca de ello.

Esta vez le tocó el turno a Fielding de poner cara de confusión.

—¿Es que no entiendes lo despreciable que sería por mi parte el que me negara a hablar con personas sumidas en la pena —dije—, el que no respondiera a sus preguntas o el que ni siquiera parecieran importarme?

—Yo sólo pensé que...

—¡Esto es una locura! —exclamé. Sentía un nudo en el estómago—. Si fuera esa clase de persona, no me merecería este trabajo. ¡Si alguna vez llego a ser así, debería presentar la dimisión! ¿Cómo yo, de entre todo el mundo, voy a cruzarme de brazos ante la pérdida de otra persona? ¿Cómo voy a ser incapaz de sentir, entender y hacer cuanto pueda para responder a las preguntas, aliviar el dolor y luchar para enviar a la silla eléctrica al cabrón que lo hizo? —Me temblaba la voz y estaba al borde del llanto—. O a que les apliquen la inyección letal. Mierda, creo que deberíamos volver a ahorcar en la plaza pública a esos hijos de puta.

Fielding volvió la mirada hacia la puerta cerrada como si temiera que alguien pudiese oírme. Respiré hondo y me tranquilicé.

—¿Cuántas veces ha ocurrido eso? —le pregunté—. ¿Cuántas veces has respondido a mis llamadas?

—Últimamente, un montón —respondió de mala gana.

—¿Cuánto es un montón?

—Probablemente casi todos los casos de los que se ha ocupado en los últimos dos meses.

—No puede ser —jadeé.

Fielding guardó silencio, y mientras pensaba en ello volvieron a asaltarme las dudas. Las familias no parecían haberme telefoneado tanto como solían hacerlo antes, pero no había prestado mucha atención a eso porque nunca había un patrón, nunca había un modo de predecirlo. Algunos familiares querían enterarse de todos los detalles. Otros llamaban para desahogar su rabia. Había personas que optaban por negar lo ocurrido y no querían saber nada.

—Entonces puedo dar por sentado que ha habido quejas sobre mí —dije—. Personas trastornadas por el dolor me han considerado arrogante y fría, y no las culpo por ello.

—Algunas se han quejado, sí.

Por su expresión supe que había habido algo más que unas cuantas quejas, y no me cupo duda de que también habrían escrito cartas al gobernador.

—¿Quién te ha estado pasando esas llamadas telefónicas? —pregunté con voz suave y tranquila, porque temía ponerme a rugir como un tornado pasillo abajo e insultar a todo el mundo en cuanto hubiera salido de aquella sala.

—Doctora Scarpetta, a nadie le extrañó que en esos momentos usted no quisiera hablar de ciertas cosas con personas traumatizadas —dijo Fielding, tratando de hacérmelo entender—. Me refiero a cosas dolorosas que podían traerle a la memoria... Bueno, yo lo entendí. La mayoría de esas personas sólo quieren una voz, un médico, y cuando yo no me encontraba aquí, Jill o Bennett siempre estaban disponibles —añadió, refiriéndose a dos de mis médicos residentes—. Supongo que el único problema realmente serio es que cuando ninguno de nosotros ha estado disponible, Dan o Amy acabaron teniendo que atender las llamadas.

Dan Chong y Amy Forbes eran dos estudiantes de medicina del turno rotatorio que estaban allí para aprender y observar. Nunca se les habría debido imponer la responsabilidad de hablar con las familias.

—Oh, no. —Cerré los ojos ante aquel pensamiento de pesadilla.

—Sobre todo fuera del horario regular. Ese maldito servicio de contestador, ya sabe —dijo.

—¿Quién te ha estado pasando esas llamadas telefónicas? —volví a preguntar, esta vez en tono más firme.

Fielding suspiró. Nunca lo había visto tan sombrío y preocupado.

—Dímelo —insistí.

—Rose.

15

Cuando entré en su despacho, unos minutos antes de las seis, Rose estaba abrochándose el abrigo y se envolvía el cuello con un largo pañuelo de seda. Como tenía por costumbre, Rose había estado trabajando hasta muy tarde. A veces, tenía que insistir en que se fuera a casa al final de la jornada, y aunque en el pasado eso me había impresionado y conmovido, ahora me llenó de inquietud.

—Te acompañaré hasta tu coche —me ofrecí.

—Oh. Bueno, le aseguro que no hace falta que se moleste.

Su expresión se tensó, y sus dedos lucharon torpemente con los guantes de cabritilla. Rose notaba que yo tenía en la cabeza algo que ella no quería oír, y sospeché que sabía exactamente de qué se trataba. Apenas hablamos mientras íbamos por el pasillo que llevaba al vestíbulo; la moqueta silenciaba nuestros pasos y una incomodidad palpable se había instalado entre nosotras.

Yo tenía el corazón en un puño. No estaba segura de si lo que sentía era ira o pena, y empecé a hacerme toda clase de preguntas. ¿Qué otras cosas me había ocultado Rose, y cuánto tiempo hacía que duraba aquello? ¿Era su feroz lealtad una posesividad que yo no había sabido reconocer como tal? ¿Sentía que yo le pertenecía?

—Supongo que Lucy no habrá llamado —dije cuando salimos al desierto vestíbulo de mármol.

—No —repuso Rose—. También lo intenté varias veces con su oficina.

—¿Recibió las flores?

—Oh, sí.

El vigilante nocturno nos saludó con la mano.

—¡Si salen se van a congelar! ¿Dónde tiene su abrigo? —me preguntó.

—Ya me las arreglaré —respondí con una sonrisa, y después le dije a Rose—: ¿Sabemos si Lucy llegó a verlas?

Rose pareció no entenderme.

—Las flores —aclaré—. ¿Sabemos si Lucy las vio?

—Oh, sí —respondió mi secretaria—. Su ayudante dijo que llegó, las vio y leyó la tarjeta, y que después todo el mundo le tomaba el pelo y le preguntaba quién se las había mandado.

—Supongo que no sabrás si se las llevó a su casa cuando se fue.

Rose me miró mientras salíamos del edificio al vacío y oscuro aparcamiento. Se la veía vieja y triste, y no supe si lloraba por mí o a causa del frío.

—No lo sé —contestó.

—Mis tropas dispersas —murmuré.

Rose se subió el cuello del abrigo hasta las orejas y escondió la barbilla.

—Bueno, así están las cosas —añadí—. Cuando Carrie Grethen asesinó a Benton, también acabó con el resto de nosotros. ¿Verdad que sí, Rose?

—Eso nos afectó muchísimo a todos, desde luego. No sabía qué podía hacer por usted, pero he intentado ayudarla. —Me miró mientras andábamos y agregó—: He hecho cuanto ha estado en mi mano, y sigo haciéndolo.

—Todos nos hemos dispersado —murmuré—. Lucy está enfadada conmigo y cuando se pone así, siempre hace lo mismo: me expulsa de su vida. Marino ya no es detective. Y ahora descubro que le has estado pasando mis llamadas telefónicas a Jack sin consultármelo previamente, Rose. Familias afligidas no han podido llegar hasta mí. ¿Por qué lo has hecho?

Habíamos llegado a su Honda Accord azul. Se oyó un

tintineo de llaves cuando Rose hurgó en su enorme bolso.

—Qué extraño —dijo—. Temía que volviese a preguntarme por su horario. Está dando más clases que nunca en el Instituto, y cuando estaba trabajando en el calendario del próximo mes, me di cuenta de que tiene demasiados compromisos. Debería haberme percatado antes y haberlo evitado.

—En este momento, ésa es la menor de mis preocupaciones. —Intenté evitar que se me notara lo alterada que estaba—. ¿Por qué me hiciste eso? —pregunté, y no estaba hablando de mis compromisos—. ¿Me resguardaste de las llamadas telefónicas? Me has hecho daño como persona y como profesional.

Rose abrió la puerta, puso en marcha el motor y encendió la calefacción para que caldeara el coche con vistas a su solitario trayecto de vuelta a casa.

—He estado siguiendo las instrucciones que usted me dio, doctora Scarpetta —respondió finalmente. Su aliento salía del coche en forma de nubecillas.

—Nunca te he dado instrucciones de hacer tal cosa, y nunca te las daré —puntualicé, sin dar crédito a lo que estaba oyendo—. Y tú lo sabes. Ya sabes lo que opino acerca de ser accesible para las familias.

Por supuesto que lo sabía. Durante los últimos cinco años, yo había despachado a dos patólogos forenses porque nunca estaban disponibles y se mostraban totalmente indiferentes a la pena y el dolor que iban dejando tras de sí.

—No se hizo con mi bendición —señaló, y por un instante volví a oír a la maternal Rose de antes.

—¿Y cuándo se supone que te dije eso?

—No me lo dijo. Me envió un mensaje por correo electrónico, y fue a finales de agosto.

—Yo nunca te he enviado nada por correo electrónico. ¿Lo guardaste?

—No —respondió, apenada—. Por lo general no guardo el correo electrónico. No tengo ninguna razón para hacerlo. Siempre me disgusta tener que usarlo.

—¿Y qué decía ese mensaje supuestamente enviado por mí?

—«Necesito que desvíes tantas llamadas de familiares como puedas. En estos momentos, es demasiado duro para mí. Sé que lo entiendes.» O algo por el estilo.

—¿Y no te extrañó? —pregunté con incredulidad.

Rose bajó la calefacción.

—Por supuesto que sí. Lo primero que hice fue enviarle un correo electrónico preguntándole al respecto. Le expuse mis dudas, y usted contestó diciendo que tenía que limitarme a obedecer.

—Nunca he recibido un mensaje como ése de ti.

—No sé qué decir —contestó Rose mientras se ponía el cinturón de seguridad—. Excepto que me pregunto si es posible que sencillamente no se acuerde. Yo siempre me estoy olvidando de los mensajes que me envían por correo electrónico. Digo que no he dicho algo y después descubro que sí lo he dicho.

—No. No es posible.

—En ese caso, me parece que alguien se está haciendo pasar por usted.

—¿Sólo en este caso? ¿Es que ha habido más?

—No muchos. Alguno de vez en cuando, mensajes muy afables agradeciéndome el que la estuviera ayudando tanto. Y, veamos...

Rebuscó en su memoria. Las farolas del aparcamiento hacían que su coche pareciera verde oscuro en vez de azul. Su cara quedaba en la sombra, lo que me impedía verle los ojos. Rose tamborileó con los dedos sobre el volante. Yo seguía inclinada sobre ella. Me estaba congelando.

—Ya sé lo que fue —dijo de pronto—. El secretario Wagner quería que fuera a verlo y usted me pidió que le explicara que en ese momento le resultaba imposible.

—¿Qué?

—Eso fue a principios de la semana pasada.

—¿Correo electrónico otra vez?

—Hoy en día, a veces es la única manera de poder contactar con la gente. Su ayudante me envió un mensaje por correo electrónico y yo se lo reenvié a usted, que estaba en los tribunales. Usted me mandó un mensaje en respuesta esa misma tarde, supongo que desde su casa.

—Esto es una locura. —Repasé una posibilidad tras otra sin sacar nada en claro.

Todo el personal de mi departamento disponía de mi dirección de correo electrónico, pero nadie excepto yo debería haber tenido mi contraseña, y, obviamente, nadie podía firmar en mi nombre sin ella. Rose estaba pensando lo mismo que yo.

—No entiendo cómo ha podido ocurrir —exclamó, y añadió al instante—: ¡Aguarde un momento! Ruth configura el acceso al servidor del correo electrónico en el ordenador de cada persona.

Ruth Wilson era mi analista de sistemas.

—Claro. Y para hacer eso tenía que disponer de mi contraseña. Pero ella nunca haría algo semejante —dije, intentando llegar a una conclusión lógica.

—Ni en un millón de años. —Rose asintió—. Pero ha de tener anotadas las contraseñas en algún sitio. No puede acordarse de todas.

—No, desde luego.

—¿Por qué no sube al coche antes de que muera congelada? —me sugirió.

—Vete a casa y descansa un poco —repuse—. Yo haré lo mismo.

—Eso no se lo cree ni usted —me riñó—. Volverá a su despacho e intentará averiguarlo todo.

Rose estaba en lo cierto. Volví al edificio mientras ella se alejaba, y me pregunté cómo podía haber sido tan idiota de salir al aparcamiento sin un abrigo. Estaba entumecida. El vigilante nocturno sacudió la cabeza.

—¡Debería ir un poco más abrigada, doctora Scarpetta!

—Tienes toda la razón.

Pasé la tarjeta magnética por la cerradura y el primer par de puertas de cristal se abrió con un chasquido. Después abrí la que daba acceso al ala donde se encontraba mi despacho.

El silencio era absoluto. Cuando entré en el despacho de Ruth, me detuve y contemplé las impresoras y microordenadores, y un diagrama en una pantalla que mostraba si las conexiones con los otros despachos estaban en orden.

Detrás de su escritorio, el suelo estaba cubierto por gruesos racimos de cables, y varios listados de programas de software, que no tenían absolutamente ningún sentido para mí, cubrían todas las paredes. Eché un vistazo a las estanterías abarrotadas. Me acerqué a los archivadores e intenté abrir un cajón. Todos estaban cerrados con llave.

«Bien por ti, Ruth», pensé.

Volví a mi despacho y marqué el número de su casa.

—¿Diga? —respondió ella.

Parecía estar muy ocupada. Oí los chillidos de un bebé y la voz de su esposo, que estaba diciendo algo sobre una sartén.

—Siento molestarte.

—No me molesta en absoluto, doctora Scarpetta —repuso Ruth muy sorprendida—. Frank, ¿puedes llevar a la niña a la otra habitación?

—Sólo una pregunta —dije—. ¿Guardas todas las contraseñas de acceso a Internet en algún sitio?

—¿Hay algún problema? —se apresuró a preguntar.

—Al parecer, alguien conoce mi contraseña y la está usando para hacerse pasar por mí. —Había decidido que no me andaría con rodeos—. Quiero saber cómo es posible que alguien se haya hecho con mi contraseña. ¿Existe alguna manera?

—Oh, no. —Ruth parecía consternada—. ¿Está segura?

—Sí.

—Obviamente, usted no le ha dicho a nadie cuál es su contraseña.

Reflexioné por unos instantes. Ni siquiera Lucy conocía mi contraseña, y además, seguro que no le interesaba lo más mínimo.

—No se me ocurre nadie aparte de ti —dije.

—¡Usted sabe que yo jamás haría algo así!

—Te creo —dije, y hablaba en serio.

Para empezar, Ruth nunca arriesgaría su empleo de esa manera.

—Guardo las direcciones y contraseñas de todo el mundo en un fichero del ordenador al que nadie tiene acceso.

—¿Hay alguna copia impresa?

—En una carpeta de un archivador que mantengo cerrado con llave.

—¿Siempre?

—Bueno, no en todo momento —respondió tras titubear unos segundos—. Cuando nos vamos, desde luego que sí, pero permanece abierto durante gran parte del día, a menos que yo tenga que entrar y salir con mucha frecuencia. Paso la mayor parte del tiempo en mi despacho. En realidad sólo salgo de él para desayunar y tomarme un café en la sala de descanso.

—¿Cuál es el nombre de ese fichero? —pregunté mientras me sentía cada vez más paranoica.

—Correo Electrónico —contestó ella, consciente de lo que pensaría yo de eso—. Doctora Scarpetta, tengo miles de ficheros llenos de códigos de programación, actualizaciones, herramientas varias, cosas nuevas y todo lo que quiera. Si no los etiquetara con la máxima claridad posible, nunca conseguiría encontrar nada.

—Comprendo. Yo tengo el mismo problema.

—Si quiere, mañana mismo cambiaré su contraseña.

—Buena idea. Y una cosa más, Ruth: esta vez no deberíamos ponerla al alcance de nadie. No la guardes en ese fichero, ¿de acuerdo?

—Espero no haberme metido en un lío —dijo nerviosamente mientras su bebé seguía chillando.

—Tú no, pero alguien sí que se ha metido en un buen lío. Y quizá puedas ayudarme a averiguar de quién se trata.

No necesitaba ser muy intuitiva para pensar de inmediato en Ruffin. Era listo, y obviamente yo no le caía simpática. Ruth tenía la costumbre de mantener cerrada la puerta de su despacho a fin de concentrarse. Supuse que a Ruffin no le habría costado mucho entrar en su despacho y cerrar la puerta mientras ella estaba en la sala de descanso.

—Esta conversación es absolutamente confidencial —le aclaré a Ruth—. No puedes hablarle de ella ni siquiera con tus amigos y parientes.

—Entendido.

—¿Cuál es la contraseña de Chuck?

—G-A-L-L-O. Lo recuerdo porque cuando quiso que se la asignara, me irrité bastante. Como si él fuera el gallo del gallinero. Su dirección, como probablemente sabe, es C-H-U-K-D-D-M-F, como en Chuck, Departamento de Medicina Forense.

—¿Y qué pasaría si yo ya estuviera dentro de la red, con mi contraseña, y otra persona intentara usarla para entrar al mismo tiempo? —pregunté.

—A la persona que lo intentara se le negaría el acceso al sistema y se le diría que alguien ya estaba usando esa contraseña. Habría un mensaje de error y alerta. Pero en el caso contrario, no ocurre lo mismo. Si, digamos, el malo ya hubiese empleado la contraseña y usted intentase usarla, usted recibiría el mensaje de error, pero él no sería alertado.

—Lo cual significa que alguien podría tratar de hacerlo sin que me enterase mientras estoy conectada.

—Exactamente.

—¿Chuck tiene un ordenador en su casa?

—Una vez me preguntó dónde podía comprar uno que no saliera demasiado caro, y le dije que probara en una de esas tiendas que tratan directamente con las fábricas. Le di el nombre de una.

—¿Cómo se llama esa tienda?

—Disco Económico. El dueño es amigo mío.

—¿Crees que podrías llamar a su casa y averiguar si Chuck les compró algo?

—Puedo intentarlo.

—Estoy en mi despacho y todavía tardaré un rato en irme.

Pedí el menú en mi ordenador y marqué el icono de AOL, America Online. Accedí a la red sin ningún problema, lo cual significaba que nadie se me había adelantado. Me sentí tentada de entrar como Ruffin para ver con quién estaba manteniendo correspondencia y si eso podía decirme algo más sobre lo que estaba tramando, pero no me atreví. La idea de irrumpir en el buzón de otra persona me aterrorizaba.

Llamé a Marino, y cuando se puso le expliqué la situación y le pedí su opinión sobre lo que debía hacer.

—Demonios, yo lo haría —repuso de inmediato—. Siempre te he dicho que no confiaba en ese tipo. Y además puede que tengas otro problema, doctora. ¿Cómo sabes que no ha entrado en tu correo y borrado cosas, o incluso enviado cosas a otras personas aparte de Rose?

—Tienes razón —reconocí, furiosa por la posibilidad de que así fuese—. Ya te informaré de lo que descubra.

Ruth me llamó unos minutos después; parecía bastante excitada.

—El mes pasado compró un ordenador y una impresora por unos seiscientos dólares —me comunicó—, y el ordenador venía con un módem.

—Y aquí tenemos programas de acceso a la red.

—Toneladas de ellos. Si no compró el suyo, podría haber echado mano de algunos.

—Es probable que nos estemos enfrentando a una situación muy grave. Recuerda que no debes hablar de esto con nadie.

—Chuck nunca me ha gustado.

—Eso cállatelo también.

Colgué el auricular, me puse el abrigo y empecé a pensar en Rose. Debía de sentirse muy preocupada. No me habría sorprendido que hubiese estado llorando todo el rato mientras volvía a su casa. Rose era muy estoica y rara vez mostraba sus emociones, pero yo sabía que si creía que me había perjudicado en algo, estaría deshecha. Fui a buscar mi coche. Quería hacer que se sintiera mejor, y además necesitaba su ayuda. El correo electrónico de Chuck tendría que esperar.

Rose se había cansado de llevar una casa y se había mudado a un apartamento en el West End, al lado de la avenida Grove y a unas cuantas manzanas de una cafetería llamada

Du Jour, donde yo almorzaba algún que otro domingo. Vivía en un viejo edificio de ladrillo rojo de tres pisos al que daban sombra unos enormes robles. Era una parte de la ciudad relativamente segura, pero yo siempre examinaba los alrededores antes de bajar de mi coche. Cuando aparqué junto al Honda de Rose, vi lo que parecía un Taurus de color oscuro a varios coches de distancia.

Alguien estaba sentado dentro, con el motor parado y las luces apagadas. Yo sabía que la mayoría de los coches sin identificar de la policía de Richmond eran Taurus, y me pregunté si habría alguna razón por la que un policía estuviese allí por la noche y con el frío que hacía. También cabía la posibilidad de que aquella persona estuviera esperando a que bajara alguien para ir a algún sitio, pero por lo general nadie hace algo así con los faros apagados y el motor parado.

Tuve la sensación de que me estaban observando y saqué la Smith & Wesson de siete tiros de mi bolso y me lo metí en el bolsillo del abrigo. Caminé por la acera y vi el número de matrícula del coche. Lo memoricé. Sentí unos ojos clavados en mi espalda.

La única manera de llegar al apartamento del tercer piso en el que vivía Rose era subiendo por unas escaleras tenuemente iluminadas por una luz solitaria en el techo de cada rellano. Estaba un poco nerviosa, y me detuve cada pocos pasos para ver si alguien subía detrás de mí. Nadie lo hacía. Rose había colgado una guirnalda navideña recién cortada en su puerta, y su fragancia removió poderosas emociones dentro de mí. Podía oír la música de Haendel sonando dentro. Abrí mi bolso, busqué un rotulador y un cuaderno, y anoté el número de matrícula. Después llamé al timbre.

—¡Cielo santo! —exclamó Rose—. ¿Qué la trae por aquí? Entre, entre. Qué sorpresa tan agradable.

—¿Has mirado por la mirilla antes de abrir la puerta? —le pregunté—. Al menos podrías preguntar quién es.

Rose rió. Siempre se estaba burlando de mi obsesión por la seguridad, que la mayoría de las personas encontraban exagerada porque no vivían mi vida.

—¿Ha venido aquí para hacer la prueba? —preguntó, burlándose una vez más.

—Quizá debería empezar a hacerlo.

El mobiliario de Rose era acogedor e impecable, y aunque yo no diría que tuviera gustos convencionales, todo resultaba muy elegante y perfectamente situado. Los suelos eran de esa preciosa madera que cada vez es más difícil de encontrar, y unas pequeñas alfombras orientales daban toques de color. Un fuego de gas ardía en el hogar, y velas eléctricas brillaban en las ventanas, que daban a una zona verde donde los vecinos organizaban sus barbacoas cuando hacía más calor.

Rose se sentó en un sillón y yo me instalé en el sofá. Sólo había estado en su apartamento un par de veces, y me pareció triste y extraño no encontrar ni rastro de sus amados animales. Sus dos últimos galgos adoptados estaban en casa de su hija, y su gato había muerto. Lo único que le quedaba era un acuario con un modesto número de olominas, carpas doradas y pececillos de colores en constante movimiento. En el edificio no estaba permitido tener animales domésticos.

—Ya sé que echas de menos a tus perros —dije, sin mencionar al gato, porque los gatos y yo no nos llevábamos demasiado bien—. Uno de estos días me compraré un galgo. Mi problema es que querría salvarlos a todos.

Me acordaba de los suyos. Los pobres perros no dejaban que les acariciaras las orejas porque los adiestradores siempre les tiraban de ellas, una de las muchas crueldades que padecían como perros de carreras. Rose volvió el rostro, con los ojos arrasados en lágrimas, y se frotó las rodillas.

—Este frío les sienta fatal a mis articulaciones —comentó, aclarándose la garganta—. Se estaban haciendo tan viejos... Me alegro de que ahora estén con Laurel. No hubiera podido soportar ver morir a otro animal. Ojalá usted se decidiera a tener uno. Ah, si cada persona buena que hay en el mundo tuviera uno...

Los galgos eran sacrificados a centenares cada año, cuando ya no podían correr lo bastante rápido. Me removí en el sofá. Había tantas cosas en la vida que me ponían furiosa...

—¿Quiere que le traiga ese té de ginseng caliente que me consigue el bueno de Simon? —Se refería a un peluquero al que adoraba—. O quizás algo con un poco más de sustancia. Hace tiempo que quiero ir a comprar tortas de mantequilla.

—No puedo quedarme mucho rato, pero quería pasar por aquí para asegurarme de que te encontrabas bien.

—Pues claro que me encuentro bien —contestó ella, como si no hubiera ninguna razón por la que no debiera estarlo.

Permanecí en silencio y Rose me miró, esperando a que le explicara la verdadera razón por la que había ido a verla.

—He hablado con Ruth —empecé—. Estamos siguiendo un par de pistas y tenemos nuestras sospechas...

—Que estoy segura apuntan hacia Chuck —concluyó ella, asintiendo—. Siempre he pensado que es una manzana podrida. Y huye de mí como de la peste porque sabe que no puede engañarme. Cuando un tipo como él sea capaz de hacerme tragar sus mentiras, será porque está nevando en el infierno.

—Nadie puede engañarte, Rose.

El *Mesías* de Haendel empezó a sonar, y una intensa sensación de tristeza se apoderó de mí.

Rose me miró fijamente. Sabía lo duras que habían sido las últimas Navidades para mí. Las pasé en Miami, donde podía mantenerme alejada de la mayor parte de lo que rodeaba a las fiestas. Pero ni yendo a Cuba habría conseguido escapar de las luces y la música.

—¿Qué va a hacer este año? —preguntó.

—Tal vez vaya al oeste —contesté—. Todo sería un poco más fácil si aquí nevara, pero no soporto los cielos grises. Lluvia y ventiscas de nieve: el clima de Richmond. ¿Sabes?, cuando vine aquí como mínimo siempre teníamos una o dos buenas nevadas en invierno.

Recordé la nieve amontonada en las ramas de los árboles y cayendo sobre mi parabrisas, el mundo blanqueado mientras iba a trabajar a pesar de que todos los departamentos del estado estaban cerrados. Para mí, la nieve y el sol tropical eran antidepresivos.

—Ha sido muy amable al venir a ver qué tal estaba —dijo mi secretaria, poniéndose de pie—. Siempre se ha preocupado demasiado por mí.

Fue a la cocina y la oí rebuscar dentro de la nevera. Cuando volvió a la sala, traía consigo un recipiente con algo congelado dentro.

—Mi sopa de verduras —anunció—. Justo lo que necesita esta noche.

—No sabes la falta que me hace —dije con sincero agradecimiento—. Iré a casa y la calentaré.

—¿Y qué va a hacer con Chuck? —me preguntó, poniéndose muy seria.

Titubeé. No quería pedirle lo que le iba a pedir.

—Rose, él dice que eres mi chivata del departamento.

—Bueno, lo soy.

—Necesito que lo seas. Me gustaría que hicieras lo que fuese necesario para averiguar qué está tramando.

—Lo que está tramando ese pequeño hijo de puta es un sabotaje —exclamó Rose, que casi nunca maldecía.

—Tenemos que conseguir pruebas. Ya sabes cómo es el estado: despedir a alguien cuesta más que caminar sobre el agua. Pero Chuck no se saldrá con la suya.

Rose no respondió de inmediato.

—Para empezar —dijo al fin—, no debemos subestimarlo. No es tan inteligente como se cree, pero es listo. Y ha dispuesto de demasiado tiempo para pensar y moverse pasando inadvertido. Lo malo es que conoce sus costumbres mejor que nadie, incluso mejor que yo, porque yo no la ayudo en la morgue..., cosa que agradezco. Y ése es su gran escenario, doctora. Allí es donde realmente estaría en situación de arruinarla.

Tenía razón, aunque yo me negaba a admitir el poder de que disponía Chuck. Podía cambiar etiquetas o contaminar algo. Podía filtrar mentiras a reporteros que protegerían su identidad hasta el fin de los tiempos. Apenas podía imaginarme la magnitud de lo que podía llegar a hacer.

—Por cierto —dije, levantándome del sofá—, estoy casi segura de que tiene un ordenador en casa, de modo que mintió acerca de eso.

Rose me acompañó hasta la puerta, y me acordé del coche aparcado cerca del mío.

—¿Conoces a alguien del edificio que conduzca un Taurus oscuro? —pregunté.

Rose frunció el entrecejo, perpleja.

—Bueno, la verdad es que ahora los ves por todas partes. Pero no, no recuerdo a nadie de por aquí que conduzca uno.

—¿Y no podría ser que en tu edificio haya algún policía que vuelve a casa conduciendo ese coche de vez en cuando?

—Que yo sepa, no, aunque es posible. No se deje llevar por todos esos duendecillos que aparecerán dentro de su cabeza si no los para. Verá, siempre he creído que no hay que dar vida a las cosas. El viejo refrán sobre las profecías que se cumplen a sí mismas, ya sabe.

—Bueno, probablemente no sea nada, pero tuve una sensación muy extraña cuando vi a esa persona sentada dentro de un coche oscuro con el motor parado y las luces apagadas. Anoté su matrícula.

—Muy bien. —Rose me dio una palmadita en la espalda—. ¿Por qué no me sorprende que lo haya hecho?

16

Al salir del apartamento de Rose, me dio la sensación que el ruido de mis pasos llenaba la escalera y cuando traspasé el portal para adentrarme en la fría noche agradecí el reconfortante peso de mi arma. El coche se había ido. Lo busqué con la mirada mientras me dirigía hacia el mío.

El aparcamiento no estaba muy bien iluminado. Los árboles, ya sin hojas, producían tenues ruidos que resonaban ominosos en mi mente. Las sombras parecían esconder cosas terribles. Cerré rápidamente las puertas, sin dejar de mirar alrededor. Llamé al busca de Marino mientras salía del aparcamiento. Me devolvió la llamada porque, naturalmente, estaba patrullando las calles y no tenía absolutamente nada que hacer.

—¿Puedes localizar una matrícula? —le pregunté en cuanto hubo respondido.

—Dímela.

Lo hice.

—Escucha acabo de salir del apartamento de Rose y tengo un presentimiento acerca de un coche que estaba aparcado delante —expliqué.

Marino casi siempre se tomaba muy en serio mis presentimientos. Yo no era dada a tenerlos sin alguna justificación. Era abogada y médico forense. De hecho, me sentía más inclinada a mantener una actitud clínica, de abogada para la que sólo importaban los hechos, y no solía dejarme llevar por las emociones o reacciones exageradas.

—Hay más cosas —continué.

—¿Quieres que me pase por tu casa?

—Desde luego.

Cuando llegué, Marino estaba esperando delante de mi garaje. Se apeó trabajosamente, porque el cinturón de seguridad, que nunca se ponía, tendía a engancharse en alguna parte de su anatomía.

—¡Maldición! —exclamó, liberándose de un tirón—. No sé cuánto tiempo podré seguir aguantando esto. —Cerró la puerta de una patada—. Mierda de coche.

—Si tan mierda es ese coche, ¿cómo es que has llegado aquí tan pronto?

—Me encontraba más cerca que tú. La espalda me está matando.

Siguió quejándose mientras subíamos la escalera y yo abría la puerta principal. El silencio me sobresaltó. La alarma estaba desconectada.

—Mal asunto —mascculló Marino.

—Sé que esta mañana la conecté.

—¿Ha venido la asistenta? —preguntó, mirando y aguzando el oído.

—Siempre la conecta. No se ha olvidado de hacerlo ni una sola vez en los dos años que lleva trabajando para mí.

—Quédate aquí.

—Eso ni lo sueñes. —Lo último que quería era esperar allí sola. Además, las dos personas estábamos armadas y nerviosas, y por nuestra propia seguridad no convenía que nos separáramos.

Volví a conectar la alarma y seguí a Marino de habitación en habitación, viendo cómo abría cada armario y miraba detrás de cada cortina y puerta. Registramos las dos plantas y no encontramos nada fuera de lo normal hasta que volvimos abajo, donde vi el aspirador en mitad del pasillo. En el baño de invitados que estaba a la derecha mi asistenta se había olvidado de cambiar las toallas usadas por otras limpias.

—Marie nunca comete esa clase de descuidos. Tiene que mantener unos hijos pequeños y su marido no gana mucho dinero; nunca he conocido a nadie que trabaje tan duro como ella.

—Espero no recibir ninguna llamada —dijo Marino—. ¿Tienes café por casualidad?

Preparé uno bien fuerte con la cafetera automática que Lucy me había enviado desde Miami, y ver la bolsa roja y amarilla hizo que volviera a sentir una punzada de dolor. Marino y yo llevamos nuestras tazas a mi despacho. Accedí a la red usando la dirección y la contraseña de Ruffin, y experimenté un inmenso alivio al comprobar que la aceptaban.

—Vía libre —anuncié.

Marino acercó una silla y miró por encima de mi hombro. Ruffin tenía correo.

Había ocho mensajes, y yo no conocía a ninguna de las personas que los habían enviado.

—¿Qué pasa si los abres? —quiso saber Marino.

—Que seguirán en el buzón siempre que vuelva a archivarlos como nuevos.

—No, lo que quiero decir es si él sabrá que los has abierto.

—No. Pero el remitente puede saberlo. Puede comprobar la situación del correo que ha enviado y ver a qué hora fue abierto.

—Uh. —Marino se encogió de hombros—. ¿Y qué? ¿Cuántas personas van a comprobar a qué hora fue abierto su puto correo?

No dije nada y empecé a examinar el correo de Chuck. Quizá debería haberme sentido asustada por lo que estaba haciendo, pero estaba demasiado furiosa. Cuatro mensajes eran de su esposa. Contenían numerosas instrucciones sobre asuntos domésticos que hicieron reír a Marino.

—Esa mujer lo tiene bien agarrado por las pelotas —señaló alegremente.

La dirección del quinto mensaje era MAYFLR, y sólo decía: «Tenemos que hablar.»

—Eso es interesante —comenté—. Vamos a ver qué correo puede haberle enviado a ese tal Mayflower.

Entré en el menú del correo enviado y descubrí que durante las dos últimas semanas Chuck había estado mandando mensajes a aquella persona casi a diario. Repasé rápidamente las notas y enseguida quedó claro que mi ayudante en el depósito de cadáveres se estaba citando con esa persona, y posiblemente hasta tuviera una aventura con ella.

—Me pregunto quién demonios será esa mujer —dijo Marino—. Nos serviría para presionar un poco a ese hijo de puta.

—Averiguarlo no va a resultar nada sencillo —observé.

Salí del sistema a toda prisa, sintiéndome como si estuviera huyendo de una casa en la que acababa de robar.

—Probemos con Chatplanet —dije.

La única razón por la que estaba familiarizada con los chats era que, de vez en cuando, colegas míos de todo el mundo los usaban para conocerse y solicitar ayuda en casos particularmente difíciles, o para compartir información de utilidad. Accedí a Chatplanet y seleccioné una opción que me permitía estar presente en la sala del chat sin que nadie me viera.

Examiné la lista de salas e hice click en una llamada «Querida jefa Kay». La doctora Kay en persona estaba moderando una sesión de chat en la que intervenían sesenta y tres personas.

—Oh, mierda. Dame un cigarrillo, Marino —pedí, tensa.

Marino sacó uno del paquete y se sentó a mi lado.

<El hombre de la tubería> Querida Jefa Kay, ¿es verdad que Elvis murió en el váter y que muchas personas mueren en el váter? Soy fontanero, así que no hace falta que le explique por qué me interesa tanto el tema. Gracias, interesado de Illinois.

<Querida Jefa Kay> Querido interesado de Illinois, sí, siento decir que Elvis murió en el váter y que no es raro que ocurra, porque las personas se someten a toda clase de excesos hasta que su corazón no puede aguantarlo. Los muchos años de píldoras y mala alimenta-

CIÓN DE ELVIS, LAMENTO DECIRLO, FINALMENTE ACABARON PASÁNDOLE FACTURA Y MURIÓ DE PARO CARDÍACO EN SU LUJOSO CUARTO DE BAÑO DE GRACELAND. Y ESTO DEBERÍA SER UNA LECCIÓN PARA TODOS NOSOTROS.

<ESTUMED> QUERIDA JEFA KAY, ¿POR QUÉ DECIDIÓ QUE PREFERÍA TRABAJAR CON PACIENTES MUERTOS A HACERLO CON PACIENTES VIVOS? MORBOSO DE MONTANA.

<QUERIDA JEFA KAY> QUERIDO MORBOSO DE MONTANA, VELAR LECHOS DE ENFERMOS ES ABURRIDÍSIMO Y ADEMÁS ASÍ NO HE DE PREOCUPARME POR LO QUE SIENTE MI PACIENTE. CUANDO ESTABA EN LA FACULTAD DE MEDICINA DESCUBRÍ QUE LOS PACIENTES VIVOS SON UN COÑAZO.

—¡La madre...! —exclamó Marino.

Yo estaba furiosa y no había nada que pudiera hacer para parar aquello.

—¿Sabes?, me gustaría que la gente dejara en paz a Elvis —añadió Marino en tono de indignación—. Estoy harto de oír decir que murió en el váter.

—Calla, Marino. Por favor. Estoy intentando pensar.

La sesión siguió, toda ella fue horrible. Me sentí tentada de irrumpir en las conversaciones para decirle a todo el mundo que la Querida Jefa Kay no era yo.

—¿Hay alguna manera de averiguar quién es realmente la Querida Jefa Kay? —preguntó Marino.

—Si esa persona es la moderadora del chat, la respuesta es no. Él o ella puede saber quiénes son los demás, pero no a la inversa.

<JULIE W> QUERIDA JEFA KAY, DADO QUE SABE TODO LO QUE HAY QUE SABER SOBRE ANATOMÍA, ¿LA HACE ESO SER MÁS CONSCIENTE DE LOS PUNTOS DE PLACER? YA SABE A LO QUE ME REFIERO. ¡MI NOVIO PARECE ABURRIRSE EN LA CAMA Y A VECES INCLUSO

SE QUEDA DORMIDO ANTES DE QUE HAYAMOS TERMINADO! QUIERO SER SEXY.

<QUERIDA JEFA KAY> QUERIDA QUIERO SER SEXY, ¿TU NOVIO TOMA ALGÚN MEDICAMENTO QUE LE PRODUZCA SOMNOLENCIA? DE NO SER ASÍ, LA LENCERÍA ATREVIDA ES UNA BUENA IDEA. LAS MUJERES YA NO SE ESFUERZAN LO SUFICIENTE POR CONSEGUIR QUE SUS HOMBRES SE SIENTAN IMPORTANTES Y RESPETADOS.

—¡Ya está bien! —exclamé—. Mataré a ese hombre..., o a esa mujer..., ¡o a quienquiera que sea la tal jefa Kay! —Me levanté de un salto, tan frustrada que no sabía qué hacer—. ¡Nadie juega con mi credibilidad! —Con los puños apretados, fui casi corriendo a la sala. Me detuve en seco y miré alrededor como si me encontrara en un lugar en el que nunca había estado antes—. A este juego pueden jugar dos —mascullé mientras volvía a mi estudio.

—Pero ¿cómo pueden jugar dos cuando ni siquiera sabes quién es la otra jefa Kay? —preguntó Marino.

—Quizá no pueda hacer nada acerca de esa maldita sala de chat, pero siempre nos queda el correo electrónico.

—¿Qué correo electrónico? —preguntó Marino recelosamente.

—A este juego pueden jugar dos —repetí—. Espera y verás. Bueno, ¿qué te parece si intentamos averiguar algo sobre nuestro coche sospechoso?

Marino sacó su radiotransmisor portátil y sintonizó el canal de servicio.

—¿Qué matrícula has dicho que era? —preguntó.

—RGG-7112 —contesté.

—¿De Virginia?

—Lo siento. No pude verla tan bien.

—Bueno, empezaremos por ahí.

Marino le pasó el número de matrícula a la Red de Información Criminal de Virginia, o RICV, y solicitó un diez-veintinueve. A esas alturas, ya eran más de las diez.

—¿Podrías prepararme un bocadillo o algo antes de que me vaya? —preguntó Marino—. Me estoy muriendo de hambre. La puta RICV lleva toda la noche más lenta que de costumbre.

Me pidió beicon, lechuga, tomate, salsa tártara y gruesas rodajas de cebolla. Metí el beicon en el microondas en vez de freírlo.

—Eh, doctora, ¿por qué has tenido que hacer eso? —se quejó Marino, alzando una crujiente tira de beicon sin grasa—. El beicon preparado así no vale nada, pierde todo su sabor.

—Pues no pienso contribuir a que tus arterias acaben todavía más obstruidas de lo que probablemente ya estén.

Marino tostó pan de centeno y lo untó con mantequilla y salsa tártara. Después añadió lechuga, tomate, las rodajas de cebolla y sal en abundancia.

Preparó dos de aquellos bocadillos, y estaba envolviéndolos en papel de aluminio cuando lo llamaron por el transmisor. El coche no era un Ford Taurus, sino un Ford Contour del 98 de color azul oscuro, y había sido alquilado en una agencia Avis.

—Muy interesante —dijo Marino—. En Richmond, casi todas las matrículas de los coches de alquiler empiezan por R, y si la quieres diferente debes solicitarlo. Empezaron a hacerlo así para que los ladrones de coches no tuvieran tan claro si el vehículo era de fuera de la ciudad.

El coche no figuraba en la lista de vehículos robados, y no tenía citaciones ni multas pendientes.

17

A las ocho de la mañana del día siguiente, miércoles, estacioné mi coche en una plaza con parquímetro. Al otro lado de la calle, el Capitolio de la Commonwealth, del siglo XVIII, brillaba impoluto entre la neblina tras las verjas de hierro labrado y las fuentes.

El doctor Wagner, otros miembros del gabinete y el fiscal general trabajaban en la sede del Ejecutivo, en la calle Novena, y las medidas de seguridad habían llegado a ser tan extremas que había empezado a sentirme como una criminal cada vez que iba allí. Detrás de la puerta, había una mesa, donde un agente de policía me registró el bolso.

—Si encuentra algo ahí dentro, cuénteme cómo se las ha arreglado, porque yo nunca consigo dar con nada —bromeé.

El sonriente agente, un hombre bajito y entrado en carnes que, supuse, tendría treinta y pocos años, me resultaba muy familiar. Sus cabellos castaños empezaban a ralear y tenía la cara de alguien que ha sido guapo de niño, antes de que el paso de los años y el sobrepeso empezaran a poder con él.

Le mostré mis credenciales y apenas si les echó un vistazo.

—No las necesito —dijo alegremente—. ¿Se acuerda de mí? Tuve que ir a su departamento un par de veces cuando usted estaba por allí. —Señaló en dirección de mi antiguo edificio de la calle Catorce, que quedaba a sólo cinco manzanas al este—. Rick Hodges —añadió—. ¿Se acuerda de cuando tuvieron aquel problema con el uranio?

—¿Cómo no voy a acordarme? —repuse—. No fue uno de nuestros mejores momentos.

—Wingo y yo salíamos por ahí de vez en cuando. Cuando las cosas estaban tranquilas, aprovechaba la hora de almorzar para ir a verle.

Una sombra atravesó su rostro. Wingo, que había muerto de viruela hacía unos años, había sido el mejor y el más sensible de todos los ayudantes del depósito de cadáveres que he tenido. Le apreté el hombro a Hodges.

—Todavía lo echo de menos —dije—. No tiene idea de cuánto.

Miró alrededor y se me acercó un poco más.

—¿Mantiene algún contacto con su familia? —preguntó bajando la voz.

—De vez en cuando.

Por la forma en que lo dije, supo que su familia no quería hablar de su hijo gay, ni que les telefoneara. Ciertamente, tampoco querían que Hodges o ninguno de los amigos de Wingo lo hiciera. Hodges asintió, con los ojos velados por la pena. Después intentó disiparla con una sonrisa.

—Ese chico estaba loco por usted, doctora —me dijo—. Hace mucho tiempo que quería que lo supiese.

—Eso significa mucho para mí —le dije sinceramente—. Gracias, Rick.

Pasé por el detector sin incidentes y me devolvió el bolso.

—Venga a vernos con más frecuencia —dijo.

—Lo intentaré. —Sostuve la mirada azul de sus jóvenes ojos—. Tenerte por aquí hace que me sienta más segura.

—¿Sabe adónde va?

—Creo que sí —respondí.

—Bueno, recuerde que el ascensor tiene vida propia.

Subí los desgastados escalones de granito hasta el sexto piso, donde el despacho de Sinclair Wagner dominaba la plaza del Capitolio. En esa mañana oscura y lluviosa, apenas si podía entrever la estatua ecuestre de George Washington. La temperatura había bajado unos siete grados durante la noche, y las gotas de lluvia caían del cielo como perdigones.

La sala de espera del secretario de Salud y Servicios Humanos estaba elegantemente decorada con hermosos muebles coloniales y banderas que no armonizaban con el estilo del doctor Wagner. Su despacho estaba desordenado y abarrotado. Era el de un hombre que trabajaba extremadamente duro y no gustaba de exhibir su poder.

El doctor Wagner había nacido y crecido en Charleston, Carolina del Sur. Era psiquiatra y licenciado en leyes, y supervisaba agencias de atención personal, como las de salud mental, drogodependencia, servicios sociales y Medicare. Antes de que lo nombrasen para ese cargo de directivo, formaba parte del cuadro académico del CMV, el Colegio Médico de Virginia. Yo siempre le había tenido un enorme respeto y sabía que él también me respetaba.

—Kay. —Echó su asiento hacia atrás y se puso de pie—. ¿Qué tal está? —Me indicó que tomara asiento en el sofá, cerró la puerta y volvió a sentarse detrás de la barrera de su escritorio, lo que no era una buena señal—. Estoy muy satisfecho de como va todo en el Instituto. ¿Y usted?

—Yo también —contesté—. Es una responsabilidad abrumadora, pero va bastante mejor de lo que esperaba.

Wagner tomó su pipa y su bolsa de tabaco de un cenicero.

—Me he estado preguntando qué le ocurría, Kay. Parecía haberse esfumado de la faz de la tierra.

—No sé por qué dice eso. Me estoy ocupando de tantos casos como de costumbre, o incluso de más.

—Oh, sí. Estoy al corriente de sus actividades, por supuesto.

Empezó a llenar su pipa. En el edificio, no se permitía fumar, y Wagner solía chupar una pipa apagada cuando estaba nervioso o preocupado por algo. Sabía que yo no había ido allí a hablar del Instituto o a contarle lo ocupada que había estado.

—Y, naturalmente, ya sé lo ocupada que está —prosiguió—, dado que ni siquiera dispone de tiempo para verme.

—Hoy mismo he descubierto que la semana pasada intentó contactar conmigo, Sinclair —contesté.

Me miró a los ojos, chupando la pipa. El doctor Wagner tenía poco más de sesenta años, pero parecía más viejo, como si cargar con los dolorosos secretos de los pacientes durante tantos años hubiera empezado a erosionarlo. Sus ojos poseían una expresión bondadosa, y siempre sabía sacar provecho de que la gente tendiera a olvidar que también era tan astuto como un abogado.

—Si no recibió el mensaje de que quería verla, Kay, entonces me parece que tiene un problema de personal.

Hablaba de forma pausada, empujando las palabras una a una, y siempre daba grandes rodeos, para expresar un pensamiento.

—Lo tengo, pero no de la clase que se imagina.

—La escucho.

—Alguien se ha estado introduciendo en mi correo electrónico —expliqué—. Al parecer, esta persona accedió al fichero en el que están guardadas nuestras contraseñas y se hizo con la mía.

—Eso significa que la seguridad...

Alcé la mano para hacerle callar.

—La seguridad no es el problema, Sinclair. Me están perjudicando desde mis propias filas. Para mí, es evidente que alguien, o tal vez más de una persona, está intentando crearme problemas, quizás incluso conseguir que me despidan. Su secretaria usó el correo electrónico para decirle a la mía que usted quería verme. Mi secretaria me pasó el mensaje, y se supone que yo contesté diciendo que en ese momento estaba «demasiado ocupada» para que pudiéramos reunirnos. —Advertí que al doctor Wagner todo aquello le parecía confuso, o tal vez ridículo—. Eso no es todo —añadí. Me sentía cada vez más incómoda con el sonido de mi propia voz que tejía lo que parecía una fantasía descabellada—. También ha habido mensajes pidiendo que las llamadas fueran desviadas a mi jefe adjunto y, lo peor de todo, un supuesto chat que estoy haciendo en Internet.

—Estoy al corriente de eso —dijo con expresión sombría—. ¿Y está insinuando que quienquiera que esté detrás de esos chats moderados por la Querida Jefa Kay es la misma persona que usa su contraseña?

—No cabe duda de que alguien está usando mi contraseña y haciéndose pasar por mí.

Wagner chupó su pipa en silencio.

—Y sospecho que mi ayudante del depósito de cadáveres está relacionado con todo esto —agregué.

—¿Por qué?

—Conducta errática, hostilidad, desapariciones injustificadas. Está disgustado y trama algo.

Silencio.

—Cuando logre probar su participación, me ocuparé del problema —añadí.

El doctor Wagner devolvió la pipa al cenicero. Se levantó, rodeó el escritorio y se acercó a mí. Se sentó en un sillón, se inclinó hacia delante y me miró fijamente.

—La conozco desde hace mucho tiempo, Kay. Conozco su reputación y sé que es usted muy valiosa para la Commonwealth. También ha pasado por una tragedia horrenda, y no hace mucho de eso.

—¿Está intentando hacer de psiquiatra conmigo, Sinclair? —dije, y no bromeaba.

—Usted no es una máquina.

—Y tampoco me dedico a inventarme fantasías. Lo que le estoy diciendo es real. Cada ladrillo del caso que estoy edificando es real. Hay muchas más actividades insidiosas en marcha, y aunque quizá sea cierto que ahora estoy más descentrada que antes, lo que le digo no tiene nada que ver con eso.

—¿Cómo puede estar tan segura si, empleando sus mismas palabras, ahora está más descentrada? La mayoría de las personas no habrían vuelto al trabajo por una temporada, o nunca, después de lo que ha sufrido usted, Kay. ¿Cuándo volvió al trabajo?

—Sinclair, todos tenemos nuestra manera de enfrentarnos al dolor.

—Permítame responder a mi pregunta por usted —prosiguió él—. Diez días después. Y no es un entorno muy agradable al que volver; podría añadir: tragedia, muerte...

Permanecí en silencio mientras luchaba por no perder la compostura. Había estado en una oscura cueva y apenas recordaba haber tirado las cenizas de Benton al mar en Hilton Head, el lugar que más amaba. Casi no recordaba haber limpiado el apartamento que tenía allí y, después, sus cajones y armarios en mi casa. Trabajando a una velocidad desesperada, había tirado entonces todo aquello de lo que tendría que librarme en algún momento.

De no haber sido por la doctora Anna Zimmer, no habría logrado sobrevivir. Zimmer era mayor que yo, una psiquiatra que había sido mi amiga durante años. No tenía ni idea de lo que había hecho con los preciosos trajes, las corbatas, los zapatos de cuero y las colonias de Benton. No quería saber qué había sido de su BMW. Por encima de todo, no podía soportar saber qué se había hecho de las toallas de nuestro cuarto de baño y las sábanas de nuestra cama.

Anna había sido lo bastante sabia para conservar todas las pertenencias que importaban. No tocó sus libros o joyas. Sus certificados y menciones siguieron colgados en las paredes de su estudio, allí donde nadie podía verlos porque Benton era demasiado modesto para alardear de ellos. No me permitió quitar las fotos, porque dijo que era importante para mí que viviera con ellas.

«Tienes que vivir con el recuerdo —me dijo repetidamente con su marcado acento alemán—. El recuerdo sigue estando presente, Kay. No puedes huir de él. No lo intentes.»

—En una escala del uno al diez, ¿cuál es su nivel de depresión, Kay? —La voz del doctor Wagner resonaba en algún lugar lejos de mí.

Seguía sintiéndome dolida e incapaz de aceptar que Lucy no hubiera venido ni una sola vez durante todo aquello. Benton me había dejado su apartamento en su testamento, y Lucy estaba enfadada conmigo por haberlo vendido, aunque sabía tan bien como yo que ninguna de las dos podría volver a poner los pies en aquellas habitaciones.

Cuando intenté darle la chaqueta de aviador, cubierta de señales y rozaduras, que Benton conservaba desde sus tiempos en la universidad, dijo que no la quería, que se la daría a alguien. Sé que nunca lo hizo. Sé que la escondió en alguna parte.

—No hay nada de vergonzoso en admitirlo. Me parece que le cuesta aceptar que es usted humana. —La voz del doctor Wagner emergió nuevamente a la superficie y volví a ver con claridad—. ¿Ha pensado en tomar un antidepresivo? —preguntó a continuación—. Algo suave como el Wellbutrin.

Dejé que pasaran unos momentos antes de hablar.

—En primer lugar, Sinclair, que esté deprimida dadas las circunstancias es normal. No necesito que una píldora haga desaparecer mi pena por arte de magia. Puede que sea estoica. Puede que me cueste mostrar mis emociones ante otras personas, revelar mis sentimientos más profundos, y sí, encuentro más fácil luchar, enfadarme y alcanzar una meta tras otra que sentir dolor. Pero no he buscado refugio en la negación. Tengo suficiente sentido común para saber que la pena tiene que seguir su curso. Y eso no resulta nada fácil cuando aquellos en los que confías empiezan a atacar lo poco que te queda en la vida.

—Acaba de pasar de la primera persona a la segunda —observó—. Me pregunto si es consciente...

—No me diseccione, Sinclair.

—Kay, permítame pintarle un retrato de la tragedia y de la violencia que quienes no se han visto afectados por ellas no conocen. La tragedia y la violencia tienen vida propia. Siguen haciendo estragos, aunque de forma sigilosa, y dejan heridas menos visibles a medida que pasa el tiempo.

—Veo el rostro de la tragedia a diario.

—¿Y qué ve cuando se mira en el espejo?

—Sinclair, sufrir una pérdida ya es bastante terrible, pero cuando esa herida se vuelve todavía más profunda porque todo el mundo te mira de reojo y duda de tu capacidad para seguir actuando, entonces es como si te degradaran y te dieran patadas mientras se supone que estás hundido.

Me miró fijamente a los ojos. Yo había vuelto a la segunda persona, ese lugar más seguro.

—La crueldad se nutre de lo que percibe como debilidad —añadí. Yo sabía qué era el mal. Podía olerlo y reconocer sus rasgos cuando me enfrentaba a él—. Alguien piensa que lo que me ocurrió es la largamente esperada oportunidad de destruirme —concluí.

—¿Y no cree que quizás haya un poco de paranoia en esa teoría suya? —arriesgó.

—No.

—¿Por qué iba a querer nadie hacer algo así, aparte de porque sea una persona mezquina y celosa? —quiso saber.

—Poder. Robar mi fuego.

—Una analogía interesante. Cuénteme qué quiere decir con eso.

—Yo uso mi poder para el bien. Y la persona que está tratando de hacerme daño quiere apropiarse de mi poder para sus propios fines egoístas, y no creo que usted quiera que el poder caiga en manos de alguien semejante.

—Estoy de acuerdo —dijo él, pensativo.

El teléfono comenzó a sonar. Wagner se levantó y respondió a la llamada.

—Ahora no —respondió—. Lo sé. Pues tendrá que esperar. —Volvió a su sillón, dejó escapar un prolongado suspiro, se quitó las gafas y las dejó encima de la mesita de centro—. Creo que lo mejor que podemos hacer es enviar un comunicado de prensa informando de que alguien se está haciendo pasar por usted en Internet, y que queremos aclarar todo este asunto de una vez. Pondremos fin a esto aunque para ello haga falta una orden judicial.

—Eso me haría muy feliz.

Se levantó y yo también me puse en pie.

—Se lo agradezco, Sinclair. Doy gracias a Dios por tenerlo como escudo.

—Esperemos que el nuevo secretario haga lo mismo —observó, como si yo supiera de qué estaba hablando.

—¿Qué nuevo secretario? —pregunté mientras la ansiedad volvía a resonar dentro de mí, esta vez más ruidosamente.

Una expresión muy extraña pasó por su rostro. Después pareció enfadarse.

—Le he enviado varios memorandos confidenciales. ¡Maldita sea! Esto es ir demasiado lejos.

—Pues no he recibido nada.

Wagner apretó los labios. Entrometerse con el correo electrónico era una cosa, pero interceptar los memorandos confidenciales del secretario era algo mucho más grave. Ni siquiera Rose abría ese tipo de mensajes.

—Al parecer la Comisión contra el Crimen del gobernador está convencida de que deberíamos incluir su departamento en Seguridad Pública.

—¡Por el amor de Dios, Sinclair! —exclamé.

—Lo sé, lo sé. —Alzó la mano para calmarme.

Esa misma ignorante propuesta había sido lanzada poco después de que me hubieran contratado. Los laboratorios policial y de medicina forense se encontraban bajo el control de Seguridad Pública, lo que significaba, entre otras cosas, que si mi departamento también quedaba bajo el control de ésta, ya no habría ningún sistema de control y contrapeso. El Departamento de Policía, en esencia, tendría un poder absoluto sobre la forma en que yo llevaba mis casos.

—Ya he redactado varias declaraciones exponiendo mi postura sobre este asunto —le recordé al doctor Wagner—. Hace años conseguí evitarlo hablando con los fiscales y los jefes de policía. Incluso fui al bar de los abogados defensores. No debemos permitir que ocurra.

El doctor Wagner no dijo nada.

—¿Por qué ahora? —insistí—. ¿Por qué en este preciso momento? El asunto lleva parado más de diez años.

—Creo que el representante Connors lo está moviendo porque algunos de los altos cargos de la policía lo están presionando. Quién sabe.

Yo lo sabía, y mientras regresaba a mi despacho me sentí llena de energías. Las preguntas sin respuesta y el excavar en busca de lo que no saltaba a la vista hasta descubrir toda la verdad eran mi oxígeno.

El factor que detractores como Chuck Ruffin y Diane Bray no habían incluido en sus maquinaciones era que éstas servirían para despertarme.

Una idea se estaba materializando en mi mente. Era muy simple. Alguien quería quitarme de en medio para que mi departamento fuera vulnerable a la anexión por parte de Seguridad Pública. Había oído rumores de que el actual secretario, al que yo apreciaba mucho, estaba a punto de retirarse. ¿No sería una gran casualidad que fuera Bray quien ocupara su puesto?

Cuando llegué a mi despacho, saludé a Rose con una sonrisa y un alegre buenos días.

—¡Vaya, veo que hoy estamos de muy buen humor! —exclamó, enormemente complacida.

—Es tu sopa de verduras —comenté—. Saber que me espera en casa me da ánimos. ¿Dónde está Chuck?

Oír aquel nombre bastó para que a Rose se le agriara la expresión.

—Ha ido al CMV a entregar unos cuantos cerebros.

Cuando teníamos un caso neurológicamente sospechoso y complicado, yo sumergía el cerebro en formalina y hacía que lo llevaran al laboratorio de neuropatología para que lo sometiesen a una serie de estudios especiales.

—Avísame cuando vuelva. Tenemos que instalar la Luma-Lite en la sala de descompuestos.

Rose apoyó el codo sobre el escritorio, el mentón en la mano y sacudió la cabeza sin apartar los ojos de mí.

—Lamento ser quien tiene que decírselo.

—Oh, Dios, justo cuando pensaba que éste podía ser un buen día.

—El Instituto va a organizar la reconstrucción de un crimen y, al parecer, su Luma-Lite está averiada.

—Vaya por Dios.

—Bueno, yo sólo sé que alguien telefoneó y que Chuck les llevó nuestra Luma-Lite antes de ir al CMV.

—Entonces iré a recuperarla.

—Es una reconstrucción al aire libre, a unos quince kilómetros de aquí.

—¿Quién autorizó a Chuck a prestarla?

—Alégrese de que no la hayan robado, igual que han robado la mitad de lo que había por aquí.

—Supongo que tendré que ir arriba y realizar el examen en el laboratorio de Vander.

Entré en mi despacho y me senté detrás de mi escritorio. Me quité las gafas, me masajeé el puente de la nariz y decidí que había llegado el momento de concertar una cita entre Bray y Chuck. Entré con la dirección de Ruffin y le envié una nota a Bray por el correo electrónico.

> Jefa Bray,
>
> Tengo cierta información que es necesario que usted conozca. Reúnase conmigo en el Centro Comercial de Beverly Hills a las 5.30. Aparque en la fila de atrás, cerca de Buckhead's. Podemos hablar dentro de su coche y así nadie nos verá. Si no puede reunirse conmigo, dígamelo. De lo contrario la veré allí.
>
> Chuck

A continuación envié a Chuck un mensaje, supuestamente de Bray, invitándolo a la cita.

—Listo. —El teléfono sonó en el mismo instante en que me felicitaba por mi astucia.

—Hola, aquí tu investigador personal. —Era Marino—. ¿Qué piensas hacer cuando salgas de trabajar?

—Seguir trabajando. ¿Te acuerdas de que te dije que a este juego podían jugar dos? Vas a llevarme a Buckhead's. No queremos perdernos una pequeña reunión entre dos personas por las que sentimos muchísimo cariño y que ocupan un lugar muy especial en nuestros corazones, ¿verdad? Por eso he pensado que estaría muy bien que me invitaras a cenar y nos tropezáramos con ellos por casualidad.

18

Marino vino a recogerme al aparcamiento tal como habíamos planeado y nos fuimos en su monstruosa camioneta Dodge Ram Quad Cab, porque no queríamos correr el riesgo de que Bray reconociera mi Mercedes. Estaba oscuro y hacía un frío espantoso, pero había dejado de llover. Yo estaba tan animada que casi me sentía capaz de sostenerle la mirada a los camioneros.

Fuimos por la avenida Patterson en dirección a Parham Road, una gran arteria ciudadana en la que la gente iba a restaurantes, hacía sus compras y llenaba el Centro Regency.

—He de advertirte que no siempre hay una olla de oro al final del arco iris —dijo Marino, tirando una colilla por la ventanilla—. Uno de ellos puede decidir no presentarse, o incluso ambos. Demonios, por lo que sabemos puede que nos estén vigilando. Pero hay que intentarlo, ¿verdad?

El Centro Comercial de Beverly Hills consistía en una pequeña hilera de tiendas y unos grandes almacenes de la cadena Ben Franklin Crafts & Frames. No era un sitio en el que esperaras encontrar el mejor asador de carne de la ciudad.

—No veo ni rastro de ellos —dijo Marino mientras recorríamos el aparcamiento con la mirada—, pero llegamos con unos minutos de antelación.

Aparcó a cierta distancia del restaurante, delante del Ben Franklin entre dos coches estacionados, y apagó el motor. Abrí la puerta de mi lado.

—¿Adónde crees que vas? —protestó Marino.

—Voy a entrar en el restaurante.

—¿Y si aparecen y te ven?

—Tengo todo el derecho del mundo a estar aquí.

—¿Y si resulta que te encuentras a la chica sentada a la barra? ¿Qué vas a decirle?

—Le diré que me encantaría invitarla a una copa y luego saldré y vendré a por ti.

—Joder, doctora. —Marino estaba empezando a acalorarse—. Creía que estábamos haciendo todo esto para acabar con ella.

—Relájate y deja que sea yo quien hable.

—¿Relajarme? Quiero romperle el cuello a esa zorra.

—Debemos ser astutos. Si salimos de detrás de un búnker y empezamos a disparar, podríamos ser los primeros en caer.

—¿Me estás diciendo que no vas a lanzarle a la cara que sabes lo que ha hecho, lo del correo electrónico, a Chuck y todo lo demás? —Estaba furioso.

—No te pongas así, Marino. —Intenté calmarlo—. Eres un detective experimentado, y eso es precisamente lo que tienes que ser con ella. Bray es una mujer formidable. Con la fuerza bruta nunca conseguirás vencerla.

Marino se calló por fin.

—Sigue vigilando desde la camioneta mientras yo compruebo el interior del restaurante. Si la ves antes que yo, mándame un diez-cuatro por el busca y telefonea al restaurante preguntando por mí, por si acaso no recibo el mensaje por alguna razón.

Marino encendió un cigarrillo con cara de irritación mientras yo abría mi puerta.

—No es justo, joder. Sabemos muy bien qué es lo que está haciendo Bray. Sigo diciendo que deberíamos encararnos con ella y demostrarle que no es tan lista como cree.

—Tú, de entre todas las personas, sabes cómo se construyen los casos —insistí, porque me preocupaba que Marino fuera incapaz de controlarse.

—Vimos lo que le mandó a Chuck.

—Baja la voz. No podemos probar que Bray enviara ese mensaje, de la misma manera en que yo no puedo probar que no envié el correo electrónico que se me está atribuyendo. Ya puestos, ni siquiera puedo probar que no participo en ese espantoso chat.

—En ese caso quizá debería hacerme mercenario. —Lanzó una bocanada de humo hacia el retrovisor y miró por él.

—¿Busca o teléfono? —pregunté mientras salía de la camioneta.

—¿Y si no recibes el mensaje a tiempo?

—Pues en ese caso aplástala con tu camioneta —contesté con impaciencia al tiempo que cerraba la puerta de un empujón.

Miré alrededor mientras iba hacia el restaurante y no vi rastro de Bray. No tenía ni idea de cuál era su coche, pero sospechaba que, de todas maneras, no vendría en él. Empujé la gruesa puerta de madera de Buckhead's y fui recibida por voces alegres y el tintineo del hielo en los vasos. De una de las paredes colgaba una cabeza de venado disecada. La pared explicaba el nombre del restaurante. Las luces eran tenues, las maderas oscuras y las hileras de botellas de vino llegaban prácticamente al techo.

—Vaya, buenas tardes —me saludó la encargada con una sonrisa, intentando disimular lo sorprendida que estaba de verme—. La echábamos de menos, pero sé que ha estado un poco ocupada. ¿En qué puedo ayudarla?

—¿Tiene una reserva a nombre de Bray? —pregunté—. No estoy segura de la hora.

Consultó el gran libro de reservas, resiguiendo la hilera de nombres y horas con la punta de un lápiz. Luego volvió a intentarlo. Se la veía un poco desconcertada. Después de todo, era imposible entrar como si tal cosa en un buen restaurante sin tener reserva previa, ni siquiera una noche entre semana.

—Me temo que no —repuso finalmente.

—Hmmmm. Quizás esté a mi nombre —dije, haciendo un nuevo intento.

Ella también volvió a intentarlo.

—Vaya, doctora Scarpetta, no sabe cómo lo siento. Y esta noche estamos llenos porque tenemos un grupo que ocupa todo el comedor delantero.

Faltaban veinte minutos para las seis. Las mesas estaban cubiertas con manteles a cuadros rojos y blancos encima de los que ardían pequeñas velas. El comedor se hallaba completamente vacío porque las personas civilizadas rara vez cenaban antes de las siete.

—Iba a tomar una copa con un amigo —dije, continuando mi representación—. Si pudiera hacernos un hueco, supongo que podríamos cenar temprano. ¿Alrededor de las seis, quizá?

—No hay problema. —Volvió a sonreír.

—Entonces apúnteme —indiqué. Cada vez me sentía más preocupada. ¿Y si Bray se daba cuenta de que el coche de Chuck no estaba en el aparcamiento y empezaba a sospechar?

—Entonces, quedamos a las seis...

Yo estaba pendiente del busca que llevaba en el cinturón y esperaba oír sonar un teléfono de un momento a otro.

—Perfecto —le dije a la encargada.

Esa situación no podía resultarme más desagradable. Mi naturaleza, mi educación y mi práctica profesional me impulsaban a decir siempre la verdad, y a no comportarme como la abogada astuta y sin escrúpulos que yo hubiera podido llegar a ser si me hubiera dedicado a la manipulación, la evasión y las zonas grises de la ley.

La encargada anotó mi nombre en su libro. En ese momento, mi busca empezó a zumbar como un gran insecto. Leí el diez-cuatro en la pantalla y crucé el bar a toda prisa. No me quedó más remedio que abrir la puerta principal, porque las ventanas eran opacas y resultaba imposible ver a través de ellas. Enseguida advertí la presencia del Crown Victoria oscuro.

Marino no hizo nada de inmediato. Mi ansiedad fue creciendo mientras Bray aparcaba y apagaba los faros. Estaba segura de que no esperaría mucho rato a Chuck, y ya podía imaginarme su irritación. Los don nadie como él no se atrevían a hacer esperar a la jefa adjunta Diane Bray.

—¿Puedo hacer algo por usted? —me preguntó el camarero mientras secaba un vaso.

Seguí atisbando por la puerta apenas entreabierta, preguntándome qué haría Marino a continuación.

—Espero a alguien que no sabe exactamente dónde están ustedes.

—Basta con que le diga que estamos justo al lado de Michelle's Face Works —dijo mientras Marino bajaba de su camioneta.

Fui a su encuentro y nos acercamos con paso decidido al coche de Bray. Ella no nos vio venir porque estaba hablando por su móvil y anotando algo. Cuando Marino golpeó la ventanilla de su lado con los nudillos, ella se volvió hacia nosotros, sobresaltada. Después su rostro se endureció. Dijo algo más por su móvil y dio por terminada la llamada. El cristal de la ventanilla bajó con un zumbido.

—¿Jefa Bray? Me había parecido que era usted —dijo Marino como si fueran viejos amigos.

Se inclinó y miró dentro del coche. Bray había sido pillada por sorpresa, y casi se podía ver cómo su mente calculadora reagrupaba sus pensamientos mientras fingía que no había nada de extraño en que estuviéramos allí.

—Buenas tardes —dije cortésmente—. Qué coincidencia tan agradable.

—Kay, menuda sorpresa. —El tono de su voz no reflejaba emoción alguna—. ¿Cómo está? De modo que ha descubierto el pequeño secreto de Richmond.

—A estas alturas conozco la mayor parte de los pequeños secretos de Richmond —dije con ironía—. Hay muchos, si sabes dónde buscar.

—Procuro mantenerme lo más lejos posible de la carne roja. —Bray cambió de conversación—. Pero su pescado es magnífico.

—Eso es como ir a una casa de putas para hacer un solitario —intervino Marino.

Bray no hizo caso del comentario e intentó obligarme a bajar la mirada sin conseguirlo. Muchos años de batallar con empleados incompetentes, abogados defensores deshonestos y políticos implacables me habían enseñado que si miraba a una persona entre los ojos, esa persona no se daba cuenta de que en realidad no estaba mirándola a los ojos, y eso las intimidaba.

—Voy a cenar aquí —dijo ella como si tuviera mucha prisa.

—Esperaremos a que llegue su acompañante —dijo Marino—. Seguro que no querrá quedarse sentada en la oscuridad aquí fuera o que le den la lata ahí dentro, ¿eh? Y con lo reconocible que ha llegado a ser desde que vino aquí, jefa Bray, pensándolo bien no debería ir por el mundo sin escolta. Se ha convertido en una especie de celebridad, ¿sabe?

—No he quedado con nadie —dijo en tono de irritación.

—Nunca habíamos tenido a una mujer en un cargo tan importante en el departamento, especialmente a una tan atractiva y querida por los medios de comunicación —prosiguió Marino, que no se iba a callar así como así.

Bray, cuya ira era evidente, recogió su agenda y varios sobres de correspondencia del asiento.

—Bien, y ahora, si me disculpan... —Lo dijo como si diese una orden.

—Esta noche no va a ser fácil conseguir una mesa —le hice saber mientras Bray abría la puerta—. A menos que tenga una reserva —añadí, dando a entender que sabía muy bien que no la tenía.

La fachada de seguridad de Bray se agrietó lo suficiente para desenmascarar la maldad que ocultaba. Sus ojos se clavaron en mí por un momento y después no revelaron nada más. Cuando bajó del coche, Marino se interpuso en su camino. Bray no podía pasar sin echarse a un lado y rozarlo, y su enorme ego nunca le permitiría hacerlo.

Bray había quedado prácticamente atrapada contra la puerta de su reluciente coche nuevo. No se me pasó por alto que llevaba pantalones de pana, calzado deportivo y una chaqueta del departamento de policía de Richmond. Una mujer tan vanidosa como ella nunca iría a un restaurante elegante vestida de esa manera.

—Discúlpeme —le dijo en voz alta a Marino.

—Oh, caray, lo siento —balbuceó él, haciéndose a un lado.

Escogí mis siguientes palabras con mucho cuidado. No podía acusarla directamente, pero tenía intención de asegurarme de que supiera que no había logrado salirse con la suya y que, si persistía en sus emboscadas, perdería y lo pagaría.

—Usted es una investigadora —le dije en tono pensativo—. Quizá podría decirme si se le ocurre alguna manera de que alguien pueda haber accedido a mi contraseña y mis mensajes del correo electrónico, haciéndose pasar por mí. Y después alguien, muy probablemente la misma persona, pusiera en marcha una estúpida sala de chat en Internet llamada *Querida Jefa Kay*.

—Lo siento, pero no puedo ayudarla. Los ordenadores no son mi especialidad. —Sonrió; sus ojos eran agujeros negros y sus dientes relucían como hojas de acero bajo el resplandor de las farolas—. Lo único que puedo sugerirle es que busque entre las personas más próximas a usted, quizás una amistad con la que se ha peleado —añadió, continuando con su comedia—. Realmente, no tengo ni idea, pero yo diría que tiene que ser alguien relacionado con usted. He oído decir que su sobrina es experta en ordenadores. Tal vez ella pueda ayudarla.

El que mencionara a Lucy me puso furiosa.

—Hace tiempo que quiero hablar con ella —dijo Bray como si acabara de acordarse de ello—. ¿Sabe?, vamos a poner en marcha COMPSTAT y necesitamos a una persona experta en ordenadores.

COMPSTAT, o estadísticas por ordenador, era un nuevo modelo de control policial, sofisticado y tecnológicamente avanzado, concebido por el Departamento de Policía de Nueva York. Necesitaría expertos en informática, pero sugerirle un proyecto como ése a alguien con las capacidades y la experiencia de Lucy constituía un insulto.

—Podría decírselo cuando vuelva a hablar con ella —añadió Bray.

A Marino le costaba cada vez más contener la rabia que sentía.

—Deberíamos quedar en alguna ocasión, Kay, y así podría contarle algunas de las experiencias que he tenido en Washington —prosiguió Bray, como si yo me hubiera pasado la vida trabajando en un pueblecito—. No puede ni imaginarse las cosas que es capaz de hacer la gente para tratar de acabar contigo. Sobre todo cuando se trata de mujeres. Sabotaje en el puesto de trabajo... He visto caer a los mejores.

—Estoy segura de ello.

Bray cerró la puerta del coche.

—Y sólo para su información, no se necesita reserva para sentarse en el bar, que es donde normalmente como. Son famosos por su bistec al queso, pero le recomiendo que pruebe la langosta, Kay. Y a usted, capitán Marino, le encantarán los aros de cebolla. He oído decir que están de muerte.

La observamos alejarse.

—Puta asquerosa —masculló Marino.

—Larguémonos —dije.

—Sí, lo último que quiero es comer al lado de esa zorra. Hasta se me ha pasado el hambre.

—Eso no durará.

Subimos a su camioneta y me sumí en una profunda depresión. Quería obtener una victoria, por pequeña que fuese, hallar un rayo de optimismo en lo que acababa de ocurrir, pero me resultaba imposible. Me sentía derrotada. Peor aún, tenía la sensación de haber hecho el ridículo.

—¿Quieres un cigarrillo? —preguntó Marino mientras presionaba el encendedor.

—¿Por qué no? —murmuré—. Pronto volveré a dejarlo.

Me dio un cigarrillo, encendió el suyo y me pasó el mechero. No paraba de mirarme; sabía cómo me sentía.

—Sigo pensando que hemos hecho bien. Apuesto a que ahora está bebiendo un whisky tras otro en ese restaurante porque le hemos dado un buen susto.

—No le hemos dado ningún susto —repliqué, contemplando con los ojos entornados las luces de los coches que pasaban—. Con ella, me temo que lo único que sirve es la prevención. Tenemos que protegernos contra daños futuros, no sólo anticipándonos a ella sino utilizando todo lo que tenemos. —Bajé el cristal de la ventanilla unos centímetros y el aire frío me rozó los cabellos. Eché el humo fuera—. Chuck no se ha presentado —comenté.

—Oh, sí que lo hizo. No lo viste porque él nos vio antes y salió corriendo.

—¿Estás seguro?

—Vi ese Miata de mierda que conduce entrar por el acceso que lleva al centro comercial; en cuanto nos vio dio media vuelta y se largó. Eso ocurrió en el mismo instante en que Bray dijo algo por su móvil después de que hubiera advertido que estábamos allí.

—Chuck es un conducto directo que lleva de mí a ella —dije—. Es como si Bray tuviera una llave de mi despacho.

—Demonios, doctora, quizá la tenga. Pero en cuanto a lo de Chuck, déjalo en mis manos.

—Eso sí que me asusta. No hagas ninguna locura, Marino, por favor. Después de todo, Chuck trabaja para mí. No necesito más problemas.

—Es justo lo que quería decir. No necesitas más problemas.

Me dejó en el aparcamiento del departamento y esperó hasta que subí a mi coche. Seguí a su camioneta hasta la calle, y después él se fue por su camino y yo por el mío.

19

Los diminutos ojos que había visto en la piel del muerto brillaban en mi mente. Me observaban desde aquel lugar profundo e inaccesible en el que guardaba mis miedos, que eran muchos y distintos de los de cualquier persona que yo conociese. El viento agitaba las ramas desnudas de los árboles y las nubes surcaban el cielo como estandartes ante la llegada de un frente frío.

Había oído en las noticias que la temperatura descendería por debajo de los cero grados esa noche, lo cual parecía imposible después de varias semanas casi otoñales. Todo lo que había en mi vida parecía haberse vuelto anormal y desequilibrado. Lucy no era Lucy, de modo que no podía telefonearle y ella no me hablaba. Marino estaba trabajando en un caso de homicidio a pesar de que ya no era detective. Benton se había ido, y lo buscara donde lo buscara sólo encontraba un marco vacío. Seguía esperando ver llegar su coche, que sonara el teléfono, el sonido de su voz, porque era demasiado pronto para que mi corazón aceptara lo que mi cerebro sabía.

Salí de la autovía del centro para entrar en la calle Cary, y cuando estaba pasando por delante de un centro comercial y del restaurante Venice, me di cuenta de que había un coche detrás de mí. Iba despacio y estaba demasiado lejos para que pudiera ver a la persona sentada detrás del volante. El instinto me dijo que redujera la velocidad, y cuando lo hice el coche también la redujo. Giré a la derecha para entrar en la calle Cary, y el coche siguió conmigo. Cuando giré a la izquierda para dirigirme hacia Windsor Farms, allí estaba, manteniendo la misma prudente distancia.

No quería adentrarme más en aquel barrio, porque las estrechas y serpenteantes calles estaban muy oscuras. Había demasiados callejones sin salida. Giré a la derecha para salir a Dover y marqué el número de Marino. El otro coche también giró a la derecha, y mi miedo creció.

—Marino —dije en voz alta—. Intenta estar en casa, Marino.

Corté la conexión y volví a intentarlo.

—¡Marino! ¡Tienes que estar en casa, maldita sea! —le grité al teléfono del salpicadero mientras el viejo y voluminoso inalámbrico de Marino sonaba una y otra vez dentro de su casa.

Probablemente, lo habría dejado aparcado al lado del televisor, como de costumbre. La mitad de las veces no conseguía encontrarlo porque no lo devolvía a su soporte. Quizás aún no había vuelto a casa.

—¿Qué pasa?

Su tono de voz me sobresaltó.

—Soy yo.

—¡Pues como vuelva a joderme la rodilla con esa condenada mesa, juro que...!

—¡Marino, escúchame!

—¡Una vez más y acaba en el patio, y la haré pedazos con un martillo! ¡Justo en la rótula! Es de cristal, ¿y a que no sabes quién dijo que quedaría preciosa allí?

—Cálmate —exclamé, vigilando el coche por mi retrovisor.

—Me he tomado tres cervezas, tengo hambre y estoy muerto de cansancio. ¿Qué pasa? —inquirió.

—Alguien me está siguiendo.

Giré a la derecha por Windsor Way, volviendo hacia la calle Cary. Conducía a velocidad normal. Aparte de no dirigirme hacia mi casa, no estaba haciendo nada que se saliera de lo normal.

—¿Qué significa eso de que alguien te está siguiendo? —preguntó Marino.

—¿Qué demonios crees que significa? —contesté mientras mi ansiedad crecía por momentos.

—Entonces sal de ese siniestro barrio tuyo y ven de inmediato.

—Lo estoy haciendo.

—¿Puedes ver una matrícula o algo?

—No. Lo tengo demasiado lejos. Parece estar manteniéndose deliberadamente alejado de mi coche para que no pueda leer la matrícula o verle la cara.

Volví a la autovía para dirigirme hacia Powhite Parkway, y al parecer la persona que me seguía se dio por vencida y abandonó la autovía en alguna salida. Las luces en movimiento de los coches y los camiones y la pintura iridiscente de los carteles me confundían. El corazón me latía con fuerza. La media luna entraba y salía de las nubes como un botón, y ráfagas de viento embestían el costado del coche como un ariete.

Marqué el número de mi servicio de contestador. Tres personas habían colgado sin decir nada; el cuarto mensaje fue una bofetada en la cara.

«Aquí la jefa Bray —empezaba—. Me ha encantado encontrarme con usted en Buckhead's. Hay unas cuantas cuestiones de organización y procedimiento de las que me gustaría que habláramos: cómo hay que dirigir la investigación en la escena del crimen y en el estudio de las pruebas, ese tipo de cosas... Ya hace tiempo que quiero que charlemos de todo eso, Kay.»

Oír que pronunciaba mi nombre me puso furiosa.

«Quizá podríamos almorzar uno de estos días —prosiguió—. ¿Un tranquilo almuerzo privado en el Club Commonwealth?»

El número de teléfono de mi casa no constaba en la guía, y además no se lo daba a cualquiera, pero el modo en que lo había obtenido no era ningún misterio. Mi personal, Ruffin incluido, tenía que poder contactar conmigo en casa.

«Por si no se ha enterado —prosiguió Bray—, Al Carson ha dimitido hoy. Estoy segura de que se acuerda de él. El jefe de investigaciones, ya sabe. Es una lástima. El comandante Inman ocupará el cargo.»

Reduje la velocidad delante de una cabina de peaje y eché una moneda en la cubeta. Seguí adelante y los adolescentes de un maltrecho Toyota me observaron descaradamente mientras pasaban por mi lado. Uno de ellos me llamó «zorra» sin razón aparente.

Me concentré en la carretera mientras pensaba en lo que había dicho Wagner. Alguien estaba presionando al congresista Connors para que promulgara una ley que transferiría mi departamento a Seguridad Pública, donde ejercerían más control sobre mí.

Las mujeres no podían ingresar en el prestigioso Club Commonwealth, donde la mitad de los grandes negocios y tratos políticos que afectaban a Virginia se cerraban entre hombres poderosos con venerables apellidos. Se rumoreaba que aquellos hombres, a muchos de los cuales conocía, se reunían alrededor de la piscina cubierta, la mayoría de ellos desnudos. Luego, regateaban y pontificaban en el vestuario, un foro donde las mujeres no eran admitidas.

Dado que Bray no podía cruzar la puerta de aquel club del siglo XVIII envuelto en hiedra a menos que fuera invitada por un miembro, mis sospechas sobre sus auténticas ambiciones habían quedado prácticamente confirmadas. Bray estaba haciendo campaña entre los miembros de la asamblea general y los poderosos hombres de negocios. Quería ser secretaria de Seguridad Pública y que mi departamento fuera transferido a ese secretariado. Entonces ella misma podría despedirme.

Entré en el Midlothian Turnpike y vi la casa de Marino mucho antes de llegar a ella. Sus horteras adornos navideños, que incluían algo así como trescientas mil luces, brillaban como un parque de atracciones. Bastaba con seguir el abundante tráfico que iba en esa dirección, porque la casa de Marino había conseguido ocupar el primer puesto en el Tour de la Cursilería Navideña anual de Richmond. La gente no podía resistir la tentación de ir a contemplar lo que era un espectáculo realmente asombroso.

Luces de todos los colores espolvoreaban los árboles como golosinas de neón, figuras de Papá Noel, muñecos de nieve, trenes y soldados de juguete brillaban en el patio, y hombrecitos de pan de jengibre se tomaban de la mano, bastones de caramelo montaban una resplandeciente guardia a lo largo de la calzada de su garaje, y sobre el techo había un gran letrero luminoso que rezaba: «Feliz Navidad.» En una parte del jardín, prácticamente árido durante todo el año, Marino había instalado unas luces de colores que semejaban flores. Más allá estaba el Polo Norte, donde el señor y la señora Noel parecían estar haciendo planes, y junto a ellos los niños cantaban villancicos mientras los flamencos anidaban en la chimenea y los patinadores giraban alrededor de un abeto.

—Cada vez que veo esto, me confirma que has perdido la cabeza —dije cuando Marino abrió la puerta. Me apresuré a entrar para escapar de las miradas curiosas—. Lo del año pasado ya era bastante fuerte.

—He subido a tres cajas de fusibles —anunció orgullosamente.

Llevaba tejanos, calcetines y una camisa de franela roja con los faldones fuera.

—Al menos así cuando vuelvo a casa encuentro algo que me hace feliz. La pizza está de camino. Si quieres tengo bourbon.

—¿Qué pizza?

—Una que he pedido. Tiene absolutamente de todo. Yo invito. Los de Papá John ya ni siquiera necesitan que les dé mi dirección: se limitan a seguir las luces.

—¿Y un té descafeinado caliente? —pregunté, segura de que no tendría.

—¿Bromeas o qué?

Miré alrededor mientras cruzábamos la sala y entrábamos en su pequeña cocina. Marino también había adornado el interior de su casa, por supuesto. Las luces del árbol estaban encendidas y parpadeaban junto a la chimenea. Los regalos, casi todos falsos, formaban grandes pilas, y cada ventana estaba enmarcada por guirnaldas de lucecitas rojas.

—Bray me ha telefoneado —anuncié, llenando de agua la tetera—. Alguien le dio el número de mi casa.

—Adivina quién. —Marino abrió de un tirón la puerta de la nevera mientras su buen humor desaparecía rápidamente.

—Y creo que quizá sé por qué ha ocurrido. —Puse la tetera encima del quemador y lo encendí. Las luces parpadeaban—. El jefe Carson dimitió hoy. O se supone que dimitió.

Marino abrió una lata de cerveza. Si estaba al corriente de la noticia, no lo demostró.

—¿Sabías que había dimitido? —le pregunté.

—Ya no me entero de nada.

—Al parecer, ahora el comandante Inman es el jefe en funciones...

—Oh, claro, claro —mascculló Marino—. ¿Y sabes por qué? Pues porque hay dos comandantes, uno para los de uniforme y otro en investigaciones, así que, naturalmente, Bray manda ahí a su chico uniformado para que se ponga al frente de las investigaciones.

Se había acabado la cerveza en lo que parecieron tres tragos. Aplastó violentamente la lata y la lanzó a la basura. Falló, y la lata cayó al suelo.

—¿Tienes alguna idea de lo que significa esto? —preguntó—. Bueno, pues deja que te lo explique. Significa que ahora Bray dirige a los de uniforme y a los de investigaciones, lo cual significa que dirige todo el puto departamento y, probablemente, también controla la totalidad del presupuesto. Y el gran jefe es su mayor admirador, porque le hace quedar bien. Ahora explícame cómo se las ha arreglado esta mujer para hacer todo eso en menos de tres meses, que es el tiempo que lleva aquí.

—Está claro que tiene contactos. Probablemente, ya los tenía antes de aceptar este cargo, y no me refiero únicamente al jefe.

—¿A quién te estás refiriendo entonces?

—Podría ser cualquiera, Marino. A estas alturas da igual. Ya es demasiado tarde para que importe. Ahora tenemos que vérnoslas con ella, no con el jefe. Con ella, no con la persona que puede haber tirado de los hilos.

Marino abrió otra lata de cerveza y se puso a caminar arriba y abajo por la cocina.

—Ahora sé por qué Carson apareció el otro día. Sabía que esto iba a ocurrir. Sabía lo mucho que apesta esta mierda y quizás estaba intentando advertirnos a su manera, o quizá sólo quería despedirse. Su carrera ha terminado. El fin. Su último crimen, su último todo.

—Es tan buen hombre... —dije—. Maldita sea, Marino. Tiene que haber algo que podamos hacer.

El teléfono sonó, sobresaltándome. Los coches que pasaban por delante de la casa creaban un continuo rumor de motores. La incesante musiquilla navideña de Marino había vuelto a entonar el *Jingle Bells*.

—Bray quiere hablar conmigo de esos supuestos cambios que va a introducir —dije.

—Oh, seguro que quiere hablar contigo, y me imagino que se supone que has de dejarlo todo tan pronto como a ella le apetezca almorzarte entre dos rebanadas de pan integral con un montón de mostaza, que es justo lo que va a hacer. —Contestó el teléfono—. ¿Qué pasa? —le gritó al pobre desgraciado que estaba en el otro extremo de la línea . Ya, ya. Sí —añadió.

Rebusqué en los armarios y encontré una caja aplastada con diez bolsitas de té Lipton.

—Yo estoy aquí. ¿Por qué demonios no habla conmigo? —preguntó Marino con indignación a su interlocutor. Después volvió a escuchar mientras seguía andando de un lado a otro—. Ésa sí que es buena. Espere un momento. Deje que se lo pregunte, ¿de acuerdo? —Tapó el receptor con la mano y se volvió hacia mí—. ¿Estás segura de que eres la doctora Scarpetta? —me preguntó en voz muy baja. Después volvió a hablar con la persona que le había telefoneado—. Dice que la última vez que lo comprobó lo era —añadió, alargándome el auricular con una mueca de irritación.

—¿Sí? —pregunté yo.

—¿Doctora Scarpetta? —dijo una voz que no me resultaba familiar.

—Sí.

—Soy Ted Francisco, de la división del ATF en Miami.

Me quedé paralizada, como si alguien me estuviera apuntando con un arma.

—Lucy me dijo que el capitán Marino quizá sabría dónde encontrarla si no podíamos contactar con usted. ¿Puede hablar con ella?

—Por supuesto —respondí, alarmada.

—¿Tía Kay? —Era la voz de Lucy.

—¡Lucy! ¿Qué pasa? ¿Estás bien?

—No sé si te has enterado de lo que ha ocurrido aquí...

—No sé nada —me apresuré a decir. Marino dejó lo que estaba haciendo y me miró.

—Nuestra operación... No salió bien. Sería demasiado largo de explicar, pero las cosas fueron realmente mal. Tuve que matar a dos de ellos. A Jo le dispararon.

—Oh, santo Dios —murmuré—. Dime que está bien, por favor.

—No sé cómo se encuentra —repuso con una calma que era totalmente anormal en ella—. La han ingresado en el Jackson Memorial bajo otro nombre y no me permiten llamarla. A mí me han aislado porque temen que los del cártel intenten dar con nosotras. Para castigarnos, ya sabes. Lo único que sé es que le sangraban la cabeza y la pierna, y que cuando la ambulancia se la llevó estaba inconsciente.

Lucy no mostraba ninguna emoción. Parecía uno de esos robots u ordenadores dotados de inteligencia artificial que había programado al principio de su carrera.

—Tomaré... —comencé a decir cuando el agente Francisco volvió de pronto a la línea.

—Estaba seguro que oiría hablar de esto en las noticias,

doctora Scarpetta, y quería asegurarme de que lo supiera. Especialmente lo de que Lucy no está herida.

—Físicamente puede que no —señalé.

—Quiero contarle lo que va a ocurrir.

—Lo que va a ocurrir —le interrumpí— es que volaré hasta allí de inmediato. Si hace falta conseguiré un avión privado.

—Sería mejor que no lo hiciera. Deje que me explique. Estamos hablando de un grupo extremadamente peligroso, y Lucy y Jo saben demasiadas cosas sobre ellos, conocen a algunos de ellos y saben cómo hacen sus negocios. Unas horas después del tiroteo, enviamos a un grupo de artificieros de Miami-Dade a las residencias donde habían estado viviendo Lucy y Jo y nuestros perros rastreadores detectaron bombas sujetas con alambre bajo cada uno de sus coches.

Arrastré una silla y me senté. Me sentía muy débil, y lo veía todo borroso.

—¿Sigue ahí? —preguntó Francisco.

—Sí, sí.

—Lo que está ocurriendo en estos momentos, doctora Scarpetta, es que Miami-Dade está trabajando en los casos, como era de esperar, y normalmente un equipo de inspección ya iría de camino hacia allí junto con los hombres de apoyo, agentes que se han visto involucrados en incidentes críticos y están adiestrados para colaborar con otros agentes que están pasando por situaciones parecidas. Pero debido al nivel de amenaza, vamos a enviar a Lucy al norte, a Washington, adondequiera que esté a salvo.

—Gracias por cuidar tan bien de ella. Que Dios le bendiga. —Mi voz no parecía mía.

—Oiga, sé cómo se siente —dijo el agente Francisco—. Se lo aseguro. Estuve en Waco.

—Gracias —repetí—. ¿Qué hará la DEA con Jo?

—Transferirla a otro hospital situado a un millón de kilómetros de aquí tan pronto como podamos.

—¿Y el CMV? —pregunté.

—No estoy familiarizado con...

—La familia de Jo vive en Richmond, como quizá sepa, pero lo que importa es que el CMV es una institución excelente y que yo formo parte del cuadro académico. Si la traen aquí, me aseguraré personalmente de que esté bien atendida.

Dudó por un momento.

—Gracias —dijo luego—. Consideraré la posibilidad y lo discutiré con su supervisor.

Cuando colgó, me quedé inmóvil con los ojos fijos en el teléfono.

—¿Qué? —preguntó Marino, impaciente.

—La operación salió mal. Lucy mató a tiros a dos personas...

—¿Fue un buen tiroteo? —me interrumpió él.

—¡Ningún tiroteo es bueno!

—Maldita sea, doctora, ya sabes a qué me refiero. ¿Estaba justificado? ¡No me digas que Lucy mató a dos agentes por accidente, joder!

—No, claro que no. A Jo la hirieron. No estoy segura de cuál es su estado.

—¡Joder! —exclamó Marino, dejando caer el puño sobre la encimera de la cocina con tanta fuerza que los platos tintinearon en el secadero—. Lucy se lió a tiros con alguien, ¿verdad? ¡Ni siquiera debería haber participado en una operación de esas características! ¡Yo podría habérselo dicho! ¡Lucy estaba esperando la ocasión de pegarle cuatro tiros a alguien, de entrar en escena como un maldito vaquero con las pistolas echando humo para hacérselo pagar muy caro a todas las personas que odia en la vida...!

—Basta, Marino.

—Ya viste cómo se comportó en tu casa la otra noche —continuó—. Desde que mataron a Benton, Lucy se ha convertido en una auténtica psicópata. Nada de lo que pueda hacer es suficiente, ni siquiera derribar ese maldito helicóptero y ensuciar las aguas con las piezas y los trozos de Carrie Grethen y Newton Joyce.

—Ya está bien. —Me sentía exhausta—. Por favor, Marino. Esto no nos ayuda en nada. Lucy es una profesional, y tú sabes que el ATF nunca le hubiese asignado una misión como ésa si no lo fuera. Conocen muy bien su historial, y la evaluaron y la trataron a fondo después de lo que le ocurrió a Benton y todo lo demás. De hecho, la forma en que supo enfrentarse a toda esa pesadilla hizo que la respetaran más como agente y como ser hmano.

Marino guardó silencio. Abrió una botella de Jack Daniel's.

—Bueno, tú y yo sabemos que no lo está llevando tan bien —dijo después.

—Lucy siempre ha sido capaz de compartimentar.

—Sí, ¿y hasta qué punto es sano eso?

—Supongo que deberíamos preguntárnoslo.

—Pero lo que te estoy diciendo ahora es que esta vez no podrá llevarlo tan bien, doctora. —Marino echó bourbon en un vaso y añadió varios cubitos de hielo—. Aún no hace un año que mató a dos personas en el cumplimiento de su deber, y ahora ha vuelto a hacerlo. La mayoría de los policías llegan al final de su carrera sin haber disparado a nadie, por eso estoy intentando hacerte entender que esta vez no verán las cosas de la misma manera. Los jefazos de Washington pensarán que tienen entre manos a una pistolera, alguien que es un problema. —Me alargó un vaso—. He conocido a policías que eran así. Siempre tienen razones justificables para el homicidio judicial, pero si lo examinas a fondo, empiezas a darte cuenta de que han preparado subconscientemente las cosas para que salieran mal. Lo necesitan.

—Lucy no es así.

—Oh, claro, lo único que le ocurre es que ha estado cabreada desde el día en que nació. Y por cierto, esta noche no irás a ninguna parte. Te quedarás aquí conmigo y con Papá Noel.

Él también se sirvió un bourbon y pasamos a su sala de estar, desordenada y llena de trastos, con sus pantallas de lámpara torcidas, sus polvorientas persianas de tablillas y aquella mesa de cristal de ángulos tan afilados. Marino se dejó caer en su sillón cubierto de desgarrones reparados con cinta aislante. Me acordé de la primera vez que entré en su casa. En cuanto me hube recuperado del susto, comprendí lo orgulloso que se sentía Marino de lo mucho que le duraban las cosas sin necesidad de que las cuidase, salvo su camioneta, su piscina, y, ahora, sus adornos navideños.

Marino me pilló contemplando consternada su sillón mientras me hacía un ovillo en el sofá de pana verde donde solía sentarme. Quizás hubiera perdido la tapicería allí donde los cuerpos entraban en contacto con él, pero, al menos, era cómodo.

—Uno de estos días compraré uno nuevo —me dijo, bajando la palanca que había al lado del sillón y extendiendo el reposapiés.

Movió los dedos de los pies como si los calcetines se los oprimieran demasiado y encendió el televisor. Me sorprendió ver que sintonizaba el canal 21, el de Artes y Entretenimiento.

—No sabía que vieras *Biografía*.

—Oh, sí. Y esas series sobre policías en la vida real que suelen poner. Puede que esto suene como si hubiera estado esnifando pegamento, pero ¿no tienes la impresión de que el mundo entero se ha ido a la mierda desde que Bray llegó a la ciudad?

—No me extraña que tengas esa impresión después de todo lo que te ha estado haciendo.

—Ya. ¿Y acaso no te ha estado haciendo lo mismo? —Tomó un sorbo de su vaso—. No soy la única persona de esta habitación a la que intenta arruinar.

—No creo que Bray tenga el poder de causar todo lo demás que ocurre en la vida.

—Deja que te repase la lista, doctora, y asegúrate de no olvidar que estamos hablando de un período de tres meses, ¿de acuerdo? Bray llega a Richmond. Me vuelven a endosar el uniforme. De pronto tú tienes un ladrón en tu departamento y un chivato que se introduce en tu correo electrónico y te convierte en la consejera sentimental de un montón de tarados.

»Después encuentran ese cadáver metido dentro de un contenedor, de pronto la Interpol se une a la fiesta y ahora Lucy mata a dos personas, lo que por cierto le viene muy bien a Bray. No olvides que tiene muchas ganas de que Lucy trabaje para Richmond, y si el ATF devuelve a Lucy al agua como si fuese un pez que no ha dado la talla, entonces necesitará un empleo. Todo eso por no mencionar que ahora alguien te está siguiendo.

Contemplé cómo un espléndido Liberace joven tocaba el piano y cantaba mientras en *off* un amigo suyo hablaba de lo generoso y bueno que había sido el músico.

—No me estás escuchando. —Marino volvió a levantar la voz.

—Te estoy escuchando.

Se puso en pie con un resoplido de exasperación y fue a la cocina.

—¿Hemos sabido algo de la Interpol? —pregunté.

Él estaba haciendo mucho ruido, rasgando papeles y hurgando en el cajón de la cubertería.

—Nada que merezca ser contado.

El microondas zumbó.

—Aun así te agradecería que me lo contaras —pedí con irritación.

Los focos del escenario iluminaron a Liberace lanzando besos a su público. Sus lentejuelas destellaban como un cegador castillo de fuegos artificiales color verde y oro. Marino volvió a entrar en la sala con un cuenco lleno de patatas fritas y un recipiente con alguna clase de salsa.

—Al de la policía estatal le enviaron un mensaje por correo electrónico antes de que hubiera pasado una hora. Y lo único que decían era que querían más información.

—Eso ya nos dice mucho —señalé, decepcionada—. Probablemente significa que no han conseguido encontrar nada significativo. La antigua fractura de la mandíbula, la cúspide de Carabelli de más tan poco corriente, y no hablemos de las huellas dactilares... Nada de todo eso encajaba con alguien buscado o desaparecido.

—Sí. Es una putada —admitió Marino con la boca llena y ofreciéndome el cuenco.

—No, gracias.

—Está realmente bueno. Primero hay que ablandar el queso en el microondas y luego lo echas encima de los jalapeños. Es mucho más sano que la crema de cebolla.

—Seguro.

—¿Sabes?, siempre me cayó bien. —Marino señaló el televisor con un dedo grasiento—. Me da igual que fuese marica. Hay que admitir que tenía clase. Si la gente va a pagar toda esa pasta por los discos y las entradas de los conciertos, pues entonces tienen derecho a ver a alguien que no parezca uno de esos vagabundos de la calle.

»Déjame decirte una cosa —añadió con la boca llena—, los tiroteos son una mierda. Te investigan igual que si hubieras intentado asesinar a un jodido presidente, y luego viene toda esa mierda de la asesoría psiquiátrica, y todo el mundo se preocupa tanto por tu salud mental que al final acaban volviéndote loco. —Se acabó el bourbon y engulló unas cuantas patatas fritas más—. Lucy pasará una temporada entre ladrillos —prosiguió, usando la jerga policial para referirse al permiso involuntario—. Y los detectives de Miami llevarán el asunto tal como siempre han llevado los homicidios. Tienen que hacerlo. Y todo será repasado, revisado y examinado del derecho y del revés. —Se limpió las manos en los tejanos y me miró—. Ya sé que esto no te hará sentir muy bien, pero en estos momentos quizá seas la última persona a la que Lucy quiere ver.

20

En nuestro edificio existía la regla de que cualquier evidencia, incluso algo tan inocuo como una tarjeta de huellas, tenía que ser transportada en el ascensor de servicio. Dicho ascensor se encontraba al final de un pasillo por el que dos mujeres de la limpieza empujaban sus carritos cuando me encaminé al laboratorio de Neils Vander.

—Buenos días, Merle. ¿Qué tal estás, Beatrice? —las saludé con una sonrisa.

Sus ojos se posaron en la cubeta quirúrgica tapada con una toalla y las sábanas de papel que cubrían la camilla que yo estaba empujando.

Tanto Merle como Beatrice llevaban el tiempo suficiente trabajando allí para saber que cuando yo iba cargada con algo metido en bolsas o empujaba cualquier cosa tapada, se trataba de algo acerca de lo que más les valía no saber nada.

—Así así —respondió Merle.

—Exactamente: así así —dijo Beatrice.

Pulsé el botón del ascensor.

—¿Piensa ir a algún sitio especial por Navidad, doctora Scarpetta?

Por mi expresión les quedó claro de inmediato que la Navidad no era un tema del que tuviera muchas ganas de hablar.

—Probablemente está demasiado ocupada para celebrar la Navidad —se apresuró a comentar Merle.

Ambas se sentían incómodas, por la misma razón por la

que se sentía incómodo todo el mundo cuando recordaba lo que le había ocurrido a Benton.

—Sí, en esta época del año siempre hay montones de trabajo —dijo Merle, cambiando torpemente de tema—. Toda esa gente que conduce después de haber bebido, más suicidios y las personas enfadándose unas con otras.

En un par de semanas sería Navidad. Ese día, Fielding estaría de servicio. Yo ya había perdido la cuenta de cuántas navidades había pasado llevando un busca encima.

—Y gente que muere quemada en incendios, también.

—Cuando ocurren cosas malas en esta época del año —les dije mientras se abrían las puertas del ascensor—, las sentimos más. Ésa es una gran parte del problema.

—Quizá se trate de eso, sí.

—Bueno, no sé qué decirle. ¿Se acuerda de aquel incendio causado por un cortocircuito que...?

Las puertas se cerraron y me dirigí hacia el segundo piso, que había sido diseñado pensando en las visitas guiadas para ciudadanos, políticos y cualquier persona interesada en nuestro trabajo. Todos los laboratorios se hallaban detrás de enormes cristaleras, y, al principio, los científicos, acostumbrados a trabajar en secreto detrás de muros de hormigón, los habían encontrado tan extraños como incómodos. A esas alturas, ya no le importaba a nadie. Los técnicos tiraban de los gatillos y trabajaban con manchas de sangre, huellas dactilares y fibras, sin prestar mucha atención a quién hubiera al otro lado del cristal, lo que en ese momento me incluía a mí empujando mi camilla.

El mundo de Neils Vander era una gran área de encimeras, con toda clase de instrumentos técnicos exóticos y artefactos de diseño propio aquí y allá. Una pared estaba cubierta de armarios de madera con puertas de cristal que Vander había convertido en cámaras de pegamento, usando cuerdas y agujas de tender para exponer objetos a los vapores del Super Glue generados por una parrilla encendida.

En el pasado, los científicos y la policía no habían tenido mucho éxito a la hora de obtener huellas dactilares de objetos no porosos, como bolsas de plástico, cinta aislante y cuero. Un día, prácticamente por accidente, se descubrió que los humos del Super Glue se adherían a los detalles de las circunvoluciones de una manera muy parecida a los polvos tradicionales, y que gracias a ello se podía obtener una huella latente. En otro rincón había una cámara de pegamento, lo que llamábamos una Cyvac II, dentro de la que se podían meter objetos más grandes, como una escopeta, un rifle, un parachoques de coche o, al menos en teoría, incluso un cuerpo entero.

Las cámaras de humedad hacían visibles las huellas en sustancias porosas, como el papel o la madera, que habían sido tratadas con ninhidrina. A veces Vander recurría al método rápido de usar una plancha de vapor doméstica y, en una o dos ocasiones, había chamuscado la prueba, o eso había oído decir yo. Dispersas por la sala, había luces Nederman equipadas con aspiradoras para absorber emanaciones y residuos de las bolsas de droga.

Otras salas en el dominio de Vander alojaban el Sistema de Identificación Automático de Huellas Dactilares conocido como AFIS, y cuartos oscuros para realce digital de vídeo y audio. Vander también supervisaba el laboratorio fotográfico, donde más de ciento cincuenta carretes de película procesada salían de la máquina de revelado rápido cada día. Tardé un poco en localizar a Vander, pero finalmente di con él en el laboratorio de impresiones, donde las cajas de pizza que los policías ingeniosos usaban para transportar los moldes de yeso de huellas de neumáticos y calzado se amontonaban en los rincones formando pulcras pilas. Una puerta que alguien había intentado abrir de una patada estaba apoyada en una pared.

Vander estaba sentado delante de un ordenador, comparando impresiones de calzado en una pantalla dividida. Dejé la camilla junto a la puerta.

—Es muy amable por su parte hacer esto —dije.

Sus ojos azul pálido siempre parecían mirar hacia otro lado, y como de costumbre su bata de laboratorio estaba cubierta de manchas púrpura de ninhidrina. Un rotulador había perdido parte de su tinta dentro de uno de sus bolsillos.

—Ésta es realmente buena —dijo, señalando la pantalla de vídeo con un dedo mientras se levantaba—. Un tipo se compra unos zapatos nuevos. Ya sabe cómo resbalan si las suelas son de cuero, ¿no? Bueno, pues las raspa con un cuchillo, ya sabe, dejándolas llenas de arañazos y señales, porque se va a casar y no quiere resbalar y caerse cuando eche a andar por el pasillo.

Lo seguí fuera del laboratorio, sin sentirme con demasiado humor para anécdotas.

—Bien, pues entonces van y roban en su casa. Zapatos, un montón de ropa y no sé cuántas cosas más desaparecen. Dos días después, una mujer es violada en su barrio. La policía encuentra unas pisadas muy raras. De hecho, había habido muchos robos en la zona.

Entramos en el laboratorio de la fuente de luz alternativa.

—Y resultó que era un chico. Tenía trece años. —Vander meneaba la cabeza mientras encendía las luces—. No entiendo a los chicos de ahora. Cuando yo tenía trece años, lo peor que llegué a hacer fue matar un pájaro con una pistola de balines. —Montó la Luma-Lite encima de un trípode.

—Para mí, eso ya es un auténtico crimen —señalé.

Mientras yo ponía la ropa sobre el papel blanco que se hallaba debajo de la cámara química, Vander encendió la Luma-Lite, cuyos ventiladores empezaron a zumbar. Un minuto después, conectó la fuente de luz, haciendo girar la perilla hasta la posición de máxima potencia. Dejó unas gafas protectoras cerca de mí y colocó un filtro óptico azul de cuatrocientos cincuenta nanómetros sobre la lente de salida.

Nos pusimos las gafas y apagamos las luces. La Luma-Lite proyectaba un resplandor azul sobre el suelo. La sombra de Vander se movía con él, y los recipientes de tinte más cercanos se habían iluminado con destellos amarillos, verdes y rojos. El polvo era como una constelación de estrellas de neón esparcida por la sala.

—Verá, ahora en los departamentos de policía hay un

montón de idiotas que por fin pueden disponer de sus propias Luma-Lite y están empezando a procesar sus propias muestras —dijo Vander—. Echan polvo rojo y luego colocan la huella encima de un fondo oscuro, así que después yo he de fotografiarla con la Luma-Lite e invertir la maldita foto pasándola al blanco.

Empezó con la papelera de plástico encontrada dentro del contenedor y fue recompensado al instante con las tenues circunvoluciones de huellas dactilares. Las empolvó con rojo, creando nubecillas de polvo de este color que flotaron en la oscuridad.

—Buen comienzo —dije—. Siga así, Neils.

Vander acercó el trípode a los tejanos negros del muerto y el bolsillo derecho vuelto del revés empezó a despedir un tenue brillo rojo oscuro. Empujé la tela con un dedo enguantado y encontré manchas de color naranja iridiscente.

—Creo que nunca habíamos obtenido un color parecido —murmuró Vander.

Pasamos una hora examinando toda la ropa, zapatos y cinturón incluidos, y nada más emitió fluorescencia.

—No cabe duda de que aquí hay dos cosas distintas, y ambas emiten fluorescencia de manera natural —señaló Vander mientras yo encendía las luces—. No hay manchas de tinte, aparte del que he usado en la papelera.

Fui al teléfono y llamé al depósito de cadáveres. Fielding respondió.

—Necesito todo lo que había en los bolsillos de nuestro hombre sin identificar. Debería estar secándose al aire encima de una bandeja.

—Supongo que se refiere a unas monedas extranjeras, un cortapuros y un encendedor.

—Sí.

Volvimos a apagar las luces y acabamos de examinar el exterior de la ropa, encontrando más de aquellos extraños pelos pálidos.

—¿Eso procede de su cabeza? —preguntó Vander mientras mis fórceps entraban en la fría luz azulada, recogiendo pelos con mucha delicadeza y metiéndolos en un sobre.

—Sus cabellos son oscuros y más bien ásperos —repuse—. Así que no, estos pelos no pueden ser suyos.

—Parecen pelos de gato. Una de esas razas de pelo largo a las que ya no dejo entrar en casa. ¿Angora? ¿Himalayo?

—Sí. Pero son bastante raras. No hay muchas personas que las tengan.

—A mi esposa le encantan los gatos. Tuvo uno al que llamaba *Polo de Nata*. Bueno, pues el maldito animal siempre andaba detrás de mi ropa y se acostaba encima de ella, y cuando yo iba a ponérmela, que me ahorquen si no se parecían a esto.

—Podrían ser pelos de perro —supuse.

—Demasiado finos para ser pelos de perro, ¿no le parece?

—No si fueran de un terrier de Skye. Pelaje largo, fino y sedoso.

—¿Amarillo claro?

—Pueden ser leonados. El pelaje inferior, quizá. Bueno, no sé...

—El muerto tal vez fuera criador o trabajase para uno —sugirió Vander—. Y también hay conejos de pelo largo, ¿no?

—Permiso —dijo Fielding mientras abría la puerta y entraba, bandeja en mano. Encendimos las luces.

—Existen conejos de angora, esos con cuyo pelaje se hacen jerséis, ya sabe.

—Tiene aspecto de haber levantado pesas —observó Vander dirigiéndose a Fielding.

—¿Intenta decirme que antes no lo tenía? —preguntó Fielding a su vez.

Vander puso cara de perplejidad, como si nunca se hubiera dado cuenta de que Fielding era un fanático del culturismo.

—Hemos encontrado alguna clase de residuo en uno de los bolsillos —le dije a Fielding—. Es el mismo bolsillo en el que estaba el dinero.

Fielding apartó la toalla que tapaba la bandeja.

—Reconozco las libras y los marcos alemanes, pero esas dos de color cobre no me suenan —confesó.

—Creo que son francos belgas —dije.

—Y en cuanto a éstos, no tengo ni idea.

Los billetes habían sido colgados, uno al lado del otro, para que se secaran.

—Parece que hay una especie de templo impreso, y ¿qué pone aquí? ¿Qué es un dirham? ¿Es árabe?

—Haré que Rose lo compruebe.

—¿Qué razón podría tener alguien para llevar encima cuatro clases de moneda distintas? —preguntó Fielding.

—Entró y salió de un montón de países en poco tiempo —conjeturé—. Es lo único que se me ocurre. Haremos analizar los residuos lo más pronto posible.

Nos pusimos las gafas protectoras y Vander apagó las luces. Los mismos tonos rojo mate y naranja brillante relucieron en algunos de los billetes.

Los examinamos todos por ambos lados, encontrando motas y manchones aquí y allá, y luego el detalle periférico de una huella dactilar latente. Se la podía distinguir a duras penas en la esquina superior izquierda de un billete de cien dirhams.

—Un hombre afortunado —dijo Vander con una risita—. Haré que uno de mis conocidos del Servicio Secreto los pase por MORPHO, PRINTRAK, NEC-AFIS, WIN, lo que sea: cualquier base de datos que tengan por allí, con todas y cada una de los cincuenta y cinco millones de huellas.

Nada excitaba más a Vander que encontrar un lazo que pudiera lanzar a través del ciberespacio para capturar a un criminal.

—¿La base de datos nacional del FBI todavía no ha entrado en funcionamiento? —preguntó Fielding.

—El Servicio Secreto ya dispone de todas y cada una de las huellas que tiene el FBI, pero como de costumbre, el FBI tiene que hacerlo a su manera: necesitan gastarse todo ese dinero para crear su propia base de datos y además tienen que recurrir a distintos vendedores para que todo sea incompatible con todo lo demás. Esta noche he de ir a una cena.

Centró el haz de la Luma-Lite sobre el oscuro y repugnante trozo de carne clavado a la tabla de cortar, y al instante dos puntitos emitieron una intensa fluorescencia amarilla. Su tamaño no era mucho mayor que la cabeza de un clavo. Además, eran paralelos y simétricos, y no se los podía hacer desaparecer frotando.

—Estoy prácticamente segura de que se trata de un tatuaje.

—Sí —convino Vander—; por el modo en que está reaccionando no sé qué otra cosa podría ser.

La carne de la espalda del muerto era una oscura masa parduzca bajo la fría luz azul.

—Pero ¿ven lo oscuro que está por aquí? —El dedo enguantado de Vander delimitó un área del tamaño aproximado de mi mano.

—Me pregunto qué demonios será —dijo Fielding.

—Pues yo sólo sé que no tengo ni idea de por qué es tan oscuro —murmuró Vander en tono pensativo.

—Puede que el tatuaje sea marrón o negro —sugerí.

—Bueno, dejaremos que Phil pruebe suerte con él —decidió Vander—. ¿Qué hora es? ¿Saben?, ojalá Edith no hubiera dicho que teníamos que organizar esa cena esta noche. Tengo que irme. Doctora Scarpetta, es todo suyo. Maldición, maldición. Esas dichosas celebraciones de Edith me ponen enfermo.

—Oh, venga —dijo Fielding—, si a usted le encantan las fiestas.

—Ya no bebo mucho. La bebida me afecta.

—Lo extraño sería lo contrario, Neils —señalé.

Phil Lapointe no estaba de muy buen humor cuando entré en el laboratorio de realce de imagen, que más parecía un estudio de producción que un lugar donde los científicos trabajaban con pixeles y contrastes en todos los tonos de la luz y la oscuridad para ponerle una cara al mal. Lapointe era uno de los primeros graduados de nuestro instituto, y se trataba de un hombre tan resuelto como capaz, pero aún no había aprendido a ocuparse de otro asunto cuando un caso se negaba a progresar.

—Maldición —dijo, pasándose los dedos por su abundante cabellera rojiza y entrecerrando los ojos al tiempo que se inclinaba sobre una pantalla de veinticuatro pulgadas.

—Lamento tener que hacerte esto —dije.

Pulsó teclas impacientemente, haciendo descender otro tono de gris sobre la imagen congelada de una cinta de vídeo grabada en una tienda.

La figura con gafas oscuras y gorra no se volvió mucho más nítida, pero el dependiente aparecía con toda claridad; la sangre brotaba de su cabeza en una fina neblina.

—La retoco y ya casi la tengo, y luego desaparece —se quejó Lapointe, y soltó un suspiro de cansancio—. Veo esta maldita imagen hasta en sueños.

—Increíble —reconocí, contemplándola—. Fíjate en lo tranquilo que parece estar. Es como si se le acabara de ocurrir que podía atracar esa tienda, como si fuera algo sin importancia que ha decidido hacer de pronto, como si dijese: «Qué diablos, ya puestos podría...»

—Sí, ya sé a qué se refiere. —Lapointe se desperezó—. Mató a ese tipo sin ninguna razón. Eso es lo que no entiendo.

—Dentro de unos años lo entenderás.

—No quiero acabar convertido en un cínico, si es a eso a lo que se refiere.

—No es que te vuelvas cínico —apunté—, sino que al final acabas entendiendo que no tiene por qué haber razones.

Lapointe siguió mirando la pantalla del ordenador, absorto en la última imagen que mostraba a Pyle Gant con vida. Yo le había practicado la autopsia.

—Veamos qué hay aquí —dijo Lapointe, levantando la toalla de la cubeta quirúrgica.

Gant tenía veintitrés años y un bebé de dos meses y hacía horas extras en una tienda para pagar el collar que iba a regalar a su esposa por su cumpleaños y que estaba adquiriendo a plazos en una joyería.

—Esto debe de ser del Hombre del Contenedor. ¿Está pensando en un tatuaje?

Gant había perdido el control de su vejiga antes de que le dispararan.

—¿Doctora Scarpetta?

Yo lo sabía porque el fondillo de sus tejanos y el asiento de detrás del mostrador estaban empapados de orina. Cuando miré por la ventana, dos agentes de policía estaban intentando calmar a su esposa histérica en el aparcamiento.

—¿Doctora Scarpetta?

La mujer no paraba de gritar. Todavía llevaba un corrector dental.

—Treinta y un dólares y doce centavos —murmuré.

Lapointe salvó el fichero y lo cerró.

—¿Qué decía? —me preguntó.

—Eso es lo que había en la caja registradora —contesté.

Lapointe hizo girar su silla y empezó a abrir cajones. Sacó filtros de distintos colores y unos guantes. El teléfono sonó, y él respondió a la llamada.

—Un momento —dijo, y me alargó el auricular—. Es para usted. Rose.

—He estado hablando con alguien del departamento de moneda extranjera de Crestar —me informó Rose—. El billete por el que me preguntó es marroquí. El cambio actual es de nueve coma tres dirhams por dólar. Así que dos mil dirhams serían unos doscientos cincuenta dólares.

—Gracias, Rose...

—Y hay otra cosa que quizá le parezca interesante —prosiguió—. La moneda marroquí no puede ser introducida o sacada del país legalmente.

—Tengo el presentimiento de que ese tipo andaba metido en un montón de cosas que no son legales. ¿Podrías volver a intentar hablar con el agente Francisco?

—Claro.

Lo que sabía sobre los protocolos del ATF me estaba llevando rápidamente a temer que Lucy me hubiera rechazado. Deseaba desesperadamente verla, y estaba dispuesta a hacer cualquier cosa para que eso ocurriera. Colgué el auricular, saqué el tablero de corcho de la cubeta y Lapointe lo examinó bajo una intensa luz.

—No soy muy optimista acerca de esto —me hizo saber.

—Yo tampoco tengo muchas esperanzas. Lo único que podemos hacer es intentarlo.

Lo que quedaba de la epidermis estaba tan verde como la superficie de un pantano, y la carne de abajo se veía oscura y seca. Centramos el tablero debajo de una cámara de alta resolución conectada a la pantalla de vídeo.

—Nada —dijo Lapointe—. Demasiado reflejo.

Probó con luz oblicua y después pasó al blanco y negro. Puso varios filtros encima del objetivo de la cámara. El azul y el amarillo no sirvieron de nada, pero cuando probó con el rojo, los puntitos iridiscentes volvieron a aparecer. Los agrandó. Eran perfectamente redondos. Pensé en lunas llenas, en un hombre lobo con malévolos ojos amarillos.

—Para obtener un mejor efecto tendré que manipularlo —añadió, decepcionado.

Capturó la imagen en su disco duro y empezó a procesarla. El programa hizo posible que viéramos unos doscientos tonos de gris que no podíamos detectar a simple vista.

Lapointe usó el teclado y el ratón para entrar y salir de diversas ventanas, utilizando el contraste, el brillo y el aumento, encogiendo y ampliando. Eliminó el ruido de fondo, o «basura», como la llamaba él, y empezamos a ver poros del pelo, y después el punteado hecho por una aguja de tatuar. Poco a poco emergieron unas líneas negras onduladas que se convirtieron en pelaje o plumas. Otra línea negra de la que brotaban algo semejante a pétalos de margarita se transformó en una garra.

—¿Qué te parece? —le pregunté a Lapointe.

—Que esto es lo máximo que vamos a conseguir —respondió con impaciencia.

—¿Conocemos a alguien que sea experto en tatuajes?

—¿Por qué no empieza por su histólogo?

21

Encontré a George Gara en su laboratorio, sacando la bolsa de su almuerzo de un frigorífico en cuya puerta había pegado un letrero que rezaba «Comida, no». Dentro había manchas del tipo que dejan el nitrato de plata y la mucicarmina, además de los reactivos Schiff. Nada de eso era compatible con ninguna cosa comestible.

—No me parece muy buena idea.

—Lo siento —tartamudeó George, dejando la bolsa en el mostrador y cerrando la puerta del frigorífico.

—En la sala de descanso hay una nevera, George. Puedes usarla siempre que quieras.

No respondió, y me di cuenta de que era tan terriblemente tímido que probablemente nunca entraba en aquella sala. Sentí pena por él. No podía ni imaginar la vergüenza que debió de experimentar de niño al ser incapaz de hablar sin tartamudear. Quizás eso explicara los tatuajes que se iban adueñando lentamente de su cuerpo, extendiéndose sobre él como la hierba. Tal vez hacían que se sintiera especial y viril. Me senté cerca de él.

—George, ¿puedo hacerte algunas preguntas sobre tus tatuajes?

George se sonrojó.

—Me fascinan —añadí—, y necesito un poco de ayuda con un problema.

—Claro —dijo con voz insegura.

—¿Vas a que te los haga alguien en concreto? Un auténtico experto, ya sabes, alguien con mucha experiencia en tatuajes...

—Sí, doctora —repuso—. Nunca iría a un cualquiera.

—¿Y te los hacen por aquí? Lo digo porque necesito encontrar un sitio en el que pueda hacer algunas preguntas y no me gustaría tropezarme con ningún tipo raro, ya me entiendes.

—Pit —dijo de inmediato—. Como los pitbull, sólo que de verdad se llama así: John Pit. Es muy buen tipo. ¿Quiere que lo llame? —preguntó, tartamudeando continuamente.

—Te agradecería muchísimo que lo hicieras.

Gara sacó una pequeña agenda del bolsillo trasero de su pantalón y buscó un número. Cuando Pit se puso al teléfono, le explicó quién era yo y, al parecer, se mostró más que dispuesto a ayudarme.

—Tenga —dijo Gara alargándome el teléfono—. Será mejor que usted le explique el resto.

Para eso hicieron falta varios intentos. Pit acababa de despertarse.

—Bueno, ¿cree que podría tener suerte? —pregunté.

—He visto casi todo el *flash* que corre por ahí —contestó él.

—Lo siento. No sé a qué se refiere.

—El *flash* es lo que supongo que usted llamaría el catálogo de modelos. Ya sabe, los dibujos para que escoja la gente. Cada centímetro cuadrado de pared que tengo está cubierto de *flashes*. Por eso creo que sería mejor que viniera aquí en vez de que yo vaya a su despacho. Podríamos ver algo que nos dé una pista, pero no abro ni los miércoles ni los jueves. Y el fin de semana pasado, todo el mundo había cobrado, así que estoy agotado. Todavía me estoy recuperando; pero abriré para usted, porque esto debe de ser importante. ¿Vendrá con la persona que tiene ese tatuaje?

Aún no lo había entendido del todo.

—No. Llevaré el tatuaje, pero no a la persona que iba con él.

—Aguarde un momento. De acuerdo, de acuerdo, ya lo he entendido. De modo que se lo quitó al muerto, ¿eh?

—¿Podrá soportarlo?

—Oh, sí, demonios. Puedo soportar lo que me echen.

—¿A qué hora?

—¿Qué le parece tan pronto como pueda llegar?

Colgué el auricular y di un respingo al advertir que Ruffin me estaba observando desde la puerta. Tuve la sensación de que llevaba un rato allí, escuchando mi conversación. Yo había estado de espaldas a él, tomando notas. Tenía los ojos rojos y cara de cansado, como si se hubiera pasado la mitad de la noche levantado y bebiendo.

—No tienes muy buen aspecto, Chuck.

—Me preguntaba si podría irme a casa. Creo que estoy incubando algo.

—No sabes cómo lamento oír eso. Hay algo nuevo y muy contagioso circulando por ahí; creen que se transmite a través de Internet. Lo llaman «el virus de las seis y media». La gente vuelve corriendo a casa del trabajo y se sienta delante del ordenador. Si tienen un ordenador en casa, claro.

Ruffin palideció.

—Qué gracioso —dijo Gara—. Pero no he entendido la parte de las seis y media.

—Es la hora a la que la mitad del mundo se conecta a la red —le expliqué—. Pues claro que puedes irte a casa, Chuck. Descansa un poco. Te acompañaré hasta la puerta. Tenemos que pasar por la sala de descompuestos para recoger el tatuaje.

Antes lo había soltado del tablero y guardado en un recipiente de plástico lleno de formalina.

—Dicen que vamos a tener un invierno realmente raro —empezó a parlotear Ruffin—. Esta mañana, estaba escuchando la radio mientras venía en coche al trabajo, y han dicho que cuando falte poco para Navidad, hará muchísimo frío y que luego volverá a hacer un tiempo primaveral hasta febrero.

Abrí las puertas automáticas de la sala de descompuestos y entré. El examinador de evidencias residuales Larry Posner y un estudiante del instituto estaban trabajando en las ropas del muerto.

—Me alegro de veros, muchachos, como siempre —dije a modo de saludo.

—Bueno, tiene que admitir que nos ha planteado otro de sus desafíos —repuso Posner. Estaba raspando tierra de un zapato con un escalpelo y la iba dejando sobre una hoja de papel blanco—. ¿Conoce a Carlisle?

—¿Te está enseñando algo? —le pregunté al joven.

—A veces —contestó él.

—¿Qué tal estás, Chuck? —dijo Posner—. No tienes muy buen aspecto.

—Voy tirando —respondió Chuck, que seguía haciéndose el enfermo.

—Siento lo de la policía de Richmond —añadió Posner con una sonrisa.

Ruffin no sabía qué cara poner.

—Perdona, ¿cómo dices?

—He oído que no te había ido muy bien en la academia —contestó Posner, que parecía sentirse un poco incómodo—. Sólo quería decirte que no te desanimes, ya sabes.

Ruffin posó la vista en el teléfono.

—La mayoría de la gente no sabe que suspendí los dos primeros exámenes de química en mi primer año en la VCU. —Posner empezó a trabajar en otro zapato.

—¿En serio? —murmuró Ruffin.

—¿Ahora me lo dices? —exclamó Carlisle, fingiendo horror y disgusto—. Y pensar que me dijeron que si venía aquí tendría los mejores maestros del mundo. Quiero que me devuelvan el dinero.

—Hay algo que quiero enseñarle, doctora Scarpetta —anunció Posner levantándose el protector facial.

Dejó el escalpelo, dobló la hoja de papel y fue hacia los tejanos negros en los que estaba trabajando Carlisle. La prenda estaba cuidadosamente extendida encima de una camilla cubierta con una sábana. La cinturilla había sido vuelta del revés, y Carlisle estaba recogiendo pelos con unas pinzas.

—Es de lo más extraño —agregó Posner, señalando los tejanos con un dedo enguantado. Carlisle los dobló un par de centímetros y aparecieron más pelos—. Hemos recogido docenas de ellos. Verá, empezamos a dar la vuelta a los tejanos y encontramos el habitual vello pubiano en la zona de la ingle, pero además están estos pelos rubios. Y a cada centímetro que bajamos, vamos encontrando más. No tiene sentido.

—No parece tenerlo —admití.

—Quizá sean de algún animal, como un gato persa —sugirió Carlisle.

Ruffin abrió un armario y sacó de él el recipiente que contenía el tatuaje.

—¿Y si un gato se hubiera quedado durmiendo encima de los tejanos mientras estaban vueltos del revés, por ejemplo? —apuntó Carlisle—. Cuando me cuesta quitarme los tejanos, muchas veces acaban vueltos del revés y tirados encima de una silla. Y a mi perro le encanta dormir encima de mi ropa.

—Y supongo que nunca se te ha ocurrido usar un colgador o guardar la ropa en los cajones —intervino Posner.

—¿Eso forma parte de mis tareas escolares?

—Iré a buscar una bolsa para guardar esto —dijo Ruffin alzando el recipiente—. Por si gotea o algo.

—Buena idea. ¿Cuánto tardarás en echarle un vistazo a esto? —pregunté dirigiéndome a Posner.

—Como se trata de usted, formularé la pregunta fatal: ¿para cuándo lo necesita?

Suspiré.

—De acuerdo, de acuerdo.

—La Interpol está tratando de averiguar la identidad de este tipo. Estoy tan presionada como cualquiera, Larry.

—No hace falta que me dé explicaciones. Sé que cuando usted pide algo siempre hay una buena razón. Supongo que he metido la pata, ¿no? —añadió—. ¿Y qué le pasa a ese chico? Se comportaba como si no supiera que no había sido aceptado en la academia de policía. Demonios, pero si todos en el edificio hablan de ello.

—En primer lugar, yo ignoraba que no hubiera conseguido ingresar. Y en segundo lugar, no sé por qué todos en el edificio hablan de ello.

De inmediato pensé en Marino. Había dicho que iba a ocuparse de Ruffin, y quizá lo había hecho: se había enterado de la noticia de alguna manera y estaba haciéndola circular.

—Se supone que fue Bray quien le dio la patada —señaló Posner.

Unos momentos después, Ruffin volvió con una bolsa de plástico. Salimos de la sala de descompuestos y nos lavamos en nuestros respectivos vestuarios. Me lo tomé con calma. Le hice esperar en el pasillo, consciente de que su ansiedad iría aumentando a cada segundo. Cuando por fin salí del vestuario, echamos a andar en silencio, y Ruffin se paró en dos ocasiones para beber, nervioso, un trago de agua.

—Espero que no me esté subiendo la fiebre —dijo.

Me detuve y lo miré; retrocedió con un estremecimiento involuntario cuando le puse el dorso de la mano en la mejilla.

—A mí me parece que estás bien —dije.

Lo acompañé por el vestíbulo hasta el aparcamiento. A esas alturas Ruffin ya estaba claramente asustado.

—¿Algo va mal? —preguntó finalmente, aclarándose la garganta y poniéndose unas gafas de sol.

—¿A qué viene esa pregunta? —inquirí inocentemente.

—Por lo de acompañarme hasta aquí y todo eso.

—Voy hacia mi coche.

—Siento haberle dicho lo de los problemas que hay aquí; me refiero al asunto de Internet y todo lo demás. Ya sabía que habría hecho mejor callándomelo y que se enfadaría conmigo.

—¿Por qué piensas que estoy enfadada contigo? —le pregunté mientras metía la llave en la puerta de mi coche.

Ruffin parecía haberse quedado sin palabras. Luego abrí el maletero y guardé en él la bolsa de plástico.

—Aquí tiene un arañazo en la pintura. Debió de ser una piedra que saltó de debajo de una rueda, pero se está empezando a oxidar y...

—Quiero que escuches con mucha atención lo que te voy a decir, Chuck —le pedí tranquilamente—. Lo sé todo.

—¿Qué? No entiendo qué quiere decir, porque yo... —balbuceó.

—Lo has entendido muy bien.

Subí al coche y puse en marcha el motor.

—Entra, Chuck. No deberías estar ahí fuera con el frío que hace. Especialmente si que no te encuentras bien.

Titubeó. Casi podía oler su miedo mientras rodeaba el coche para subir por la puerta del acompañante.

—Siento que no pudieras acudir a la cita en Buckhead's. Mantuvimos una conversación muy interesante con la jefa Bray.

Me miró boquiabierto.

—No sabes qué gran alivio ha sido para mí el que tantas preguntas por fin tengan respuesta —continué diciendo—. El correo electrónico, lo de Internet, los rumores sobre mi carrera, las filtraciones.

Quería ver que efecto le causaba, pero me sorprendió su respuesta.

—Por eso no he conseguido entrar en la academia, ¿verdad? Anoche usted la vio y esta mañana recibo la noticia. Usted le habló mal de mí y le dijo que no me diera trabajo, y después lo ha hecho circular por todas partes para dejarme en ridículo.

—Tu nombre no fue mencionado ni una sola vez. Y te aseguro que no he hecho circular nada sobre ti por ninguna parte.

—Chorradas. —Estaba furioso, y la voz le temblaba como si fuera a echarse a llorar de un momento a otro—. ¡Llevo toda la vida queriendo ser policía, y ahora usted lo ha echado a perder!

—No, Chuck, fuiste tú quien lo echó a perder.

—Llame a la jefa Bray y dígale algo. Usted puede hacerlo —suplicó como un niño desesperado—. Por favor.

—¿Por qué ibas a reunirte con Bray anoche?

—Porque ella me lo pidió. No sé qué quería. Me envió

un mensaje por el busca y me indicó que estuviera en el aparcamiento del Buckhead's a las cinco y media.

—Y, naturalmente, ahora ella está convencida de que no acudiste a la cita. Eso quizá tenga algo que ver con las malas noticias de esta mañana. ¿Qué opinas tú?

—Supongo que sí —murmuró.

—¿Cómo te encuentras? ¿Todavía te sientes mal? Porque si no, he de ir a Petersburg y creo que deberías venir conmigo para terminar esta conversación por el camino.

—Bueno, yo...

—¿Bueno qué, Chuck?

—Yo también quiero terminar esta conversación.

—Empieza por cómo conociste a la jefa Bray. Encuentro bastante extraordinario que tengas lo que parece una relación personal con la persona más poderosa del Departamento de Policía.

—Imagínese cómo me sentí cuando empezó todo —dijo inocentemente—. Verá, hace un par de meses la detective Anderson me telefoneó y me dijo que era nueva, y quería hacerme algunas preguntas sobre el departamento forense y sobre nuestros procedimientos, y si podía reunirme con ella en el River City Diner para almorzar. Entonces fue cuando empecé a meterme de cabeza en el infierno, y ya sé que tendría que haberle dicho algo a usted acerca de esa llamada. Debería haberle contado lo que estaba haciendo. Pero usted tenía clases casi todo el día y yo no quería molestarla, y el doctor Fielding estaba en los tribunales. Así que le dije a Anderson que me encantaría ayudarla.

—Bueno, salta a la vista que nuestra detective no aprendió nada.

—Me estaba metiendo en una encerrona. Cuando entré en el River City Diner, no pude creerlo. La detective Anderson estaba sentada con la jefa Bray en un reservado, y me dijo que ella también quería saberlo todo sobre cómo funciona nuestro departamento.

—¿Quién quería saberlo todo?

—Bray.

—Ya veo. Menuda sorpresa.

—Supongo que me sentí realmente halagado, pero también estaba nervioso, porque no entendía qué estaba ocurriendo. A lo que me refiero es que... Bueno, de pronto me dijo que ella y Anderson iban a volver a la comisaría andando y que las acompañara.

—¿Por qué no me contaste todo esto cuando ocurrió? —pregunté mientras me dirigía hacia la calle Quinta para entrar en la I-95 Sur.

—No lo sé...

—Me parece que sí que lo sabes.

—Estaba asustado.

—¿Y no tuvo, quizás, algo que ver con tu ambición de llegar a ser policía?

—Bueno, seamos francos. ¿Qué mejor conexión podía tener? Ella sabía que yo estaba interesado y cuando llegamos a su despacho, cerró la puerta y me hizo sentar ante su mesa.

—¿Anderson también estaba?

—No, sólo Bray y yo. Me dijo que con mi experiencia quizá debería ir pensando en hacerme técnico forense. Me sentí como si hubiera ganado la lotería.

Me concentré en mantenerme alejada de las barreras de cemento y los conductores agresivos. Ruffin seguía con su numerito de niño inocente.

—Debo admitir que, después de eso, tenía la sensación de estar viviendo en un sueño hecho realidad y que perdí interés por mi trabajo, y lo lamento. Pero no fue hasta dos semanas después que Bray me envió un mensaje por correo electrónico...

—¿De dónde sacó tu dirección de correo electrónico?

—Eh... Me pidió que se la diera. Bueno, el caso es que me envió un mensaje diciéndome que quería que pasara por su casa a las cinco y media, que quería hablarme de algo muy confidencial. Le aseguro, doctora Scarpetta, que yo no quería ir. Estaba convencido que sólo podía traer consecuencias desagradables.

—¿Como por ejemplo?

—La verdad es que casi me pregunté si quería tener una aventura conmigo o algo por el estilo.

—¿Y lo quería? ¿Qué ocurrió cuando llegaste a su casa?

—Dios, no sabe lo que me cuesta contar esto...

—Cuéntamelo.

—Me ofreció una cerveza y después acercó mucho su silla al sofá en que yo estaba sentado. Me hizo toda clase de preguntas acerca de mi vida, como si realmente estuviera interesada en mí como persona. Y...

Un camión remolque cargado hasta los topes se desvió y aceleré para dejarlo atrás.

—Odio a esos monstruos.

—Yo también —dijo Chuck. Su tono de lameculos me estaba empezando a poner enferma.

—Bueno, ¿me estabas contando?

Respiró hondo. Parecía muy interesado en los camiones que venían en sentido contrario y en los hombres que estaban trabajando con montones de asfalto junto a la carretera. Aquel tramo de la I-95, cerca de Petersburg, parecía llevar en construcción desde los tiempos de la guerra de Secesión.

—Bray no iba de uniforme, no sé si entiende lo que quiero decir —prosiguió con aparatosa sinceridad—. Ella, bueno, llevaba uno de esos trajes de ejecutiva, pero me parece que no llevaba sujetador, o al menos la blusa... Digamos que casi se podía ver a través de ella.

—¿Intentó seducirte o se te insinuó de alguna manera, aparte de la forma en que iba vestida? —pregunté.

—No, doctora, pero era como si esperara que yo lo hiciera. Y ahora sé por qué. Bray no iba a intentarlo, pero me lo ponía delante. Sólo era una manera más de controlarme. Por eso, cuando me trajo mi segunda cerveza, fue directamente al grano. Dijo que era importante que yo supiera la verdad acerca de usted.

—¿Y en qué consistía esa verdad?

—Dijo que usted era... inestable. Todo el mundo sabía que usted había «perdido el control», ésas fueron sus palabras exactas, que había estado a punto de arruinarse porque era una compradora convulsiva...

—¿Compradora compulsiva?

—Dijo algo sobre su casa y su coche.

—¿Y qué puede saber ella sobre mi casa? —pregunté, y de pronto caí en la cuenta de que Ruffin sabía mucho acerca de mi casa y mi coche, entre otras muchas cosas.

—No tengo ni idea, pero supongo que lo peor fue lo que me dijo sobre su trabajo: había metido la pata en muchos casos y los detectives estaban empezando a quejarse, a excepción de Marino. Según ella, él la estaba cubriendo, ésa era la razón por la que tarde o temprano tendría que hacer algo acerca de Marino.

—Y no cabe duda de que lo hizo —apunté sin la menor muestra de emoción.

—Oiga, ¿he de seguir? ¡No quiero decirle todas estas cosas!

—¿Te gustaría tener una oportunidad de volver a empezar y remediar una parte del daño que has hecho, Chuck? —pregunté, empezando a tenderle la trampa.

—Dios, si pudiera hacerlo... —murmuró, como si realmente hablara en serio.

—Entonces dime la verdad. Cuéntamelo todo. Volvamos a ponerte en el buen camino hacia una vida feliz —le animé.

Yo sabía que el muy idiota era capaz de volverse contra cualquiera con tal de sacar algún provecho.

—Bray me dijo que una de las razones por las que la habían nombrado para el cargo era que el jefe, el alcalde y el consejo del ayuntamiento querían librarse de usted pero no sabían cómo —prosiguió Ruffin como si decirme aquello le resultase muy doloroso—. Que no podían hacerlo porque usted no trabaja para la ciudad. Era el gobernador quien tendría que despedirla. Bray me explicó que es como cuando contratan a un nuevo administrador municipal porque la gente quiere librarse de un mal jefe de policía. Sabía ser tan convincente que me lo tragué. Después, y eso nunca lo olvidaré, se puso a mi lado, me miró a los ojos, y me dijo: «Chuck, tu jefa te va a arruinar la vida, ¿comprendes? Scarpetta acabará arrastrando en su caída a todos los que la rodean, especialmente a ti.» Le pregunté que por qué yo. Y respondió: «Porque para ella tú no eres nada. Las personas como ella pueden parecer amables y simpáticas, pero en el fondo piensan que son Dios y sólo sienten desprecio hacia sus lacayos.» Me preguntó si sabía qué era un lacayo, y yo contesté que no. Me dijo que era un criado. Bueno, eso me puso furioso.

—Ya me lo imagino. Nunca te he tratado como un criado, Chuck. Ni a ti ni a nadie.

—Lo sé. ¡Lo sé!

Yo estaba segura de que una parte de su relato era cierta, pero también que en su mayor parte se trataba de una versión deformada de lo ocurrido con la que culpar de todo a Bray.

—Así que empecé a hacer cosas para ella —prosiguió—. Al principio fueron cosas sin importancia. Y cada vez que hacía una cosa mala, me costaba un poco menos hacer la siguiente. Es como si me fuera endureciendo por dentro y me hubiera convencido a mí mismo de que todo lo que hacía estaba justificado, incluso que era lo correcto. Quizá lo hice para poder dormir por las noches, no lo sé... Después las cosas que Bray esperaba que hiciera empezaron a volverse más graves, como lo del correo electrónico, sólo que entonces hizo que fuese Anderson quien me dijera lo que quería de mí. Bray es demasiado escurridiza para dejarse pillar.

—¿Qué cosas, por ejemplo? —pregunté.

—Tirar la bala por el desagüe del fregadero. Eso ya fue bastante malo.

—Sí, lo fue —admití, intentando no revelar el desprecio que sentía por él.

—Por eso cuando me envió el mensaje de que me reuniera con ella en Buckhead's anoche, supe que debía de estar tramando algo realmente gordo. Me ordenó que no le dijese ni una palabra a nadie ni contactara con ella a menos que hubiera algún problema. Lo único que debía hacer era ir allí y punto.

»A esas alturas, yo ya le tenía pánico. —No me costó nada creerle—. Estaba en sus manos, ¿sabe? Me había pringado y ella me tenía pillado. Me daba tanto miedo pensar en lo que podía pedirme que hiciera la próxima vez...

—¿Y qué crees que podía haberte pedido?

Titubeó. Un camión se desvió bruscamente delante de mí y apreté los frenos. Las excavadoras removían tierra en la cuneta y había polvo por todas partes.

—Que jodiera el caso del Hombre del Contenedor. Yo sabía que eso no tardaría en llegar. Bray me obligaría a interferir para meterla en un lío tan serio que todo se habría acabado para usted. ¿Y qué mejor caso que uno en el que está metida la mismísima Interpol, con todo el interés que eso atrae?

—¿Y has hecho algo que pueda comprometer la investigación de ese caso, Chuck? —pregunté.

—No, doctora.

—¿Has interferido en algún otro caso?

—Aparte de lo de la bala no, doctora.

—Y, naturalmente, ya sabes que si alteraras o destruyeras evidencias estarías cometiendo un delito, ¿verdad? ¿Eres consciente de que Bray habría conseguido que acabaras en la cárcel, y de que, probablemente, incluso pensaba tenderte alguna clase de trampa para quitarte de en medio cuando hubiera acabado conmigo?

—Verá, yo... Yo no creo que ella fuese capaz de hacerme algo así.

Para ella, Ruffin no era nada. Una mera herramienta que no tenía el suficiente sentido común para esquivar una trampa cuando la tenía delante porque su ego y su ambición se interponían en su camino.

—¿Realmente estás seguro de eso? ¿Estás seguro de que Bray no te usaría como chivo expiatorio?

Ruffin ya no parecía tan seguro.

—¿Eres tú quien ha estado robando cosas en el departamento? —pregunté, decidida a llegar hasta el fondo de aquel asunto ahora que había empezado.

—Tengo todo lo que he robado. Bray quería que... que hiciera todo lo que pudiese para que diera la impresión de que usted ya no podía llevar el departamento. Está todo en mi casa, dentro de una caja. Pensaba dejarlo en algún lugar del edificio para que alguien lo encontrara y le devolviera sus cosas a la gente.

—¿Y por qué has permitido que Bray llegara a tener tanto poder sobre ti? ¿Por qué has permitido que llegara a dominarte hasta el punto de mentir, robar y manipular premeditadamente las evidencias?

—Oh, por favor, no haga que me arresten, no me mande a la cárcel —dijo con una voz aterrorizada que no le haría ganar ningún premio de interpretación—. Tengo esposa. Voy a tener un bebé. Me suicidaré, le aseguro que lo haré. Conozco montones de formas de hacerlo.

—Ni se te ocurra pensar en eso. No vuelvas a decirlo nunca.

—Lo haré. He arruinado mi vida, y toda la culpa es mía. Mía y de nadie más...

—No has arruinado tu vida a menos que decidas hacerlo.

—Ahora ya da igual —murmuró, y empecé a temer que estuviera hablando en serio. No paraba de lamerse los labios, y su voz sonaba pastosa debido a lo reseca que tenía la boca—. A mi esposa le daría igual. Y al bebé no le hace falta crecer con un padre en la cárcel.

—No te atrevas a enviarme tu cadáver —le dije, enfadada—. No te atrevas a hacerme entrar en el depósito para encontrarte encima de una de mis mesas.

Se volvió hacia mí, perplejo.

—Crece de una vez —agregué—. No te limites a volarte los sesos cuando las cosas se ponen feas, ¿me oyes? ¿Sabes lo que es el suicidio?

Me miró con los ojos muy abiertos.

—Es como querer tener la última palabra en una discusión —proseguí—. Como si le dijeses al otro: «Trágate esto.»

22

El Pit Stop estaba justo después del Kate's Beauty Salon y de una casita con un letrero que anunciaba a una clarividente.

Aparqué al lado de una vieja camioneta negra cubierta de pegatinas que me proporcionaron bastantes pistas acerca del señor Pit.

La puerta del negocio se abrió al instante y fui recibida por un hombre que tenía toda la piel visible, hasta el último centímetro, el cuello y la cabeza incluidos, llena de tatuajes. Sus *piercings* me hicieron estremecer.

Pit era mayor de lo que me esperaba, probablemente cincuentón, delgado y nervudo, con barba y una larga coleta gris. Su cara parecía haber recibido unas cuantas palizas, y llevaba un chaleco de cuero negro encima de una camiseta. Una cadenilla unía su cartera a los tejanos.

—Usted debe de ser Pit. —Abrí el maletero para sacar la bolsa de plástico.

—Entre —respondió en tono afable, como si en el mundo no hubiera nada que andara mal o por lo que mereciera la pena preocuparse.

Entró delante de Ruffin y de mí diciendo:

—*Taxi*, guapa, siéntate. No se preocupen por ella —nos aseguró—. Es más buena que el champú para bebés.

Yo ya sabía que lo que iba a ver dentro de su tienda no iba a gustarme.

—No sabía que iba a venir acompañada —añadió Pit, y

me fijé en que su lengua lucía un *piercing* de plata terminado en punta—. ¿Cómo te llamas?

—Chuck.

—Es uno de mis ayudantes —le expliqué—. Si tiene algún sitio para sentarse, nos esperará.

Taxi era un pitbull hembra, un bloque cuadrado de músculos negro y marrón con cuatro patas.

—Oh, claro. —Pit estaba señalando un rincón de la sala en el que había un área para sentarse con un televisor—. Necesitamos un sitio para los clientes mientras esperan su turno. Sírvete tú mismo, Chuck. Y si necesitas cambio para la máquina de los refrescos, dímelo.

—Gracias —repuso Chuck mansamente.

La manera en que *Taxi* me estaba mirando no me gustaba nada. Por muy bueno que su dueño diga que es, nunca me fiaría de un pitbull. Para mí, la mezcla de bulldog y terrier había creado el monstruo de Frankenstein de las razas caninas, y ya había visto suficientes personas hechas pedazos, especialmente niños.

—Bueno, *Taxi*, es hora de rascarte la barriga —dijo Pit con voz zalamera.

Taxi se tumbó con las patas hacia arriba, su dueño se acuclilló junto a ella y empezó a frotarle el vientre.

—¿Saben?, estos perros no son malos a menos que sus dueños quieran que lo sean —nos informó—. Sólo son bebés grandes. ¿Verdad que eso es lo que eres, *Taxi*? Le puse *Taxi* porque hace un año vino por aquí un taxista que quería un tatuaje. Dijo que me daría un cachorro de pitbull a cambio de una parca con el nombre de su ex esposa debajo. Y eso es lo que hice, ¿verdad, cariño? El que ella sea una pitbull y yo me apellide Pit es una especie de chiste. No somos parientes, se lo aseguro.

La tienda de Pit era un mundo que yo no conocía y nunca habría podido imaginar, y eso que durante el curso de mi carrera había visitado algunos lugares muy extraños. Las paredes estaban cubiertas de *flashes*, cada modelo pegado a los que lo rodeaban. Había miles de indios, caballos alados, dragones, peces, ranas y símbolos de cultos que no significaban nada para mí. Las frases de Pit, que iban desde «No confíes en nadie» hasta «He estado allí y me lo he follado», estaban por todas partes. Calaveras de plástico sonreían desde estantes y mesas, y revistas sobre tatuajes esperaban a que los valientes las hojearan mientras les llegaba el momento de someterse a la aguja.

Curiosamente, lo que una hora antes me habría parecido ofensivo, adquirió de pronto toda la autoridad y la verdad de un credo. Las personas como Pit, y probablemente gran parte de su clientela, eran forajidos que se enfrentaban a todo lo que impidiese que uno ejerciera el derecho a ser quien y como quería. El muerto cuya carne llevaba dentro del recipiente parecía extrañamente fuera de lugar allí. No había nada de contracultural o desafiante en alguien que vestía ropas de Armani y calzaba zapatos de piel de cocodrilo.

—¿Cómo se metió en esto? —le pregunté a Pit.

Chuck empezó a contemplar los *flashes* como si estuviera paseando por un museo lleno de obras de arte. Dejé la bolsa encima del mostrador, junto a la caja registradora.

—Por los *graffiti*. He incorporado muchas cosas de los *graffiti* a mi estilo, algo así como lo que hace Grime en Impulso Primario, allá en San Francisco, aunque no pretendo afirmar que sea ni la mitad de bueno que él. Pero si desea combinar imágenes llamativas al estilo de los *graffiti* con las líneas más osadas de la vieja escuela, yo soy su hombre.

Rozó con el dedo la foto enmarcada de una mujer desnuda que sonreía maliciosamente, con los brazos cruzados sobre los pechos en una postura bastante provocativa. En el vientre llevaba tatuado un sol que se ponía detrás de un faro.

—Esa señora de ahí —explicó, señalándola— entró en la tienda con su novio y me dijo que él había decidido regalarle un tatuaje por su cumpleaños. Empezó con una simpre mariposita en la cadera, y desde entonces vuelve cada semana para que le haga otro.

—¿Por qué? —pregunté.

—El tatuaje es adictivo.

—¿La mayoría de las personas se hacen más de uno?

—Casi todos los que sólo se hacen uno quieren tenerlo

en algún sitio particular, normalmente donde no se vea. Como por ejemplo un corazón en un pecho o en una nalga. En otras palabras, ese tatuaje tiene un significado especial. O puede que la persona se lo hiciera cuando estaba borracha: eso también pasa, pero no en mi tienda. Si usted entra aquí oliendo a alcohol, no le pondré las manos encima.

—Si alguien se hubiera hecho un tatuaje en la espalda y no hubiera ningún otro tatuaje en el resto de su cuerpo, al menos que yo sepa, podría ser... ¿importante? ¿Podría tratarse de algo más serio que hacerse un tatuaje porque estaba borracho o quería demostrar lo valiente que era?

—Yo diría que sí. La espalda es un sitio que la gente ve, a menos que nunca te quites la camisa. De modo que sí; yo diría que probablemente significara algo. —Miró la bolsa que había dejado encima del mostrador—. Conque el tatuaje de ahí dentro procede de la espalda de un tipo, ¿eh?

—Dos puntitos amarillos redondos, cada uno del tamaño de una cabeza de clavo, más o menos.

Pit se quedó inmóvil y reflexionó en silencio.

—¿Tienen pupilas, igual que unos ojos?

—No —respondí. Miré a Chuck para ver si se encontraba lo bastante cerca para oír nuestra conversación.

Estaba sentado en un sofá, hojeando una revista.

—Caray —dijo Pit—. Pues entonces es de los difíciles. No hay pupilas. Si es un animal o alguna clase de pájaro, no se me ocurre nada que no tenga pupilas. Me parece a mí que no está hablando de un *flash* del montón. Probablemente sea un diseño personal. —Extendió los brazos en un ademán que abarcó toda la tienda, como si dirigiese su propia orquesta de dibujos ultraterrenos—. Todos ésos son *flashes*, y no tienen nada que ver con la obra original de un artista del tatuaje, como Grime. Lo que le estoy diciendo es que algunos tatuajes basta con verlos para reconocer un estilo determinado. Es lo mismo que pasa con Van Gogh o Picasso. Por ejemplo, yo podría reconocer un Jack Rudy o un Tin Tin en cualquier sitio, porque son los trabajos en gris más hermosos que existen.

Pit me condujo a través de la tienda hasta lo que semejaba una sala de examen típica de la consulta de un médico. Estaba equipada con un esterilizador, un limpiador ultrasónico, jabón quirúrgico, vendas especiales, ungüento, depresores para la lengua y paquetes de agujas estériles guardados en grandes recipientes de cristal. La máquina de tatuar se parecía al equipo usado para electrólisis, y había un carrito con botellitas de plástico llenas de pinturas y cubetas para mezclar.

Un sillón de ginecólogo ocupaba el centro de la habitación. Supuse que los estribos facilitarían el trabajo en las piernas y otras partes del cuerpo en las que prefería no pensar.

Pit extendió una toalla encima de un mostrador y nos pusimos guantes quirúrgicos. Después encendió una lámpara quirúrgica, acercándola mientras yo desenroscaba la tapa de mi recipiente y mi nariz era agredida instantáneamente por el acre mordisco de la formalina. Metí la mano en el producto químico rosado y saqué la piel. El tejido se había vuelto un poco gomoso, y Pit lo tomó de entre mis dedos y lo alzó a la luz. Volviéndolo de un lado a otro, lo examinó con ayuda de una lupa.

—Oh, sí. Ya los veo. Ajá, hay unas garras que se aferran a una rama. Si separas la imagen del fondo, puedes distinguir las plumas de la cola.

—¿Un pájaro?

—Eso es lo que es, un pájaro. Quizás un búho. ¿Sabe?, lo que más llama la atención son los ojos, y me parece que hubo un tiempo en que eran más grandes que ahora. El sombreado lo delata. Aquí.

Me incliné sobre el mostrador mientras el dedo enguantado de Pit iba y venía rápidamente por encima de la piel.

—¿Lo ve?

—No.

—Es muy tenue. Los ojos tienen círculos oscuros, algo así como el antifaz de un bandido, y además son un poquito desiguales y no han sido dibujados con excesiva habilidad. Alguien intentó hacerlos mucho más pequeños, y hay líneas que irradian de los contornos del pájaro. Uno no lo nota a menos que haya trabajado con esta clase de cosa antes, porque todo está muy oscuro y en bastante mal estado.

»Pero si se fija bien, verá que está más oscuro y un poco más marcado alrededor de los ojos, a falta de otro nombre mejor. Ajá. Cuanto más lo miro, más convencido estoy de que se trata de un búho, y los puntitos amarillos son un intento no muy logrado de tapar algo convirtiéndolo en los ojos de búho, o al menos en algo que se le parezca.

Empecé a distinguir las franjas, las plumas en el sombreado oscuro que Pit estaba describiendo, y la forma en que los relucientes ojos amarillos habían sido ribeteados con tinta negra como si alguien hubiera intentado hacerlos más pequeños.

—Alguien se tatúa algo con puntos amarillos, y después decide que ya no lo quiere y hace que se lo cubran con otra cosa —explicó Pit—. Como la capa superior de la piel ha desaparecido, la mayor parte del nuevo tatuaje, el búho, se ha esfumado con ella. Supongo que la segunda vez las agujas no penetraron tan profundamente. Pero con los puntos amarillos sí que lo hicieron. De hecho, hundieron las agujas mucho más de lo necesario, lo cual me indica que hay dos artistas distintos involucrados. —Estudió el trozo de piel unos instantes más y prosiguió—: Nunca puedes tapar del todo un tatuaje antiguo, pero si sabes lo que estás haciendo, puedes trabajar por encima y alrededor de él de forma tal que el ojo lo pasa por alto. Ahí está el truco. Supongo que casi se lo podría llamar una ilusión óptica.

—¿Hay alguna manera de averiguar de qué formaban parte originalmente los ojos amarillos?

Pit puso cara de desilusión y suspiró.

—Es una lástima que se encuentre en tan mal estado —murmuró. Luego dejó la piel sobre la toalla y parpadeó varias veces—. Vaya, este olor es realmente matador. ¿Cómo se las arregla para trabajar?

—Teniendo muchísimo cuidado. ¿Puedo usar su teléfono?

—Por supuesto. Sírvase usted misma.

Rodeé el mostrador, dirigiéndole miradas nerviosas a *Taxi* cuando vi que se incorporaba. La perra me miró como si me desafiara a hacer algún movimiento que no le gustara.

—No pasa nada —le dije con voz tranquilizadora—. ¿Pit? ¿Le importa que llame a alguien por el busca y le dé este número?

—No es ningún secreto. Adelante.

—Eres una buena chica —le dije a *Taxi*, animándola a serlo mientras levantaba el auricular. Sus ojos pequeños y mates me recordaban a los de un tiburón, y su gruesa cabeza triangular me hacía pensar en una serpiente. *Taxi* parecía algo primitivo que no hubiera evolucionado desde el inicio de los tiempos, y me acordé de lo que habían escrito en aquella caja que había dentro del contenedor—. ¿Podría tratarse de un lobo? —le pregunté a Pit—. O quizá de un hombre lobo, no sé...

Pit volvió a suspirar; el duro trabajo del fin de semana ensombrecía sus ojos.

—Bueno, los lobos son realmente populares —repuso—. Ya sabe: el instinto de manada, el lobo solitario, esas cosas. Pero cuesta mucho tapar un lobo con un pájaro, un búho o lo que sea.

—Diga. —La voz de Marino me llegó desde el otro extremo de la línea.

—Demonios, podría ser un montón de cosas —siguió reflexionando Pit en voz alta—. Un coyote, un perro, un gato. Cualquier bicho peludo con ojos amarillos sin pupilas. Pero para taparlo con un búho habría tenido que ser realmente pequeño.

—¿Quién demonios es ese tipo que está hablando de bichos peludos? —preguntó Marino en un tono bastante malhumorado.

Le expliqué dónde estaba y por qué. Pit no paraba de hablar y me iba señalando en una pared toda clase de *flashes* con pelo.

—Estupendo. —Marino sonaba furioso—. Y ya que estás ahí, ¿por qué no te haces uno?

—Quizás en otra ocasión.

—No puedo creer que hayas sido capaz de ir a un salón de tatuaje sola. ¿Tienes alguna idea de la clase de personas que frecuentan esos lugares? Camellos, gilipollas en libertad condicional, bandas de motoristas.

—Es un sitio de lo más normal.

—¡Ah, no, esos sitios no tienen nada de normal! —exclamó Marino.

Estaba preocupado por algo que iba más allá de mi visita a un salón de tatuaje.

—¿Algún problema, Marino?

—Absolutamente ninguno, a menos que consideres que el que te suspendan de empleo y sueldo es un problema.

—No hay ninguna justificación para eso —dije, enfadada, aunque me había temido que fuera inevitable.

—Bray cree que sí. Supongo que anoche le estropeé la cena. Dice que si hago una sola cosa más, me encontraré sin trabajo. La buena noticia es que ahora lo estoy pasando en grande pensando qué otra cosa puedo hacer.

—¡Eh! Venga a ver esto —me llamó Pit desde el otro extremo de la sala.

—Haremos algo al respecto —le prometí a Marino.

—Sí.

Los ojos de *Taxi* me siguieron mientras colgaba el auricular y pasaba junto a ella. Eché un vistazo al *flash* de la pared y sólo conseguí sentirme peor. Yo quería que el tatuaje fuera un lobo, un hombre lobo, uno pequeño, cuando de hecho podía ser algo totalmente distinto y probablemente lo fuera. No podía soportar que una pregunta quedara sin respuesta, que la ciencia y el pensamiento racional llegaran tan lejos y luego se dieran por vencidos.

No recordaba haberme sentido nunca tan abatida e inquieta. Las paredes parecían inclinarse sobre mí y los *flashes* acechaban como demonios: dagas que atravesaban corazones y calaveras, lápidas, esqueletos, animales malignos y horrendos espectros jugaban al corro de la patata conmigo como centro.

—¿Por qué la gente quiere lucir la muerte encima? —Había alzado la voz, y *Taxi* levantó la cabeza—. ¿No es suficiente vivir con ella? ¿Qué razón puede tener una persona para querer pasar el resto de su vida viendo la muerte en su brazo?

Pit se encogió de hombros. El que yo estuviera cuestionando su arte no parecía inquietarle en lo más mínimo.

—Verá, doctora, cuando piensas en ello, enseguida te das cuenta de que sólo hay que tenerle miedo al miedo. Por eso la gente quiere tatuajes de muerte, para no temer a la muerte. Es como esas personas que les tienen pánico a las serpientes y un día tocan una en un zoo. En cierto modo, usted también lleva la muerte encima cada día. ¿No le parece que si no la viese a diario quizá le tendría más miedo?

No supe qué responder.

—Mire, usted lleva un trozo de piel de una persona muerta dentro de ese recipiente y no le da miedo —continuó Pit—, pero si otra persona entrara aquí y lo viera, probablemente se pondría a gritar o vomitaría. No soy ningún psicólogo —añadió, masticando chicle vigorosamente—, pero hay algo realmente importante detrás de lo que una persona escoge llevar dibujado de manera permanente en el cuerpo. Piense en ese muerto, por ejemplo. Ese búho dice algo sobre él, sobre lo que pasaba por su cabeza. Y especialmente dice algo acerca de sus temores, aunque eso quizá tenga más que ver con lo que sea que hay debajo de ese búho.

—En tal caso, se diría que muchos de sus clientes temen a las mujeres desnudas y voluptuosas —comenté.

Pit siguió masticando su chicle como si éste intentara escapársele de la boca, y reflexionó por unos instantes en lo que le había dicho.

—No había pensado en eso —admitió—, pero encaja. La mayoría de esos tipos con el cuerpo cubierto de tías desnudas tienen pánico a las mujeres. Les asusta la parte emocional.

Chuck había encendido el televisor y estaba viendo al programa de Rosie O'Donnell, con el volumen bajo. Yo había visto miles de tatuajes, pero nunca se me había ocurrido pensar en ellos como un símbolo del miedo. Pit tamborileó con un dedo sobre la tapa del recipiente de formalina.

—Ese tipo le temía a algo. Y al parecer, tenía una buena razón para ello.

23

Sólo llevaba en casa el tiempo suficiente para colgar mi abrigo y dejar mi maletín al lado de la puerta cuando sonó el teléfono. Pasaban veinte minutos de las ocho, y en quien primero pensé fue en Lucy.

La única novedad que me había llegado era que Jo sería transferida al CMV en algún momento durante el fin de semana.

Estaba asustada y empezaba a sentirme un poco dolida. Fuera lo que fuera lo que dictasen las normas, los protocolos o la evaluación, Lucy podía contactar conmigo. Podía informarme de que ella y Jo estaban bien. Podía decirme dónde se encontraba.

Me apresuré a contestar al teléfono, y me sentí sorprendida e inquieta al oír la voz del antiguo jefe Al Carson. Sabía que Carson nunca me llamaría, sobre todo a casa, a menos que se tratara de algo muy importante, y de que las noticias fueran malas.

—Se supone que no debería hacer esto, pero alguien tiene que hacerlo —dijo sin más preámbulos—. Ha habido un homicidio en el Quik Cary, en esa tienda que hay en Cary, cerca de Libbie. ¿Sabe a cuál me refiero?

Hablaba deprisa y parecía nervioso y asustado.

—Sí —respondí—. Queda cerca de mi casa.

Empecé a tomar notas en una hoja.

—Parece un robo. Alguien entró, vació la caja registradora y le pegó un tiro a la dependienta.

Pensé en la cinta de vídeo que había visto el día anterior.

—¿Cuándo ocurrió?

—Creemos que no hace más de una hora que le dispararon. Le telefoneo personalmente porque su departamento todavía no lo sabe.

Tardé unos segundos en reaccionar. No me quedaba muy claro a qué se refería; de hecho, lo que acababa de decir no podía ser cierto.

—También he telefoneado a Marino —prosiguió—. Supongo que ahora ya no pueden hacerme nada más.

—¿Qué quiere decir con eso de que mi departamento todavía no lo sabe?

—Se supone que la policía ya no tiene que avisar al Departamento de Medicina Forense hasta que acabemos en la escena del crimen. Hasta que los técnicos de investigación criminal hayan terminado allí, y ahora deben de estar llegando. Así que podrían pasar horas...

—¿De dónde demonios procede esa orden? —pregunté, aunque ya lo sabía.

—Doctora Scarpetta, prácticamente me obligaron a dimitir, pero lo habría hecho de todas maneras. Hay cambios con los que no puedo vivir. Usted sabe que mis hombres siempre se han llevado realmente bien con su departamento, pero Bray ha nombrado a un montón de gente nueva, y... Bueno, lo que le hizo a Marino bastó para convencerme de que debía dimitir de inmediato. Pero lo que importa en este momento es que ya son dos asesinatos en un supermercado en un mes. Quiero que todo se haga como es debido. Si se trata del mismo tipo, volverá a hacerlo.

Llamé a Fielding a su casa y le conté lo que estaba ocurriendo.

—¿Quiere que yo...? —comenzó.

—No —le interrumpí—. Voy para allá ahora mismo. Nos están fastidiando de verdad, Jack.

Conduje a toda velocidad. Bruce Springsteen cantaba *Santa Claus is coming to town*, y pensé en Bray. Antes nunca había sentido auténtico odio hacia nadie. El odio era veneno, y siempre me había resistido a él. Odiar era dejarse vencer, pero en esos momentos apenas si podía resistir el calor de sus llamas.

Empezaron las noticias con el homicidio, cubierto en directo desde la escena del crimen.

«... en lo que es el segundo asesinato en un supermercado en tres semanas. ¿Qué puede decirnos, jefa Bray?»

«Por el momento no disponemos de todos los detalles. Sabemos que hace unas horas un sospechoso desconocido entró en el Quik Cary, robó la recaudación y mató de un tiro a la dependienta.»

El teléfono de mi coche sonó.

—¿Dónde estás? —preguntó Marino.

—Acercándome a Libbie.

—Te esperaré en el aparcamiento del Cary Town. He de contarte lo que está pasando, porque allí nadie querrá decirte ni qué hora es.

—Eso ya lo veremos.

Unos minutos más tarde, llegaba al pequeño centro comercial y aparcaba delante de Schwarzchild, Jewelers; Marino me esperaba sentado dentro de su camioneta. Al cabo de un instante estaba en mi coche; calzaba botas e iba vestido con tejanos y una vieja chaqueta de cuero. Se había echado montones de colonia, lo cual significaba que había estado bebiendo cerveza. Arrojó por la ventanilla la colilla del cigarrillo, que trazó un arco rojo en la noche.

—Todo se encuentra bajo control —dijo en tono sardónico—. Anderson está en la escena del crimen.

—Y Bray.

—Está dando una conferencia de prensa delante del supermercado. Vamos.

Volví a la calle Cary.

—Empieza con esto, doctora —dijo Marino—. El muy cabrón le dispara en la cabeza delante del mostrador. Después, al parecer, pone el letrero de cerrado, tranca la puerta, la lleva al almacén de atrás y le da una paliza de muerte.

—¿Le pegó un tiro y después la golpeó?

—Sí.

—¿Cómo se enteró la policía?

—A las siete diecisiete la alarma antirrobo empieza a sonar. La puerta trasera está conectada incluso durante el horario comercial del supermercado. Los policías llegan y se encuentran la puerta delantera con la llave echada y el letrero de cerrado puesto, tal como te he dicho. Entonces van a la parte de atrás y ven que esa puerta está abierta de par en par. Entran, ella está en el suelo y hay sangre por todas partes. Ha sido identificada provisionalmente como Kim Luong, de raza asiática y treinta y siete años de edad.

La voz de Bray seguía sonando en la radio.

«Antes dijo algo acerca de un testigo», le estaba preguntando un reportero.

«Lo único que sabemos es que un ciudadano ha declarado haber visto a un hombre vestido con ropas oscuras en la zona, sobre la hora en que creemos que se produjo el homicidio —contestó Bray—. Estaba entrando en el callejón que hay a la derecha de la manzana. La persona que nos ha informado no pudo verlo bien. Esperamos que si alguien más lo vio, nos telefonee. Ningún detalle es demasiado insignificante. Todos debemos colaborar para proteger a nuestra comunidad.»

—¿Qué está haciendo? ¿Se presenta a unas elecciones o qué? —dijo Marino.

—¿Hay una caja fuerte en algún lugar dentro de la tienda? —le pregunté.

—En la parte de atrás, donde encontraron el cadáver. No fue abierta, o eso me han dicho.

—¿Cámara de vídeo?

—No. Quizás aprendió la lección después de cargarse a Gant y ahora sólo atraca sitios donde sabe que no le harán el numerito del Objetivo Indiscreto.

—Quizá.

Tanto Marino como yo sabíamos que estaba haciendo suposiciones, buscando desesperadamente una pista, lo que fuera, porque no estaba dispuesto a renunciar a su trabajo.

—¿Carson te contó todo eso?

—No son los policías los que me han suspendido de empleo y sueldo. Y ya sé que estás pensando que el modus operandi es un poco distinto. Pero esto no es una ciencia, doctora. Eso ya lo sabes, ¿verdad?

Benton solía repetírmelo con esa sonrisa maliciosa suya. Era lo que se llama un perfilador: un experto en modus operandi, en sistemas y predicción. Pero cada crimen tiene sus propias características, porque cada víctima es diferente. Las circunstancias y los estados de ánimo son distintos, incluso el tiempo que hace es diferente, y el asesino puede modificar su rutina. Benton se quejaba a menudo de la imagen que daba Hollywood de lo que podían llegar a conseguir los estudiosos de la conducta. Él no era un clarividente, y las personas violentas no seguían los dictados de un programa de ordenador.

—Quizá la dependienta hizo algo que lo cabreó —prosiguió Marino—. Quizás el atracador acababa de hablar con su madre y la conversación le dejó mal sabor de boca. ¿Quién diablos puede saberlo?

—¿Qué va a pasar cuando personas como Al Carson ya no te llamen?

—Es mi maldito caso —continuó como si no me hubiera oído—. Gant era mi caso, y lo mires como lo mires éste también lo es. Aunque no sea el mismo asesino, ¿quién lo va a descubrir antes que yo, dado que soy el que sabe todo lo que se puede saber sobre el caso?

—No puedes pasarte la vida irrumpiendo en los sitios con los dos cañones escupiendo balas —señalé—. Con Bray eso no va a dar resultado. Tienes que encontrar una manera de hacer que le salga a cuenta tolerar tu presencia, y más vale que la encuentres dentro de los próximos cinco minutos.

Marino permaneció en silencio mientras yo giraba en la avenida Libbie.

—Tú eres inteligente, Marino —añadí—. Usa la cabeza. Esto no tiene nada que ver con el ego o cuidar tu territorio; estamos hablando de una mujer que ha muerto.

—Mierda. ¿Qué coño le pasa a la gente?

El Quik Cary era un pequeño supermercado que no tenía fachada acristalada ni surtidores de gasolina. No estaba brillantemente iluminado ni se encontraba en un sitio que atrajera clientes. Excepto los días festivos, sólo permanecía abierto hasta las seis de la tarde.

El aparcamiento era un palpitar de luces rojas y azules. Entre el ruido de motores, policías y un equipo de traslado que esperaba el momento de entrar en acción, Bray aparecía en el centro de una aureola de focos de la televisión que flotaban alrededor de ella como pequeños soles. Llevaba una larga capa de lana roja, zapatos de tacón y pendientes de diamantes que destellaban cada vez que hacía girar su hermosa cabeza. A juzgar por su aspecto, se diría que acababa de llegar corriendo de una recepción de gala.

Cuando saqué mi equipo del maletero empezaba a caer aguanieve. Bray me vio antes de que lo hicieran los periodistas, y un instante después, al advertir la presencia de Marino, la ira ensombreció su rostro.

—... No se hará público hasta que se haya avisado a su familia —declaraba en ese momento.

—Mira bien esto —murmuró Marino.

A continuación echó a andar hacia el supermercado como si tuviera mucha prisa e hizo algo que nunca le había visto hacer: se expuso a los medios de comunicación para que le tendieran una emboscada. Incluso llegó al extremo de empuñar su radiotransmisor mientras miraba, tenso, alrededor, dando a entender que estaba al mando y conocía muchos secretos.

—¿Estás ahí, cero-dos-cero? —le oí preguntar mientras me apeaba.

—Diez-cuatro —dijo una voz.

—Delante, entrando —murmuró Marino.

—Allí estaré.

Un mínimo de diez reporteros y cámaras lo rodearon al instante, con una rapidez asombrosa.

—¿Capitán Marino?

—¡Capitán Marino!

—¿Cuánto dinero han robado?

Marino no se los quitó de encima. Bray miró con expresión de furia al hombre sobre cuyo cuello ella tenía su pie.

—¿Guardaban menos de sesenta dólares en la caja registradora como hacen los otros supermercados?

—¿Cree que estos comercios deberían tener guardias de seguridad en esta época del año?

Marino, sin afeitar y cargado de cerveza, se dirigió a las cámaras.

—Si la tienda fuera mía, desde luego que los tendría —respondió.

Cerré la puerta de mi coche. Bray venía hacia mí.

—¿De modo que atribuye estos dos robos con homicidio a las fiestas navideñas? —le preguntó otro reportero a Marino.

—Los atribuyo a alguna rata que tiene la sangre muy fría y ninguna conciencia. Volverá a hacerlo. Tenemos que detenerlo, y eso es lo que estamos intentando hacer.

Bray se encaró conmigo mientras pasaba junto a los coches de la policía. Con el cuerpo envuelto en la capa, se la veía tan implacablemente helada como el tiempo.

—¿Por qué le deja hacer esto? —me preguntó.

Clavé mis ojos en los suyos; la nubecilla de aliento que salía de mi boca semejaba un tren de mercancías que se dispusiera a pasarle por encima.

—«Dejarle hacer» no son palabras que puedan aplicarse con Marino —repuse—. Sospecho que usted lo está descubriendo por las bravas.

Un reportero que trabajaba para una revista de cotilleo de la ciudad alzó la voz por encima de los demás.

—¡Capitán Marino! En la calle se dice que ya no es usted detective. ¿Qué está haciendo aquí?

—La jefa Bray me ha asignado una misión especial —contestó secamente Marino a los micrófonos—. Voy a dirigir esta investigación.

—Está acabado —me dijo Bray.

—No se irá con la boca cerrada. Y le aseguro que no volverá a oír tanto ruido en toda su vida —le prometí mientras me alejaba.

24

Marino se reunió conmigo en la entrada del supermercado. La primera persona a la que vimos al entrar fue Anderson. De pie delante del mostrador, envolvía el cajón vacío en papel marrón mientras el técnico Al Eggleston espolvoreaba la caja registradora en busca de huellas. Cuando nos vio, Anderson pareció sorprendida y no muy contenta.

—¿Qué está haciendo aquí? —le preguntó a Marino.

—He entrado a comprar unas cervezas. ¿Qué tal, Eggleston?

—Como siempre, Pete.

—Todavía no estamos preparados para usted —me dijo Anderson.

No le presté ninguna atención y me pregunté cuánto daño le habría hecho ya a la escena del crimen. Gracias a Dios, Eggleston estaba haciendo el trabajo importante. Enseguida reparé en la silla volcada que había junto al mostrador.

—¿Esa silla ya estaba así cuando llegó la policía? —le pregunté a Eggleston.

—Que yo sepa, sí.

Anderson salió del supermercado, probablemente para ir en busca de Bray.

—Oh, oh —dijo Marino—. Cotillera...

—Y que lo digas.

En la pared que había detrás del mostrador se veían manchas de sangre en forma de arco producidas por una hemorragia arterial.

—Me alegro de que estés aquí, Pete, pero me parece que corres un gran riesgo.

El rastro de sangre pasaba junto al mostrador y seguía por el pasillo más alejado de la entrada del supermercado.

—Marino, ven aquí —lo llamé.

—Eh, Eggleston, a ver si consigues encontrar el ADN del tipo en algún sitio. Mételo en una botellita y quizá logremos crear un clon de él en el laboratorio —dijo Marino mientras venía hacia mí—; así sabremos quién demonios es.

—Estás hecho un auténtico científico chiflado, Pete.

Señalé los arcos de sangre producidos por los altibajos del ritmo sistólico del corazón de Kim Luong mientras se desangraba por la carótida. La sangre estaba casi al nivel del suelo y se extendía a lo largo de unos seis metros de estantes llenos de papel higiénico, servilletas de papel y demás artículos domésticos.

—Joder —mascculló Marino al comprender lo que significaba aquello—. ¿La arrastró mientras ella lanzaba chorros de sangre en todas direcciones?

—Sí.

—¿Cuánto tiempo sobreviviría, sangrando de esa manera?

—Unos diez minutos, como máximo.

La muerta no había dejado ningún otro rastro de sangre aparte de las tenues huellas casi paralelas producidas por el cabello y los dedos de la mujer mientras la arrastraban por el suelo. Me imaginé al asesino tirando de ella por los pies, los brazos de la mujer extendidos hacia atrás como alas y sus cabellos desplegándose igual que plumas.

—La agarró por los tobillos —dije—. Ella tiene el cabello largo.

Anderson había vuelto a entrar y nos estaba observando, y yo no soportaba tener que pensar dos veces cada palabra que pronunciaba delante de la policía. Pero esas cosas ocurrían. A lo largo de los años había trabajado con policías que no sabían mantener la boca cerrada, y no había tenido más remedio que tratarlos como si se tratara del enemigo.

—Está claro que no murió en el acto —observó Marino.

—Un agujero en la carótida no te paraliza al instante —le expliqué—. Pueden cortarte el cuello y aun así quizá consigas marcar el número de la policía. No tendría que haber quedado paralizada —añadí—, pero es obvio que así ocurrió.

Los arcos de sangre iban descendiendo y se volvían más tenues cuanto más avanzábamos por el pasillo. Observé que la sangre de las manchas pequeñas ya estaba seca, mientras que la de las más grandes se coagulaba por momentos. Seguimos las franjas y borrones más allá de frigoríficos llenos de cerveza y entramos en un almacén en el que el técnico de investigación criminal Gary Ham estaba arrodillado mientras otro policía sacaba fotos, los dos vueltos de espaldas a mí.

Cuando pasé junto a ellos dando un rodeo, me quedé atónita. El cadáver de Kim Luong estaba con los tejanos y las bragas bajadas hasta las rodillas, y le habían introducido un termómetro químico en el ano. Ham alzó los ojos hacia mí y se quedó tan inmóvil como alguien al que acaban de sorprender robando. Llevábamos años trabajando juntos.

—¿Qué demonios cree que está haciendo? —le pregunté en un tono áspero que hasta a mí me sorprendió.

—Le tomaba la temperatura, doctora —contestó Ham.

—Antes de meterle el termómetro, ¿comprobó si la habían sodomizado? —quise saber, sin cambiar de tono. Marino pasó por mi lado y se quedó mirando el cuerpo.

Ham titubeó.

—No, señora, no lo hice.

—Qué manera tan horrible de morir —susurró Marino.

Ham, que no tardaría mucho en cumplir los cuarenta, era un hombre alto y bastante apuesto de cabello oscuro, grandes ojos pardos y pestañas largas. No era raro que personas como él, con un poco de experiencia, llegaran a creerse capacitadas para hacer el trabajo del forense. Pero Ham nunca se había pasado de la raya. Siempre se había comportado con el debido respeto.

—¿Y cómo he de interpretar la presencia de lesiones,

ahora que usted ha introducido un objeto duro en el ano? —inquirí.

Ham tragó saliva con dificultad.

—Si encuentro una contusión en su recto —proseguí—, ¿podré jurar ante un tribunal que no fue producida por el termómetro? Y, a menos que tenga usted alguna manera de garantizar que el equipo es completamente estéril, cualquier ADN recuperado también puede ser cuestionado.

Ham se había puesto rojo.

—¿Tiene alguna idea de cuántos artefactos ajenos a la escena del crimen ha introducido en ella, agente Ham?

—He ido con mucho cuidado.

—Tenga la bondad de apartarse. Ahora mismo.

Abrí mi maletín y, enfadada, me puse los guantes extendiendo los dedos y haciendo chasquear el látex en un solo movimiento. Le pasé una linterna a Marino y, antes de hacer nada más, miré alrededor. El almacén no estaba muy iluminado; centenares de paquetes de latas de refresco y cerveza, que se prolongaban hasta terminar a unos cinco metros de allí, estaban salpicados de sangre. A escasos centímetros del cuerpo, había cajas de Tampax y toallas de papel, la parte inferior de las cuales estaba empapada de sangre. Por el momento no había ninguna señal de que el asesino hubiera estado interesado en nada que no fuese su víctima.

Me puse en cuclillas y estudié el cadáver, atenta a cada matiz y textura de la carne y la sangre, y cada pincelada del arte infernal del asesino. Al principio no toqué nada.

—Dios, le dio una auténtica paliza, ¿eh? —apuntó el policía que estaba sacando fotos.

Era como si un animal salvaje hubiera arrastrado el cuerpo agonizante de Kim Luong hasta su guarida y hubiese jugado con él. Su suéter y su sujetador estaban rasgados por la mitad, y le había quitado los zapatos y los calcetines, y los había arrojado a un lado. La muerta era una mujer entrada en carnes, con caderas y pechos de matrona, y si no me hubieran enseñado su permiso de conducir nunca me habría hecho una idea de qué aspecto tenía en vida. Kim Luong había sido guapa, con una sonrisa tímida y una larga y lustrosa cabellera negra.

—¿Tenía los pantalones puestos cuando la encontraron? —le pregunté a Ham.

—Sí, señora.

—¿Y qué me dice de los zapatos y los calcetines?

—No los llevaba puestos. Estaban exactamente donde los ve ahora. No los hemos tocado.

No necesité recoger sus zapatos y sus calcetines para ver que estaban muy manchados de sangre.

—¿Por qué quitarle los zapatos y los calcetines pero no los pantalones? —preguntó uno de los policías.

—Sí. ¿Por qué alguien iba a hacer una cosa tan rara?

Eché un vistazo. También había sangre seca en las plantas de sus pies.

—Tendré que ponerla debajo de una luz mejor cuando la hayamos llevado al depósito de cadáveres —dije.

La herida de bala en la parte delantera de su cuello no podía estar más clara. Era una herida de entrada, y le volví la cabeza justo lo suficiente para ver el orificio de salida en la espalda, inclinado hacia la izquierda. Era ésa la bala que le había seccionado la carótida.

—¿Ha recuperado el proyectil? —le pregunté a Ham.

—Hemos sacado una bala de la pared de detrás del mostrador —respondió, casi sin poder mirarme—. Por el momento no hemos encontrado el casquillo, si es que lo hay.

Si le habían disparado con un revólver, no lo habría. Las pistolas expulsaban los casquillos, lo cual era prácticamente lo único bueno que hacían cuando se las usaba para cometer un acto violento.

—¿En qué punto de la pared? —pregunté.

—Si se coloca de cara al mostrador, quedaría a la izquierda de donde se hubiese encontrado la silla si ella hubiera estado sentada detrás de la caja registradora.

—La herida de salida también se encuentra situada hacia la izquierda —dije—. Si cuando le disparó estaban cara a cara, quizá tengan que empezar a buscar a un asesino zurdo.

El rostro de Kim Luong estaba severamente lacerado y aplastado, la piel aparecía cubierta de heridas y moratones causados por golpes asestados con alguna clase de objeto contundente que producía lesiones redondas y lineales. Al parecer también la habían golpeado con los puños. Cuando palpé en busca de fracturas, sentí que los huesos crujían bajo mis dedos. Los dientes estaban rotos.

—Alumbra aquí —le pedí a Marino.

Marino desplazó la linterna siguiendo mis instrucciones y volví lentamente la cabeza del cadáver hacia la derecha y hacia la izquierda, palpándole el cuero cabelludo y examinando los lados del cuello y la nuca. Toda la zona estaba cubierta de magulladuras dejadas por los nudillos del asesino y de aquellas heridas redondas y lineales. También había abrasiones estriadas aquí y allá.

—Salvo por el hecho de haberle bajado los pantalones y las bragas para tomarle la temperatura rectal, ¿la encontraron así? —le pregunté a Ham, porque tenía que asegurarme.

—Sí, doctora, y los tejanos estaban abotonados y con la cremallera subida —respondió—. El jersey y el sujetador estaban exactamente como los ve ahora, rasgados por la mitad. —Los señaló con un dedo.

—Se valió de las manos —murmuró Marino, poniéndose en cuclillas a mi lado—. Es fuerte, maldita sea. Cuando la trajo aquí ya debía de estar muerta, ¿verdad, doctora?

—No del todo. Muestra respuesta del tejido a las lesiones: hay algunos morados.

—Pero a los efectos prácticos, le dio una paliza de muerte a un cadáver —apuntó Marino—. Quiero decir que lo que está claro es que ella no iba a ponerse a discutir con él, ¿verdad? No ofreció resistencia. Basta con mirar alrededor para darse cuenta. No hay nada tirado o fuera de su sitio, y tampoco hay pisadas ensangrentadas esparcidas por el suelo.

—Él la conocía —dijo de pronto Anderson detrás de mí—. Tuvo que ser alguien a quien conociera. De otra manera, probablemente se habría limitado a pegarle un tiro, agarrar el dinero y salir huyendo.

Marino, que seguía en cuclillas junto a mí con los codos apoyados en sus enormes rodillas y la linterna colgando de una mano, alzó los ojos hacia Anderson. La miró como si la detective tuviera la inteligencia de un plátano.

—No sabía que se le dieran tan bien las deducciones —se burló Marino—. ¿Toma lecciones o algo por el estilo?

—A ver si puedes alumbrar por aquí, Marino —dije—. No veo casi nada.

La luz iluminó unas formas sangrientas sobre el cuerpo, que antes me habían pasado inadvertidas porque estaba demasiado concentrada en las heridas. Prácticamente cada centímetro de carne al descubierto estaba cubierto de curvas y rayas de sangre, como si alguien hubiera pintado el cuerpo con los dedos. La sangre se estaba secando y empezaba a resquebrajarse. Advertí, pegados a ella, la presencia de unos pelos largos y de color claro.

Se lo indiqué a Marino, que se inclinó sobre el cadáver.

—No digas nada —le advertí al ver su reacción cuando comprendió lo que le estaba mostrando.

—Aquí llega el jefe —anunció Eggleston, entrando cautelosamente por la puerta.

El almacén estaba atestado y la atmósfera se hacía irrespirable por momentos. Parecía como si una violenta tempestad hubiera hecho llover sangre sobre él.

—Vamos a encintar todo esto —me dijo Ham.

—Hemos encontrado un casquillo de bala —anunció Eggleston jovialmente, pasándosela a Marino.

—Si quieres descansar un rato, Marino, yo sostendré la linterna. —Ham intentaba reparar su imperdonable error.

—Me parece que es bastante obvio que mientras la golpeaba, ella yacía aquí sin moverse —apunté, porque no creía que fuera necesario recurrir a las cintas en aquel caso.

—Encintarlo nos lo dirá con toda seguridad —prometió él.

Encintar era una vieja técnica francesa. Consistía en fijar un extremo de una cinta a una mancha de sangre mientras el otro extremo era fijado al origen de la misma. Esto se hacía varias veces, con lo que se obtenía un modelo tridimensional de cintas que mostraba cuántos golpes habían sido asestados y dónde se encontraba la víctima en el momento de recibirlos.

—Aquí dentro hay demasiada gente —dije en voz alta.

Marino sudaba a mares. Yo podía sentir el calor de su cuerpo y percibir su aliento mientras trabajaba a mi lado.

—Hay que informar de esto a la Interpol ahora mismo —le dije, en voz lo bastante baja para que sólo él me oyese.

—Desde luego.

—Speer tres-ochenta. ¿Habías oído hablar de ella? —le preguntó Eggleston a Marino.

—Sí, es una de esas mierdas de altas prestaciones. Gold Dot —contestó Marino—. Y eso no encaja en absoluto.

Saqué mi termómetro clínico y lo dejé encima de una caja de bandejas de papel para que registrara la temperatura ambiente.

—Puedo decirle cuál es, doctora —intervino Ham—. Casi veintisiete grados aquí atrás.

Marino movía la linterna a medida que mis manos y mis ojos iban desplazándose sobre el cadáver.

—La gente normal no usa munición Speer —dijo—. Estás hablando de diez, once pavos por una caja de veinte balas. Eso por no mencionar que tu arma no puede ser del montón, porque de lo contrario corres el riesgo de que te estalle en la mano.

—Entonces el arma probablemente procedía de la calle —dijo Anderson, apareciendo de pronto junto a mí—. Drogas.

—¡Caso resuelto! —exclamó Marino—. Vaya, Anderson, gracias. Eh, chicos, ya nos podemos ir a casa.

Yo percibía el aroma dulzón de la sangre de Kim Luong conforme el suero se separaba de la hemoglobina a medida que las células iban disgregándose. Saqué el termómetro clínico que Ham le había introducido en el ano y comprobé que la temperatura rectal era de 30,9 grados. Miré hacia arriba. Aparte de Marino y de mí, había tres personas en aquel almacén. La ira y la frustración seguían acumulándose dentro de mí.

—Hemos encontrado su bolso y su abrigo —prosiguió Anderson—. En su cartera hay diecisiete dólares, así que parece que no miró ahí. Y oh, cerca había una bolsa de papel con un recipiente de plástico y un tenedor dentro, como si se hubiera traído la cena y la hubiera calentado en el microondas.

—¿Cómo sabe que la calentó? —preguntó Marino.

La había pillado.

—Sumar dos y dos no siempre da cuatro —añadió Marino.

El rigor mortis estaba en su fase inicial. La mandíbula ya estaba rígida, así como los pequeños músculos del cuello y las manos.

—Está demasiado rígida para llevar sólo un par de horas muerta —señalé.

—¿Qué lo provoca? —preguntó Eggleston.

—Eso, eso. Siempre me lo he preguntado.

—Una vez tuve uno en Bon Air...

—¿Qué estabas haciendo en Bon Air? —preguntó el policía que sacaba fotos.

—Es una larga historia: a un tipo le da un ataque al corazón mientras está follando. La chica piensa que se ha quedado dormido, ¿vale? A la mañana siguiente despierta y él está fiambre total. Ella no quiere que parezca que ha muerto en la cama, así que intenta sentarlo en una silla. Bueno, pues el tipo acabó apoyado en la silla igual que si fuera una tabla de planchar.

—Hablaba en serio, doctora. ¿Qué lo provoca? —preguntó Ham.

—Sí, yo también he querido saberlo siempre —dijo Diane Bray desde la entrada.

Estaba de pie delante de la puerta; sus ojos, fijos en mí, eran como dos remaches de acero.

—Cuando mueres, tu cuerpo deja de producir trifosfato de adenosina. Por eso te pones rígido —expliqué sin mirarla—. Marino, ¿podrías sostenerla en esta posición para que pueda sacar una foto?

Marino se me acercó un poco más y sus manazas enguantadas se deslizaron por debajo del costado izquierdo del cadáver mientras yo sacaba mi cámara. Tomé una foto de una lesión debajo de la axila izquierda, en el lado carnoso del seno, mientras calculaba la temperatura del cuerpo en relación con la temperatura ambiente y lo avanzados que estaban el rigor y el livor mortis. Oía pisadas y murmullos, y a alguien tosiendo. Estaba sudando detrás de mi mascarilla quirúrgica.

—Necesito un poco de espacio —indiqué.

Nadie se movió.

Alcé la mirada hacia Bray e interrumpí lo que estaba haciendo.

—Necesito sitio —insistí ásperamente—. Saque a esta gente de aquí.

El movimiento de su cabeza incluyó a todo el mundo salvo a mí. Los policías dejaron caer los guantes quirúrgicos dentro de la bolsa roja de material contaminado mientras iban saliendo por la puerta.

—Usted también —le ordenó a Anderson.

Marino se comportó como si Bray no existiera. Bray no me quitaba los ojos de encima ni por un segundo.

—No quiero volver a encontrarme con una escena semejante —le dije mientras trabajaba—. Ni sus agentes ni sus técnicos ni nadie, y quiero decir nadie, deben tocar el cadáver o alterar el estado en que lo encuentren antes de que yo o uno de mis forenses lo haga. —Alcé la mirada hacia ella—. ¿Ha quedado claro?

Bray parecía reflexionar en mis palabras. Cargué mi cámara de treinta y cinco milímetros. Se me estaba cansando la mirada porque había poca luz, y eché mano de la linterna de Marino. Dirigí el haz en sentido oblicuo hacia un área cercana al seno izquierdo, y después hacia otra área en el hombro derecho. Bray se acercó un poco más, pegándose a mí para ver qué estaba examinando, y oler su perfume mezclado con el olor de la sangre en descomposición fue tan extraño como inquietante.

—La escena del crimen nos pertenece, Kay. Comprendo que no ha tenido que trabajar de esta manera en el pasado, y que probablemente nunca ha trabajado así en todo el tiempo que lleva aquí o tal vez en ningún sitio. A eso me refería cuando le dije que...

—¡Chorradas! —la interrumpió Marino, encarándose con ella.

—No se meta en esto, capitán —replicó Bray.

—Es usted quien no debe meterse en esto —dijo Marino levantando la voz.

—Jefa Bray, de acuerdo con la ley de Virginia es el forense quien debe encargarse del cadáver —intervine—. El cadáver es mi jurisdicción. —Acabé de sacar las fotos y sostuve su fría y pálida mirada—. El cuerpo no debe ser tocado ni alterado de ninguna manera. ¿Ha quedado claro? —insistí. Me quité los guantes y los tiré furiosamente dentro de la bolsa roja—. Y en lo que respecta a las pruebas, jefa Bray, lo que acaba de hacer con esta mujer es una auténtica carnicería.

Cerré mi maletín.

—Usted y el fiscal van a congeniar muchísimo durante esta investigación, ya lo verá —apuntó Marino mientras también se quitaba los guantes—. A casos como éste solemos llamarlos «un almuerzo gratis». —Señaló a la mujer con un grueso dedo como si fuera Bray quien la hubiera matado—. ¡Gracias a usted el asesino nunca tendrá que pagar por lo que ha hecho! ¡Usted y sus grandes tetas y sus jueguecitos de poder! ¿A quién se ha follado para llegar a donde está ahora?

Bray se puso lívida.

—¡Marino! —exclamé, agarrándolo del brazo.

—Déjeme decirle una cosa.

Marino había perdido el control. Jadeando como un oso herido, liberó su brazo de un brusco tirón.

—¡El rostro destrozado de esta mujer no tiene nada que ver con la política y con el salir en la televisión, zorra asquerosa! ¿Cómo se lo tomaría si se tratara de su hermana? ¡Oh, demonios! ¿Qué estoy diciendo? —Alzó las manos manchadas de talco—. ¡A usted nunca le ha importado nadie!

—Haz entrar al equipo ahora mismo, Marino —dije.

—Marino no va a llamar a nadie. —La voz de Bray sonó como una caja de metal que se cerrara de golpe.

—¿Qué va a hacer, despedirme? —Marino siguió desafiándola—. Bueno, adelante. Hágalo y todos los reporteros desde aquí hasta la maldita Islandia se enterarán del verdadero motivo.

—Despedirle sería demasiado bueno para usted —replicó Bray—. Es mejor que siga sufriendo fuera del servicio y sin sueldo, una situación que podría prolongarse durante mucho, mucho tiempo...

La jefa Bray se marchó entre destellos rojos, como una reina vengativa que se dispusiese a ordenar a sus ejércitos que avanzaran sobre nosotros.

—¡Oh, no! —le gritó Marino con toda la potencia de sus pulmones mientras se iba—. No lo has entendido, pequeña. ¡Supongo que me he olvidado de decirte que dimito!

Tomó su radiotransmisor y llamó a Ham para decirle que el equipo de traslado tenía que venir de inmediato. Mi mente repasaba a toda velocidad fórmulas que no había manera de cotejar.

—Le he dado una buena lección, ¿eh, doctora? —me dijo Marino, pero yo no le escuchaba.

La alarma antirrobo había sonado a las siete y dieciséis y todavía no eran las nueve y media. El momento de la muerte podía volverse muy escurridizo y engañoso si no nos asegurábamos de tomar en consideración todas las variables, pero la temperatura corporal de Kim Luong, su livor y rigor mortis y el estado de su sangre derramada no encajaban con el hecho de que sólo llevara muerta dos horas.

—Siento que este almacén me está encogiendo la piel, doctora.

—Lleva muerta un mínimo de cuatro o cinco horas —dije.

Marino, cuyos ojos estaban vidriosos, se secó el rostro sudoroso con la manga. No podía estarse quieto y no paraba de acariciar nerviosamente el paquete de cigarrillos que llevaba en el bolsillo de los tejanos.

—¿Desde la una o las dos de la tarde? Me estás tomando

el pelo. ¿Y qué se supone que ha estado haciendo el asesino durante todo ese tiempo? —No paraba de echar vistazos a la puerta, como si quisiese comprobar quién aparecería a continuación.

—Creo que le estuvo haciendo un montón de cosas a la muerta —dije.

—Bueno, me parece que me he jodido bien jodido —comentó Marino.

Un ruido de pies y los chasquidos de una camilla llegaron hasta nosotros desde el interior del supermercado. Los siguió un murmullo de voces ahogadas.

—Yo diría que Bray no oyó tu último comentario diplomático —apunté—. Y si quieres saber mi opinión, me parece que harías bien dejando las cosas tal como están.

—¿Crees que se quedó aquí tanto tiempo porque no quería salir a la calle con la ropa cubierta de sangre mientras aún hubiera luz?

—No creo que ésa fuera la única razón —respondí mientras dos paramédicos vestidos con monos inclinaban la camilla para pasarla por la puerta—. Aquí dentro hay mucha sangre —les advertí—. Será mejor que vayáis por allí.

—Joder —murmuró uno de ellos.

Tomé las sábanas desechables dobladas de encima de la camilla y Marino me ayudó a extender una en el suelo.

—Levantadla unos centímetros y nosotros pondremos esta sábana debajo de ella —les dije—. Perfecto. Así está bien.

Acostada sobre la espalda, Kim Luong contemplaba el mundo desde sus órbitas destrozadas. El papel plastificado crujió al taparla con la otra sábana. Después la levantamos y la metimos en una bolsa rojo oscuro.

—Fuera está empezando a hacer un frío que pela —nos dijo uno de los paramédicos.

Marino miró alrededor y luego en dirección a la puerta y el aparcamiento, en el que seguían girando las luces rojas y azules, aunque el nivel de actividad había disminuido claramente. Los reporteros habían vuelto corriendo a sus emisoras y sus salas de guardia, y sólo quedaban los técnicos de la policía y un agente de uniforme.

—Sí, claro —masculló—. Yo estoy suspendido de empleo y sueldo, pero ¿ves por aquí a algún otro detective trabajando en el caso? Tendría que dejar que todo se fuera a la mierda.

Echamos a andar hacia mi coche en el mismo instante en que un viejo escarabajo Volkswagen entraba en el aparcamiento. Se detuvo con un chirrido, la puerta del lado del conductor se abrió y una adolescente de piel pálida y oscuros cabellos cortos se apeó a toda prisa. Luego echó a correr hacia la bolsa que contenía el cadáver, que en ese momento los paramédicos metían en la ambulancia.

—¡Eh! —gritó Marino corriendo tras ella.

La joven llegó a la trasera de la ambulancia en el mismo instante en que se cerraban las portezuelas. Marino la sujetó.

—¡Déjeme verla! —gritó ella—. ¡Oh, suélteme por favor! ¡Déjeme verla!

—No puedo hacerlo —repuso Marino.

Los paramédicos subieron a la ambulancia.

—¡Déjeme verla!

—Todo irá bien.

—¡No! ¡No! ¡Oh, Dios, por favor!

El dolor brotaba de ella como una cascada.

Marino la había agarrado por detrás y la tenía bien sujeta. El motor diesel despertó con un gruñido y no pude oír qué más le decía, pero la soltó en cuanto la ambulancia hubo empezado a alejarse. La joven cayó de rodillas. Sujetándose la cabeza con las manos, alzó los ojos hacia la noche nublada y gélida para gritar el nombre de la muerta entre gemidos y sollozos.

—¡Kim! ¡Kim! ¡Kim!

25

Marino decidió quedarse con Eggleston y Ham, también conocidos como los Chicos del Desayuno, mientras precintaban la escena del crimen a pesar de que ya no tenía sentido hacerlo. Yo me fui a casa. La hierba y los árboles estaban cubiertos de escarcha, y pensé que lo único que me faltaba era un corte del fluido eléctrico. Y eso fue exactamente lo que ocurrió.

Cuando llegué a mi barrio, todas las casas se hallaban a oscuras y Rita, la encargada de seguridad, parecía estar celebrando una sesión de espiritismo en la garita.

—No me lo digas —le pedí.

Las llamas de las velas temblaron tras el cristal cuando salió de la garita, ciñéndose la chaqueta del uniforme para protegerse del frío.

—Llevamos así desde las nueve y media —me informó sacudiendo la cabeza—. Hielo y más hielo, eso es a lo único a lo que tenemos derecho en esta ciudad.

Mi barrio se encontraba tan oscuro como si estuviéramos en guerra, y nubes de tormenta ocultaban la luna. Apenas conseguí encontrar el camino de mi garaje, y cuando subí por los escalones de piedra de la entrada, estuve a punto de caer debido al hielo. Me agarré a la barandilla y no sé cómo me las arreglé para dar con la llave de la puerta. Mi alarma antirrobo seguía activada porque tenía una batería de emergencia, pero la carga no duraría más de doce horas y se sabía de cortes de fluido eléctrico causados por el hielo que habían llegado a durar días.

Introduje mi código y reinicialicé la alarma. Necesitaba una ducha. No estaba dispuesta a ir a mi garaje para meter la ropa de la escena en la lavadora, y la mera idea de correr desnuda por una casa negra como la pez y entrar en una ducha igual de oscura me llenó de horror. El silencio era absoluto salvo por el tenue rumor del aguanieve.

Reuní todas las velas que encontré y empecé a distribuirlas en lugares estratégicos. Encontré linternas. Encendí un fuego, y una danza de luces y sombras comenzó a proyectarse sobre las paredes de la casa. El teléfono al menos seguía funcionando, aunque no así el contestador.

No lograba estarme quieta. Finalmente fui a mi dormitorio, me desnudé y me lavé con una toalla. Me puse un albornoz y unas zapatillas mientras intentaba pensar qué podía hacer para ocupar mi tiempo, porque jamás permito que haya un espacio vacío en mi mente. Me permití la fantasía de que tenía un mensaje de Lucy al cual no podía acceder en ese momento. Escribí cartas, pero acabé haciendo una bola con ellas y las arrojé al fuego. Contemplé cómo el papel iba poniéndose marrón en los bordes, se inflamaba y se volvía negro. Seguía cayendo aguanieve. Dentro de la casa la temperatura fue descendiendo lentamente, y las horas se sucedieron en el silencio de la madrugada. Intenté dormir, pero no conseguía entrar en calor. Mi mente se negaba a estarse quieta. Mis pensamientos pasaban de Lucy a Benton y al horrible lugar en el que acababa de estar. Veía a una mujer cubierta de sangre que era arrastrada por el suelo, y diminutos ojos de búho me contemplaban desde la carne podrida. Cambiaba de posición continuamente. Lucy no llamó.

Un vago temor se agitó dentro de mí cuando miré a través de la ventana mi patio trasero sumido en las tinieblas. Mi aliento empañó el cristal, y cuando me adormilé, el repiqueteo de la lluvia helada se convirtió en el sonido de las agujas de hacer punto de mi madre, que tejía, mientras mi padre agonizaba, bufandas inacabables para los pobres de algún lugar frío. No pasaba ni un solo coche. Llamé a Rita a la garita de guardia. No respondió.

Los ojos empezaban a nublárseme cuando volví a tratar de conciliar el sueño, hacia las tres de la mañana. Tres ramas crujieron como pistolas al dispararse, y me llegó el lejano sonido de un tren que pasaba junto al río. Su melancólico pitido parecía servir de diapasón a una percusión de chirridos, gruñidos y tintineos metálicos que me pusieron todavía más nerviosa. Yací inmóvil en la oscuridad, envuelta en una colcha, y la electricidad volvió cuando las primeras luces del día empezaban a rozar el horizonte. Marino telefoneó unos minutos después.

—¿A qué hora quieres que pase a recogerte? —preguntó con la voz enronquecida por el sueño.

—¿Pasar a recogerme? ¿Para qué? —inquirí mientras entraba en la cocina dispuesta a prepararme un café.

—Para ir a trabajar.

Yo no sabía de qué me estaba hablando.

—¿Has mirado por la ventana, doctora? No irás a ninguna parte en ese nazimóvil tuyo.

—Te he dicho mil veces que no lo llames así. No tiene ninguna gracia.

Fui a la ventana y abrí las persianas. El mundo era roca caramelizada y cristal. La hierba semejaba una gruesa alfombra rígida. Los carámbanos enseñaban sus largos dientes en los aleros, y supe que no me resultaría nada fácil poner en marcha mi coche.

—De acuerdo —acepté finalmente—. Supongo que necesito que alguien me lleve.

La enorme camioneta de Marino con sus gruesas cadenas recorrió lentamente las carreteras de Richmond durante casi una hora para llegar a mi despacho. No había ningún otro coche en el aparcamiento. Nos dirigimos al edificio andando cautelosamente. Aun así estuvimos a punto de perder el equilibrio en varias ocasiones, porque el pavimento estaba helado y éramos los primeros en desafiarlo. Dejé mi abrigo en el respaldo del sillón de mi despacho y los dos fuimos a los vestuarios a cambiarnos.

La unidad de transporte había usado una mesa de autopsia portátil y eso nos ahorró tener que trasladar el cadáver desde una camilla. Abrimos la bolsa en el vasto silencio de aquel desierto teatro de muerte, y apartamos las sábanas ensangrentadas. Bajo el escrutinio de la luz central, las heridas parecían todavía más terribles. Acerqué a la mesa una lámpara fluorescente con lente de aumento, ajusté el brazo y examiné a Kim Luong.

Su piel era un desierto de sangre seca resquebrajada, desfiladeros de arañazos y heridas abiertas. Recogí docenas de aquellos pelos de un rubio claro, tan finos como los cabellos de un bebé. La mayoría de ellos tenían quince, diecisiete o incluso veinte centímetros de longitud. Se habían adherido a su vientre, sus hombros y sus senos. No encontré ninguno en su cara. Los guardé en un sobre de papel, para que se mantuvieran secos.

Las horas eran como ladrones que pasaban sigilosamente robando la mañana. Por mucho que intentara encontrar una explicación de cómo habían rasgado por la mitad el suéter de punto y el sujetador de copas reforzadas, no había otra excepto que el asesino lo había hecho sólo con las manos.

—Nunca había visto nada semejante. Eso representa una fuerza increíble.

—Quizá toma cocaína, anfetaminas o algo por el estilo —repuso Marino—. Eso también podría explicar lo que le hizo. Y si vende drogas en la calle, también explicaría lo de la munición Gold Dot, ya sabes.

—Me parece que ésa es la munición sobre la que dijo algo Lucy —apunté.

—Es la última moda. Los camellos la adoran.

—Si estaba drogado —observé mientras metía fibras en otro sobre—, me parece bastante improbable que lograra pensar de una manera tan lógica. Puso el letrero de cerrado, le echó la llave a la puerta y no salió por la puerta trasera, que tenía alarma, hasta que estuvo listo. Y puede que incluso se lavara antes de irse.

—No hay ninguna prueba de que lo hiciera. Nada en los desagües, el retrete o la pila; ninguna toalla de papel ensangrentada; nada de nada. Ni siquiera en la puerta que abrió para salir del almacén, así que supongo que usó algo, alguna prenda de su ropa o un pañuelo de papel, quién sabe, para abrir la puerta sin dejar sangre o huellas en el picaporte.

—Eso no es comportarse de manera muy desorganizada, ¿verdad? No son las acciones de alguien que se encuentra bajo la influencia de las drogas.

—Prefiero pensar que había tomado drogas. La alternativa es peor, si es el Increíble Hulk o algo por el estilo. Ojalá...

Se calló y supe lo que había estado a punto de decir: ojalá Benton estuviese aquí para ofrecer su experta opinión. Pero era demasiado fácil depender de otra persona aun cuando no todas las teorías requerían de un experto. El móvil de aquel crimen parecía ser sexual, y el asesino había obrado con rabia y frenesí. Eso quedó todavía más claro en cuanto encontré grandes áreas con contusiones irregulares. Al examinarlas con la lupa, descubrí pequeñas señales curvilíneas.

—Marcas de mordiscos.

Marino se acercó para echarles un vistazo.

—Lo que queda de ellas. La misma fuerza bruta las ha borrado —añadí.

Desplacé el haz de luz en busca de más marcas. Encontré dos en el costado de su palma derecha, una en la planta del pie izquierdo y dos en la del derecho.

—Dios mío —murmuró Marino en un tono de irritación que rara vez le había oído emplear.

Observó las manos y, luego, bajó hasta los pies.

—¿Contra qué nos estamos enfrentando, doctora?

Distinguí las abrasiones hechas con los dientes, pero nada más. Las indentaciones necesarias para realizar un molde habían sido borradas. Nada iba a ayudarnos. Quedaba tan poco que ni siquiera era posible efectuar una comparación.

Froté unas cuantas con un algodón en busca de saliva, y empecé a tomar fotos al tiempo que trataba de imaginar qué significado podría tener el morder las palmas de las manos y las plantas de los pies para quien fuera que hubiese matado a aquella mujer. ¿La conocía, quizás? ¿Y si para él sus manos y sus pies constituían símbolos, un recordatorio de quién era, al igual que lo había sido su rostro?

—De modo que sabe algo acerca de cómo entorpecer una investigación —apuntó Marino.

—Al parecer sabe que es posible identificar a alguien por las marcas que dejan los mordiscos.

Comencé a lavar el cuerpo con una manguera provista de rociador.

—Brrrrrr —se estremeció Marino—. Eso siempre hace que me entre frío.

—Ella no lo siente.

—Espero que no sintiera nada de lo que le ha ocurrido.

—Creo que cuando él empezó, ella ya estaba muerta o a punto de morir. Gracias a Dios.

La autopsia reveló algo más que añadir al horror. La bala que le había atravesado el cuello y seccionado la carótida también le había rozado la columna entre la quinta y la sexta vértebras cervicales, causando parálisis instantánea. Kim Luong podía respirar y hablar, pero no moverse mientras él la arrastraba por el pasillo abajo, ni llevarse las manos a la herida del cuello. Visualicé el terror en sus ojos. La oí gimotear mientras se preguntaba qué le haría a continuación, mientras se veía morir.

—¡Maldito hijo de puta! —exclamé.

—No sabes cómo lamento que hayan decidido pasarse a la inyección letal. —La voz de Marino era cortante y llena de odio—. A los cabrones como éste habría que freírlos. Tendrían que asfixiarse entre nubes de gas de cianuro hasta que los putos ojos se les saltaran de las órbitas. En vez de eso, lo que hacemos es mandarlos a que disfruten de una siestecita.

Desplacé rápidamente el escalpelo desde las clavículas hasta el esternón y luego hasta la pelvis, en la habitual incisión con forma de Y. Marino guardó silencio por un momento.

—¿Crees que serías capaz de clavarle la aguja en el brazo, doctora? ¿Crees que serías capaz de abrir la espita del gas, o atarlo a la silla y accionar el interruptor?

No contesté.

—Yo pienso mucho en eso —prosiguió él.

—Yo no pensaría demasiado en ello.

—Sé que podrías hacerlo. —Marino parecía obsesionado con el tema—. ¿Y sabes otra cosa? Creo que te gustaría hacerlo, pero no quieres admitirlo. A veces siento auténticos deseos de matar a alguien.

Alcé la mirada hacia él. Había sangre en mi protector facial y, sobre todo, en las largas mangas de mi bata.

—Ahora sí que estás empezando a preocuparme. —No bromeaba.

—Verás —repuso—, creo que mucha gente siente eso y se niega a admitirlo.

Dadas las circunstancias, no encontré nada extraño en el corazón y los pulmones de Kim Luong.

—Pues yo creo que la mayoría de las personas no siente eso.

Marino mostraba una creciente beligerancia, como si su rabia por lo que le habían hecho a Kim Luong lo hiciera sentirse tan impotente como lo había estado ella.

—Creo que Lucy sí.

Volví a alzar la mirada hacia él, negándome a creerlo.

—Creo que sólo espera una oportunidad. Y si no consigue quitarse eso de la cabeza, acabará sirviendo mesas.

—Cállate, Marino.

—La verdad duele, ¿no? Al menos yo lo admito. Piensa en el cabrón que mató a esta mujer. ¿Quieres saber qué me gustaría hacer con él? Pues me gustaría esposarlo a una silla, ponerle unos grilletes en los tobillos, meterle el cañón de la pistola en la boca y preguntarle si tenía un buen dentista, porque estaba a punto de necesitarlo.

El bazo, los riñones y el hígado de Kim Luong tampoco presentaban lesiones.

—Después le pondría la pistola delante de un ojo, y le diría que echara un vistazo y me dijera si tenía que limpiar el cañón.

El estómago contenía lo que parecían ser restos de pollo, arroz y verduras, y pensé en el recipiente y el tenedor que habían encontrado dentro de una bolsa de papel, cerca de su bolso y su abrigo.

—Qué demonios, a lo mejor retrocedería un poco, como si estuviera en la galería de tiro; entonces lo usaría de diana, a ver si le gustaba eso o...

—¡Basta!

Marino se calló.

—Maldita sea, Marino. ¿Qué demonios te ocurre? —pregunté, con el escalpelo en una mano y los fórceps en la otra.

Marino permaneció en silencio por un rato. Yo trabajaba y lo mantenía ocupado con distintas tareas.

—La mujer que corrió hacia la ambulancia anoche es amiga de Kim —dijo Marino—. Trabaja de camarera en Shoney's y asiste a clases nocturnas en la VCU. Vivían juntas. Bueno, la amiga llega a casa después de clase. No tiene idea de lo que ha pasado y entonces suena el teléfono y ese mamón de reportero le pregunta cuál ha sido su reacción al enterarse.

Hizo una pausa. Lo miré mientras él contemplaba el cadáver abierto, la cavidad torácica vacía y las pálidas costillas, salpicadas de rojo, que se abrían desde la recta columna vertebral. Enchufé la sierra Stryker.

—Según la amiga, no hay ningún indicio de que Kim Luong conociera a alguien con aspecto extraño. Nadie entró en el supermercado y se metió con ella o le dio un susto. A principios de semana, el martes, hubo una falsa alarma en la puerta trasera: al parecer ocurría con frecuencia. La gente se olvida de que el sistema está conectado. —Marino tenía la mirada distante—. Es como si el asesino hubiera llegado volando del infierno.

Empecé a serrar el cráneo, que presentaba múltiples fracturas y varias zonas hundidas como consecuencia de los violentos golpes propinados con un objeto contundente que no atinaba a identificar. El polvo formado por las partículas de hueso flotó en el aire.

26

A primera hora de la tarde, el hielo que cubría las carreteras se había fundido lo suficiente para que otros diligentes médicos forenses, aunque tarde, acudiesen a su trabajo. Decidí hacer mi ronda, porque no podía estarme quieta.

Mi primera parada fue en la sección de Biología Forense, un área de tres mil metros cuadrados de donde sólo unas cuantas personas autorizadas disponían de tarjeta magnética para abrir las cerraduras electrónicas. La gente no se pasaba por allí para charlar. Cruzaban el corredor y miraban a los científicos vestidos de blanco, absortos en su trabajo detrás del cristal, pero rara vez iban más allá de eso.

Pulsé el botón del interfono para averiguar si Jamie Kuhn estaba en la sección.

—Voy a ver si lo encuentro —me respondió una voz.

En cuanto abrió la puerta, Kuhn me alargó una bata de laboratorio limpia, unos guantes y una mascarilla. La contaminación era la gran enemiga del ADN, especialmente en un lugar donde cada pipeta, guante, microtomo, frigorífico e, incluso, rotulador podía ser cuestionado en el tribunal. Las precauciones del laboratorio habían llegado a ser tan estrictas como los procedimientos de esterilización usados en la sala de operaciones.

—Lamento tener que hacerte esto, Jamie —dije.

—No se preocupe. Entre.

Había que atravesar tres puertas y, en cada espacio intermedio había colgadas batas de laboratorio limpias para asegurarse de que sustituías la que acababas de ponerte por otra. El papel adherente que cubría los suelos limpiaba las suelas de los zapatos. El proceso se repetía dos veces más para asegurarse de que nadie llevara contaminantes de un área a otra.

La zona de trabajo de los investigadores era una gran sala bien iluminada, llena de mostradores negros y ordenadores, tinas, unidades estériles y cámaras de flujo laminar. Cada puesto de trabajo disponía de aceite mineral, pipetas automáticas, tubos de polipropileno y gradillas, y todo estaba ordenado y en su sitio. Los reactivos se mezclaban en grandes cantidades a partir de sustancias químicas con un alto nivel de pureza molecular. Cada lote recibía su número de identificación y era guardado en pequeñas porciones, lejos de los productos químicos de uso general.

La contaminación se trataba por medio de la serialización, la desnaturalización por calor, la absorción enzimática, el aislamiento, los análisis repetidos, la irradiación ionizante y ultravioleta, y el uso de controles y muestras tomadas de un voluntario sano. Si todo fallaba, el examinador se limitaba a olvidarse de ciertas muestras. Quizá volviera a intentarlo dentro de unos meses, y quizá no.

La reacción en cadena de la polimerasa, o RCP, permitía obtener resultados de ADN en días en vez de semanas. Gracias a las secuencias repetidas en tándem, o SRT, era teóricamente posible que Kuhn obtuviera resultados en un día. Es decir, siempre que hubiera tejido celular suficiente para llevar a cabo las pruebas. En el caso de los pelos de color claro obtenidos del hombre no identificado encontrado en el contenedor, no lo había.

—Es una pena, porque parece que he encontrado más —dije—. Esta vez estaban adheridos al cuerpo de una mujer a la que asesinaron anoche en el Quik Cary.

—Espere un momento. ¿Lo he oído bien? ¿Los pelos de la ropa del hombre del contenedor se corresponden con los pelos que encontró en ella?

—Eso parece. ¿Ahora comprendes por qué corre tanta prisa?

—Dentro de un momento correrá mucha más, porque no son pelos de perro ni de gato. No se trata de pelo animal, sino humano.

—No puede ser.

—Pues lo es.

Kuhn era un joven delgado y nervudo que no perdía la calma fácilmente. Yo ya ni me acordaba de la última vez que había visto un brillo de inquietud en sus ojos.

—Fino, rudimental y sin pigmentar —prosiguió—. Cabellos de bebé. Había pensado que el tipo quizá tuviera un hijo pequeño, pero ahora, ¿dos casos? ¿Y si los cabellos que ha encontrado en la mujer asesinada procedieran de la misma criatura?

—Los cabellos de un bebé no tienen veinte centímetros de longitud. —Señalé—. Eso es lo que encontré en su cuerpo.

—Quizás a los bebés belgas les crezca más.

—Primero hablemos del hombre no identificado del contenedor. ¿Qué podía haber hecho para acabar cubierto de cabellos de bebé? Eso suponiendo que tuviera un bebé en casa, y suponiendo que a una criatura le crezca tanto el cabello.

—No todos son tan largos. De hecho, algunos son muy cortos. Como los pelitos que cortas al afeitarte, ya sabe.

—¿Fue alguno extraído por la fuerza?

—No he encontrado ninguna raíz con tejidos foliculares adheridos a ella, y, básicamente, sólo he visto las raíces de forma bulbosa que se asocian con la caída natural del pelo. La muda, en otras palabras. Por eso no puedo obtener el ADN.

—Pero algunos han sido cortados o afeitados, ¿no?

—Exacto. Algunos han sido cortados y otros no. Igual que en esos peinados raros que hacen ahora. Supongo que los habrá visto: corto por arriba y muy largo a los lados.

—Nunca lo he visto en un bebé.

—¿Y si tenía trillizos, quintillizos o sixtillizos porque su mujer se había sometido a algún tratamiento de fertilidad? —sugirió Kuhn—. El pelo sería el mismo pero procedería de bebés distintos, y eso podría explicar las distintas longitudes. El ADN también sería el mismo, eso suponiendo que tuviera algo para analizar.

En los mellizos, quintillizos y sextillizos idénticos, el ADN es idéntico, y sólo las huellas dactilares difieren.

—Doctora Scarpetta, lo único que puedo decirle es que visualmente todos los pelos son iguales. En otras palabras, que su morfología es la misma.

—Bueno, visualmente los que encontré en esa mujer también lo son.

—¿Alguno tenía aspecto de haber sido cortado?

—No.

—Lo siento, pero es todo cuanto puedo decirle.

—Me has dicho mucho, Jamie, créeme. El único problema es que no sé qué significa.

—Ya lo averiguará —dijo él, tratando de animarme—, y escribiremos un artículo sobre ellos.

Después decidí probar suerte en el laboratorio de evidencias residuales, donde ni siquiera me molesté en saludar a Larry Posner. Larry se encontraba mirando por un microscopio que probablemente estuviera mejor enfocado que sus ojos cuando alzó la mirada hacia mí.

—Todo se está yendo al diablo, Larry.

—Siempre se ha estado yendo al diablo.

—¿Sabes algo sobre nuestro hombre no identificado? Porque te aseguro que estoy dando palos de ciego.

—Qué alivio. Pensé que venía a preguntar por la mujer del piso de abajo. Y en ese caso tendría que confesarle que no tengo el don de la ubicuidad.

—Puede que haya una conexión entre los dos casos. En ambos cuerpos se encontraron los mismos pelos extraños. Y son pelos humanos, Larry.

Larry pensó durante unos momentos.

—No lo entiendo —dijo finalmente—. Y lamento admitirlo, pero no tengo nada espectacular que comunicarle.

—¿Hay algo que puedas decirme?

—Empecemos con las muestras recogidas del suelo del

contenedor. El MLP reveló lo habitual —dijo, refiriéndose al microscopio de luz polarizada—. Cuarzo, arena, diatomita, pedernal y elementos como hierro y aluminio. Montones de desperdicios y basura: cristal, restos de pintura y vegetales, pelos de roedores... Por mucho que lo intente, nunca conseguirá imaginarse la cantidad de porquería que llega a acumularse dentro de uno de esos contenedores.

»Y además había diatomeas por todas partes —prosiguió—, pero lo que resulta un poco extraño es lo que descubrí cuando examiné las que habían sido recogidas del suelo del contenedor, las de la superficie del cuerpo y el exterior de las ropas. Son una mezcla de diatomeas de agua dulce y de agua salada.

—Eso tiene sentido si el barco partió del río Scheldt en Amberes y luego pasó la mayor parte del tiempo en alta mar.

—Pero ¿y el interior de la ropa? Ésas son exclusivamente de agua dulce. No lo entiendo, a menos que lavara su ropa, zapatos, calcetines y calzoncillos en un río, un lago o lo que fuera. Y no creo que a nadie se le ocurriera lavar sus bonitas prendas de Armani o sus zapatos de piel de cocodrilo en un río o en un lago, o que nadara con ellos puestos.

»Así que parece que tenía diatomeas de agua dulce tocando la piel, lo cual es bastante extraño. La mezcla de diatomeas de agua dulce y de agua salada en la parte exterior de la ropa es lo que se podría esperar en esas circunstancias. Ya sabe, andar por el muelle haría que las diatomeas de agua salada se acumularan sobre sus ropas, pero no en la parte interior de éstas.

—¿Y la columna vertebral? —pregunté.

—Diatomeas de agua dulce. Lo cual encajaría con el ahogamiento en agua dulce, quizás en el río de Amberes. Y en cuanto a sus cabellos, sólo había diatomeas de agua dulce. No encontré ni una sola de agua salada.

Posner abrió mucho los ojos y se los frotó, como si los tuviera muy cansados.

—La verdad es que estoy hecho un lío: diatomeas que no encajan, extraños cabellos de bebé y la columna vertebral...

Bueno, es como una galleta de dos gustos. Por un lado chocolate y por el otro vainilla, con un relleno de chocolate y vainilla en el centro y un poquito de vainilla encima.

—Ahórrame las analogías, Larry. Ya estoy bastante confusa.

—Bueno, ¿y cómo lo explica?

—Sólo se me ocurre una posibilidad.

—Soy todo oídos.

—Si le hubieran sumergido la cabeza en agua dulce, entonces en sus cabellos sólo habría diatomeas de agua dulce. Si lo hubieran metido con la cabeza por delante dentro de un barril en cuyo fondo hubiera agua dulce, por ejemplo... Cuando le haces eso a alguien no puede salir, igual que le ocurre a un niño pequeño si se cae de cabeza en un cubo. Podrían haber usado uno de esos recipientes de plástico de veinticinco litros en los que viene el detergente: te llegan a la cintura, son muy estables. No hay quien los vuelque. O si alguien lo sujetaba, podrían haberlo ahogado dentro de un cubo normal lleno de agua dulce.

—Voy a tener pesadillas.

—No te quedes aquí hasta que las carreteras vuelvan a helarse —le advertí.

Marino me llevó a casa en su camioneta, y acarreé con el recipiente de formalina porque no quería renunciar a la esperanza de que la carne que contenía tuviera algo más que decir. Lo dejaría encima del escritorio de mi estudio, y de vez en cuando me pondría guantes y lo estudiaría junto a la luz como un arqueólogo intenta leer toscos símbolos grabados en la piedra.

—¿Entras? —le pregunté a Marino.

—¿Sabes?, mi maldito busca no para de sonar y no sé de quién demonios se trata. —Cambió la marcha. En la otra mano, sostenía el busca delante de su cara y lo estudiaba con los ojos entornados.

—Si encendieras la luz del techo quizá lo verías mejor —sugerí.

—Probablemente será algún confidente tan flipado que

ya no puede ni marcar un número. Si me lo ofreces, comeré algo. Después he de irme.

Estábamos entrando en la casa cuando su busca volvió a vibrar. Exasperado, lo sacó de su cinturón y lo inclinó hasta que consiguió leer la pantalla.

—¡Lo he vuelto a perder! ¿Qué es cinco-tres-uno? ¿Conoces algo con esos tres números?

—El teléfono de Rose.

27

Rose había sufrido mucho a consecuencia de la muerte de su esposo, y cuando tuvo que sacrificar uno de sus galgos pensé que se derrumbaría. Pero siempre había llevado su dignidad de la misma manera que su ropa: correctamente y con discreción. Sin embargo, cuando se enteró por las noticias de la mañana de que habían asesinado a Kim Luong, se puso histérica.

—Si hubiera... —repetía una y otra vez entre lágrimas, sentada en el sillón que había junto a la chimenea de su pequeño apartamento.

—Tienes que dejar de decir eso, Rose —la instó Marino.

Rose conocía a Kim Luong porque solía comprar en el Quik Cary. Había ido allí la noche anterior, probablemente cuando el asesino todavía estaba dentro, golpeando y mordiendo a su víctima. Afortunadamente para Rose, el supermercado estaba cerrado.

Llevé dos tazas de té de ginseng a la sala mientras Marino bebía café. Rose no paraba de temblar, el rostro hinchado de tanto llorar y sus cabellos grises colgando sobre el cuello de su albornoz. Parecía una vieja en un asilo, olvidada por todos.

—No tenía encendido el televisor. Estaba leyendo, y por eso no supe nada hasta que lo oí en las noticias de esta mañana. —Nos repetía la misma historia de distintas maneras—. No tenía ni idea, estaba sentada en la cama leyendo y preocupándome por todos los problemas que ha habido en el departamento. Principalmente por Chuck. Creo que ese chico no es bueno y he estado intentando demostrarlo.

Dejé una taza de té a su lado.

—Podemos hablar de Chuck en otra ocasión, Rose —dijo Marino—. Ahora necesitamos que nos cuentes exactamente qué ocurrió la noche...

—¡Antes tienen que escucharme! —exclamó ella—. ¡Usted, capitán Marino, haga que la doctora Scarpetta me escuche! ¡Ese chico la odia! Nos odia a los tres. Estoy intentando decírselo. Tiene que librarse de él antes de que sea demasiado tarde.

—Me ocuparé de ello tan pronto como... —dije.

—Es malvado —me interrumpió, meneando la cabeza—. Creo que me ha estado siguiendo, o al menos alguien que está relacionado con él lo ha hecho. Puede que incluso tuviera algo que ver con ese coche que usted vio en mi aparcamiento y con el que la han estado siguiendo. ¿Cómo sabe que no fue él quien lo alquiló bajo un nombre falso para no tener que usar su coche y evitar que lo reconociera? ¿Cómo sabe que no era la persona que está involucrada en esto con él?

—Eh, eh, eh —la interrumpió Marino, levantando la mano—. ¿Por qué iba a seguir Chuck a alguien?

—Fármacos —respondió ella como si estuviera totalmente segura de lo que decía—. El lunes pasado nos llegó un caso de sobredosis, y dio la casualidad de que decidí presentarme en el departamento una hora y media antes de lo habitual, porque iba a alargar mi hora del almuerzo para ir a la peluquería.

No me creí la excusa de Rose para llegar temprano. Le había pedido que me ayudara a averiguar qué estaba tramando Ruffin y, naturalmente, ella lo había convertido en su misión.

—Ese día usted estaba fuera —me recordó—. Había perdido su agenda de citas y la habíamos buscado por todas partes sin suerte. Por eso, el lunes yo estaba obsesionada con encontrarla, porque sabía lo mucho que la necesitaba. Se me ocurrió volver a buscar en el depósito de cadáveres.

»Entré en él sin haberme quitado el abrigo, y allí estaba Chuck, a las siete menos cuarto de la mañana, sentado detrás de un escritorio con el contador de píldoras y docenas de frascos alineados delante de él. Bueno, pues se comportó como si acabara de pillarlo con los pantalones bajados. Le pregunté qué hacía ahí tan temprano, y respondió que iba a ser un día muy movido y que estaba intentando adelantar un poco de trabajo.

—¿Estaba su coche en el aparcamiento? —quiso saber Marino.

—Chuck aparca en la zona reservada —expliqué—. Su coche no sería visible desde nuestro edificio.

—Los fármacos eran del caso del doctor Fielding —continuó Rose—, y eché un vistazo al informe por pura curiosidad. Bueno, aquella mujer tenía prácticamente todos los fármacos conocidos. Tranquilizantes, antidepresivos, narcóticos... Un total de casi mil trescientas píldoras. Se lo aseguro.

—Desgraciadamente, te creemos —repuse.

Los casos de sobredosis y suicidios solían llegarnos con grandes cantidades de fármacos, incluidos codeína, Percocet, morfina, metadona, PDC, Valium y parches de fentanilo, por citar sólo unos cuantos. Contar las píldoras para averiguar cuántas había habido dentro del frasco y cuántas quedaban era una tarea insoportablemente tediosa.

—Así que, en vez de tirar las píldoras por el desagüe, lo que hace es robarlas —dijo Marino.

—No puedo demostrarlo —advirtió Rose—. Pero el lunes no tuvimos tanto trabajo como de costumbre. Sólo un caso de sobredosis. Después de eso, Chuck intentó rehuirme, y cada vez que llegaban fármacos yo me preguntaba si habrían ido a parar a su bolsillo en vez de al desagüe.

—Podemos instalar una cámara de vídeo en algún sitio donde él no la vea. Ya tenéis cámaras ahí abajo. Si lo está haciendo, le pillaremos —prometió Marino.

—Es lo único que nos faltaba —dije—. Nos crearía una mala prensa terrible. Incluso podría salir en la televisión, especialmente si algún reportero empieza a husmear y se entera de mi supuesta negativa a atender las llamadas de las familias y lo de la sala de chats, e incluso lo de fingir que me tropezaba con Bray en el aparcamiento. —Sentí que un estado de paranoia se apoderaba de mí, y tuve que respirar hondo, pues era tan intensa que me oprimía el pecho. Marino me estaba mirando.

—No estarás pensando que Bray tiene algo que ver con esto —dijo, escéptico.

—Sólo en el sentido de que es la responsable de que Chuck tomara el camino que está siguiendo ahora. Él mismo me dijo que cuantas más cosas malas hacía, menos le costaba seguir haciéndolas.

—Bueno, pues yo pienso que en lo que respecta a robar fármacos, nuestro Chuck trabaja por su cuenta. Es demasiado fácil para que una sabandija como él sea capaz de resistir la tentación. Como los policías que no pueden resistir la tentación de llevarse un fajo de billetes en una redada o hacen negocios sucios por su cuenta, ya sabes... Demonios, en la calle se pagan entre dos y cinco pavos por un comprimido de Lortabs o Lorcet, y ya no hablemos del Percocet. Lo que me gustaría saber es dónde se deshace de la mercancía.

—Quizá podría preguntarle a su esposa si sale mucho de noche —sugirió Rose.

—Cariño, los malos hacen esa clase de cosas a la luz del día —dijo Marino.

Rose parecía abatida y un tanto avergonzada, como si temiera que su preocupación la hubiese impulsado a tejer un tapiz de acusaciones con sólo unos cuantos hilos de verdad. Marino se levantó para servirse más café y le preguntó:

—¿Piensas que te está siguiendo porque sospechas que trafica con drogas?

—Oh, cuando me oigo decirlo, incluso yo pienso que suena tan descabellado...

—Siguiendo con esa teoría, también podría tener a alguien que le ayudase a vender las drogas. Y tal como están las cosas, creo que no deberíamos descartar ninguna posibilidad. Si Rose lo sabe, entonces tú lo sabes —añadió—. Y te aseguro que Chuck es consciente de ello.

—Si es un asunto de drogas, ¿qué pretende siguiéndonos, suponiendo que Chuck esté involucrado en eso? ¿Hacernos daño? ¿Intimidarnos?

—Una cosa sí que estoy en condiciones de garantizaros —contestó Marino desde la cocina—. Chuck se ha mezclado con gente que le viene muy grande, y no estamos hablando de pequeñas cantidades de dinero. Pensad en la cantidad de píldoras que llegan con algunos de esos cuerpos. Los policías tienen que entregar hasta el último frasco que encuentran. Pensad en toda la medicación contra el dolor o quién-sabe-qué otros fármacos sobrantes que hay en el armario de medicinas de cualquiera. —Volvió a la sala, se sentó y sopló sobre su taza como si eso realmente fuera a enfriar rápidamente su café—. Y si añadimos a eso el montón de porquerías que esa gente toma o que se supone que toma, ¿qué obtenemos? —prosiguió—. Pues que la única razón por la que Chuckie necesita su trabajo en el depósito es robar fármacos. Demonios, no necesita el sueldo, y puede que eso te explique por qué lo ha estado haciendo tan condenadamente mal durante los últimos meses.

—Podría estar sacando miles de dólares a la semana.

—¿Tienes alguna razón para pensar que Chuck está compinchado con alguien más en tu departamento, doctora? Quizás en otra oficina. Ellos le pasan las píldoras y a cambio él les entrega una parte de los beneficios.

—No tengo ni idea.

—Tienes cuatro oficinas de distrito. Si robaras fármacos de todas ellas, obtendrías sumas de dinero realmente importantes —dijo Marino—. Demonios, el muy cabrón incluso podría estar metido en el crimen organizado y ser otro zángano que lleva cosas a la colmena. El problema es que no estamos hablando de ir de compras al supermercado de la esquina. Chuck piensa que es muy fácil hacer negocios con una fulana o un tipo vestido de ejecutivo. Esa persona entrega la mercancía al siguiente eslabón de la cadena. Puede que al final la cambien por armas que acaban llegando a Nueva York.

«O a Miami», pensé.

—Gracias a Dios que nos has alertado, Rose —dije—. Lo último que quiero es que algo salga del departamento y acabe en las manos de personas capaces de hacer daño a otros.

—Por no mencionar que los días de Chuck probablemente también estén contados —apuntó Marino—. Los tipos como él no suelen llegar a viejos. —Se levantó y volvió a sentarse en un sofá, más cerca de Rose—. Bueno, Rose —dijo con dulzura—, ¿qué te hace pensar que lo que acabas de contarnos tiene algo que ver con el asesinato de Kim Luong?

Rose respiró hondo. Apagó la lámpara que tenía al lado, como si su luz le molestara en los ojos. Le temblaban tanto las manos que, cuando tomó su taza, derramó un poco de té. Se secó con un pañuelo de papel.

—Anoche, al volver a casa después del trabajo, decidí comprar galletas y unas cuantas cosas más. —La voz le temblaba otra vez.

—¿Sabes exactamente a qué hora fue eso? —preguntó Marino.

—Faltarían unos diez minutos para las seis.

—Vamos a ver si lo he entendido bien. —Marino empezó a tomar notas—. Llegaste al Quik Cary cerca de las seis de la tarde. ¿Estaba cerrado?

—Sí. Lo que me mosqueó bastante, porque se supone que no cierran hasta las seis. Empecé a pensar cosas feas, y ahora también me arrepiento de eso. ¡Kim Luong estaba muerta allí dentro y yo me sentía furiosa con ella porque no podía comprar galletas...! —sollozó.

—¿Viste algún coche en el aparcamiento? —preguntó Marino—. ¿Alguna persona o personas?

—No vi a nadie —afirmó Rose con un hilo de voz.

—Piénsalo bien, Rose. ¿Viste algo que te pareciera extraño o te llamara la atención?

—Oh, sí. Eso es lo que he estado intentando decirles. Desde la calle Libbie advertí que el Quik Cary estaba cerrado, porque no había luces encendidas, así que entré en el aparcamiento para dar la vuelta y entonces vi el letrero de cerrado en la puerta. Regresé a Libbie, y no había ido más lejos de la tienda ABC cuando un coche apareció detrás de mí con las luces largas encendidas.

—¿Ibas hacia tu casa? —inquirí.

—Sí. Y no le di mayor importancia hasta que giré en Grove y él también lo hizo, y se quedó pegado a mi parachoques con esas dichosas luces que casi me cegaban. Los coches que iban en dirección opuesta le hacían guiños con los faros para indicarle que llevaba las luces largas encendidas, por si no se había dado cuenta. Pero estaba claro que él lo hacía adrede. Entonces empecé a asustarme.

—¿Tienes idea de qué clase de coche era? ¿Lograste ver algo? —quiso saber Marino.

—Sus luces no me dejaban ver, y además estaba muy confusa. Enseguida pensé en el coche que había en mi aparcamiento la noche del martes, cuando usted vino a verme —señaló—. Después me acordé de que me dijo que la habían estado siguiendo, y empecé a pensar en Chuck y en los fármacos y en las personas horribles que trafican con drogas.

—De modo que ibas por Grove. —Marino la animó a seguir con su relato.

—Pasé por delante de mi casa sin detenerme, naturalmente, intentando pensar adónde podría ir para quitármelo de encima. Y entonces, no sé cómo, se me ocurrió. De pronto giré a la izquierda y di media vuelta. Fui hasta Three Chopt, donde Grove termina, y giré a la izquierda, con él todavía detrás de mí. El siguiente giro a la derecha era en el Club de Campo de Virginia; me metí por allí y fui a la entrada en la que están los porteros. No hace falta decir que quienquiera que fuese desapareció.

—Fuiste muy lista, Rose —le animó Marino—. Sí, eso estuvo muy bien; pero ¿por qué no llamaste a la policía?

—No habría servido de nada. No me habrían creído, y de todas maneras no tenía nada concreto que contarles.

—Pues deberías haberme llamado —dijo Marino.

—Lo sé.

—¿Y adónde fuiste después? —pregunté.

—Vine aquí.

—Me estás asustando, Rose —dije—. ¿Y si te hubiera estado esperando en algún sitio?

—No podía pasar toda la noche fuera de casa, y regresé por una ruta distinta.

—¿Tienes idea de qué hora era cuando desapareció? —preguntó Marino.

—Entre entre las seis y las seis y cuarto. Oh, santo Dios, no puedo creer que ella estuviera ahí dentro cuando aparqué delante del supermercado. ¿Y si él también se encontraba dentro? Ah, si lo hubiera sabido... No puedo dejar de pensar que tuvo que haber algo en lo que habría debido fijarme, quizás incluso cuando estuve allí la noche del martes.

—Rose, no podrías haberte dado cuenta de nada a menos que fueras una gitana y tuvieras una bola de cristal —le dijo Marino.

Rose respiró hondo y se ciñó el albornoz alrededor del cuerpo.

—No consigo entrar en calor. Kim era tan buena chica... —Volvió a guardar silencio con expresión de pena. Las lágrimas comenzaron a correr por sus mejillas—. Nunca fue descortés con nadie y siempre estaba trabajando. ¡Cómo han podido hacerle algo semejante! Recuerdo que me preocupaba que estuviera sola en el supermercado a esas horas, oh Dios. ¡Incluso se me pasó por la cabeza cuando estuve allí el martes, pero no dije nada!

Su voz se perdió en la nada, como si hubiera caído desde lo alto de una escalera. Me arrodillé junto a ella y la abracé.

—Es como cuando *Sassy* no se encontraba bien... Tenía tanto sueño, y lo único que se me ocurrió pensar fue que había comido algo que le había sentado mal...

—Tranquilízate, Rose. Todo irá bien —dije yo.

—Y luego resultó que se había tragado un trozo de cristal... Mi pequeña estaba sangrando por dentro... Y yo no hice nada.

—No lo sabías. No podemos saberlo todo. —También yo sentí un espasmo de pena.

—Si no hubiera tardado tanto en llevarla al veterinario... Nunca me lo perdonaré, nunca. La pobrecita, prisionera en una pequeña jaula con un bozal puesto, y algún monstruo le pegaba en el hocico hasta rompérselo... ¡en ese maldito canódromo! ¡Y después yo dejo que sufra y muera!

Lloraba como si sintiera cada pérdida y acto de crueldad que había sufrido el mundo a lo largo de su historia. Sostuve sus puños en mis manos.

—Y ahora escúchame, Rose —le dije—. Salvaste a *Sassy* del infierno igual que has salvado a otros. No podrías haber hecho nada por ella, como tampoco podrías haber hecho nada cuando fuiste al Quik Cary para comprar tus galletas. Kim estaba muerta. Llevaba horas así.

—¿Y él? —gritó Rose—. ¿Y si todavía hubiera estado dentro de ese supermercado y hubiera salido cuando yo entraba en el aparcamiento? Ahora yo también estaría muerta, ¿verdad? Me habría pegado un tiro y me habría dejado tirada en cualquier sitio como una bolsa de basura. O tal vez también me habría hecho cosas horribles.

Cerró los ojos, agotada y con la cara cubierta de lágrimas. Su cuerpo se relajó en el sofá a medida que la violenta tempestad fue calmándose. Marino se inclinó sobre ella.

—Tienes que ayudarnos —dijo—. Necesitamos saber por qué pensaste que el que te estuvieran siguiendo podía estar relacionado con el asesinato.

—¿Por qué no vienes a casa conmigo? —pregunté.

Sus ojos se despejaron a medida que empezaba a recuperar la compostura.

—Ese coche que apareció detrás de mí justo allí donde la estaban asesinando... ¿Por qué no empezó a seguirme mucho antes de eso? Y una hora, una hora y media antes de que sonara la alarma. ¿No les parece que es una coincidencia extraña?

—Desde luego que me lo parece —dijo Marino—. Pero ha habido un montón de coincidencias asombrosas en mi carrera.

—Oh, no hago más que decir tonterías —murmuró Rose mirándose las manos.

—Todos estamos cansados. Tengo espacio de sobra...

—Tenemos que demostrar que Chucky está robando fármacos —le insistió Marino a Rose—. Eso no es ninguna tontería.

—Me quedaré aquí y me iré a la cama.

Mientras bajábamos por la escalera y entrábamos en el aparcamiento, seguí pensando en lo que nos había dicho.

—Oye, tú has pasado muchas más horas con Chuck que yo —dijo Marino, abriendo la puerta de su coche—. Tienes la desgracia de conocerlo mucho mejor.

—Y ahora vas a preguntarme si Chuck conducía el coche de alquiler que nos estuvo siguiendo. —Subimos a su vehículo. Puso marcha atrás y giró en Randy Travis—. La respuesta es no. Chuck nunca da la cara. Es un mentiroso y un ladrón, pero también un cobarde, Marino. Se necesita mucha arrogancia para pegarte al parachoques de alguien y seguirlo con las luces largas encendidas. Quienquiera que esté haciendo esto, se siente muy seguro de sí. Se cree tan listo que no teme que lo atrapen.

—Eso es más o menos la definición de un psicópata, ¿no? Pues ahora me siento peor. Mierda. No quiero pensar que el tipo que le hizo eso a Kim Luong es el mismo que os ha estado siguiendo a ti y a Rose.

Las calles habían vuelto a helarse y los conductores de Richmond, que no tenían ni un gramo de cerebro, derrapaban y perdían el control por toda la ciudad. Marino había encendido su radiotransmisor y estaba escuchando los informes de accidentes.

—¿Cuándo vas a devolver esa cosa?

—Cuando vengan e intenten quitármela. No voy a devolver una mierda.

—Así se habla.

—Lo malo de todos los casos en que hemos trabajado es que siempre está ocurriendo más de una cosa a la vez. Los policías intentamos relacionar tantas chorradas que cuando por fin logramos resolver el caso, podríamos haber escrito la biografía de la víctima. La mitad de las conexiones que encontramos no tienen ninguna importancia. Como el esposo que se enfada con su mujer. Ella sale por la puerta hecha una furia y acaba secuestrada en el aparcamiento de un centro comercial, violada y asesinada. El esposo que la ha hecho cabrear no fue el causante de lo ocurrido. Ella podría haber ido de compras de todas maneras.

Se metió por el camino de mi garaje y dejó el motor en punto muerto. Yo lo miré en silencio por un instante.

—¿Qué piensas hacer acerca del dinero, Marino?

—Ya me las arreglaré.

Yo sabía que no podría arreglárselas.

—¿Qué te parece ayudarme como investigador durante una temporada? Hasta que esta tontería de la suspensión de sueldo haya terminado.

Marino guardó silencio. Mientras Bray siguiera donde estaba, nunca terminaría. Suspenderlo de empleo y sueldo era su manera de obligarle a presentar su dimisión. Si lo hacía, entonces Bray habría conseguido quitarlo de en medio, tal como había hecho con Al Carson.

—Tengo dos maneras de darte trabajo —continué—. Contratándote caso por caso, con lo que obtendrías cincuenta dólares por...

Marino soltó un bufido.

—¿Cincuenta dólares? ¡Menuda mierda!

—O podría contratarte a tiempo parcial, en cuyo caso tarde o temprano debería anunciar que la plaza estaba vacante, y entonces tendrías que presentar una solicitud como cualquier hijo de vecino.

—No me hagas reír.

—¿Cuánto ganas ahora?

—Unos sesenta y dos, más complementos.

—Lo máximo que podría hacer es nombrarte P-catorce de categoría superior. Treinta horas a la semana, sin complementos ni pensión. Treinta y cinco al año.

—Ésa sí que es buena. Hacía siglos que no oía nada tan gracioso.

—También puedo contratarte como instructor y coordinador en investigación de muertes en el instituto. Eso son otros treinta y cinco, así que estaríamos hablando de un total de setenta sin complementos ni pensión. De hecho, probablemente ganarías más dinero que ahora.

Marino dio una calada y se lo pensó por unos segundos.

—De momento no necesito tu ayuda —dijo ásperamente—. Y trabajar rodeado de forenses y cadáveres no forma parte de los planes que he hecho para mi vida.

Salí de su camioneta.

—Buenas noches —dije.

Marino se fue con un furioso rugido del motor y supe que en realidad no era conmigo con quien estaba enfadado. Se sentía frustrado, y eso le ponía furioso. Su respeto a sí mismo y su vulnerabilidad habían quedado expuestos ante mí, y él no quería que los viera. Aun así, lo que había dicho me dolió.

Dejé mi abrigo encima de una silla en el vestíbulo y me quité los guantes de cuero. Puse la sinfonía *Heroica* de Beethoven en el compacto. Mis nervios discordantes empezaron a recuperar su ritmo como si siguieran los compases de la sección de cuerda que oía. Me preparé una tortilla a la francesa y me fui a la cama con un libro que estaba demasiado cansada para leer.

Me quedé dormida con la luz encendida y me despertó el ulular de mi alarma antirrobo. Saqué mi Glock de un cajón y resistí el impulso de desactivar el sistema. No soportaba aquel estrépito horrible. Pero no sabía qué lo había provocado. Unos minutos después sonó el teléfono.

—Aquí la ADT...

—Sí, sí —dije—. No sé por qué se ha disparado.

—El sensor nos indica la zona cinco. La puerta de atrás de la cocina.

—No tengo ni idea.

—Entonces querrá que le mandemos a la policía.

—Supongo que será lo mejor.

La alarma seguía sonando.

28

Supuse que una fuerte ráfaga de viento podía haber disparado la alarma, y unos minutos después la desactivé para poder oír llegar a la policía. Me senté en la cama y esperé. No pasé por la temible rutina de registrar hasta el último centímetro de mi casa, de entrar en habitaciones, duchas y oscuros espacios de miedo.

Escuché el silencio y llegué a ser agudamente consciente de sus sonidos. Oía el viento, el tenue chasquido de los números que se sucedían en el reloj digital, el susurro de la calefacción y mi propia respiración. Un coche paró ante mi casa y fui corriendo a la puerta principal. Uno de los agentes llamaba ruidosamente, golpeando con una cachiporra o un bastón de ronda en vez de pulsar el timbre.

—Policía —anunció secamente una voz femenina.

Los dejé entrar. Había dos agentes, una mujer bastante joven y un hombre mayor que ella. La placa de la agente la identificaba como J. F. Butler, y había algo en ella que produjo efecto en mí.

—La zona corresponde a la puerta de la cocina que da al patio —les informé—. Y gracias por haber venido tan deprisa.

—¿Cómo se llama? —me preguntó su compañero, R. I. McElwayne.

Se comportaba como si no supiera quién era yo. Como si sólo fuera una señora de mediana edad con albornoz que vivía en una hermosa casa de un barrio donde rara vez era necesaria la policía.

—Kay Scarpetta.

Su sequedad profesional se dulcificó un poco.

—No estaba seguro de que usted existiera realmente. He oído hablar mucho de usted, pero nunca he estado en la morgue. Ni una sola vez en dieciocho años, cosa que agradezco.

—Eso es porque por aquel entonces no había que asistir a las autopsias de demostración y aprender todas esas cosas científicas —se burló Butler.

McElwayne intentó no sonreír mientras sus ojos recorrían mi casa con visible curiosidad.

—Puede venir a ver una autopsia de demostración cuando quiera —le ofrecí.

Butler, el cuerpo en estado de alerta continua, se fijaba en todo lo que la rodeaba. Todavía no había sucumbido al peso de su carrera, a diferencia de su compañero, que, por el momento, sólo se interesaba en mi casa y en quién era yo. A esas alturas, probablemente habría subido a mil coches y respondido a otras tantas falsas alarmas, todo ello por muy poco sueldo y todavía menos agradecimiento.

—Nos gustaría echar un vistazo —me dijo Butler, cerrando la puerta principal—. Empezando por aquí abajo.

—Adelante. Miren donde quieran.

—No se mueva de aquí, por favor. —Se dirigió hacia la cocina. En ese momento, me di cuenta, y mis emociones me pillaron totalmente desprevenida.

Me recordaba a Lucy. Eran los ojos, el puente recto de la nariz, y sus ademanes. Lucy era incapaz de mover los labios sin mover también las manos, como si estuviera dirigiendo una conversación en vez de mantener una. Me quedé en el vestíbulo y oí sus pies sobre los suelos de madera, sus voces ahogadas y puertas que se cerraban. Se tomaron su tiempo, y me imaginé que era Butler quien se estaba asegurando de que no pasaban por alto ni un solo espacio lo bastante grande para ocultar a un ser humano.

Bajaron por la escalera, salieron a la gélida noche y los haces de sus potentes linternas barrieron las ventanas y resbalaron sobre las persianas. Aquello duró quince minutos más.

Llamaron a la puerta para que los dejara entrar y me llevaron a la cocina, con McElwayne soplándose las manos enrojecidas por el frío. Butler tenía algo importante que decirme.

—¿Ya sabe que hay unas marcas en la jamba de la puerta de la cocina?

—No —respondí, muy sorprendida.

Butler abrió la puerta cercana a la mesa junto a la ventana, donde yo solía comer. Una ráfaga de aire helado entró cuando me acerqué para ver de qué estaba hablando. Butler dirigió el haz de su linterna hacia dos pequeñas melladuras en la plancha del cerrojo y el canto del marco de madera. Parecía como si alguien hubiera intentado forzar la puerta usando una palanqueta.

—Podrían llevar tiempo aquí sin que usted se hubiera dado cuenta. No inspeccionamos esta zona cuando su alarma se disparó el martes, porque la señal indicaba el área de la puerta del garaje.

—¿Mi alarma se disparó el martes? —pregunté, cada vez más asombrada—. No lo sabía.

—Voy al coche —le dijo McElwayne a su compañera. Salió de la cocina, todavía frotándose las manos—. Vuelvo enseguida.

—Yo estaba en el turno de día —me explicó ella—. Al parecer su asistenta la activó accidentalmente.

Yo no entendía cómo era posible que Marie hubiera disparado la alarma en el garaje, a menos que hubiese ido allí por alguna razón y hubiera desoído el pitido de advertencia durante demasiado tiempo.

—La mujer estaba bastante alterada —continuó Butler—. Al parecer no consiguió acordarse del código hasta que ya estábamos allí.

—¿A qué hora ocurrió eso?

—Alrededor de las once.

Marino no habría oído la notificación por la radio porque a esa hora estaba conmigo en la morgue. Me acordé de que, cuando volví a casa aquella noche, me encontré con que la alarma no estaba conectada, y pensé en las toallas sucias y la tierra en la alfombra. Me pregunté por qué Marie no me había dejado una nota explicándome lo ocurrido.

—No teníamos ninguna razón para comprobar esta puerta —explicó Butler—, así que no puedo decirle si esa señal de palanqueta estaba allí el martes o no.

—Aunque estuviera, está claro que alguien intentó entrar en mi casa en algún momento.

—Unidad tres-veinte —dijo Butler—. Diez-cinco a un detective de allanamientos de morada.

—Unidad siete-noventa-y-dos —le respondieron.

—¿Puede contestar, referencia intento de allanamiento de morada? —preguntó ella, dando mi dirección.

—Diez-cuatro. Tardaré unos diez minutos.

Butler dejó su radio encima de la mesa de la cocina y estudió un poco más la cerradura. Las ráfagas de aire frío dispersaron la pila de servilletas que había en el suelo y agitaron las páginas de un periódico.

—Tiene que venir de Meadow y Cary. Ahí es donde está la comisaría —me dijo, como si eso fuera algo que yo debiera saber, y cerró la puerta—. Ya no forman parte del cuerpo de detectives. —Me miró, esperando mi reacción—. El caso es que los han trasladado, y ahora patrullan las calles. Supongo que hará cosa de un mes de eso —añadió. Yo empezaba a sospechar hacia dónde se dirigía aquella conversación.

—Y supongo que ahora los detectives que se ocupan de estos casos están a las órdenes de la jefa Bray —dije.

—¿Acaso no lo está todo el mundo? —contestó ella con una sonrisa irónica tras vacilar por un instante.

—¿Le apetecería una taza de café?

—Me iría estupendamente. Aunque no quiero causarle molestias, claro.

Saqué una bolsa de café del congelador. Butler se sentó y empezó a rellenar un informe de delito. Yo preparé los tazones, la leche y el azúcar, mientras los operadores y policías lanzaban códigos diez al aire. Sonó el timbre y dejé entrar al detective de allanamientos de morada. No lo conocía. Desde que Bray había apartado a la gente de los trabajos que habían llegado a aprender tan bien, era como si ya no conociese a nadie.

—¿Es esta puerta de aquí? —le estaba preguntando el detective a Butler.

—Sí. Eh, Johnny, ¿tienes un bolígrafo que funcione mejor que éste?

Empezó a dolerme la cabeza.

—¿Tienes alguno que funcione?

Yo no podía creer lo que estaba pasando.

—¿Cuál es su fecha de nacimiento? —me estaba preguntando McElwayne.

—Pocas personas tienen sistemas de alarma en su garaje —observó Butler—. En mi opinión, los contactos son más débiles que en una puerta normal. Metal ultraligero, una superficie realmente grande. Cuando hace mucho viento...

—Hasta ahora, ningún vendaval había disparado la alarma de mi garaje.

—Pero si usted fuera un ladrón y pensara que la casa tiene una alarma antirrobo —siguió razonando Butler—, podría suponer que la puerta del garaje no está conectada al sistema. Y también podría pensar que ahí dentro hay algo que vale la pena robar.

—¿A plena luz del día? —pregunté.

El detective estaba espolvoreando la jamba de la puerta. El aire frío se colaba en la cocina.

—Bueno, doctora, vamos a ver. —McElwayne seguía rellenando su informe—. Ya tengo su dirección. Ahora necesito la del trabajo, y los números de teléfono de su casa y de su despacho.

—Oiga, no quiero que un número de teléfono que no figura en la guía acabe en manos de algún periodista. —Traté de controlar mi resentimiento ante aquella intrusión, bien intencionada o no.

—Doctora Scarpetta, ¿tiene alguna huella dactilar archivada? —preguntó el detective, pincel en alto y ensuciando el suelo con el negro polvo magnético.

—Sí. Para propósitos de exclusión.

—Ya me lo imaginaba. Bueno, creo que todos los forenses deberían tenerlas por si tocan algo que no se supone que deban tocar —dijo, sin pretender insultarme pero haciéndolo de todas maneras.

—¿Entiende lo que le estoy diciendo? —Intenté conseguir que McElwayne alzara los ojos hacia mí y me escuchara—. No quiero que esto salga en los periódicos. No quiero que todos los reporteros de Virginia y sabe Dios quién más me llamen a casa y conozcan mi dirección exacta, mi número de la Seguridad Social, mi fecha y lugar de nacimiento, raza, sexo, altura, peso, color de los ojos y cuáles son mis parientes más próximos.

—¿Ha ocurrido algo últimamente que deberíamos saber?

McElwayne seguía interrogándome.

—Un coche me siguió la noche del miércoles —dije de mala gana.

Sentí cómo todos los ojos se volvían hacia mí.

—Al parecer, también siguieron a mi secretaria. Anoche.

McElwayne continuaba tomando notas. El timbre de la puerta volvió a sonar, y vi a Marino en la pantallita del Aiphone.

—Y más vale que no lea nada sobre esto en los periódicos —les advertí mientras salía de la cocina.

—No, señora, esto figurará en el informe suplementario —me aseguró Butler, a mis espaldas—. Esas cosas no van a parar a manos de la prensa.

—Haz algo, maldita sea —le pedí a Marino mientras abría la puerta—. Alguien intenta entrar en mi maldita casa y ahora me entero de que mi intimidad será expuesta a todo el mundo.

Marino masticaba chicle vigorosamente, y a juzgar por su expresión era él quien había cometido el delito.

—Si alguien intenta entrar por la fuerza en tu casa, no estaría de más que me informaras. No tendría que enterarme de ello por la puta radio. —Sus furiosas zancadas le llevaron hacia el origen de las voces.

Yo ya había tenido más que suficiente y busqué refugio en mi estudio para llamar a Marie. Una niña contestó el teléfono, y después se puso Marie.

—Acabo de enterarme de que la alarma se disparó mientras estabas aquí el martes.

—Lo siento mucho, señora Scarpetta. —Su voz era suplicante—. No supe qué hacer. No hice nada para que se disparase. Estaba pasando el aspirador y entonces ocurrió. Estaba tan asustada que no conseguía acordarme del código.

—Lo entiendo, Marie. A mí también me asusta. Esta noche ha vuelto a dispararse, de modo que sé lo que quieres decir. Pero necesito que siempre que ocurra algo así me informes de ello.

—La policía no me creyó, estoy segura. Les dije que no había entrado en el garaje, pero enseguida me di cuenta de que...

—No te preocupes.

—Temía que usted se enfadara conmigo porque la policía..., que quizá no querría que siguiese trabajando para usted... Tendría que habérselo dicho. De ahora en adelante lo haré. Lo prometo.

—No debes tener miedo. En este país, la policía no te hará daño, Marie. Aquí las cosas no son como en el sitio del que vienes. Y quiero que tengas mucho cuidado cuando estés en mi casa. Pon la alarma, y cuando te vayas asegúrate de que está conectada. ¿Viste a alguien, o algún coche, que te llamara la atención por la razón que fuese?

—Recuerdo que llovía mucho y hacía mucho frío. No vi a nadie.

—Si ves a alguien, dímelo.

29

De alguna manera, el informe suplementario sobre el intento de robo llegó a manos de la prensa a tiempo para las noticias de las seis de la tarde del sábado. Los reporteros empezaron a llamar a mi casa y a la de Rose, interesados, sobre todo, por el hecho de que nos hubiesen seguido.

No me cabía duda de que Bray estaba detrás de aquel pequeño descuido. Le había proporcionado una agradable diversión en lo que, por lo demás, era un fin de semana frío y aburrido.

Naturalmente, a Bray le importaba un comino que mi secretaria de sesenta y cuatro años de edad viviera sola en una comunidad que no tenía guardia en la entrada.

A finales de la tarde del domingo, estaba sentada en mi sala, con el fuego encendido, trabajando en un artículo de periódico que ya hubiese debido estar entregado hacía mucho tiempo y que no me apetecía en lo más mínimo escribir. Seguía haciendo mal tiempo y no lograba concentrarme. Suponía que a esas alturas, Jo ya tendría que haber sido admitida en el CMV y Lucy debería estar en Washington. Pero de una cosa sí estaba segura: Lucy se sentía furiosa, y siempre que esto ocurría cortaba todo contacto conmigo. El enfado podía durar meses, incluso un año.

Había conseguido evitar llamar a mi madre o a mi hermana Dorothy, lo cual podía parecer una muestra de insensibilidad por mi parte, pero no necesitaba ni un solo vatio más de estrés.

Finalmente, acabé dando el brazo a torcer la noche del domingo. Al parecer, Dorothy no estaba en casa. Probé suerte con mi madre.

—No, Dorothy no está aquí —me dijo—, sino en Richmond, y si alguna vez te molestaras en telefonear a tu hermana y a tu madre, seguramente lo sabrías. Lucy se vio involucrada en un tiroteo, y tú ni siquiera puedes...

—¿Dorothy está en Richmond? —la interrumpí en tono de incredulidad.

—¿Qué esperabas? Es su madre.

—De manera que Lucy también está en Richmond, ¿no?

El pensamiento atravesó mi mente como un escalpelo.

—Ésa es la razón por la que su madre ha ido allí. Pues claro que Lucy está en Richmond.

No entendía por qué la noticia tenía que sorprenderme. Dorothy era una narcisista que siempre intentaba ser el centro de atención. Dondequiera que hubiese un drama, ella tenía que ser la protagonista. Si eso significaba asumir de pronto el papel de madre de una hija que no le importaba lo más mínimo, Dorothy estaba dispuesta a hacerlo.

—Se fue ayer y no quería pedirte que la dejaras dormir en tu casa, dado lo poco que parece importarte tu familia.

—Dorothy nunca quiere dormir en mi casa.

Mi hermana adoraba los hoteles con bar. En mi casa, no había ninguna posibilidad de conocer hombres, al menos ninguno que yo estuviera dispuesta a compartir con ella.

—¿Dónde se aloja? —quise saber—. ¿Lucy está con ella?

—Con todo este asunto del secreto nadie quiere decírmelo, y aquí me tienes, siendo su abuela y...

Yo no podía más.

—Tengo cosas que hacer, mamá.

Colgué el auricular y marqué el número del domicilio del doctor Graham Worth, el director del departamento ortopédico.

—Tienes que ayudarme, Graham.

—No me digas que un paciente de mi unidad se ha muerto —repuso él, sarcástico.

—Graham, tú sabes que no te pediría ayuda a menos que se tratara de algo muy importante.

La jovialidad cedió paso al silencio.

—Tienes una paciente ingresada bajo un alias. Es del ATF y la hirieron de bala en Miami. Ya sabes a quién me refiero.

No respondió.

—Mi sobrina Lucy tomó parte en el mismo tiroteo —proseguí.

—Sé lo del tiroteo. Los noticiarios han hablado de ello, desde luego.

—Fui yo quien le pidió al supervisor de Jo Sanders en el ATF que la transfirieran al CMV. Prometí cuidar personalmente de ella, Graham.

—Oye, Kay, tengo instrucciones de no permitir, bajo ninguna circunstancia, que reciba visitas de nadie que no sea un pariente próximo.

—¿De nadie más? —pregunté con incredulidad—. ¿Ni siquiera de mi sobrina?

—Me duele tener que decírtelo —murmuró él después de unos momentos de silencio—, pero sobre todo de ella.

—¿Por qué? ¡Eso es ridículo!

—La decisión no ha sido mía.

No podía imaginarme cuál sería la reacción de Lucy si le estaban impidiendo ver a su amante.

—Tiene fractura múltiple del fémur izquierdo —me explicó—. He tenido que enyesarla y le están administrando morfina, Kay. Tan pronto está inconsciente como despierta. Sólo sus padres la visitan. Ni siquiera estoy seguro de que entienda dónde se encuentra o qué le ha sucedido.

—¿Y la herida de la cabeza?

—Sólo fue un arañazo.

—¿Lucy ha estado por allí? ¿Esperando delante de la habitación, quizá? Es probable que fuera acompañada por su madre.

—Estuvo hace unas horas, en algún momento de esta mañana. Iba sola —respondió el doctor Worth—. Dudo que siga allí.

—Al menos dame una oportunidad de hablar con los padres de Jo.

No quiso responderme.

—¿Graham? —insistí.

Silencio.

—Por el amor de Dios. Son camaradas. Son amigas íntimas.

Silencio.

—¿Sigues ahí?

—Sí.

—Maldita sea, Graham, se quieren. Jo quizá ni siquiera sepa si Lucy está viva.

—Jo sabe que tu sobrina se encuentra perfectamente, y no quiere verla.

Colgué el auricular y me quedé mirando el teléfono. Mi hermana se había registrado en un hotel en algún lugar de aquella maldita ciudad, y sabía dónde estaba Lucy. Repasé las Páginas Amarillas, empezando con el Omni, el Jefferson y los hoteles más obvios. No tardé en descubrir que Dorothy se había registrado en el Berkeley, en la parte antigua de la ciudad, conocida como Shockhoe Slip.

No respondió a la llamada. En Richmond, no había muchos lugares a los que pudiera haber ido en busca de diversión un domingo. Salí corriendo de casa y subí a mi coche. El horizonte urbano estaba envuelto en nubes, y estacioné en el aparcamiento del Berkeley. Nada más entrar en éste, supe que Dorothy no estaría allí. El pequeño y elegante hotel tenía un bar de atmósfera íntima con luces tenues, sillones de cuero y una clientela que hablaba en voz baja. El encargado de la barra llevaba chaqueta blanca. Cuando me acerqué a él, se mostró muy atento.

—Estoy buscando a mi hermana y me preguntaba si habría estado aquí —dije.

Se la describí y él meneó la cabeza.

Salí del hotel y crucé la calle adoquinada hacia el Tobbaco Company, un antiguo almacén de tabaco que había sido convertido en restaurante, con un ascensor exterior de bronce y cristal que no paraba de subir y bajar por un atrio repleto de plantas y flores exóticas. Justo enfrente de la puerta principal, había un bar musical con una pista de baile, y vi a Dorothy sentada a una mesa en compañía de cinco hombres. Me acerqué; era una mujer con una clara misión en la vida.

Las personas de las mesas contiguas dejaron de hablar, y todos los ojos se clavaron en mí como si fuese una pistolera que acababa de empujar las puertas batientes de un *saloon*.

—Disculpe —le dije cortésmente al hombre que estaba sentado a la izquierda de Dorothy—. ¿Le importa que me siente aquí un momento?

Le importaba, pero me cedió su asiento y se fue al bar. Los otros acompañantes de Dorothy se movieron incómodos.

—He venido a hablar contigo.

—¡Bueno, mira quién está aquí! —exclamó Dorothy, que estaba claro que llevaba un rato bebiendo, y alzó su combinado en un brindis—. Mi hermana mayor. Permíteme presentarte.

—Cállate y escúchame —le dije en voz baja.

—Mi legendaria hermana mayor... —prosiguió.

Dorothy siempre se volvía temible cuando bebía. No hablaba con voz pastosa ni tropezaba con las cosas, pero podía enloquecer a los hombres con sus insinuaciones sexuales y usar su lengua como si se tratara de un aguijón. Yo me avergonzaba de su conducta y de la forma en que vestía, que a veces parecía una parodia intencionada de la mía.

Aquella noche, llevaba un magnífico traje azul oscuro, propio de una ejecutiva, pero debajo de la chaqueta, su ceñido jersey rosa ofrecía a sus acompañantes más que una sugerencia de los pezones. Dorothy no tenía demasiado pecho, y eso siempre la había obsesionado. Hacer que los hombres le miraran los senos la tranquilizaba de alguna manera.

—Necesito que vengas conmigo, Dorothy —dije acercándome un poco más a ella, casi abrumada por el olor a perfume Chanel—. Tenemos que hablar.

—¿Sabéis quién es? —dijo mi hermana mientras yo me desesperaba—. Es la forense en jefe de esta maravillosa Commonwealth. ¿Os lo podéis creer? Tengo una hermana mayor que hace autopsias.

—Uf, eso tiene que ser realmente interesante —dijo uno de los hombres.

—¿Qué quiere beber? —preguntó otro.

—Bueno, ¿y cuál piensa que es la verdad acerca del caso Ramsey? ¿Cree que lo hicieron los padres?

—Me gustaría que alguien demostrara que esos huesos que encontraron son realmente los de Amelia Earhart.

—¿Dónde está la camarera?

Puse la mano sobre el brazo de Dorothy y nos levantamos de la mesa. Una cosa sí era cierta acerca de mi hermana: tenía demasiado orgullo para provocar una escena que no la dejara en buen lugar. La escolté hacia una noche melancólica de niebla y ventanas ennegrecidas.

—No voy a ir a casa contigo —anunció en cuanto estuvo segura de que nadie podía oírla—. Y suéltame el puto brazo.

—Vas a venir conmigo y vamos a decidir qué hacer con respecto a Lucy.

—La vi hace unas horas en el hospital.

La instalé en el asiento del acompañante.

—No te mencionó —añadió mi siempre tan delicada hermana.

Subí al coche y cerré las puertas.

—Los padres de Jo son encantadores —añadió mientras nos íbamos—. Me sorprendió mucho que no supieran la verdad acerca de la relación de Lucy y Jo.

—¿Qué hiciste, Dorothy? ¿Contárselo?

—No con todos los detalles, pero supongo que aludí a ciertas cosas porque me imaginaba que ellos ya lo sabían. Cuando estás acostumbrada a Miami, estos lugares siempre te sorprenden un poco.

Me estaban entrando ganas de abofetearla.

—El caso es que cuando llevaba un rato hablando con los Sanders me di cuenta de que no son lo que se dice muy progresistas y no están dispuestos a aceptar una relación lesbiana.

—Me gustaría que no usaras esa palabra.

—Bueno, eso es lo que son. Descendientes de esas amazonas de la isla de Lesbos en el mar Egeo, delante de la costa de Turquía. Las mujeres turcas tienen muchísimo vello. ¿Nunca te has fijado?

—¿Has oído hablar alguna vez de Safo?

—Por supuesto que he oído hablar de él.

—Ella era una lesbiana porque vivía en Lesbos. Escribió algunos de los mejores poemas líricos de la antigüedad.

—Ja. Pues no hay nada de poético en algunas de esas culturistas con el cuerpo cubierto de *piercings*. Y, por supuesto, los Sanders no me dijeron claramente que pensaban que Lucy y Jo eran lesbianas. Su razonamiento era que Jo había sufrido un trauma horrible, y que ver a Lucy se lo recordaría todo. Era demasiado pronto. Fueron muy claros, aunque para nada desagradables, y en cuanto llegó Lucy, se lo dijeron de una manera muy amable y comprensiva.

Crucé la plaza.

—Desgraciadamente, ya sabes cómo es Lucy. Se encaró con ellos. Les dijo que no les creía, y acabó levantando la voz y se puso bastante grosera. Le expliqué que Jo había pasado por una experiencia horrible y que los Sanders estaban muy afectados. Ellos fueron muy pacientes y le dijeron que rezarían por ella, y entonces una enfermera le dijo a Lucy que tenía que irse.

»Y Lucy se fue hecha una furia —concluyó mi hermana. Después me miró y añadió—: Por supuesto, enfadada contigo o no, al final vendrá a verte, tal como siempre hace.

—¿Cómo has podido hacerle eso? ¿Cómo has podido interponerte entre ella y Jo? ¿Qué clase de persona eres?

Dorothy se quedo atónita y pude ver cómo empezaba a enfurecerse.

—Siempre has tenido unos celos terribles de mí porque no eres su madre.

En vez de seguir en dirección a casa, tomé por la salida de la calle Meadow.

—¿Por qué no aclaramos esto de una vez por todas?

—preguntó Dorothy—. No eres más que una máquina, un ordenador, uno de esos instrumentos de alta tecnología que tanto te gustan. Y hay que preguntarse qué es lo que anda mal en una persona que ha optado por pasar todo su tiempo con cadáveres. Cadáveres refrigerados, apestosos y medio podridos, la mayoría de los cuales ya eran unos impresentables cuando vivían.

Volví a la autovía y seguí yendo hacia la zona sur.

—Yo, en cambio, creo en las relaciones —prosiguió—. Invierto mi tiempo en ocupaciones creativas, en la reflexión y en relacionarme, y creo que nuestros cuerpos son como templos y que deberíamos cuidarlos y estar orgullosos de ellos. Mírate. —Hizo una pausa para dar más énfasis a lo que se disponía a decir—. Fumas, bebes y apuesto a que ni siquiera vas a un gimnasio. No me preguntes por qué no estás gorda y sebosa, como no sea gracias a todas esas costillas que sierras y a que, cuando no tienes que ir corriendo a una escena del crimen u otra, pasas el día entero de pie en un maldito depósito de cadáveres. Pero pasemos a lo peor de todo.

Se inclinó sobre mí, lanzándome su desagradable aliento a vodka.

—Ponte el cinturón, Dorothy —le dije en voz baja.

—Lo que le has hecho a mi hija... Mi única niña. Nunca has tenido hijos porque siempre has estado demasiado ocupada, así que te llevaste a la mía. Nunca debí permitir que te la llevaras. ¿En qué estaría pensando cuando dejaba que pasara los veranos contigo? —Se llevó las manos a la cabeza en un gesto melodramático—. ¡Le llenaste la mente con toda esa mierda de las armas, las municiones y el resolver crímenes! ¡Sólo tenía diez años y ya la habías convertido en una maldita fanática de los ordenadores, cuando una niña de esa edad debería estar yendo a fiestas de cumpleaños, montando ponis y haciendo amistades!

Dejé que hablara y concentré mi atención en la carretera.

—La expusiste a la influencia de ese asqueroso policía paleto porque, ya puestas a decirlo todo, tus relaciones con el sexo masculino se reducen a él —continuó—. Espero que no te acuestes con semejante cerdo, créeme. Y debo decirte que, por mucho que lamente lo que le ocurrió a Benton, siempre fue un debilucho. No había savia suficiente en ese árbol, oh no. No había yema en ese huevo.

»Ah, sí. En esa relación tú eras el hombre, señorita doctora-abogada-jefa. Ya te lo he dicho y te lo repito: no eres más que un hombre con un gran par de tetas. Engañas a todo el mundo porque se te ve muy elegante con tu ropa de Ralph Lauren y tu precioso coche. Te crees jodidamente sexy con esas grandes tetas tuyas, y siempre me estás haciendo sentir que no hago las cosas bien; todavía recuerdo cómo te burlaste de mí cuando pedí que me mandaran lo de Mark Eden y el resto de esos artefactos. ¿Y te acuerdas de lo que dijo mamá? Me dio una foto en la que aparecía la peluda mano de un hombre, y dijo: «Eso es lo que hace que a una mujer le crezcan las tetas.»

—Estás borracha.

—¡Éramos adolescentes y te burlabas de mí!

—Nunca me he burlado de ti.

—Hacías que me sintiera estúpida y fea. Y tú tenías todo ese cabello rubio y un pecho de verdad, y todos los chicos hablaban de ti. Sobre todo porque además eras inteligente. Oh, siempre te has considerado jodidamente inteligente, mientras que yo tuve que conformarme con una licenciatura en inglés...

—Basta, Dorothy.

—Te odio.

—No, Dorothy, eso no es verdad.

—Pero no me engañas. Oh, no. —Sacudió la cabeza mientras agitaba su dedo delante de mi cara—. Oh, no. No puedes engañarme. Siempre he sospechado la verdad acerca de ti.

Yo había aparcado delante del hotel Berkeley y ella ni siquiera se había dado cuenta. Dorothy estaba gritando y tenía el rostro cubierto de lágrimas.

—Eres una maldita tortillera, eso es lo que eres —me espetó, llena de odio—. ¡Y has convertido a mi hija en otra! ¡Y ahora han estado a punto de matarla y ella me desprecia!

—¿Por qué no entras en tu hotel y duermes un poco?

Se secó los ojos, miró por la ventanilla y se sorprendió al ver su hotel, como si el Berkeley fuese una nave espacial que acabara de aterrizar sin hacer ningún ruido.

—No te estoy dejando tirada en la cuneta, Dorothy. Pero en este momento creo que es mejor que nos separemos.

Dorothy sorbió aire por la nariz; su furia se desvanecía como fuegos artificiales en la noche.

—Te acompañaré a tu habitación.

Meneó la cabeza, con las manos inmóviles en el regazo mientras las lágrimas seguían deslizándose por su rostro apenado.

—No quiso verme —dijo con un hilo de voz—. Apenas salí del ascensor en ese hospital, puso cara de fastidio.

Un grupo de personas acababa de abandonar Tobacco Company. Reconocí a los hombres que habían estado en la mesa de Dorothy. Andaban con paso vacilante y reían demasiado fuerte.

—Ella siempre ha querido ser como tú, Kay. ¿Tienes idea del daño que me hace eso? —lloriqueó Dorothy—. También soy alguien. ¿Por qué no puede querer ser como yo?

De pronto se inclinó sobre mí y me abrazó. Lloró en mi cuello, sollozando y temblando. Yo deseaba quererla. Pero no la quería. Nunca la había querido.

—¡Quiero que también me adore a mí! —exclamó, dejándose llevar por la emoción, el alcohol y su propia adicción al drama—. ¡Quiero que también me admire! ¡Quiero que presuma de mí como presume de ti! Quiero que piense que soy brillante y fuerte, y que cuando entro en una habitación todo el mundo vuelve la cabeza para mirarme. ¡Quiero que piense y diga las cosas que piensa y dice de ti! Quiero que me pida consejo y que quiera llegar a ser como yo.

Puse la marcha y fui hacia la entrada del hotel.

—Eres la persona más egoísta que he conocido nunca, Dorothy —dije.

30

Cuando llegué a casa, ya casi eran las nueve. Empecé a preocuparme pensando que quizá debería haber llevado conmigo a Dorothy en vez de dejarla en su hotel. No me habría sorprendido que, nada más dejarla, hubiera cruzado la calle para volver al bar. Quizás hubiera unos cuantos hombres solos con los que podría divertirse.

Comprobé mis mensajes telefónicos, irritada por los que colgaban sin decir nada. Había siete de ésos, y en todos los casos la identificación de la persona que rezaba: «No disponible.» A los reporteros no les gustaba dejar mensajes, ni siquiera en mi despacho, porque eso me daba la opción de no devolver la llamada. Oí cerrarse la puerta de un coche ante mi casa y casi me pregunté si sería Dorothy. Pero cuando eché un vistazo, vi alejarse un taxi amarillo y a Lucy llamando al timbre.

Cargaba con una maleta pequeña y una bolsa de viaje. Las dejó en el vestíbulo y cerró la puerta de un empujón. No me abrazó. Su mejilla izquierda era un gran morado púrpura oscuro, y unos cuantos moretones más pequeños estaban empezando a amarillear por los bordes. Yo había visto suficientes lesiones similares para saber que la habían golpeado con los puños.

—La odio. —Me fulminó con la mirada, como si yo tuviera la culpa de todo—. ¿Quién le dijo que viniera aquí? ¿Fuiste tú?

—Sabes que yo jamás haría tal cosa —respondí—. Ven,

conversemos. Tenemos muchas cosas de que hablar. Dios mío, empezaba a pensar que nunca volvería a verte.

Le indiqué que se sentara delante del fuego y añadí otro tronco a éste. Lucy tenía un aspecto horrible. Los tejanos y el jersey le quedaban grandes, tenía círculos oscuros debajo de los ojos y los cabellos castaño rojizos le caían sobre la cara. Puso un pie encima de mi mesita de centro. Las tiras de velcro crujieron cuando se quitó la funda tobillera y el arma.

—¿Tienes algo de beber en esta casa? Bourbon, lo que sea... La calefacción del taxi no funcionaba y no había manera de cerrar la ventanilla. Estoy helada. Mira mis manos.

Me las enseñó. Las uñas estaban azules. Las tomé en las mías y se las apreté. Me acerqué un poco más a ella en el sofá y la rodeé con los brazos, notando lo delgada que estaba.

—¿Qué ha sido de todo ese músculo? —intenté bromear.

—No he comido mucho últimamente... —repuso mirando el fuego.

—¿No tienen comida en Miami?

Lucy se negaba a sonreír.

—¿Por qué ha tenido que venir? ¿Por qué no puede dejarme en paz? Lo único que ha hecho en su vida es obligarme a soportar la presencia de todos sus hombres, hombres, hombres. Exhibirse delante de mí con todas esas pollas haciéndole la corte mientras yo no tenía a nadie. Demonios, ellos tampoco tenían a nadie, y ni siquiera lo sabían.

—Siempre me has tenido a mí.

Se apartó los cabellos de los ojos y no pareció oírme.

—¿Sabes qué hizo en el hospital?

—¿Cómo supo dónde podía encontrarte?

Lo primero que necesitaba era una respuesta para esa pregunta, y Lucy enseguida entendió por qué se lo preguntaba.

—Porque es mi madre y me dio a luz —dijo con sarcasmo cantarín—. Eso quiere decir que su nombre figura en varios impresos, tanto si me gusta como si no, y naturalmente, ella sabe quién es Jo. Así que localiza a los padres de ésta aquí, en Richmond, y se entera de todo porque es muy manipuladora y la gente siempre la encuentra maravillosa. Los Sanders le dicen dónde está la habitación de Jo y mi madre se presenta en el hospital esta mañana; y yo ni siquiera me había enterado de que estuviera allí hasta que, cuando estaba sentada en la sala de espera, la vi entrar como la prima donna que es.

Apretó los puños y volvió a abrirlos como si tuviera los dedos envarados.

—¿Y a que no adivinas qué hizo después? —continuó—. Pues representar su numerito de la simpatía con los Sanders. Les trajo café y bocadillos, y los obsequió con todas sus pequeñas perlas de filosofía. Y hablaron y hablaron mientras yo estaba sentada allí como si no existiera. Después mamá vino hacia mí y me dio unas palmaditas en la mano y me dijo que Jo no podía recibir visitas. Yo le pregunté que quién demonios era ella para decirme eso, y entonces me dijo que los Sanders le habían pedido que me lo dijera porque no deseaban herir mis sentimientos. Así que al final me fui. Por lo que sé, mi madre quizá todavía esté allí.

—No está allí.

Lucy se puso en pie y empujó un tronco con el atizador. Una nube de chispas se levantó como en señal de protesta.

—Ha ido demasiado lejos. Esta vez sí que la ha hecho buena.

—No hablemos de ella. Quiero hablar de ti. Cuéntame qué ocurrió en Miami.

Lucy se sentó encima de la alfombra, apoyó la espalda en el sofá y siguió mirando el fuego. Me levanté, fui al bar y le serví un bourbon.

—He de verla, tía Kay.

Le tendí el vaso y volví a sentarme. Después le di masaje en los hombros y Lucy empezó a relajarse. Su voz se fue haciendo soñolienta.

—Jo se encuentra ahí y no sabe que la estoy esperando. Quizá piensa que no tengo tiempo para ella.

—¿Y por qué iba a pensar una cosa así, Lucy?

Lucy sólo parecía tener ojos para el humo y las llamas, y no me respondió. Después tomó un sorbo de su bourbon.

—Cuando íbamos allí en mi pequeño Mercedes Benz de doce cilindros —dijo con voz distante—, Jo tuvo un mal presentimiento y me lo contó. Yo le dije que, cuando estás a punto de hacer ese tipo de operación, es normal tener malos presentimientos. Incluso me lo tomé a broma.

Se calló y siguió mirando las llamas, contemplándolas tan fijamente como si estuviera viendo otra cosa.

—Llegamos a la puerta del apartamento que esos cabrones del Ciento Sesenta y Cinco están usando como centro de reunión, y Jo entra primero. Hay seis de ellos en vez de tres. Enseguida nos damos cuenta de que vamos a tener problemas y yo sé qué van a hacer. Uno de ellos agarra a Jo y le pone una pistola en la cabeza para obligarla a decirles en qué lugar de Fisher Island vamos a tenderles la emboscada.

Respiró hondo y guardó silencio, como si no pudiera seguir hablando. Tomó otro sorbo de bourbon.

—Dios, ¿qué demonios es esto? Sólo los vapores ya me están dejando fuera de combate.

—Es bourbon del mejor. Normalmente no te animaría, pero en estos momentos no te iría nada mal perder el conocimiento. Quédate conmigo durante unos días.

—El ATF y la DEA lo hicieron todo bien.

—Esas cosas pasan, Lucy.

—Tuve que pensar deprisa. Lo único que se me ocurrió fue que debía comportarme como si me diera igual que le volaran los sesos o no. Allí están ellos apuntándole a la cabeza con una pistola y yo empiezo a fingir que estoy muy cabreada con Jo, que era lo que ellos menos se esperaban. —Bebió otro trago de bourbon. Estaba empezando a hacerle efecto—. Me encaré con el gilipollas de la pistola y le dije que adelante, que por mí podía cargársela porque era una zorra y ya estaba harta de que siempre estuviese creando problemas. Pero que si la mataba lo único que conseguiría sería joderse y joder a todos los demás.

Siguió contemplando el fuego con los ojos muy abiertos, sin parpadear, como si volviera a ver todo aquello en su mente.

—Y entonces le digo: «¿Te crees que no esperaba que nos usaras y que luego hicieras esto? ¿Te crees que soy idiota? Bueno, pues a ver si lo adivinas. Me había olvidado de decirte que el señor Tortora espera que vayamos a verle (y entonces le eché un vistazo a mi reloj), exactamente dentro de una hora y dieciséis minutos. Pensé que estaría bien darle un poquito de conversación antes de que aparecierais vosotros, cabrones, y le volarais las tripas y os llevarais todo su dinero, sus armas y su puta cocaína. ¿Y qué pasará si no acudimos a la cita? ¿Creéis que se pondrá nervioso?»

Yo no podía apartar los ojos de Lucy. Las imágenes caían sobre mí procedentes de todas direcciones. Me la imaginé representando aquella mascarada tan peligrosa, y la vi con su ropa de combate, pilotando un helicóptero, programando ordenadores. La visualicé como la niña insoportable e incontenible a la que yo prácticamente había criado. Marino tenía razón. Lucy estaba convencida de que tenía demasiadas cosas que demostrar. Su primer impulso siempre había sido luchar.

—Al parecer no me creyeron —continuó—. De modo que me volví hacia Jo. Nunca olvidaré su expresión mientras estaba allí con el cañón de la pistola apoyado en la sien. Sus ojos... —Hizo una pausa—. Y mientras me mira a los ojos, los suyos están tranquilos porque... —Le tembló la voz—. Porque quiere que sepa que me ama... —Se echó a sollozar—. ¡Me ama! Quiere que lo sepa porque cree que... —Alzó la voz y se calló—. Cree que vamos a morir. Y entonces es cuando empiezo a gritarle. La llamo puta estúpida y la abofeteo con tanta fuerza que la mano se me queda entumecida.

»Y todo lo que hace ella es mirarme como si yo fuese lo único que hubiera en el mundo, mientras la sangre le sale de la nariz y de las comisuras de los labios. Ni siquiera grita. Está fuera de la historia, ha perdido su papel, su adiestramiento y todo lo que sabe jodidamente bien que tendría que hacer. La agarro. La tiro al suelo y me pongo encima de ella, maldiciendo, chillando y dándole de bofetadas.

Se enjugó las lágrimas y miró hacia delante.

—Y lo más horrible, tía Kay —añadió—, es que una parte de todo eso es real. Si estoy tan furiosa con ella es porque se ha dado por vencida, porque me ha fallado y me ha dejado sola... ¡Iba a rendirse y estaba dispuesta a morir, maldita sea!

—Igual que hizo Benton —murmuré.

Lucy se limpió la cara con la camiseta. No parecía haber oído lo que le acababa de decir.

—Estoy tan jodidamente harta de que la gente se dé por vencida y me deje... —dijo con la voz a punto de quebrársele—. ¡Justo cuando más los necesito y entonces se dan por vencidos, hostia!

—Benton no se dio por vencido, Lucy.

—Y yo sigo insultándola y le grito, y le doy de bofetadas y le digo que la voy a matar, mientras estoy sentada a horcajadas encima de ella, y la tengo agarrada por el pelo y le sacudo la cabeza. Y eso hace que se despabile, y a lo mejor incluso la cabrea un poco, y empieza a resistirse. Me llama puta cubana y me escupe sangre a la cara, y empieza a darme puñetazos, y ellos se ríen y silban y se tocan la entrepierna...

Volvió a respirar hondo y cerró los ojos, tan cansada que apenas lograba mantenerse derecha. Se apoyó en mis piernas, y la luz del fuego bailó sobre su hermoso y enérgico rostro.

—Y entonces ella empieza a resistirse de verdad —dijo—. Mis rodillas le aprietan los costados tan fuerte que me asombra que no le haya roto las costillas, y mientras nos estamos atizando la una a la otra yo le desgarro la camisa y eso los pone realmente cachondos y no ven que saco la pistola de mi funda tobillera. Empiezo a disparar. Y disparo, disparo, disparo, disparo... —dijo, bajando la voz poco a poco hasta callarse.

Me incliné sobre ella y la rodeé con los brazos.

—¿Y sabes una cosa? Yo llevaba uno de esos tejanos de pernera ancha para esconder mi Sig. Dicen que disparé once balas. Ni siquiera recuerdo haber sacado el cargador vacío y haber puesto uno lleno. Y de pronto, hay agentes por todas partes y yo estoy sacando a rastras a Jo por la puerta, y ella sangra mucho por la cabeza.

El labio inferior de Lucy tembló mientras intentaba continuar. Estaba allá, reviviéndolo todo.

—Un disparo, y otro, y otro más. Su sangre en mis manos. —Alzó la voz—. La abofeteé una y otra vez. Aún siento el impacto de su mejilla en la palma de mi mano.

Se miró la mano como si quisiera ejecutarla.

—Y lo sentí. Sentí lo suave que era su piel, y cómo sangraba. La hice sangrar. Esa misma piel que había acariciado y amado... Hice que la sangre brotara de ella. Y luego las armas, las armas, las armas, y el humo, y me zumbaban los oídos, y cuando las cosas ocurren de esa manera, no te enteras de nada. Se acabó y nunca ha empezado. Yo sabía que Jo estaba muerta.

Agachó la cabeza y lloró en silencio. Le acaricié el pelo.

—Le salvaste la vida. Y ella te la salvó a ti —la consolé—. Jo sabe lo que hiciste y por qué lo hiciste, Lucy. Tendría que quererte más de lo que ya te quería.

—Estoy metida en un buen lío, tía Kay.

—Eres una heroína. Eso es lo que eres.

—No. No lo entiendes. Da igual que fuese un buen tiroteo. Da igual que el ATF acabe concediéndome una medalla.

Se incorporó y se puso en pie. Después bajó la mirada hacia mí, y en sus ojos había derrota y otra emoción que no pude reconocer. Quizá fuera pena. Lucy nunca había mostrado pena cuando mataron a Benton. Lo único que había visto en ella fue rabia.

—¿La bala que le sacaron de la pierna? Es una Hornady Custom de punta hueca con casquillo especial. Noventa gránulos. Lo que tenía en mi arma.

No supe qué decir.

—Fui yo quien le disparó, tía Kay.

—Aunque lo hicieras...

—¿Y si nunca vuelve a andar? ¿Y si tiene que dejar su trabajo por mi culpa?

—Tendrá que pasar algún tiempo antes de que pueda volver a saltar de un helicóptero. Pero se pondrá bien.

—¿Y si le he estropeado la cara para siempre con mi puto puño?

—Escúchame, Lucy: le salvaste la vida. Si para hacerlo tuviste que matar a dos personas, pues entonces que así sea. No tenías elección. No es como si hubieras querido hacerlo.

—Y una mierda que no quería hacerlo. Ojalá los hubiera matado a todos.

—No hablas en serio.

—Quizá debería hacerme mercenaria —dijo ella con un tono de amargura—. ¿Tienes algún asesino, violador, ladrón de coches, pedófilo o traficante de drogas del que necesites librarte? Pues marca el seis cincuenta y cuatro L-U-C-Y.

—Matando no conseguirás hacer volver a Benton.

Daba igual lo que le dijera; Lucy no parecía oírme.

—Él no querría que te sintieras así.

Sonó el teléfono.

—Benton no te abandonó, Lucy. No estés furiosa con él porque murió.

El teléfono sonó por tercera vez, y Lucy no pudo contenerse. Lo agarró, sin poder disimular la esperanza y el miedo. No me sentí capaz de contarle lo que me había dicho el doctor Worth. No era el momento.

—Claro, espere. —La desilusión y la pena volvieron a ensombrecer su rostro cuando me pasó el auricular.

—Sí —respondí de mala gana.

—¿Estoy hablando con la doctora Scarpetta? —preguntó una voz masculina que no conocía.

—¿Con quién hablo?

—Es importante que verifique quién es usted.

El acento era de Estados Unidos.

—Si es usted otro reportero...

—Voy a darle un número de teléfono.

—Y yo le haré una promesa —repliqué—. O me dice quién es usted o cuelgo.

—Permítame darle este número. —Empezó a recitarlo sin darme tiempo a negarme.

Reconocí el código nacional de Francia.

—En Francia, ahora son las tres de la mañana —dije como si él no lo supiera.

—Da igual la hora que sea. Hemos estado recibiendo información acerca de usted y la hemos introducido en nuestro sistema.

—Yo no se la he dado.

—No, doctora Scarpetta, no en el sentido de que usted la tecleara en su ordenador.

Tenía una hermosa voz de barítono, tan suave como la madera recién lustrada.

—Estoy en el secretariado de Lyon —me informó—. Llame al número que le he dado y al menos escuche nuestro servicio de contestador de guardia.

—Pero ¿qué sentido tiene...?

—Por favor.

Colgué y marqué el número, y una voz de mujer grabada que hablaba con un marcado acento francés dijo *«Bonjour»* y «Hola», y a continuación recitó los horarios de oficina en ambos idiomas. Entré en la extensión que me había dado, y la voz del hombre volvió a sonar por la línea.

—¿*Bonjour*. Hola? ¿Y se supone que esto lo identifica? Por lo que sé, podría tratarse de un restaurante.

—Mándeme por fax una hoja de su papel de carta, por favor. Cuando la vea se lo explicaré.

Me dio el número. Lo puse en espera y volví a mi estudio. Le envié lo que me había pedido por fax. Lucy seguía delante del fuego, el codo apoyado en la rodilla y el mentón en la mano, apática e inmóvil.

—Me llamo Jay Talley y soy el enlace del ATF en la Interpol —me informó el hombre cuando volví a hablar con él—. Necesitamos que venga aquí de inmediato. Usted y el capitán Marino.

—No le entiendo. Ya deberían tener mis informes. Por el momento no estoy en condiciones de añadir nada a ellos.

—No se lo pediríamos si no fuera importante.

—Marino no tiene pasaporte.

—Hace tres años fue a las Bahamas.

Me había olvidado de que Marino había llevado a una de sus muchas pésimas elecciones femeninas a hacer un crucero de tres días. La relación no duró mucho más que eso.

—Me da igual lo importante que sea esto. No voy a tomar un avión para volar a Francia cuando no sé qué...

—Espere un momento —me interrumpió, cortésmente pero con autoridad—. ¿Senador Lord? ¿Está usted ahí, señor?

—Estoy aquí.

—¿Frank? —exclamé asombrada—. ¿Dónde estás? ¿En Francia? —Me pregunté cuánto tiempo llevaría escuchando nuestra conversación.

—Escúchame con atención, Kay. Esto es importante. —La voz del senador Lord me recordó muy bien quién era—. Ve, y hazlo ahora mismo. Necesitamos tu ayuda.

—¿Quién necesita mi ayuda?

Entonces habló Talley.

—Usted y Marino tienen que estar en la terminal privada del Millionarie a las cuatro y media de la madrugada, lo cual significa que faltan menos de seis horas.

—No puedo irme sin más... —dije mientras Lucy aparecía en el vano de la puerta.

—No se retrasen. Su enlace de Nueva York sale a las ocho y media —me dijo él.

Pensaba que el senador Lord había colgado, pero de pronto volví a oír su voz.

—Gracias, agente Talley —dijo—. Ahora hablaré con ella.

No oí que Talley saliera de la línea.

—¿Qué tal te van las cosas, Kay? —preguntó mi amigo el senador.

—No tengo ni idea.

—Me importas mucho, Kay. No permitiré que te ocurra nada. Confía en mí. Y ahora cuéntame cómo te encuentras.

—Dejando aparte el que me acaban de pedir que vaya a Francia y que están a punto de despedirme y...

Me disponía a añadir lo que le había ocurrido a Lucy, pero la tenía al lado.

—Todo irá bien —dijo el senador Lord.

—Me gustaría saber a qué te refieres exactamente cuando dices «todo».

—Confía en mí.

Siempre lo había hecho.

—Te pedirán que hagas cosas a las que te resistirás. Cosas que te asustarán.

—No me asusto con facilidad, Frank.

31

Marino me recogió a las tres y cuarto. Era una de esas horas terribles que siempre me recordaban los primeros días de mi carrera, en los que me llamaban para los casos que nadie más quería.

—Ahora ya sabes qué se siente estando en el turno de medianoche —comentó Marino mientras íbamos por las carreteras heladas.

—De todas maneras, ya lo sabía.

—Sí, pero la diferencia es que tú no tienes por qué saberlo. Podrías enviar a alguien más a la escena del crimen y quedarte en casa. Eres quien se encuentra al mando.

—Siempre estoy dejando a Lucy cuando me necesita, Marino.

—Y yo siempre te estoy diciendo que ella lo entiende, doctora. Probablemente volverá a Washington para pasar por toda esa mierda de la junta de revisión.

No le había hablado de la visita de Dorothy. Eso sólo habría servido para ponerlo furioso.

—Estás en la facultad del CMV. Quiero decir que eres una doctora de verdad.

—Gracias.

—¿No podrías ir a hablar con el administrador o algo? —preguntó, presionando el encendedor del salpicadero—. ¿No podrías tirar de algunos hilos para que Lucy entrase allí?

—Mientras Jo no sea capaz de tomar decisiones, su familia tiene control absoluto sobre quién la visita y quién no.

—Malditos chalados religiosos. Una pandilla de nazis armados con Biblias, eso es lo que son.

—Hubo un tiempo en el que tú también eras bastante estrecho de miras, Marino. Creo recordar que solías hablar de los maricas y los pervertidos. No quiero tener que repetirte algunas de las palabras que te he oído usar, créeme.

—Sí, claro. Bueno, no hablaba en serio.

En el centro de vuelos Millionaire, la temperatura era inferior a los cinco grados bajo cero. Un viento helado me empujó e intentó tirarme al suelo mientras bajaba el equipaje de la parte trasera de la camioneta. Fuimos recibidos por dos pilotos que no dijeron gran cosa mientras abrían una puerta para conducirnos, a través de la pista, hasta un Learjet conectado a un generador portátil. Un grueso sobre de papel manila con mi nombre escrito en él me esperaba en uno de los asientos. Cuando despegamos hacia la noche fría y despejada, apagué las luces de la cabina y dormí hasta que aterrizamos en Teterboro, Nueva Jersey.

Un Explorer azul oscuro fue hacia nosotros mientras bajábamos los escalones metálicos. Caían pequeños copos de nieve que me aguijoneaban la cara.

—Policía —dijo Marino, señalando el Explorer con la cabeza cuando se detuvo junto al avión.

—¿Cómo lo sabes?

—Siempre lo sé.

El conductor llevaba tejanos y una chaqueta de cuero. Parecía haber visto la vida desde todos sus ángulos y estar encantado de recogernos. Metió nuestro equipaje en el maletero. Marino se sentó delante. Enseguida empezaron a intercambiar comentarios y una historia detrás de otra, porque el conductor era del Departamento de Policía de Nueva York y Marino había pertenecido a él. Fui siguiendo su conversación a ratos mientras me adormilaba.

—... El detective Adams llamó sobre las once. Supongo que la Interpol lo localizó antes. No sabía que tuviera nada que ver con ellos.

—Oh, ¿sí? —Marino hablaba en voz baja y su tono era

tan soporífero como el bourbon con hielo—. Apuesto a que es uno de esos gilipollas que...

—No, no. Es un buen tipo...

Dormí y me desperté, y las luces de la ciudad rozaron mis párpados. Volvía a sentir aquel doloroso vacío.

—... Y una noche agarré tal borrachera que a la mañana siguiente desperté y no sabía dónde estaban mi coche ni mis credenciales. Eso hizo que me diera cuenta de que...

Mi único otro vuelo supersónico había sido con Benton. Me acordé de su cuerpo junto al mío y del intenso calor de mis senos rozándolo mientras estábamos colocados en aquellos pequeños asientos de cuero gris y bebíamos vino francés, contemplando las tarrinas de caviar que no teníamos intención de probar.

Me acordé de una dolorosa discusión que acabó llevándonos a hacer el amor desesperadamente en Londres, en un piso cerca de la embajada americana. Dorothy quizá tuviera razón. A veces me encerraba demasiado en mí misma y no era todo lo abierta que quería ser. Pero estaba equivocada acerca de Benton. Él jamás había sido débil, y nuestra relación en la cama nunca había sido tibia.

—¿Doctora Scarpetta?

Una voz atrajo mi atención.

—Hemos llegado —dijo nuestro conductor, mirándome por el espejo retrovisor.

Me froté la cara con las manos y reprimí un bostezo. Allí el viento era más fuerte y la temperatura todavía más baja. Fuimos al mostrador de Air France y me encargué de todo porque no confiaba en Marino para nada relacionado con billetes o pasaportes. Ni siquiera lo creía capaz de dar con la puerta correcta sin armar un escándalo. Nuestro vuelo, el dos, despegaría al cabo de hora y media. Nada más sentarme en el salón del Concorde volví a sentirme agotada y me empezaron a arder los ojos. Marino estaba muy impresionado.

—Vaya, mira eso —susurró en un tono demasiado alto—. Tienen un bar completo. Ese tipo de ahí está bebiendo una cerveza y ni siquiera son las siete de la mañana. ¿Quieres algo? —Decidió que había llegado el momento de empezar el día—. ¿Te traigo un periódico?

—En estos momentos me importa un pimiento lo que pase en el mundo —repuse; todo lo que deseaba era que me dejara en paz.

Cuando volvió, traía consigo dos bandejas llenas de galletas y queso para untar. Llevaba una lata de Heineken debajo del brazo.

—A que no lo adivinas. —Dejó su bandeja en la mesita de centro que había junto a él—. Son casi las tres de la tarde, hora francesa. —Abrió la cerveza—. He visto gente mezclar champán con zumo de naranja. Increíble, ¿verdad? Y estoy seguro de que hay una tipa famosa sentada ahí delante. Lleva gafas de sol y todo el mundo la mira.

A mí me daba igual.

—Y el tipo con el que está también tiene pinta de famoso. Se parece un poco a Mel Brooks.

—¿Y la mujer de las gafas de sol se parece a Anne Bancroft? —murmuré.

—¡Sí!

—Entonces es Mel Brooks.

Otros pasajeros, vestidos con ropas mucho más caras que las nuestras, nos miraron. Un hombre hizo crujir *Le Monde* y tomó un sorbo de su café con leche.

—La vi en *El graduado*. ¿Te acuerdas de esa película? —inquirió Marino.

Yo ya estaba despierta y deseaba esconderme en algún sitio.

—Era mi mayor fantasía. Mierda... Como el que esa profesora por la que estás chalado te llame a su despacho después de que hayan terminado las clases.

—Por ese ventanal de ahí puedes ver el Concorde —dije, señalando con un dedo.

—No entiendo cómo no se me ha ocurrido traer una cámara. —Dio otro sorbo a su cerveza.

—Quizá deberías ir a ver si encuentras una.

—¿Crees que tendrán alguna de esas cámaras de usar y tirar?

—Sólo francesas.

Marino titubeó por un instante y después me lanzó una mirada asesina.

—Vuelvo enseguida.

Naturalmente, se dejó el billete y el pasaporte en el bolsillo del abrigo que había dejado doblado encima de su asiento, y cuando anunciaron que debíamos embarcar, recibí en mi busca un mensaje diciéndome que no le permitían entrar otra vez en la sala. Marino me estaba esperando en el mostrador, a todas luces furioso delante de un guardia de seguridad.

—Lo siento —dije, entregándole el pasaporte y el billete de Marino a uno de los asistentes—. No empecemos el viaje de esta manera —le murmuré después a Marino. Cruzamos la sala siguiendo a los otros pasajeros que iban hacia el avión.

—Les dije que iría a recogerlos. Maldita pandilla de franceses. Si la gente hablara como se supone que tiene que hacerlo, no pasarían estas cosas.

Teníamos asientos contiguos, pero, afortunadamente, el avión no iba lleno, así que me cambié al otro lado del pasillo. Marino pareció tomárselo como una ofensa personal hasta que le di la mitad de mi pollo con salsa de lima, mi rollito con *mousse* de vainilla y mis chocolates. No sé cuántas cervezas llegaría a beberse, pero no paró de levantarse del asiento para deambular por el estrecho pasillo mientras volábamos a dos veces la velocidad del sonido. A las seis y veinte de la tarde, llegamos al aeropuerto Charles de Gaulle.

Un Mercedes azul oscuro nos estaba esperando delante de la terminal. Marino intentó entablar conversación con el conductor, quien ni dejó que se sentara delante ni le prestó la menor atención. Marino se dedicó a echar humo hoscamente por su ventanilla bajada, envuelto en ráfagas de aire frío mientras contemplaba feos apartamentos cubiertos de pintadas y kilómetros de vías de tren parecían tirar de nosotros hacia el horizonte iluminado de una ciudad moderna. Los grandes dioses corporativos de Hertz, Honda, Technics y Toshiba resplandecían en la noche desde sus alturas olímpicas.

—Demonios, esto podría ser Chicago —se quejó—. Me encuentro raro.

—Eso se debe al desfase horario.

—Hace unos años fui a la Costa Oeste y no me sentí así.

—Pues debe de tratarse de un caso agudo de desfase horario.

—Creo que tiene algo que ver con el ir tan deprisa —apuntó Marino—. Piensa en ello. Estás mirando por esa ventanilla igual que si estuvieras en una nave espacial, ¿no? Ni siquiera puedes ver el maldito horizonte. A esa altura, no hay nubes; el aire es tan tenue que no podrías respirarlo, y probablemente está a cuarenta bajo cero. No hay pájaros, no hay aviones normales, no hay nada.

Un agente de policía en un Citroën azul y blanco con franjas rojas estaba poniendo una multa de tráfico cerca de la Banque de France. A lo largo del Boulevard des Capucines, las tiendas se habían convertido en *boutiques* de diseño para los muy ricos, y eso me recordó que me había olvidado de comprobar a cuánto estaba el cambio.

—Por eso vuelvo a tener hambre. —Marino proseguía con su explicación científica—. Cuando vas tan deprisa, tu metabolismo tiene que seguir el ritmo. Piensa en la cantidad de calorías que supone eso. Después de pasar por la aduana no sentí nada. ¿Sentiste algo? Yo no me sentía ni bebido, ni demasiado lleno, ni nada.

No se habían molestado en poner muchos adornos de Navidad, ni siquiera en el centro de la ciudad. Los parisienses habían colgado modestas luces y guirnaldas delante de sus bares y tiendas, y hasta el momento no había visto ni un solo Papá Noel, aparte del enorme muñeco hinchable del aeropuerto que subía y bajaba los brazos como si estuviera haciendo ejercicios físicos. Las fiestas se celebraban un poco más, con flores de pascua y un árbol de Navidad, en el vestíbulo de mármol del Grand Hôtel, donde se nos informó de que íbamos a alojarnos.

—Joder —exclamó Marino al ver las columnas y la enorme araña de cristal—. ¿Cuánto crees que costará una habitación en este antro?

El tintineo musical de los teléfonos era continuo y la cola delante del mostrador de recepción deprimentemente larga. Había equipajes por todas partes, y comprendí, con creciente abatimiento, que estaban registrando a los componentes de un viaje organizado.

—¿Sabes una cosa, doctora? —dijo Marino—. En este sitio no podré permitirme tomar ni siquiera una cerveza.

—Eso suponiendo que consigas llegar al bar. Parece que nos vamos a pasar toda la noche aquí.

Mientras decía eso alguien me tocó el brazo, y un hombre con un traje oscuro apareció junto a mí

—¿*Madame* Scarpetta, *monsieur* Marino? —preguntó con una sonrisa mientras nos invitaba a dejar la cola—. Lo siento muchísimo, acabo de verlos. Me llamo Ivan. Ya están registrados. Los acompañaré a sus habitaciones.

No conseguí situar su acento, pero desde luego no era francés. Nos condujo a través del vestíbulo hasta el interior de un ascensor metálico que relucía como un espejo, donde pulsó el botón del tercer piso.

—¿De dónde es usted? —pregunté.

—De todas partes, pero llevo muchos años en París.

Seguimos a Ivan por un largo pasillo hasta llegar a dos habitaciones contiguas pero independientes. Me sorprendió y me inquietó un poco ver que nuestro equipaje ya estaba dentro de ellas.

—Si necesitan algo, pregunten por mí —dijo Ivan—. Probablemente sería mejor que comieran en la cafetería del hotel. Tienen una mesa reservada y también está el servicio de habitaciones, por supuesto.

Se fue antes de que pudiera darle propina. Marino y yo contemplamos las habitaciones desde nuestras respectivas puertas.

—Esto empieza a ponerme nervioso. No aguanto que jueguen a los agentes secretos conmigo. ¿Cómo demonios sabemos quién es ese tipo? Apuesto a que ni siquiera trabaja para el hotel.

—No mantengamos esta clase de conversación en el pasillo, Marino —murmuré, temiendo que si no conseguía alejarme de él por un rato acabaría perdiendo los estribos.

—Bien, ¿cuándo quieres comer?

—¿Qué te parece si te llamo a tu habitación?

—Bueno, es que tengo mucha hambre.

—¿Por qué no vas a la cafetería, Marino? —Recé para que lo hiciera—. Yo comeré algo más tarde.

—No, doctora, me parece que sería mejor que siguiéramos juntos —contestó.

Entré en mi habitación y cerré la puerta. Me asombré al encontrarme con que mi maleta había sido deshecha y mi ropa ya estaba pulcramente doblada dentro de los cajones. En el armario, había pantalones, camisetas y un traje, y las toallas estaban cuidadosamente alineadas encima de un estante en el cuarto de baño. Un instante después, sonó el teléfono. No me cupo ninguna duda de quién era.

—¿Sí?

—¡Han deshecho mi equipaje y lo han guardado todo! —gritó Marino como una radio a todo volumen—. Mira, ya estoy harto. No me gusta que nadie meta las narices en mis maletas. ¿Qué demonios se han creído que son estos tipos? ¿Es alguna costumbre francesa o qué? ¿Te registras en un hotel de lujo y te inspeccionan el equipaje?

—No, no es una costumbre francesa.

—Pues entonces debe de ser una costumbre de la Interpol.

—Luego te llamo.

Una cesta de fruta y una botella de vino ocupaban el centro de una mesa. Tomé una sanguina y me serví una copa de merlot. Descorrí las gruesas cortinas que tapaban la ventana y contemplé a gente con traje de noche subiendo a coches magníficos. Las estatuas sobredoradas del viejo teatro de la ópera, que se hallaba delante, exhibían su áurea belleza desnuda ante los dioses, y las chimeneas alzaban sus brazos oscuros a lo largo de kilómetros de calles. Yo estaba nerviosa, me sentía sola y acosada.

Pasé un buen rato metida en la bañera y estuve pensando en dejar abandonado a Marino durante el resto de la noche, pero la mala conciencia acabó imponiéndose. Marino nunca había estado en Europa anteriormente, desde luego no en París, y por encima de todo, no me atrevía a dejarlo solo. Marqué el número de su extensión y le pregunté si le apetecía que nos subieran una cena ligera. Marino optó por una pizza, pese a mi advertencia de que París no era famosa por la calidad de sus pizzas. Al llegar asaltó mi minibar en busca de cerveza. Yo pedí ostras y puse las luces al mínimo porque ya había visto más que suficiente por un día.

—He estado pensando en otra cosa —dijo Marino después de que nos hubieran traído la cena—. No es que me haga gracia hablar de ello, doctora, pero tengo un presentimiento de lo más raro. Quiero decir que... Yo... Bueno, yo... —Le dio un mordisco a la pizza—. Me estaba preguntando si tú también lo sentías. Si no te estaría rondando por la cabeza la misma idea, algo así como si hubiera salido de la nada igual que un ovni.

Dejé el tenedor encima de la mesa. Las luces de la ciudad resplandecían más allá de las ventanas, y aun aquella tenue claridad bastaba para revelar su miedo. Reaccioné de la misma manera que él.

—No sé de qué me estás hablando. —Llevé la mano hacia mi copa.

—De acuerdo, de acuerdo, pero es que me parece que hay unas cuantas cosas en las que deberíamos pensar.

Yo no quería escucharle.

—Bueno, primero te llega una carta entregada en mano por un senador de Estados Unidos, que, da la casualidad, es presidente del Comité Judicial, lo cual significa que no se me ocurre nadie más que tenga tanto poder como él en lo que respecta a la ley federal. Lo cual significa que ese hombre está al corriente de toda clase de secretos acerca del Servicio Secreto, el FBI, el ATF y lo que quieras.

Una alarma empezó a sonar dentro de mí.

—Debes admitir que resulta bastante curioso que el senador Lord te entregue esa carta de Benton y poco después tengamos que salir disparados rumbo a París para contactar con la Interpol...

—No sigamos con esto —le interrumpí. Se me estaba haciendo un nudo en el estómago y se me aceleraba el pulso.

—Tienes que escucharme, doctora. En la carta, Benton te dice que dejes de llorarlo, que todo va bien y que sabe lo que estás haciendo en este mismo instante...

—Basta —dije, subiendo la voz. Tiré la servilleta encima de la mesa acosada por emociones conflictivas.

—Tenemos que hablar. —Marino también se estaba acalorando—. ¿Cómo sabes que...? Bueno, ¿qué pasaría si en realidad esa carta no hubiera sido escrita hace varios años? ¿Y si hubiera sido escrita ahora...?

—¡No! ¡Cómo te atreves! —Se me llenaron los ojos de lágrimas. Eché la silla hacia atrás y me levanté—. Vete. No voy a escuchar tus malditas teorías de ovnis. ¿Qué es lo que pretendes, obligarme a pasar de nuevo por todo ese infierno, para que así pueda volver a tener alguna esperanza cuando me he esforzado tanto por aceptar la verdad? Sal de mi habitación.

Marino echó su silla hacia atrás al levantarse y ésta cayó al suelo. Tomó su paquete de cigarrillos de encima de la mesa.

—¿Y si aún vive? —insistió, levantando la voz—. ¿Cómo puedes estar segura de que no tuvo que desaparecer por una temporada debido a algo gordo en lo que están involucrados el FBI, el ATF, la Interpol y quién sabe si hasta la NASA?

Agarré mi copa; las manos me temblaban tanto que apenas pude sostenerla sin derramar el vino. Mi vida estaba nuevamente abierta en canal. Marino iba y venía por la habitación, fumando con ansiedad.

—No puedes estar segura. Sólo viste unos huesos calcinados y un reloj Breitling como el suyo. ¡Eso no significa nada, joder!

—¡Hijo de puta! —mascullé—. ¡Maldito hijo de puta! Después de todo lo que he tenido que aguantar, y ahora tú...

—No eres la única que ha pasado por algo así. Oye, el mero hecho de que te acostaras con él no quiere decir que fuese de tu propiedad.

Di un par de rápidos pasos hacia él y logré contenerme justo a tiempo cuando ya me disponía a cruzarle la cara de una bofetada.

—Oh, Dios —balbuceé al observar su expresión de perplejidad—. Oh, Dios.

Pensé en Lucy golpeando a Jo y me aparté de él. Marino se volvió hacia la ventana y fumó en silencio. En la estancia se respiraba una atmósfera de vergüenza y consternación. Apoyé la cabeza contra la pared y cerré los ojos. Nunca había llegado tan cerca de la violencia con nadie en toda mi vida, y menos con alguien a quien conocía y me importaba.

—Nietzsche tenía razón —murmuré, abatida—. Ten cuidado con el enemigo que escoges, porque lo más probable es que acabes volviéndote como él.

—Lo siento —dijo Marino con un hilo de voz.

—Como mi primer marido, como la idiota de mi hermana, como todas las personas egoístas e incapaces de controlarse que he conocido a lo largo de mi vida. Aquí estoy. Me he vuelto como ellas.

—No, tú no eres así.

Di gracias de que estuviéramos envueltos en sombras y yo le diese la espalda, porque eso impedía que Marino advirtiera lo angustiada que me sentía.

—No hablaba en serio, doctora. Te lo juro. Ni siquiera sé por qué lo he dicho.

—No te preocupes.

—Sólo intento que no se me pase nada por alto, porque las piezas no encajan como es debido. —Se acercó a un cenicero y apagó el cigarrillo—. No sé por qué estamos aquí.

—Para hacer esto seguro que no —dije.

—Bueno, pues no sé por qué no podían haber intercambiado información con nosotros a través del ordenador o del teléfono, como hacen siempre. ¿Lo sabes tú?

—No —murmuré mientras respiraba hondo.

—Por eso he empezado a pensar que quizá Benton... ¿Y si estuviera ocurriendo algo y se viese obligado a pasar una temporada viviendo como testigo protegido? Cambiar de identidad y todo eso. No siempre sabíamos en qué andaba metido. Ni siquiera tú lo sabías, porque había muchas cosas que no te contaba y jamás nos habría perjudicado diciéndonos algo que no debíamos saber. Sobre todo a ti, porque no quería que vivieses preocupada por lo que pudiera ocurrirle...

No respondí.

—No estoy intentando remover nada —prosiguió—. Lo único que digo es que es algo en lo que deberíamos pensar.

—No, no lo es —dije, aclarándome la garganta—. No es algo en lo que debamos pensar. Benton fue identificado de todas las maneras posibles, Marino. Carrie Grethen no le hizo el favor de matarlo en el momento más conveniente para que pudiera desaparecer durante una temporada. ¿No te das cuenta que habría sido imposible? Benton está muerto, Marino. Muerto.

—¿Presenciaste su autopsia? ¿Viste el informe de su autopsia? —insistió él, que no quería darse por vencido.

Los restos de Benton habían sido examinados por el Departamento Forense de Filadelfia. Nunca pedí echar un vistazo al informe.

—No, no presenciaste su autopsia —añadió—, y si lo hubieras hecho yo habría pensado que eras la persona más retorcida que había conocido en toda mi vida. Así que no viste nada. Sólo sabes lo que te han contado. No quiero seguir torturándote con esto, pero es la verdad. Y si alguien hubiese querido ocultar que esos restos no eran los de Benton, ¿cómo ibas a saberlo si nunca llegaste a verlos?

—Ponme un poco de whisky.

32

Me volví hacia Marino, con la espalda pegada a la pared, como si no tuviera fuerzas suficientes para mantenerme derecha.

—Joder, ¿has visto lo que cuesta el whisky en este sitio? —comentó él mientras cerraba la puerta del minibar.

—Me da igual lo que cueste.

—Bueno, de todas maneras probablemente paga la Interpol.

—Y necesito un cigarrillo.

Me encendió un Marlboro y la primera calada me dio de lleno en los pulmones. Marino se me plantó delante, ofreciéndome un vaso lleno de whisky con hielo en una mano y una cerveza Beck en la otra.

—Lo que estoy intentando decir —prosiguió— es que si la Interpol es capaz de organizar toda esta movida supersecreta y nadie conoce a una sola persona que haya hablado con quienesquiera que sean esos tipos, ¿qué te hace pensar que no pudieron fingir todo lo demás?

—No pudieron fingir el asesinato de Benton a manos de una psicópata —contesté.

—Sí que pudieron hacerlo. Quizá fuera el momento ideal. —Exhaló una bocanada de humo y tomó un trago de cerveza—. Lo que intento que entiendas, doctora, es que se puede fingir cualquier cosa.

—El ADN fue identificado... —No logré terminar la frase, porque hizo aparecer ante mis ojos imágenes que llevaba demasiado tiempo reprimiendo.

—No puedes afirmar que los informes fueran ciertos.

—¡Basta!

Pero la cerveza había derribado todos los muros defensivos de Marino, que siguió con sus cada vez más descabelladas teorías y deducciones.

Siguió hablando y hablando, y su voz se fue haciendo lejana e irreal. Un estremecimiento recorrió todo mi cuerpo. Una astilla de luz brilló en aquella parte oscura y devastada de mí. Yo deseaba desesperadamente creer que lo que me estaba sugiriendo era verdad.

A las cinco de la madrugada, me desperté en el sofá aún vestida. Tenía una jaqueca horrible, la boca pastosa y aliento a alcohol. Me duché y pasé un buen rato mirando el teléfono que había junto a mi cama.

Estaba muy confusa, y bastaba con que pensara en lo que había decidido hacer para que me sintiera presa del pánico.

En Filadelfia ya casi era medianoche, y dejé un mensaje para el doctor Vance Harston, el jefe de Medicina Forense. Le di el número del fax de mi habitación del hotel y colgué el letrero de «No molestar» en la puerta. Marino se reunió conmigo en el pasillo, y no le dije nada aparte de un buenos días inaudible.

En la planta baja, un ruido de platos indicaba que estaban preparando el *buffet,* y un hombre limpiaba las puertas de cristal con un cepillo y un paño. A esas horas aún no había café, y el único otro huésped despierto era una mujer que había colgado su abrigo de visón del respaldo de una silla. Otro taxi Mercedes nos esperaba delante del hotel.

Nuestro chófer de aquel día tenía mucha prisa y cara de mal humor. Me froté las sienes mientras las motos nos dejaban atrás siguiendo invisibles carriles, serpenteando por entre los coches y rugiendo a través de muchos túneles angostos. Todos aquellos recordatorios del accidente automovilístico en el que había muerto la princesa Diana acabaron de deprimirme.

Recordé que me había enterado temprano por la mañana, y que lo primero que pensé fue que tendemos a no creer que nuestros ídolos puedan morir de forma tan prosaica y azarosa. No hay ninguna gloria en morir debido a la imprudencia de un conductor borracho. La muerte es la gran niveladora. Le da igual quién seas.

El cielo era azul oscuro. Las aceras todavía estaban mojadas después del paso del servicio de limpieza y los contenedores verdes de la basura habían sido alineados a lo largo de las calles. Saltamos sobre los adoquines de la Place de la Concorde y fuimos siguiendo el curso del Sena, que la mayor parte del tiempo no podíamos ver a causa de un muro.

Un reloj digital instalado delante de la Gare de Lyon nos informó de que eran las siete y veinte; dentro todo eran carreras y gente que entraba a toda prisa en el Relais Hachette para comprar periódicos.

Esperé en la taquilla detrás de una mujer con un caniche, y un hombre bien vestido, de rasgos marcados y cabellos plateados me hizo dar un respingo.

Visto de lejos, parecía Benton. No pude evitar que mi mirada recorriera la multitud como si fuera a encontrarlo. El corazón me palpitaba de tal modo que pensé que no conseguiría sobrevivir a otra experiencia similar.

—Café —le dije a Marino.

Nos sentamos a la barra de un bar, en el interior de L'Embarcadère, y nos sirvieron café en un par de diminutas tazas marrones.

—¿Qué demonios es esto? —gruñó Marino—. Yo sólo quería un café normal. Oiga, ¿qué le parece si me da un poco de azúcar? —le dijo a la mujer que atendía la barra.

La mujer dejó caer unos cuantos sobres encima de la barra.

—Me parece que él preferiría un café con leche —le dije.

La mujer asintió. Marino se bebió cuatro cafés con leche, se comió dos *baguettes* con jamón y se fumó tres cigarrillos en menos de veinte minutos.

—Oye, en realidad no quiero que te mates —le dije mientras subíamos al TGV.

—No te preocupes. —Se sentó delante de mí—. Si intentara llevar una vida más sana, el estrés acabaría conmigo.

Las dos terceras partes de los asientos de nuestro vagón

estaban vacías, y los pasajeros sólo parecían interesados en sus periódicos. El silencio hizo que Marino y yo habláramos en voz muy baja, y el tren no produjo sonido alguno cuando se puso en movimiento con una brusca sacudida.

Salimos de la estación, y después el cielo azul y los árboles empezaron a desfilar velozmente por nuestro lado. Me sentía acalorada y muy sedienta. Intenté dormir, pero el sol centelleaba sobre mis ojos cerrados.

Desperté cuando una inglesa empezó a hablar por un móvil dos filas de asientos más atrás. Al otro lado del pasillo, un anciano enfrascado en un crucigrama tamborileaba con su lápiz mecánico. Un súbito vendaval abofeteó nuestro vagón cuando otro tren se cruzó con nosotros como una exhalación. Cerca de Lyon, el cielo se volvió de un color lechoso, y empezó a nevar.

A Marino se le iba agriando el humor por momentos mientras miraba por la ventanilla, y cuando nos apeamos en el Lyon Part-Dieu, ya estaba insoportable. Durante el trayecto en taxi no abrió la boca, y me fui enfadando con él mientras recordaba todas las insensateces que me había soltado la noche anterior.

Estábamos llegando a la parte vieja de la ciudad, allí donde el río Ródano se une al Saona. Los apartamentos y las viejas murallas pegadas a la ladera me recordaron Roma.

Me encontraba fatal. Me dolía el alma, y nunca me había sentido tan sola. Era como si yo no existiese, como si formara parte de la pesadilla de otra persona.

—No espero nada —soltó Marino sin que viniera a cuento—. Podría decir «bueno, y si...», pero ya no tengo esperanzas. ¿Para qué iba a tenerlas? Mi mujer me dejó hace mucho tiempo y todavía no he encontrado a nadie con quien vivir. Ahora me han suspendido de empleo y sueldo, y estoy pensando en trabajar para ti. ¿Cómo se me ha podido ocurrir semejante idea? Si lo hiciera, dejarías de respetarme.

—Por supuesto que no.

—Y una mierda. Trabajar para alguien lo cambia todo, y tú lo sabes.

Parecía abatido y exhausto. Tanto su cara como su postura dejaban muy claro hasta qué punto la vida que llevaba era una terrible carga para él.

Su arrugada camisa de dril estaba cubierta de manchas de café, y los pantalones le quedaban ridículamente holgados. Yo ya me había dado cuenta de que, conforme iba engordando, se compraba los pantalones más amplios aún que lo necesario, como si de ese modo pudiera engañarse a sí mismo o a los demás.

—Verás, Marino —dije—, sugerir que trabajar para mí es lo peor que podría llegar a ocurrirte en la vida, no me parece muy educado por tu parte.

—Quizá no fuese lo peor, pero se le aproximaría bastante.

33

El cuartel general de la Interpol se alzaba como una mole solitaria en el Parc de la Tête d'Or. Estaba formado por una fortaleza de pequeños lagos reflectantes y cristal, y no parecía ser lo que era. Nada más verlo, estuve segura de que prácticamente ninguna de las personas que pasaban por allí conseguirían detectar los sutiles signos de lo que ocurría en su interior. El nombre de la calle, sombreada por dos hileras de plátanos, en la que se encontraba no figuraba en ninguna placa, por lo que si uno no sabía adónde iba, probablemente nunca consiguiera dar con él. No había ningún cartel delante que anunciara «Interpol». De hecho, no había carteles de ninguna clase.

Las parabólicas, las antenas, las barreras de cemento y las cámaras estaban prácticamente ocultas, y la valla de metal verde coronada por alambre de espino estaba muy bien disimulada por el trazado del jardín. La central de la única organización internacional de policía del mundo emanaba un aura de paz y conocimiento y, como era de esperar, permitía que quienes trabajaban dentro pudieran mirar hacia fuera sin que nadie lo advirtiese. En aquella mañana nublada y fría, un arbolito de Navidad en el tejado saludaba irónicamente las fiestas.

No vi a nadie mientras pulsaba el botón del interfono de la puerta principal para anunciar nuestra llegada. Después, una voz nos pidió que nos identificáramos y, cuando lo hicimos, una cerradura se desactivó con un chasquido. Marino y yo seguimos un camino que llevaba a un pequeño edificio anexo, donde nos recibió un guardia con traje y corbata que parecía lo bastante fuerte para alzar en vilo a Marino y lanzarlo de vuelta a París. Otro guardia estaba sentado detrás de un cristal a prueba de balas del que hizo salir un cajón para intercambiar nuestros pasaportes por tarjetas de visitantes.

Una pequeña cinta transportadora llevó nuestros efectos personales a través de una máquina de rayos X, y el guardia que nos había recibido nos dio instrucciones, más con gestos que con palabras, de que pasáramos, de uno en uno, por lo que parecía un tubo neumático transparente que iba del techo al suelo. Obedecí, esperando ser aspirada hacia las alturas, y una puerta de plexiglás curvada se cerró. Una segunda puerta me franqueó el paso, no antes de que hasta la última molécula de mi cuerpo hubiese sido examinada.

—¿Qué demonios es esto, *Star Trek*? —me dijo Marino al salir de los detectores—. ¿Cómo sabes que esos trastos no producen cáncer, o, si eres un hombre, otros problemas?

—Cierra el pico —dije.

Cuando tras lo que pareció un largo rato un hombre se presentó en la pasarela que unía el área de recepción con el edificio principal, no fue en absoluto como me lo había esperado. Andaba con el paso elástico y ágil de un joven atleta, y un caro traje de franela gris oscuro envolvía elegantemente lo que estaba claro era un cuerpo escultural. Llevaba una impecable camisa blanca y una magnífica corbata marrón, verde y azul de Hermès, y cuando nos estrechó la mano con firmeza, también vi un reloj de oro.

—Mi nombre es Jay Talley. Siento haberlos hecho esperar —dijo.

Sus ojos pardos eran tan penetrantes que me sentí violada por ellos, y me bastó con echar un vistazo a sus hermosas facciones morenas para saber qué clase de hombre era, porque los hombres tan guapos como aquél son todos iguales. Advertí que a Marino tampoco le caía bien.

—Hablamos por teléfono —añadió, como si yo no me acordara.

—Y no he dormido desde entonces —apunté. No conseguía apartar los ojos de él por mucho que lo intentara.

—Vengan conmigo, por favor.

Marino me miró y agitó los dedos por detrás de la espalda de Talley, tal como solía hacer cuando había llegado a la conclusión de que alguien era gay. Talley tenía las espaldas anchas y la cadera estrecha. Su perfil poseía la perfección de un dios romano, sus labios eran carnosos y presentaba un atractivo hoyuelo en la barbilla.

Me asombró el que fuese tan joven. Normalmente, los puestos en el extranjero estaban muy buscados y eran concedidos, casi como recompensa, a agentes con antigüedad y rango, pero Talley apenas parecía tener treinta años. Nos llevó a un enorme atrio de mármol de cuatro pisos de altura, con un brillante mosaico del mundo en el centro y bañado por la luz. Hasta los ascensores eran de cristal.

Después de una serie de cerraduras electrónicas, combinaciones y cámaras que seguían cada uno de nuestros movimientos, salimos del ascensor en el tercer piso. Tuve la sensación de estar dentro de un cristal tallado. Talley parecía arder. Me sentía aturdida y vagamente furiosa, porque la idea de ir allí no había sido mía, y no controlaba la situación.

—¿Qué hay ahí arriba? —preguntó Marino, señalando con un dedo.

—El cuarto piso —respondió Talley sin inmutarse.

—Pues el botón no tiene número y parece que el acceso es un poco complicado —observó Marino, levantando la vista—. Me estaba preguntando si es allí donde guardan todos sus ordenadores.

—El secretario general vive ahí arriba —declaró Talley tranquilamente, como si no hubiera nada de raro en eso.

—¿De verdad?

—Él y su familia viven en el edificio por razones de seguridad.

Dejamos atrás oficinas de aspecto muy normal dentro de las que había personas de aspecto muy normal.

—Ahora vamos a reunirnos con él —anunció Talley.

—Estupendo. Quizás él quiera explicarnos qué demonios estamos haciendo aquí —repuso Marino.

Talley abrió otra puerta, ésta de una hermosa madera oscura, y fuimos afablemente recibidos por un hombre con acento británico que se identificó como el director de comunicaciones. Después pidió café e informó al secretario general Georges Mirot de que habíamos llegado. Al cabo de unos minutos nos llevó al despacho privado de Mirot, donde encontramos a un hombre imponente de cabellos canosos, sentado detrás de un escritorio de cuero negro entre paredes cubiertas de pistolas antiguas, medallas y regalos de otros países. Mirot se levantó y nos estrechamos la mano.

—Pongámonos cómodos.

Nos llevó a un área con sillones delante de un ventanal que daba al Ródano. Talley recogió de una mesa un grueso archivador de acordeón.

—Deben de estar agotados. Les agradezco muchísimo el que hayan venido, especialmente con tan poco tiempo.

Su rostro inescrutable y su porte militar no revelaban nada. Su presencia parecía empequeñecerlo todo en torno a él. Se sentó en un sillón y cruzó las piernas. Marino y yo optamos por el sofá, y Talley se sentó delante de mí y dejó el archivador en el suelo enmoquetado.

—Agente Talley, dejaré que empiece usted —añadió Mirot—. Iré directamente al grano. —Esas palabras estaban dirigidas a nosotros—. No disponemos de mucho tiempo.

—En primer lugar, querría explicarles el porqué el ATF se ha visto involucrado en su caso no identificado —nos dijo Talley—. Usted está familiarizada con la HIDTA, puede que debido a su sobrina Lucy.

—Esto no tiene nada que ver con ella —afirmé nerviosamente.

—Como probablemente sabe, la HIDTA dispone de fuerzas especiales para los casos de criminales fugitivos violentos —continuó él sin hacer caso de mi comentario—. El FBI, la DEA, las policías locales y, naturalmente, el ATF combinan sus recursos para investigar los casos de alta prioridad especialmente difíciles. —Acercó una silla y se ubicó delante de mí—. Hará cosa de un año —prosiguió diciendo— creamos un grupo especial para investigar una serie de asesinatos cometidos en París que creíamos eran obra del mismo individuo.

—No sabía que hubiera un asesino en serie actuando en París —dije.

—En Francia controlamos los medios de comunicación mejor que ustedes —apuntó el secretario general—. Lo que quiero que entienda, doctora Scarpetta, es que los crímenes han aparecido en las noticias, pero sin ningún sensacionalismo y con un mínimo de detalles. Los parisienses saben que un asesino anda suelto y se ha advertido a las mujeres de que no deben abrir sus puertas a desconocidos, etcétera, etcétera. Pero eso es todo. Creemos que revelar la sangre, los huesos rotos, las ropas desgarradas, las marcas de mordiscos y las agresiones sexuales no serviría de nada.

—¿De dónde viene lo de *loup-garou*? —pregunté.

—De él —respondió Talley, dirigiéndome una rápida mirada.

—¿Del asesino? —pregunté—. ¿Quiere decir qué él se refiere a sí mismo como un hombre lobo?

—Sí.

—¿Y cómo demonios pueden saber algo semejante?

Marino había decidido intervenir en la conversación, y por su actitud comprendí que estaba a punto de causar problemas.

Talley titubeó y miró a Mirot.

—¿Qué ha estado haciendo el hijo de puta? —prosiguió Marino—. ¿Dejar notitas en la escena del crimen con su apodo? Quizá las clava en los cuerpos usando un alfiler, como en las películas, ¿eh? Eso es lo que no aguanto de que los grandes organismos se involucren en esta clase de líos.

»Las personas que obtienen mejores resultados a la hora de investigar los crímenes son los capullos como yo que vamos de un lado a otro pringándonos de la cabeza a los pies. En cuanto entran en escena esas impresionantes fuerzas especiales y los grandes sistemas de ordenadores, todo se vuelve demasiado intelectual, cuando lo que hizo que empezara a rodar la bola no tiene nada de intelectual en el sentido digamos erudito del término...

—Ahí es donde se equivoca —lo interrumpió Mirot—. Loup-Garou es muy listo. Tenía sus propias razones para informarnos de su nombre en una carta.

—¿Una carta enviada a quién? —quiso saber Marino.

—A mí —repuso Talley.

—¿Cuándo ocurrió eso? —pregunté.

—Hará cosa de un año. Después de su cuarto asesinato.

Desató las cintas del archivador y sacó de él una carta dentro de un sobre de plástico. Me la entregó, y al hacerlo sus dedos rozaron los míos. La carta estaba en francés. Reconocí la letra como el mismo extraño estilo de caligrafía grande y cuadrada que había encontrado en el cartón dentro del contenedor. El papel estaba manchado de sangre, y en el encabezamiento aparecía escrito un nombre de mujer.

—Dice: «Por los pecados de uno morirán todos. El hombre lobo» —tradujo Talley—. El papel de carta pertenecía a la víctima y la sangre también es suya. Pero lo que me dejó realmente asombrado fue el hecho de que el asesino supiera que yo estaba tomando parte en la investigación, y todo eso nos acerca un poco más a una teoría que es la raíz del porqué están ustedes aquí. Tenemos sobradas razones para creer que el asesino pertenece a una familia muy poderosa, y que es hijo de personas que saben lo que está haciendo y que se han asegurado de que no será capturado. No necesariamente porque la suerte del asesino les importe, sino porque harán cualquier cosa con tal de protegerse a sí mismas.

—¿Y eso incluye meterlo en un contenedor y enviarlo al otro lado del océano? —pregunté—, ¿muerto y sin identificar, a miles de kilómetros de París porque ya estaban hartos de él?

Mirot me estudió en silencio. El cuero crujió mientras cambiaba de posición en su sillón y acariciaba una estilográfica de plata.

—Probablemente no —dijo Talley—. Al principio, sí. Eso es lo que pensamos, porque todo parecía indicar que el muerto de Richmond era este asesino: el nombre Loup-Garou escrito en el cartón y la descripción física en la medida en que usted pudo proporcionárnosla, teniendo en cuenta el estado en que se hallaba el cadáver. También el que llevara ropas tan caras... Pero cuando nos proporcionó información acerca del tatuaje con, cito: «Ojos amarillos que podrían haber sido alterados en un intento de hacerlos más pequeños...»

—Vaya, vaya, vaya —le interrumpió Marino—. ¿Están diciendo que el tal Garou tiene un tatuaje con ojos amarillos?

—No —contestó Talley—. Estamos diciendo que su hermano lo tenía.

—¿Lo tenía? —pregunté.

—Ya llegaremos a eso, y entonces quizás empiece a entender por qué lo que le pasó a su sobrina está tangencialmente relacionado con todo esto —prosiguió Talley, intranquilizándome de nuevo—. ¿Está familiarizada con un cártel criminal internacional al que hemos acabado llamando los Ciento Sesenta y Cinco?

—Oh, Dios —susurré.

—Se los conoce con ese nombre porque al parecer les gusta mucho la munición Speer Gold Dot granulada del uno seis cinco —explicó Talley—. La introducen de contrabando. La utilizan exclusivamente en sus armas, y en general nos enteramos de que han sido ellos porque la bala recuperada del cuerpo de la víctima es una Gold Dot.

Pensé en el casquillo de Gold Dot encontrado en el Quik Cary.

—Cuando usted nos envió información sobre el asesinato de Kim Luong, y damos gracias de que lo hiciera, las piezas empezaron a encajar —dijo Talley.

—Todos los miembros de ese cártel llevan tatuados dos puntos amarillos —intervino Mirot.

Los dibujó en una hoja de un cuaderno de notas. Eran del tamaño de monedas de veinticinco centavos.

—Un símbolo de que se es miembro de un club poderoso y violento, y un recordatorio de que una vez que has entrado en él, eres miembro de por vida, porque los tatuajes no se van. La única salida del cártel de los Ciento Sesenta y Cinco es la muerte.

»A menos que puedas hacer que los puntos dorados vayan volviéndose más pequeños y acabes convirtiéndolos en ojos. Los ojos de un pequeño búho... Tan sencillo y tan rápido. Después huyes a un sitio en el que a nadie se le ocurrirá buscarte.

—Como un puerto de paso en la improbable ciudad de Richmond, Virginia —añadió Talley.

Mirot asintió.

—Exactamente.

—¿Para qué? —preguntó Marino—. ¿Por qué ese tipo pierde los estribos de pronto y sale huyendo? ¿Qué ha hecho?

—Le hizo una mala jugada al cártel —contestó Talley—. En otras palabras, traicionó a su familia. Creemos que el muerto de su depósito de cadáveres es Thomas Chandonne —añadió dirigiéndose a mí—. Su padre es el padrino, a falta de un término mejor, de los Ciento Sesenta y Cinco. Thomas cometió el pequeño error de decidir fabricar su propia droga y organizar su propia red de contrabando de armas, estafando así a la familia.

—La familia Chandonne lleva viviendo desde el siglo XVII en la Île Saint-Louis, una de las áreas más antiguas y ricas de París —intervino Mirot—. Quienes viven allí se llaman a sí mismos luisianos, y son muy orgullosos y elitistas. Muchos no consideran que la isla forme parte de París, a pesar de que se encuentra en el centro del Sena, en el corazón de la ciudad.

»Balzac, Voltaire, Baudelaire y Cézanne fueron algunos de sus residentes más famosos. Y allí es donde la familia Chandonne se ha estado escondiendo, detrás de su fachada de nobleza, su aparente filantropía y su importante papel en la política, mientras dirige el que quizá sea el cártel más sanguinario y poderoso del crimen organizado del mundo.

—Nunca hemos podido reunir pruebas suficientes para llevarlos a juicio —dijo Talley—. Con su ayuda, podríamos tener una oportunidad.

—¿Cómo? —pregunté, aunque no quería tener nada que ver con semejante familia de asesinos.

—Para empezar, con una verificación. Necesitamos demostrar que el cadáver es el de Thomas. Yo estoy seguro de ello, pero los agentes de la ley tenemos que observar ciertas pequeñas formalidades legales. —Sonrió.

—¿ADN, huellas dactilares, radiografías? ¿Disponemos de algo que nos permita hacer una comparación? —pregunté, sabiendo muy bien cuál sería la respuesta.

—Los criminales profesionales siempre procuran no dejar ese tipo de rastros —observó Mirot.

—No hemos encontrado nada —dijo Talley—. Y ahí es donde entra en juego Loup-Garou: su ADN podría identificar al de su hermano.

—Así que se supone que debemos publicar un anuncio en el periódico pidiendo a Loup que se pase por aquí para dar un poco de sangre, ¿eh? —El humor de Marino iba empeorando conforme transcurría la mañana.

—Voy a explicarles lo que pensamos que puede haber ocurrido —dijo Talley sin prestarle ninguna atención—. El 24 de noviembre, justo dos días antes de que el *Sirius* zarpara hacia Richmond, el hombre que se hace llamar Loup-Garou llevó a cabo el que creemos fue su último intento de asesinato en París. Fíjense que he dicho «intento». La mujer escapó.

»Ocurrió alrededor de las ocho y media de la noche —prosiguió—. Alguien llamó a la puerta de esa mujer. Cuando respondió a la llamada, se encontró a un hombre en el porche. Era cortés y se expresaba como una persona educada; parecía muy refinado; después la mujer creyó recordar una elegante gabardina oscura, quizá de cuero, y un pañuelo oscuro anudado alrededor del cuello. El hombre le dijo que acababa de tener un accidente sin importancia mientras conducía y le rogó que le dejara usar su teléfono para llamar a la policía. Estuvo muy convincente. La mujer estaba a punto de dejarle entrar cuando su esposo le dijo algo desde otra habitación y el hombre salió huyendo.

—¿Logró verlo bien? —preguntó Marino.

—La gabardina y el pañuelo, y quizás un sombrero. Está bastante segura de que tenía las manos metidas en los bolsillos y se mantenía inclinado para protegerse del frío —explicó Talley—. No consiguió verle la cara porque estaba oscuro. Su impresión general fue que se trataba de un caballero muy cortés y agradable. —Hizo una pausa—. ¿Más café? ¿Agua? —preguntó dirigiéndose a todos, aunque sólo me miraba a mí. Reparé en que el lóbulo de su oreja derecha estaba perforado. No había visto el diminuto diamante hasta que éste reflejó la luz, al inclinarse para llenarme el vaso.

—Dos días después del intento de asesinato, el 24 de noviembre, el *Sirius* tenía que zarpar de Amberes, al igual que otro navío llamado *Exodus*, un barco marroquí que trae fosfatos a Europa regularmente —prosiguió Talley, después de haber vuelto a sentarse—. Pero Thomas Chandonne puso en marcha una pequeña operación de diversión, y el *Exodus* acabó en Miami con toda clase de armas y explosivos escondidos dentro de sacos de fosfatos. Nos enteramos de lo que estaba haciendo, y quizás ahora empiece a ver la conexión con la HIDTA. La operación en la que tomó parte su sobrina sólo fue una más entre las muchas derivaciones de las actividades de Thomas.

—Y obviamente su familia se enteró —dijo Marino.

—Creemos que logró ocultárselo durante mucho tiempo usando rutas tortuosas, alterando los registros y haciendo prácticamente de todo —contestó Talley—. En la calle, lo llamas dar un palo. En términos legales, lo llamas desfalco. En la familia Chandonne, lo llamas suicidio. No sabemos qué ocurrió exactamente, pero algo tuvo que ocurrir, porque esperábamos que estuviera a bordo del *Exodus* y no estaba.

»¿Y por qué no estaba allí? —Talley lo planteó como una pregunta retórica—. Porque sabía que la familia había descubierto sus manejos. Alteró su tatuaje. Escogió un puerto pequeño en el que no era probable que nadie buscara a un polizón. —Me miró—. Richmond era una buena elección. Apenas quedan puertos de tránsito en Estados Unidos, y Richmond tiene un tráfico continuo de barcos que vuelven de Amberes o vienen de allí.

—Así que Thomas, usando un alias... —murmuré.

—Uno de muchos —intervino Mirot.

—Ya se había enrolado como tripulante en el *Sirius*. Lo importante es que se suponía que debía terminar desembarcando en Richmond, donde estaría a salvo, mientras el *Exodus* seguía camino hacia Miami para entregar la mercancía sin él —concluyó Talley.

—¿Y qué tiene que ver el hombre lobo con todo esto? —quiso saber Marino.

—Sólo son especulaciones —respondió Mirot—. Loup-Garou se estaba volviendo cada vez más incontrolable, y su último intento de asesinato había salido mal. Quizá crea que han visto su rostro. Puede que su familia ya esté harta; tal vez incluso esté pensando en librarse de él, y él lo sepa. Quizá se enterase de alguna manera de que su hermano planeaba dejar el país a bordo del *Sirius*. Quizá también estaba siguiendo a Thomas y sabía que había modificado su tatuaje. De modo que ahogó a Thomas, metió el cuerpo en el contenedor e intentó hacer creer que ese muerto era él, Loup-Garou.

—Tal vez tomó sus ropas y le puso las suyas —apuntó Talley, dirigiéndome esta conjetura.

—Si planeaba ocupar el puesto de Thomas a bordo de un barco, no aparecería vestido con ropa de Armani.

—¿Qué encontraron en sus bolsillos?

Talley parecía estar inclinándose hacia mí a pesar de que permanecía erguido en su sillón.

—El encendedor, el dinero y todo lo demás fue transferido —contesté—. Salió de los bolsillos de Thomas y fue introducido en los bolsillos de los tejanos de marca que llevaba el hermano muerto, si es que se trata de dos hermanos, cuando el cadáver apareció en el puerto de Richmond.

—El contenido de los bolsillos fue intercambiado, pero no apareció nada que sirviese para identificar al muerto.

—Sí —dije—. Y no sabemos si todo ese cambio de ropas se produjo después de que Thomas hubiera muerto. Eso sería bastante laborioso, por lo que siempre es preferible obligar a la víctima a que se desnude.

—Cierto. —Mirot asintió—. En ese caso, ambas personas deberían desnudarse.

Pensé en la ropa interior vuelta del revés y la suciedad acumulada en las rodillas y las nalgas desnudas. Los rasponazos en la parte de atrás de los zapatos podían haber sido causados después de que Thomas fuera ahogado, cuando arrastraron su cuerpo hasta el rincón del contenedor.

—¿Cuántos tripulantes se supone que debía tener el *Sirius*? —pregunté.

—En la lista constaban siete —intervino Marino—. Todos ellos fueron interrogados, pero no por mí dado que no hablo su idioma. Un tipo de aduanas se encargó de ello.

—¿Y todos los tripulantes se conocían? —pregunté.

—No —contestó Talley—, pero eso no tiene nada de raro; las tripulaciones de los barcos cambian constantemente, a veces de un puerto a otro, por no mencionar que está hablando de la clase de hombres que raramente conservan un empleo, así que podría ocurrir que tuviese siete tripulantes y que sólo dos de ellos hubieran compartido un viaje anterior.

¿Los mismos siete hombres a bordo cuando el barco volvió a zarpar con rumbo a Amberes? —inquirí.

—Según Joe Shaw —contestó Marino—, ninguno de ellos salió del recinto portuario de Richmond. Comieron y durmieron a bordo, y el barco zarpó en cuanto fue descargado.

—Ah —repuso Talley—. Sólo que las cosas no sucedieron exactamente de esa manera, porque al parecer uno de ellos tuvo una emergencia familiar. El consignatario lo llevó al aeropuerto de Richmond, pero no llegó a verlo subir al avión. El nombre que figura en la cartilla de ese marinero es Pascal Léger. El tal señor Léger no parece existir, y es muy posible que se tratara del alias de Thomas, el que estaba utilizando cuando fue asesinado, el alias que Loup-Garou puede haber adoptado después de ahogarlo.

—Por mucho que lo intente, no acabo de imaginar a ese asesino en serie demente como el hermano de Thomas Chandonne —dije—. ¿Qué le hace estar tan seguro?

—La alteración del tatuaje, como hemos dicho —contestó Talley—. Su última información sobre los detalles del asesinato de Kim Luong: los golpes y los mordiscos, la forma en que fue desnudada y todo lo demás. Un modus operandi muy, muy específico y horripilante. Cuando Thomas era un muchacho, doctora Scarpetta, solía decirles a sus compañeros de clase que tenía un hermano mayor que era una *espèce de sale gorille*: un mono feo y estúpido que tenía que vivir encerrado en casa.

—Este asesino no es ningún estúpido.

—Desde luego que no —convino Mirot.

—No hemos conseguido encontrar ni un solo dato sobre su hermano. Ni su nombre, ni nada —reconoció Talley—. Pero creemos que existe.

—Entenderán mejor todo esto cuando examinemos los casos —apuntó Mirot.

—Me gustaría empezar a examinarlos ahora mismo —dije.

34

Jay Talley alzó el archivador de acordeón, sacó de él varias gruesas carpetas y las dejó encima de la mesa, delante de mí.

—Los hemos traducido a su idioma. Todas las autopsias fueron practicadas en el Institut Médico-Légal de París.

Empecé a examinarlos. Cada víctima había sido golpeada hasta quedar irreconocible, y los informes y fotos de la autopsia mostraban morados y laceraciones en forma de estrella allí donde se había roto la piel cuando fue asestado un golpe con un objeto contundente que no me pareció el mismo que el empleado con Kim Luong.

—Los golpes debieron de ser asestados con un martillo o algo parecido —comenté mientras pasaba las páginas—. Supongo que no se encontró ninguna arma.

—Ninguna —dijo Talley.

Todas las estructuras faciales estaban destrozadas. Había hematomas subdurales, y las hemorragias se habían extendido al cerebro y la cavidad torácica. Las edades de las víctimas iban de los veintiuno a los cincuenta y dos años. Todas presentaban múltiples marcas de mordiscos.

—Fracturas múltiples masivas del hueso parietal izquierdo, fracturas deprimidas que introdujeron la masa inferior del cráneo en el cerebro subyacente —leí en voz alta, examinando un protocolo de autopsia tras otro—. Hematomación bilateral subdural. Disrupción del tejido cerebral inferior acompañada de hemorragia subaracnoidea... Fractura del hueso frontal derecho prolongándose a lo largo de la sección central hasta el hueso parietal derecho... La coagulación sugiere un tiempo de superviviencia de al menos seis minutos desde el momento en que fue infligida la lesión... —Alcé los ojos hacia ellos—. Un brutal exceso de fuerza causado por un frenesí de ira.

—¿De tipo sexual? —preguntó Talley, sosteniéndome la mirada.

—¿Hay algo que no lo sea? —intervino Marino.

Todas las víctimas estaban semidesnudas, les habían arrancado la ropa o la habían hecho pedazos de cintura para arriba. Todas estaban descalzas.

—Qué extraño —comenté—. No parece haber mostrado ningún interés por sus nalgas o sus genitales.

—Se diría que tiene una fijación fetichista con los pechos —observó Mirot.

—Un símbolo de la madre, desde luego —dije—. Y si es verdad que pasó toda su infancia encerrado en casa, ahí tiene que haber alguna patología interesante.

—¿Hubo robo? —preguntó Marino.

—No es seguro en todos los casos, pero no cabe duda de que en algunos lo hubo. Dinero, únicamente. Nada a lo que se le pudiera seguir la pista, como joyas, que se podrían vender a un perista —respondió Talley.

Marino sacudió su paquete de cigarrillos de la manera en que lo hacía cuando se moría de ganas de fumar.

—Adelante —le invitó Mirot.

—¿Podría haber matado en otros lugares aparte de Richmond? Eso suponiendo que haya asesinado a Kim Luong —pregunté.

—Fue él, de eso no cabe duda —dijo Marino—. Nunca había visto un modus operandi parecido.

—No sabemos cuántas veces ha matado —admitió Talley—. O dónde.

—Si hay una conexión a descubrir —apuntó Mirot—, nuestros programas pueden llegar a establecer la correlación en sólo dos minutos. Pero siempre habrá casos de los que podemos no llegar a enterarnos. Tenemos ciento setenta y siete países miembros, doctora Scarpetta. Algunos nos utilizan más que otros.

—Sólo es una opinión —dijo Talley—, pero sospecho que nuestro hombre no viaja mucho. Sobre todo si padece algún tipo de discapacidad que le ha obligado a no salir de casa, y mi teoría es que probablemente aún estaba viviendo en casa cuando empezó a matar.

—¿Los asesinatos empiezan a ser más frecuentes o todavía espera lo mismo que antes entre un asesinato y el siguiente? —preguntó Marino.

—Los dos últimos que conocemos tuvieron lugar en octubre, además del intento reciente, lo que significa que actuó tres veces en un período de cinco semanas —contestó Talley—. Eso refuerza nuestras sospechas de que ha perdido el control: ha huido porque el deseo de matar se ha vuelto irresistible.

—Quizá tenía la esperanza de que podría empezar una nueva vida y dejar de matar —arriesgó Mirot.

—Las cosas no ocurren de esa manera —dijo Marino.

—No hay ninguna mención de que se entregaran evidencias a los laboratorios —observé mientras empezaba a sentir el frío del oscuro lugar hacia el que se dirigía todo aquello—. No lo entiendo. ¿Es que no examinaron nada en ninguno de esos casos? ¿Muestras de posibles fluidos corporales? ¿Cabellos, fibras, un trozo de uña? Cualquier cosa, lo que fuese...

Mirot consultó su reloj.

—¿Ni siquiera huellas dactilares? —pregunté con incredulidad.

Mirot se puso en pie.

—Agente Talley, ¿tendría la amabilidad de llevar a nuestros invitados a la cafetería para que almuercen? —preguntó—. Me temo que no puedo ir con ustedes.

Mirot nos acompañó hasta la puerta de su formidable despacho.

—He de volver a agradecerles que hayan venido —dijo dirigiéndose a Marino y a mí—. Soy consciente de que su trabajo acaba de empezar, pero espero que siga una dirección que no tardará en poner fin a este horrible asunto. O por lo menos le asestará un golpe definitivo.

Su secretaria pulsó un botón en el teléfono.

—¿Subsecretario Arvin, sigue usted ahí? —le preguntó a quienquiera que estuviese en la línea de espera—. ¿Puedo ponerle en conferencia?

Mirot asintió con la cabeza. Después volvió a su despacho y cerró la puerta sin hacer ruido.

—No nos ha hecho venir hasta aquí sólo para examinar los casos —le dije a Talley mientras nos guiaba por una confusión de pasillos.

—Permítame enseñarle algo.

Doblamos una esquina y nos encontramos con una espantosa galería de retratos de rostros muertos.

—Cadáveres por identificar —dijo Talley—. Avisos negros.

Los carteles en blanco y negro incluían huellas dactilares y otras características identificadoras. Toda la información estaba escrita en inglés, francés, español y árabe, y era evidente que la mayor parte de aquellos individuos anónimos no habían tenido una muerte apacible.

—¿Reconoce al suyo? —preguntó Talley señalando la adición más reciente.

Afortunadamente, el grotesco rostro de mi caso sin identificar no nos devolvió la mirada desde la pared. Su cartel sólo contenía un registro dental, huellas dactilares y un breve texto.

—Aparte de los carteles, la Interpol es una organización sin papeleo —explicó Talley, y mientras nos llevaba hasta un ascensor, agregó—: Los documentos impresos son escaneados, y luego los guardamos en nuestros ordenadores durante un período de tiempo limitado, después del cual son destruidos.

Pulsó un botón para ir al primer piso.

—Recen para que sus ordenadores sobrevivan al efecto 2000 —dijo Marino.

Talley sonrió.

Delante de la cafetería, varias armaduras y un águila rampante de latón velaban por todos los que acudían a ella. Las mesas estaban ocupadas por varios centenares de hombres y mujeres con trajes de ejecutivo, todos ellos policías que habían venido allí de todos los lugares del mundo para combatir actividades criminales organizadas, que iban desde el robo de tarjetas de crédito y la falsificación en Estados Unidos hasta cuentas bancarias relacionadas con el tráfico de cocaína en África. Talley y yo escogimos pollo asado y ensalada, y Marino optó por las costillas a la barbacoa.

Nos sentamos en un rincón.

—Normalmente, el secretario general no participa de una manera tan directa en las investigaciones —nos hizo saber Talley—. Eso les dará una idea de la importancia del asunto.

—Supongo que deberíamos sentirnos honrados —repuso Marino.

Talley cortó un trozo de pollo.

—No quiero que nos dejemos cegar por lo mucho que deseamos que este cadáver sin identificar sea Thomas Chandonne —dijo.

—Sí, sería vergonzoso que borraran el aviso negro de su maravilloso ordenador y luego resultara que el hijo de puta no ha muerto y Loup-Garou no es más que un chalado de por aquí que sigue matando —apuntó Marino—. ¿Se imagina lo que pasaría si no hubiese ninguna relación entre los dos? Algunos miembros de la Interpol podrían dejar de pagar sus cuotas, ¿eh?

—Esto no tiene nada que ver con las cuotas, capitán Marino —replicó Talley sin inmutarse—. Sé que ha trabajado en muchos casos difíciles a lo largo de su carrera, así que ya sabe lo absorbentes que pueden llegar a ser. Necesitamos liberar a nuestra gente de esta investigación para que pueda trabajar en otros crímenes. Necesitamos derribar de sus pedestales a las personas que están protegiendo a ese saco de mierda. Necesitamos destruirlos a todos. —Apartó su bandeja sin haber terminado la comida y sacó un paquete de cigarrillos del bolsillo interior de su chaqueta—. Una de las cosas buenas que tiene Europa —sonrió—. Es malo para la salud, pero no se considera antisocial.

—Bueno, entonces déjeme hacerle una pregunta —dijo Marino—. Si tan poco les preocupan las cuotas, ¿quién paga todo esto? ¿Quién paga los Learjets, los Concorde y los hoteles de lujo, por no mencionar los taxis Mercedes?

—Muchos de los taxis de aquí son Mercedes.

—En casa preferimos los Chevy y los Ford con unos cuantos años a cuestas. —Marino intentaba ser sarcástico—. Compra productos americanos, ya sabe.

—La Interpol no suele proporcionar Learjets y hoteles de lujo —explicó Talley.

—Entonces, ¿quién ha sido?

—Supongo que eso se lo podría preguntar al senador Lord —respondió Talley—. Pero deje que le recuerde una cosa: el crimen organizado gira en torno al dinero, la mayor parte del cual procede de personas y empresas honradas que tienen tantas ganas como nosotros de acabar con toda esa competencia ilegal.

Los músculos de la mandíbula de Marino se estaban flexionando.

—Lo único que puedo sugerirle es que para una empresa que figure en la lista de los quinientos peces gordos de la revista *Fortune* pagar dos billetes en el Concorde no es mucho pedir, cuando alguien está moviendo millones de dólares en equipo electrónico, o incluso armas y explosivos, por conductos ilegales.

—¿Quiere decir que todo esto lo ha pagado Microsoft o alguien por el estilo? —preguntó Marino.

Talley, cuya paciencia estaba siendo sometida a una dura prueba, no respondió.

—Le he hecho una pregunta. Quiero saber quién ha pagado mi billete de avión. Quiero saber quién demonios abrió mi maleta. ¿Algún agente de la Interpol? —insistió Marino.

—La Interpol no tiene agentes, sino enlaces de distintas

agencias: el ATF, el FBI, el servicio postal, los departamentos policiales...

—Sí, claro. Y la CIA no mata gente.

—Por el amor de Dios, Marino... —intervine.

—Quiero saber quién coño deshizo mi equipaje —insistió Marino mientras su rostro se volvía de un rojo más oscuro—. Hacía muchísimo tiempo que nada me cabreaba tanto.

—Ya lo veo —dijo Talley—. Tal vez debería quejarse a la policía de París, pero supongo que si han tenido algo que ver con ello fue por su propio bien. Por si se le había ocurrido traerse un arma aquí, por ejemplo...

Marino permaneció en silencio y se dedicó a examinar lo que quedaba de su comida.

—No habrás hecho eso —le dije con incredulidad.

—Si alguien no está familiarizado con los viajes internacionales, entonces... Bueno, puede cometer errores inocentes —añadió Talley—. Especialmente un policía americano que está acostumbrado a llevar armas allí donde va y quizá no entiende en qué problemas tan serios podría meterse aquí.

Marino seguía callado.

—Sospecho que la única motivación fue evitarles cualquier clase de molestias —concluyó Talley, sacudiendo la ceniza de su cigarrillo.

—De acuerdo, de acuerdo —gruñó Marino.

—¿Está familiarizada con nuestro sistema judicial, doctora Scarpetta? —preguntó Talley después.

—Lo suficiente para alegrarme de que no lo tengamos en Virginia.

—El magistrado es nombrado a perpetuidad. El patólogo forense es nombrado por el magistrado, y es el magistrado quien decide qué evidencia es enviada a los laboratorios e incluso cuál fue la manera en que se produjo la muerte —explicó Talley.

—Como nuestro sistema de investigadores forenses en sus peores momentos —dije—. Siempre que la política y los votos están involucrados...

—El poder —se me adelantó Talley—. La corrupción.

La política y la investigación criminal nunca deberían estar relacionadas.

—Pero lo están. Continuamente, agente Talley. Puede que incluso aquí, en su organización.

—¿En la Interpol? —Pareció encontrarlo muy divertido—. En realidad no existe ninguna motivación para que la Interpol haga algo que no debería hacer, por muy mojigato que pueda sonar eso. No queremos publicidad, coches, armas o uniformes; no discutimos por motivos de jurisdicción. Tenemos un presupuesto sorprendentemente pequeño para lo que hacemos. Para la mayoría de las personas, ni siquiera existimos.

—Habla como si fuera uno de ellos —comentó Marino—. No entiendo nada. ¿Cómo es que ha acabado aquí?

—Mi padre es francés y mi madre es americana. Pasé la mayor parte de mi infancia en París y después mi familia se trasladó a Los Ángeles.

—¿Y luego?

—Facultad de derecho. No me gustó y acabé en el ATF.

—¿Durante cuánto tiempo? —preguntó Marino, prosiguiendo con su interrogatorio.

—Hace unos cinco años que soy agente.

—¿Y qué parte de ese tiempo ha pasado aquí? —Marino se iba poniendo más belicoso con cada pregunta.

—Dos años.

—Pues no le ha ido nada mal. Tres años en la calle, y después acaba aquí bebiendo vino y trabajando en ese gran castillo de cristal con todos esos peces gordos.

—He sido muy afortunado. —El tono de Talley era afable pero un tanto áspero—. Tiene toda la razón. Supongo que el que hable cuatro idiomas y haya viajado mucho ayuda un poco. También entiendo de ordenadores y cursé estudios de política internacional en Harvard.

—Voy al lavabo —anunció Marino, levantándose abruptamente.

—Lo que realmente le ha molestado es la parte de Harvard —le comenté a Talley después de que Marino se hubiera ido.

—No era mi intención hacerlo enfadar —dijo Talley.

—Lo imagino.
—Qué mala impresión se ha formado de mí en tan poco tiempo.
—Marino no suele ser tan poco sociable —expliqué—. Su nueva jefa le ha obligado a llevar nuevamente el uniforme, le ha suspendido de empleo y sueldo y, aparte de una bala, ha recurrido a todos los métodos posibles para acabar con él.
—Una mujer, ¿eh? —murmuró Talley.
—A veces las mujeres pueden ser mucho peores que los hombres, y hablo por experiencia. Se sienten más amenazadas y son más inseguras. Las mujeres tendemos a enfrentarnos entre nosotras cuando deberíamos estar ayudándonos las unas a las otras.
—Usted no parece ser así —dijo él, mirándome fijamente.
—El sabotaje requiere demasiado tiempo.
Él no estuvo muy seguro de cómo debía tomarse aquello.
—Descubrirá que soy muy directa, agente Talley, porque no tengo nada que ocultar. Sé muy bien lo que quiero y hablo en serio. Me opondré a usted o no lo haré. Me enfrentaré con usted o no lo haré, y lo haré estratégica pero lo más misericordiosamente posible porque no estoy interesada en ver sufrir a nadie. A diferencia de Diane Bray. Ella envenena a la gente y luego se sienta a mirar, disfrutando del espectáculo mientras la persona va consumiéndose lentamente en una horrible agonía.
—Diane Bray. Bien, bien. Residuos tóxicos metidos en un traje muy ceñido.
—¿La conoce? —pregunté, sorprendida.
—Finalmente decidió irse de Washington DC para poder destruir algún otro departamento de policía. Antes de que me enviaran aquí, pasé algún tiempo en los cuarteles generales. Bray siempre estaba intentando coordinar lo que hacían sus policías con lo que hacíamos el resto de nosotros. Ya sabe: el FBI, los servicios secretos..., nosotros. No es que hubiera nada de malo en que la gente colaborara, pero no era eso lo que pretendía. Bray sólo quería codearse con los de arriba, y que me cuelguen si no lo consiguió.

—No quiero malgastar energías hablando de ella. Ya ha consumido una parte demasiado grande de mis reservas.

—¿Le apetece tomar postre?

—¿Por qué no se ha examinado ninguna evidencia en los casos de París? —pregunté, volviendo al tema.

—¿Y un café?

—Lo que querría es una respuesta, agente Talley.

—Jay.

—¿Por qué estoy aquí?

Titubeó, mirando la puerta como si temiera que alguien a quien no quería ver fuese a entrar por ella de repente. Decidí que estaba pensando en Marino.

—Si el asesino es ese chalado de los Chandonne, como sospechamos, entonces su familia preferiría que su fea costumbre de degollar, golpear y morder mujeres no se hiciera pública. De hecho... —Hizo una pausa y sus ojos se clavaron en los míos—. Parece como si su familia no quisiera que se supiese que ha pisado este planeta. Su pequeño secreto.

—Y entonces, ¿cómo sabe que existe?

—Su madre dio a luz dos hijos. No está registrado en ningún sitio el que uno de ellos muriera.

—Parece que no hay registros de nada.

—No hay nada escrito, pero existen otras formas de averiguar las cosas. La policía ha pasado cientos de horas entrevistando a muchas personas, especialmente a quienes viven en la Île Saint-Louis. Además de lo que han declarado los antiguos compañeros de clase de Thomas, también tenemos lo que a estas alturas ya casi es una leyenda: que de vez en cuando, de noche o a primera hora de la mañana, cuando aún está oscuro, se ve pasear por la orilla de la isla a un hombre.

—¿Y ese misterioso personaje nada o sólo anda por ahí? —Pensaba en diatomeas de agua dulce dentro de las ropas del muerto.

Talley me miró sorprendido.

—Tiene gracia que diga eso. Sí, ha habido informes de un varón blanco nadando desnudo en el Sena junto a la orilla de la Île Saint-Louis, incluso en días de mucho frío. Y siempre cuando está oscuro.

—¿Y usted cree en esos rumores?

—Mi trabajo no consiste en creer o dejar de creer.

—¿Qué se supone que significa eso?

—Nuestro papel aquí es ayudar en la medida de lo posible y permitir que todos los efectivos piensen y trabajen juntos, sin importar dónde estén o quiénes sean. Somos la única organización del mundo que puede hacer eso. No estoy aquí para jugar a los detectives. —Guardó silencio durante un momento interminable en el que sus ojos se clavaron en los míos para encontrar lugares que yo no me atrevía a compartir con él—. No pretendo ser un perfilador, Kay —añadió al cabo.

Sabía lo de Benton. ¿Cómo no iba a saberlo?

—No tengo esas capacidades y ciertamente no dispongo de la experiencia necesaria —prosiguió—, así que no intentaré pintarle alguna clase de retrato del hombre que está haciendo todo esto. No puedo presentir cuál es su aspecto ni cómo anda o habla, pero sé que habla francés y quizá también algún otro idioma.

»Una de sus víctimas era italiana. Esa mujer no hablaba francés, así que debemos preguntarnos si el asesino pudo hablarle en italiano para conseguir que le abriera la puerta. —Se acomodó en su asiento y alzó su vaso de agua—. Estamos hablando de un hombre que ha dispuesto de mucho tiempo para educarse a sí mismo. Quizá vista bien, porque Thomas es famoso por su afición a los coches rápidos, la ropa elegante y las joyas. Puede que el hermano despreciado, al que escondían en el sótano haya acabado usando lo que Thomas ya no quería ponerse.

—Los tejanos que llevaba el cadáver no identificado le iban un poco grandes de cintura —recordé.

—Al parecer el peso de Thomas fluctuaba bastante. Se esforzaba mucho por estar delgado, y era muy vanidoso en todo lo referente a su aspecto. Así que ¿quién sabe? —Talley se encogió de hombros—. Pero de una cosa sí que podemos estar seguros: si ese supuesto hermano suyo es tan raro como la gente asegura, dudo mucho que vaya de tiendas.

—¿Cree realmente que esa persona vuelve a casa después de una de sus carnicerías, y sus padres lavan su ropa ensangrentada y lo protegen?

—Alguien lo está protegiendo —insistió Talley—. Ésa es la razón por la que los casos de París se han detenido en la puerta del depósito de cadáveres. Aparte de lo que le hemos enseñado, no sabemos qué más ocurrió.

—¿El magistrado?

—Es alguien con mucha influencia, lo cual significa que podría tratarse de muchas personas.

—¿Cómo consiguieron hacerse con los informes de las autopsias?

—Por la vía normal. Pedimos los resultados a la policía de París, y lo que ve es lo que tenemos. Ni sospechosos ni procesos ni evidencias que hayan podido ser examinadas en los laboratorios. Nada, excepto que la familia probablemente ha acabado hartándose de proteger a su hijo psicópata. Además de ser un secreto vergonzoso que hay que ocultar, ahora es un peligro en potencia.

—Y si consiguen demostrar que Loup-Garou es el hijo psicópata de los Chandonne, ¿de qué manera les ayudará eso a acabar con el cártel de los Ciento Sesenta y Cinco?

—Para empezar, tenemos la esperanza de que Loup-Garou acabe por hablar. Si lo acusan de una larga serie de asesinatos, especialmente del de Virginia... estaremos en condiciones de ejercer una considerable presión sobre él. Por no mencionar —añadió con una sonrisa— que si identificamos a los hijos de monsieur Chandonne, probablemente eso justificaría que registráramos su hermosa mansión de trescientos años de antigüedad en la Île Saint-Louis, sus oficinas, sus listas de embarque, etcétera, etcétera, etcétera.

—Suponiendo que pillemos a Loup-Garou.

—Tenemos que hacerlo. —Me miró fijamente a los ojos—. Kay, necesitamos poder demostrar que el asesino es el hermano de Thomas. —Me ofreció el paquete de cigarrillos. No lo toqué—. Puede que usted sea nuestra única esperanza —añadió—. Es la mejor oportunidad que hemos tenido hasta el momento.

—Si nos involucramos en este asunto, Marino y yo correríamos un serio peligro.

—La policía no puede entrar en el depósito de cadáveres de París y empezar a hacer preguntas. Ni siquiera unos policías de paisano podrían hacerlo, y, por supuesto, la Interpol tampoco.

—¿Por qué no? ¿Por qué la policía de París no puede entrar ahí?

—Porque la forense que se encargó de esos casos se niega a hablar con ella. No confía en nadie, y debo admitir que no se lo reprocho. Pero parece confiar en usted.

No dije nada.

—Debería sentirse motivada por lo que les ocurrió a Lucy y a Jo —agregó.

—Eso no es justo.

—Sí que lo es, Kay. Esa gente puede llegar a ser así de malvada. Intentaron saltarle la tapa de los sesos a su sobrina, y después intentaron volarla en mil pedazos. Para usted, eso no es ninguna abstracción, ¿verdad?

—Para mí la violencia nunca es una abstracción. —Gotas de sudor frío me resbalaban por las sienes.

—Pero cuando se trata de alguien a quien ama ya no es lo mismo —insistió Talley.

—No me diga cómo me siento.

—Abstracción o no, siente sus crueles fauces cuando aplastan a alguien a quien ama. No permita que esos cabrones aplasten a nadie más. Usted tiene una deuda que pagar. Lucy sigue viva.

—Debería estar en casa con ella.

—El que usted se encuentre aquí la ayudará más. También ayudará más a Jo.

—No necesito que me diga qué es lo mejor para mi sobrina o su amiga. O para mí, si a eso vamos.

—Lucy es una de nuestras mejores agentes. Para nosotros, no es su sobrina.

—Supongo que debería alegrarme de eso.

—Debería, en efecto.

La mirada de Talley fue bajando lentamente por mi cuello. Sentí sus ojos como una brisa que sólo me envolvía a mí. Después me miró las manos.

—Dios, son fuertes —dijo, y me tomó una—. El cadáver que apareció en el contenedor. Kim Luong. Son sus casos, Kay... —Estudió mis dedos, mi palma—. Usted conoce todos los detalles. Sabe qué preguntas hay que formular y qué hay que buscar. El que usted vaya a verla tiene mucho sentido.

—¿A quién he de ir a ver? —Aparté la mano y me pregunté si alguien estaría observándonos.

—A madame Stvan. Ruth Stvan. La directora de medicina legal y forense en jefe de Francia. Ustedes dos ya se conocen.

—Por supuesto que sé quién es, pero nunca nos hemos encontrado.

—En Ginebra en 1988. Ella es suiza, y cuando la conoció no estaba casada. Su apellido de soltera es Dürenmatt.

Escrutó mi rostro para ver si la recordaba. Yo no la recordaba.

—Estuvieron juntas en una mesa redonda sobre el síndrome de muerte súbita.

—¿Y cómo ha llegado a saberlo?

—Figura en su expediente, doctora Scarpetta —respondió, divertido.

—Bueno, pues le aseguro que mi expediente no contiene ninguna referencia a ella. —Me puse a la defensiva.

Los ojos de Talley no se apartaban de mi rostro. Yo no podía dejar de mirarlo, y me costaba pensar.

—¿Irá a verla? —inquirió—. No habría nada de raro en que visitara a una vieja amiga mientras está en París, y ella ha accedido a hablar con usted. Ésa es la razón por la que se encuentra aquí.

—Un poco tarde para decírmelo, pero gracias de todos modos —repliqué mientras mi indignación iba en aumento.

—Puede que no consiga nada. Puede que ella no sepa nada. Puede que no tenga ni un solo detalle más que ofrecernos que pueda ayudarnos a resolver nuestro problema. Pero no lo creemos. Es una mujer muy inteligente y dotada de un gran sentido de la ética, que ha librado una dura batalla contra un sistema que no siempre está de parte de la justicia. Quizás acabe descubriendo que se parece un poco a usted.

—¿Qué demonios se creen que son? ¿Piensan que pueden llamar por teléfono, hacerme venir aquí y pedirme que me pase por el depósito de cadáveres de París mientras un cártel criminal está mirando hacia el otro lado?

Talley no dijo nada y siguió con sus ojos clavados en mí. El sol llenó el ventanal detrás de él y volvió sus ojos de color ambarino como la pupila del tigre.

—Me da igual que sean la Interpol o Scotland Yard o la reina de Inglaterra. No tienen ningún derecho a hacer que yo, la doctora Stvan o Marino corramos el menor peligro.

—Marino no irá a la morgue.

—Dejaré que usted se lo diga.

—El que la acompañara despertaría sospechas, sobre todo si se tiene en cuenta que Marino no es precisamente un modelo de discreción —observó Talley—. Y además, no creo que le cayera muy bien a la doctora Stvan.

—Me está pidiendo que interfiera en la obtención de evidencias. Me está pidiendo que robe pruebas, ¿verdad? No sé cómo lo llamarán aquí, pero en Estados Unidos eso se llama delito.

—Alteración o falsificación de pruebas, según el nuevo código penal. Así es como se llama aquí. Trescientos mil francos de multa, tres años de cárcel. Si alguien realmente quiere tomárselo en serio, supongo que podrían llegar a acusarla de faltar al respeto debido a los muertos, y eso son cien mil francos más y otro año de cárcel.

Eché mi asiento hacia atrás.

—Para que lo sepa —dije con voz gélida—, en mi profesión no es frecuente que un agente federal me pida que infrinja la ley.

—No se lo estoy pidiendo. Eso es algo entre usted y la doctora Stvan.

Me levanté. No quería seguir escuchándole.

—Puede que usted no terminara sus estudios de abogacía, pero yo sí. Usted quizá pueda recitar un código penal, pero yo sé lo que significa.

Talley no se movió. La sangre me palpitaba en el cuello y el sol me daba en la cara con tanta fuerza que no podía ver nada.

—Llevo media vida sirviendo a la ley y a los principios de la ciencia y la medicina —proseguí—. Lo único que usted ha hecho durante la mitad de su vida, agente Talley, es permanecer en su pequeño mundo privado de universidades selectas.

—No le ocurrirá nada malo —dijo Talley, sin inmutarse y como si no hubiera oído ni una sola de las insultantes palabras que acababa de dirigirle.

—Mañana por la mañana, Marino y yo volveremos a casa.

—Siéntese, por favor.

—Así que conoce a Diane Bray, ¿eh? ¿Es éste su gran número final? ¿Va a conseguir que me encierren en una cárcel francesa?

—Siéntese, por favor —repitió.

Me senté de mala gana.

—Si la doctora Stvan le pidiera que hiciese algo y usted accediera a hacerlo y la descubrieran, intercederíamos. Igual que hicimos con lo que estoy seguro que Marino había metido en su maleta.

—¿Y se supone que he de creerme eso? —pregunté con incredulidad—. ¿Unos policías franceses armados con metralletas me detienen en el aeropuerto y yo les digo que no pasa nada, que estoy en una misión secreta para la Interpol?

—Lo único que vamos a hacer es arreglarle una cita con la doctora Stvan.

—Chorradas. Sé muy bien qué es lo que están haciendo.

Y si me meto en líos, ustedes harán lo que haría cualquier otra agencia del maldito planeta: dirán que ni siquiera me conocen.

—Yo nunca haría algo así. —Me sostuvo la mirada; hacía tanto calor que yo necesitaba aire fresco—. Ni nosotros ni el senador Lord haríamos jamás algo así. Le ruego que confíe en mí.

—Bueno, pues no confío en usted.

—¿Cuándo le gustaría volver a París?

Necesitaba un poco de tiempo para pensar. Talley había conseguido confundirme y ponerme furiosa.

—Tienen billetes para el tren que sale a última hora de la tarde —me recordó—, pero si prefiere pasar la noche aquí, conozco un hotelito maravilloso en la rue du Boeuf. Se llama La Tour Rose. Le encantaría.

—No, gracias.

Talley suspiró, se puso en pie y recogió nuestras bandejas.

—¿Dónde está Marino? —pregunté, pues de pronto advertí que ya hacía largo rato que se había ido.

—Yo también estaba empezando a preguntármelo —dijo Talley mientras cruzábamos la cafetería—. Me parece que no le caigo muy bien.

—Ésa es la deducción más brillante que ha hecho en todo el día.

—Y me parece que no le gusta que otro hombre se fije en usted y le preste atención.

No supe qué responder.

Talley introdujo las bandejas en un recogedor.

—¿Hará esa llamada telefónica? —Nunca se daba por vencido—. ¿Por favor?

Inmóvil en el centro de la cafetería, me rozó el hombro con una mano mientras volvía a pedírmelo.

—Espero que la doctora Stvan aún hable inglés —dije.

35

Cuando la doctora Stvan se puso al teléfono, me recordó de inmediato. Eso corroboró lo que me había dicho Talley: esperaba mi llamada y quería verme.

—Mañana por la tarde doy clases en la universidad —me dijo en un inglés que evidentemente llevaba tiempo sin practicar—. Pero puede venir por la mañana. Entro a trabajar a las ocho.

—¿Le iría bien a las ocho y cuarto?

—Por supuesto. ¿Puedo ayudarla en algo mientras está en París? —preguntó en un tono que me hizo sospechar que quizás otros estuviesen escuchando nuestra conversación.

—Me interesaría ponerme al corriente del funcionamiento del sistema forense francés —respondí, atenta a su insinuación.

—En ocasiones, no funciona demasiado bien. Estamos cerca de la Gare de Lyon, junto al Quai de la Rapée. Si viene en coche, puede aparcar detrás, donde se reciben los cadáveres. Si no, entre por la puerta principal.

Talley levantó la vista de los mensajes telefónicos que estaba examinando.

—Gracias —dijo cuando hube colgado.

—¿Adónde cree que puede haber ido Marino?

Estaba empezando a preocuparme. No confiaba en Marino cuando estaba solo. Sin duda, estaba ofendiendo a alguien.

—No hay muchos sitios a los que pueda ir —contestó Talley.

Lo encontramos en el vestíbulo, lúgubremente sentado junto a una palmera enana. Al parecer, había cruzado demasiadas puertas y había conseguido que lo echaran de cada piso, así que acabó bajando en el ascensor y no se molestó en pedir ayuda a los de seguridad.

Hacía tiempo que no lo veía tan irritable, y durante el trayecto de vuelta a París estuvo de tan mal humor que acabé cambiando de asiento y dándole la espalda. Fui al vagón restaurante y volví con una Pepsi sin preguntarle si quería una. Compré mi propio paquete de cigarrillos y no le ofrecí.

Cuando entramos en el vestíbulo del hotel, decidí que ya iba siendo hora de que hiciéramos las paces.

—¿Qué te parece si te invito a una copa?

—He de ir a mi habitación.

—¿Qué te pasa?

—Eso quizá debería preguntártelo yo —replicó él.

—No sé de qué me estás hablando, Marino. Vamos al bar a descansar un rato y pensaremos en qué vamos a hacer para salir del lío en el que nos hemos metido.

—Lo único que voy a hacer es subir a mi habitación. Y no soy yo quien nos ha metido en un lío.

Dejé que entrara en el ascensor solo y vi su terco rostro desaparecer detrás de las puertas metálicas. Después subí los largos tramos curvos de escalones enmoquetados y éstos me recordaron lo mal que fumar le sentaba a mi salud. Cuando abrí la puerta de mi habitación, no estaba preparada para lo que vi. Un miedo helado se adueñó de mí mientras iba hacia el fax y contemplaba lo que me había enviado el jefe del departamento forense de Filadelfia, el doctor Harston. Me senté en la cama, paralizada.

Las luces de la ciudad brillaban, el enorme letrero luminoso de la destilería Grand Marnier relucía en las alturas y el Café de la Paix estaba lleno de gente. Recogí las hojas del fax con manos temblorosas, los nervios tan hechos trizas como si tuviera alguna horrible enfermedad. Saqué tres botellines de whisky del minibar y los vacié en el mismo vaso. No me molesté en poner hielo. Me daba igual si al día siguiente me sentía fatal, porque sabía que de todas maneras me sentiría fatal. La primera hoja contenía un breve mensaje del doctor Harston.

> Me preguntaba cuándo me los pedirías, Kay. Sabía que lo harías en cuanto estuvieras lista. Si tienes alguna pregunta más, dímelo. Estoy aquí para lo que haga falta.
>
> Vance

El tiempo pasó sin que yo lo sintiera, como si estuviera catatónica, mientras leía el informe de investigación inicial del médico forense, la descripción del cuerpo de Benton, de lo que quedaba de él, *in situ*, en el edificio medio derruido donde había muerto. Las frases desfilaban ante mis ojos como cenizas suspendidas en el aire. «Cuerpo calcinado con fracturas de impacto en las muñecas», «manos desaparecidas», «el cráneo muestra fracturas de combustión con desprendimiento laminar» y «consumido hasta el músculo por encima del pecho y el abdomen».

La entrada de la herida de bala en su cabeza había dejado un agujero de un centímetro en el cráneo, que mostraba biselamiento interno de la fractura ósea. El proyectil entró por detrás de la oreja derecha, causando fracturas radiales, e impactó en la región petrosa derecha.

Tenía un «leve diastema entre los maxilares centrales». Siempre me había encantado aquel sutil espacio entre sus dientes delanteros. Hacía que su sonrisa resultara todavía más irresistible, debido a lo preciso que era Benton en cualquier otro aspecto. Su dentadura, por lo demás, era perfecta, porque su perfecta y siempre concienzuda familia de Nueva Inglaterra se había asegurado de que llevara un corrector dental.

«... Traje de baño con un dibujo de soles.» Benton había ido a Hilton Head sin mí porque me llamaron a la escena de un crimen. Si hubiera dicho «no» y hubiera ido con él... Si me hubiese negado a trabajar en el primero de lo que acabaría convirtiéndose en una serie de horrendos crímenes de la que Benton sería la última víctima.

Nada de lo que estaba examinando había sido fabricado. No podía ser falso. Sólo Benton y yo sabíamos lo de la cicatriz lineal de cinco centímetros en su rodilla izquierda. Se había cortado con un cristal en Black Mountain, Carolina del Norte, donde hicimos el amor por primera vez. Aquella cicatriz casi había sido un estigma del amor adúltero. Qué extraño que no hubiera resultado calcinada porque un trozo de aislante empapado cayó del techo sobre ella.

Aquella cicatriz siempre había parecido un recordatorio del pecado. Y en ese momento convertía su muerte en un largo castigo que culminaba con que yo visualizara lo que describían los informes, porque lo había visto todo antes. Aquellas imágenes me empujaron al suelo, donde me senté llorando y farfullando su nombre.

No oí las llamadas a la puerta hasta que se convirtieron en golpes.

—¿Quién es? —pregunté con un resto de voz enronquecida.

—¿Qué te ocurre? —preguntó Marino a través de la puerta.

Me levanté y casi perdí el equilibrio mientras lo dejaba entrar.

—Llevo cinco minutos llamando a... —dijo—. ¿Qué demonios pasa?

Le di la espalda y me acerqué a la ventana.

—¿Qué ocurre, doctora? —Parecía asustado—. ¿Ha sucedido algo?

Vino hacia mí y me puso las manos en los hombros, y era la primera vez que hacía eso en todos los años que le conocía.

—Cuéntamelo. ¿Qué son todos esos diagramas y demás mierda que tienes encima de la cama? ¿Lucy se encuentra bien?

—Déjame en paz.

—¡No hasta que me cuentes qué pasa!

—Vete.

Marino apartó las manos y sentí frescor allí donde habían estado. Sentí nuestro espacio. Marino cruzó la habitación. Le oí tomar los faxes. No dijo nada.

—¿Qué coño estás haciendo? —preguntó después—. ¿Intentas perder el juicio o qué? ¿Por qué demonios quieres ver estas cosas? —Iba subiendo la voz a medida que el dolor y el pánico crecían dentro de él—. ¿Por qué lo haces? ¿Es que te has vuelto loca?

Giré sobre mis talones y corrí hacia él. Le arrebaté los faxes y los agité delante de su cara. Copias de diagramas corporales, informes de toxicología y de las pruebas entregadas, el certificado de defunción, la etiqueta para el dedo gordo del pie, los registros dentales, lo que habían encontrado dentro de su estómago, todo ello voló por los aires y se esparció sobre la moqueta como hojas secas.

—¡Porque tú tenías que decirlo! —exclamé—. ¡Tenías que abrir tu puta bocaza y decir que no había muerto! Así que ahora lo sabemos, ¿verdad? Léelo tú mismo, Marino, y maldito seas. —Me senté en la cama, y me enjugué los ojos y la nariz con las manos—. Léelo y no vuelvas a hablarme de ello nunca más. Y que no se te ocurra volver a decirme esas cosas. No digas que está vivo. No vuelvas a hacerme eso nunca más.

Sonó el teléfono. Marino descolgó el auricular.

—¡Qué! —ladró—. ¿Oh, sí? —añadió después de una pausa—. Bueno, tienen toda la razón. ¡Estamos haciendo mucho ruido, y como nos manden al puto servicio de seguridad, yo los mandaré escaleras abajo de una patada porque soy un puto policía y en estos momentos estoy de un puto humor de perros!

Colgó el auricular con tanta fuerza que estuvo a punto de romperlo, y se sentó en la cama, a mi lado. Él también tenía los ojos llenos de lágrimas.

—Él quería que cenáramos juntos para que nos peleáramos y nos odiáramos y acabáramos llorando tal como lo estamos haciendo ahora —murmuré mientras las lágrimas se deslizaban por mi rostro—. Sabía que nos enfrentaríamos el uno con el otro y que nos culparíamos mutuamente de lo ocurrido, porque ésa era la única manera de que nos lo sacáramos de dentro y siguiéramos adelante.

—Sí, supongo que trazó nuestros perfiles, como si de alguna manera supiera qué ocurriría, y el modo en que reaccionaríamos.

—Me conocía —murmuré—. Oh, Dios, hasta qué punto me conocía... Sabía que nadie lo llevaría peor que yo. No lloro. ¡No quiero llorar! Aprendí a no hacerlo cuando mi padre se estaba muriendo, porque llorar era sentir, y sentir aquello habría sido demasiado terrible. Era como si pudiera secarme por dentro como una vaina que cruje cuando algo la sacude, mis sentimientos diminutos y endurecidos... crujiendo cuando algo los sacude. Estoy destrozada, Marino. Creo que nunca podré superarlo. Quizá sería mejor que también me despidieran a mí. O que presentara mi dimisión.

—De eso, nada.

No contesté. Marino se levantó y encendió un cigarrillo. Después empezó a caminar arriba y abajo por la habitación.

—¿Quieres algo para cenar?

—Sólo necesito dormir.

—Quizá te sentaría bien salir un rato y tomar el aire.

—No, Marino.

Me dejé sin sentido con Benadryl, y cuando me obligué a salir de la cama a la mañana siguiente me sentía aturdida y apenas podía pensar. Miré en el espejo del cuarto de baño, y vi mis ojos hinchados y llenos de cansancio. Me eché agua fría en la cara, me vestí y a las siete y media tomé un taxi, esta vez sin ninguna ayuda de la Interpol.

El Institut Médico-Légal, un edificio de tres pisos, de ladrillo rojo y caliza erosionada, se encontraba en la zona este de la ciudad. La Voie Rapide lo separaba del Sena, que esa mañana tenía el color de la miel. El taxista me dejó delante del edificio; atravesé un precioso parquecito cubierto de margaritas, prímulas, flores silvestres y plátanos añosos. La pareja de jóvenes que se besaba en un banco y el anciano que paseaba a su perro no parecían notar el inconfundible hedor a muerte que rezumaba de las ventanas protegidas con barrotes y de la puerta principal de hierro negro.

Ruth Stvan era conocida por el sistema que dirigía. Los visitantes eran recibidos por recepcionistas, de tal manera que cuando los deudos afligidos entraban por la puerta eran interceptados inmediatamente por alguien que los ayudaba amablemente a encontrar el camino. Una de esas recepcionistas vino hacia mí. Me llevó por un pasillo embaldosado en el que había investigadores esperando en sillas azules, y entendí lo suficiente de lo que estaban diciendo para enterarme de que la noche anterior alguien había saltado de una ventana.

Seguí a mi silenciosa guía más allá de una pequeña capilla con vidrieras de colores donde una pareja lloraba sobre un muchacho que yacía dentro de un féretro blanco abierto. La forma en que los franceses trataban a los muertos era muy distinta de la nuestra. En Estados Unidos, sencillamente no había tiempo o fondos para recepcionistas, capillas o para que te tomaran de la mano. Era una sociedad donde cada día había tiroteos y nadie defendía los derechos de los muertos.

La doctora Stvan estaba trabajando en un caso en la Salle d'Autopsie, según indicaba un letrero colocado encima de las puertas de apertura automática. Cuando entré, la ansiedad volvió a adueñarse de mí. No hubiese debido ir allí. No sabía qué iba a decirle. Ruth Stvan, con su bata verde manchada de sangre y los cristales de sus gafas llenos de salpicaduras rojas, estaba poniendo un pulmón en el platillo de una balanza que colgaba del techo. Supe que se hallaba trabajando en el caso del hombre que había saltado al vacío. El cadáver tenía el rostro destrozado, los pies partidos y los huesos de las pantorrillas incrustados en los muslos.

—Deme un minuto, por favor —me dijo la doctora Stvan.

Había dos autopsias más en marcha. En las pizarras había nombres y números de casos. Una sierra Stryker abría un cráneo mientras el agua corría ruidosamente en las piletas. La doctora Stvan, una mujer un poco mayor que yo, rubia, de huesos grandes, era vivaz y enérgica. Recordé que, cuando estábamos en Ginebra, siempre se había mantenido alejada de los demás.

Tapó los restos con una sábana y se quitó los guantes. Después empezó a desatarse las cintas que le ceñían la bata por detrás mientras avanzaba hacia mí con paso rápido y decidido.

—¿Cómo está? —preguntó.

—No estoy muy segura —respondí.

Si mi respuesta le pareció extraña, no lo demostró.

—Sígame, por favor, y hablaremos mientras me lavo. Después tomaremos un café.

Me llevó a un pequeño vestuario y dejó caer su bata en un cubo de la ropa sucia. Las dos nos lavamos las manos con jabón desinfectante, y ella también se lavó la cara y se la secó con una áspera toalla azul.

—Doctora Stvan, obviamente no he venido aquí para una charla amistosa o para que me cuente cómo es su sistema forense. Ambas lo sabemos.

—Por supuesto —contestó ella, mirándome a los ojos—. No soy lo suficientemente sociable para una visita de ese tipo. —Esbozó una sonrisa—. Sí, nos conocimos en Ginebra, doctora Scarpetta, pero no llegamos a mantener ningún tipo de relación. Es una lástima, realmente. Por aquel entonces había tan pocas mujeres... —Siguió hablando mientras íbamos por el pasillo—. Cuando me telefoneó, ya sabía de qué se trataba, porque fui yo quien pidió que la trajeran aquí —añadió.

—Me pone un poco nerviosa oírle decir eso. Como si ya no lo estuviera lo suficiente.

—Las dos tenemos las mismas metas en la vida. Si usted fuera yo, ahora yo estaría visitándola, ¿comprende? Y le estaría diciendo que no podemos permitir que esto continúe. No podemos permitir que otras mujeres mueran de esta manera. Ahora en América, en Richmond. Ese Loup-Garou es un monstruo.

Entramos en su despacho, que no tenía ventanas. Los montones de expedientes, revistas médicas e informes amenazaban con caerse de cada superficie disponible. La doctora Stvan tomó el teléfono, marcó el número de una extensión y pidió a alguien que nos trajera café.

—Póngase cómoda, por favor, si es que puede. Quitaría cosas de en medio para que no la estorbaran, pero no tengo sitio donde ponerlas.

Tomé una silla y la acerqué a su escritorio.

—Cuando estuvimos en Ginebra, me sentí muy fuera de lugar —dijo, como si su mente hubiera retrocedido hasta ese recuerdo mientras cerraba la puerta—. Y en parte la razón es el sistema que tenemos en Francia. Aquí, los patólogos forenses se encuentran totalmente aislados, y eso no ha cambiado, y puede que no cambie en lo que me queda de vida. No se nos permite hablar con nadie, lo cual no siempre es tan terrible porque me gusta trabajar sola. —Encendió un cigarrillo—. Hago un inventario de las lesiones y la policía cuenta toda la historia, si así lo desea. Cuando se trata de un caso delicado, hablo personalmente con el magistrado, y puede que consiga lo que necesito o puede que no. También cabe la posibilidad de que saque a relucir el tema y no se nombre ningún laboratorio para las pruebas, ¿comprende?

—Entonces, en cierto sentido su trabajo se reduce a determinar la causa de la muerte.

Ella asintió.

—El magistrado me encomienda la misión de determinar la causa de la muerte en cada caso, y eso es todo.

—Eso significa que en realidad no lleva a cabo ninguna investigación...

—No de la manera en que usted lo hace. No de la manera en que yo quiero hacerlo. —Exhaló el humo por un lado de la boca—. Verá, el problema con la justicia francesa es que el magistrado es independiente. No puedo informar a nadie más que al magistrado que me nombró, y sólo el ministro de Justicia está facultado para quitarle un caso y dárselo a otro. Por ello, si hay algún problema, no dispongo del poder necesario para hacer algo al respecto. El magistrado hace lo que quiere con mi informe. Si yo digo que es un homicidio y él no está de acuerdo, pues no lo es. Así lo estipula la ley.

—¿El magistrado puede alterar su informe? —inquirí. La mera idea me parecía indignante.

—Por supuesto. Estoy sola contra todos. Y sospecho que usted también lo está.

Yo no quería pensar en lo sola que estaba.

—Soy totalmente consciente de que si alguien llegara a enterarse de que hemos hablado, las consecuencias podrían ser muy graves, sobre todo para usted... —dije.

Ella me hizo callar alzando la mano. La puerta se abrió y la misma mujer joven que me había escoltado entró con una bandeja en la que había café, leche y azúcar. La doctora Stvan le dio las gracias y dijo algo más en francés que no entendí. La mujer asintió y se fue sin hacer ruido, cerrando la puerta tras ella.

—Le he pedido que no me pasara ninguna llamada —me informó la doctora Stvan—. Lo primero que debo decirle es que el magistrado que me nombró es alguien a quien respeto muchísimo. Pero hay presiones por encima de él, supongo que ya me entiende. Hay presiones incluso por encima del ministro de Justicia. No sé por qué, pero en esos casos no se llevó a cabo ningún trabajo de laboratorio, que es la razón por la que la han enviado.

—¿Enviado? Creía que era usted quien había pedido que viniera.

—¿Cómo toma el café?

—¿Quién le dijo que me habían enviado?

—La han enviado para que me alivie de la carga de mis secretos, y para mí será un placer confesárselos. ¿Lo toma con leche y azúcar?

—Solo.

—Cuando esa mujer fue asesinada en Richmond, me dijeron que si estaba dispuesta a hablar con usted la traerían aquí.

—¿No pidió que viniera?

—Yo no habría pedido tal cosa, porque jamás me habría imaginado que pudieran concedérmelo.

Pensé en el reactor privado, el Concorde y todo lo demás.

—¿No tendría un cigarrillo?

—Perdone que no le haya ofrecido. No sabía que fumara.

—No fumo. Esto sólo es un desliz... que dura algo así como un año. ¿Sabe quién me ha enviado, doctora Stvan?

—Alguien con suficiente influencia para traerla aquí casi al instante. Aparte de eso, no lo sé.

Pensé en el senador Lord.

—El caso del Loup-Garou me está consumiendo poco a poco. Ya llevamos ocho mujeres —prosiguió, contemplando el vacío con ojos vidriosos y llenos de dolor.

—¿Qué puedo hacer, doctora Stvan?

—No hay evidencias de que fueran violadas por vía vaginal. O sodomizadas. Pasé torundas por las marcas de mordiscos, unas marcas muy raras con molares ausentes, oclusión y dientes muy pequeños, considerablemente separados. Recogí pelos y todo lo demás. Pero volvamos al primer caso, que es cuando este asunto empezó a tornarse extraño.

»Como era de esperar, el magistrado me dijo que enviara todas las pruebas al laboratorio. Pasaron las semanas, pasaron los meses y no nos llegó ningún resultado. Después de eso, aprendí la lección. Con los otros crímenes que se creía eran obra del Loup-Garou, no solicité entregar nada. —Guardó silencio por un instante, como si reflexionase en otro lugar—. Nuestro Loup-Garou es un caso muy extraño. Morder las palmas, las plantas de los pies... Tiene que significar algo. Nunca he visto nada parecido. Y ahora usted tendrá que enfrentarse a él, de la misma manera en que he tenido que hacerlo yo. —Hizo una nueva pausa, como si lo que tenía que decir a continuación fuera muy duro para ella—. Le ruego que tenga muchísimo cuidado, doctora Scarpetta. Irá a por usted igual que fue a por mí. Verá, yo soy la que sobrevivió.

La perplejidad me dejó sin habla.

—Mi esposo es *chef* en Le Dôme —prosiguió—. Casi nunca está en casa por las noches, pero Dios quiso que guardase cama por enfermedad cuando aquella cosa se presentó ante mi puerta hace unas semanas. Llovía. Dijo que acababa de tener un accidente con el coche y que necesitaba telefonear a la policía. Mi primera idea fue ayudarle, naturalmente. Quise asegurarme de que no se había hecho ningún daño. Estaba preocupada.

»Ésa fue una forma de poner de manifiesto mi vulnerabilidad. Creo que los médicos tenemos un complejo de salvadores, ¿sabe? Creemos que podemos ocuparnos de los problemas, sean cuales sean, y ahora que lo pienso, me doy cuenta de que él contaba con ese impulso, en lo que a mí concernía. No había absolutamente nada sospechoso en él, y sabía que yo le dejaría entrar, y lo habría hecho. Pero Paul oyó voces y quiso saber quién estaba allí. El hombre huyó. No logré verlo bien. La luz de la entrada no funcionaba porque él había aflojado la bombilla, como descubrí más tarde.

—¿Llamó a la policía?

—Sólo a un detective en el que confío.

—¿Por qué?

—Hay que tener cuidado.

—¿Cómo supo que era el asesino?

Tomó un sorbo de su café. A esas alturas, ya se había enfriado, y la doctora Stvan añadió un poco más a nuestras tazas.

—Lo sentí, sencillamente. Recuerdo que percibí una especie de olor a animal mojado, pero ahora creo que debo de haberlo imaginado. Sentí el mal, el hambre que había en sus ojos. Y él hacía todo lo posible para ocultarse. No vi su rostro, sólo el brillo de sus ojos gracias a la luz que salía por la puerta abierta.

—¿Un olor a animal mojado?

—Distinto de un olor corporal. Un olor a sucio, como el de un perro que necesita que lo bañen. Eso es lo que recuerdo. Pero todo ocurrió muy deprisa, y no puedo estar segura. Al día siguiente, recibí una nota de él. Aguarde un momento, voy a enseñársela.

Se levantó y abrió un cajón de un archivador metálico en el que los expedientes estaban tan apretados que le costó bastante extraer uno. No estaba etiquetado, y de él sacó un trozo de papel marrón manchado de sangre dentro de una bolsa de plástico transparente para guardar pruebas.

—*«Pas la police. Ça va, ça va. Pas de problème, tout va bien. Le Loup-Garou.»* —leyó—. Quiere decir: «Nada de policía. No hay ningún problema, todo va bien. Todo va estupendamente. El hombre lobo.»

Contemplé las familiares letras cuadradas. Eran mecánicas y casi infantiles.

—El papel parece un trozo de esas bolsas que dan en los mercados —dijo—. No puedo demostrar que fuera él, pero ¿quién más podría habérmelo enviado? No sé a quién pertenece la sangre porque, una vez más, no puedo hacer análisis, y sólo mi esposo sabe que tengo esto en mi poder.

—¿Por qué usted? —pregunté—. ¿Qué motivo podía tener para ir a por usted?

—Lo único que se me ocurre es que fue porque me había visto en los lugares donde había cometido un crimen. Y ahora sé que monta guardia. Después de haber matado, se esconde entre la oscuridad para observar lo que hacen las personas como nosotros. Es muy inteligente y astuto. No me cabe duda de que sabe todo lo que ocurre cuando los cuerpos de sus víctimas vienen a mí.

Incliné la nota bajo la luz de la lámpara, buscando trazos ocultos que pudieran haber quedado grabados en el papel. No vi ninguno.

—Cuando leí la nota, advertí que había corrupción. ¡Como si hubiese habido alguna duda de ello! —estaba diciendo la doctora Stvan—. Loup-Garou sabía que entregar esta nota a la policía, a los laboratorios, no serviría de nada. Estaba diciéndome, incluso advirtiéndome, que no me molestara en hacerlo, y es muy extraño, pero tengo la sensación de que también me estaba diciendo que no volverá a intentarlo.

—Yo no me apresuraría a llegar a esa conclusión.

—Es como si necesitara un amigo. La bestia solitaria necesita un amigo. Supongo que, en sus fantasías, me he vuelto importante para él porque lo vi y no he muerto. Pero ¿quién puede saber lo que pasa por una mente semejante?

Se levantó de su escritorio y abrió otro cajón cerrado con llave de otro archivador. Sacó de él una caja de zapatos corriente, despegó la cinta adhesiva y levantó la tapa. Dentro había ocho cajitas de papel con agujeros de ventilación y otros tantos sobres de papel manila, todo ello etiquetado con números de casos y fechas.

—Es una lástima que no se hicieran impresiones de las marcas de mordiscos —dijo—. Pero para hacer eso habría tenido que llamar a un dentista, y sabía que no me lo permitirían. Pero pasé unas torundas por ellas, y eso quizás ayudará. O quizá no.

—En el asesinato de Kim Luong intentó hacer desaparecer las marcas de mordiscos —expliqué—. No podemos sacar moldes de ellas. Ni siquiera las fotografías servirían de nada.

—No me sorprende. Sabe que ahora ya no tiene a nadie que le proteja. Está... ¿cómo dicen ustedes?, ¿en su terreno? Y le diré una cosa: no costaría mucho identificarlo por las marcas de sus dientes. Tiene unos dientes muy extraños, puntiagudos y bastante separados. Como si fuera una especie de animal.

Empecé a experimentar una sensación muy rara.

—Recuperé pelos de todos los cuerpos —continuó la doctora Stvan—. Parecían pelos de gato. Me he preguntado si criará gatos de angora o algo por el estilo.

Me incliné hacia delante en mi asiento.

—¿Parecían pelos de gato? —inquirí—. ¿Los guardó?

Quitó la cinta adhesiva que sujetaba la solapa de un sobre y sacó unas pinzas de un cajón de su escritorio. Después las introdujo en el sobre y extrajo unos cuantos pelos. Eran tan finos que cuando los dejó encima del secante flotaron en el aire como el plumón.

—Todos iguales, ¿ve? Nueve o diez centímetros de longitud, y de un rubio pálido. Muy finos, tanto que parecen cabellos de bebé.

—Esto no es pelo de gato, doctora Stvan. Es pelo humano. Estaba en la ropa del hombre no identificado que encontramos dentro del contenedor. Estaba en el cuerpo de Kim Luong.

La doctora Stvan abrió los ojos como platos.

—¿Entregó algunos de estos pelos entre las evidencias del primer caso? —quise saber.

—Sí.

—¿Y no le mandaron ningún resultado?

—Que yo sepa, los laboratorios nunca analizaron lo que les envié.

—Oh, apuesto a que los analizaron. Apuesto a que saben tanto que son humanos como que son demasiado largos para pertenecer a un bebé. Saben qué significan las marcas de mordiscos, e incluso puede que hayan recuperado el ADN de ellas.

—Entonces también deberíamos obtener el ADN de las torundas que le entregaré. —La doctora Stvan estaba cada vez más nerviosa y preocupada.

Me daba igual. Aquello ya no tenía ninguna importancia.

—Con los pelos no se puede hacer gran cosa, por supuesto —prosiguió—. Hirsutos, sin pigmentación...

Yo no la escuchaba. Estaba pensando en Kaspar Hauser. Pasó los primeros dieciséis años de su vida en una mazmorra porque el príncipe Carlos de Baden quería asegurarse de que no pudiera reclamar la corona.

—... Ni rastro de ADN, sin raíces, supongo... —decía la doctora Stvan.

Cuando Kaspar tenía dieciséis lo encontraron junto a una puerta, con una nota sujeta a su ropa con un alfiler. Estaba tan pálido como el papel, y era incapaz de hablar. Un fenómeno. Ni siquiera podía escribir su nombre sin que alguien le guiara la mano.

—La caligrafía semeja la de un principiante —pensé en voz alta—. Alguien protegido, que jamás fue expuesto a otras personas y nunca ha recibido educación fuera de su casa. Quizás incluso autodidacta...

La doctora Stvan dejó de hablar.

—Sólo una familia podría mantener aislado a alguien desde el momento de su nacimiento. Sólo una familia muy poderosa podría eludir el sistema legal, permitiendo que esta anomalía siguiera matando sin ser capturada. Sin comprometerlos, sin hacerlos blanco de una atención no deseada.

La doctora Stvan guardaba silencio; cada palabra que salía de mis labios le reafirmaba lo que ella creía, y suscitaba un nuevo y más insidioso temor.

—La familia Chandonne sabe muy bien qué significan esos pelos y esos dientes anormales —dije—. Y él también lo sabe, por supuesto; por eso sospecha que usted lo ha descubierto, aun cuando los laboratorios no se lo hayan confirmado, doctora Stvan. Creo que fue a su casa porque usted lo vio a través de lo que les hacía a sus víctimas. Vio la vergüenza que sentía, o al menos eso creyó él.

—¿Vergüenza...?

—No creo que el propósito de la nota fuese asegurarle que no volvería a intentarlo. Creo que pretendía burlarse de usted, hacerle saber que podía obrar con total impunidad. Que volvería, y que la próxima vez no fallaría.

—Pero parece que ya no se encuentra aquí —repuso la doctora Stvan.

—Obviamente, algo alteró sus planes.

—¿Y la vergüenza que cree que vi? Apenas si tuve una vislumbre de él.

—Lo que le hizo a sus víctimas es lo único que necesitamos ver de él. El pelo no procede de su cabeza —dije—. Se desprende de su cuerpo.

36

Sólo había visto un caso de hipertricosis en mi vida, cuando era médico residente en Miami y pasaba de una consulta de pediatría a otra. Una mejicana dio a luz una niña, y dos días después la pequeña estaba cubierta de una capa de fino pelo gris claro de casi cinco centímetros de longitud. Gruesos mechones sobresalían de sus orejas y sus fosas nasales, y era fotofóbica, tenía unos ojos excesivamente sensibles a la luz.

En la mayoría de las personas hipertricóticas, la pilosidad se va incrementando progresivamente hasta que las únicas áreas que quedan libres de ella son las membranas mucosas, las palmas de las manos y las plantas de los pies. En casos extremos, a menos que la persona se afeite con frecuencia, el vello de la cara y la frente llega a crecer tanto que es necesario apartarlo para poder ver. Otros síntomas suelen ser anomalías de los dientes, genitales atrofiados, un número de pezones y dedos de los pies o las manos superior al normal, y asimetría facial.

En la antigüedad, algunos de esos pobres desgraciados eran vendidos a las ferias ambulantes o las cortes reales para divertir a quienes iban a verlos. Algunos eran tomados por hombres lobo.

—Pelo sucio y mojado. Como un animal sucio y mojado —conjeturó la doctora Ruth Stvan—. Me pregunto si la razón por la que sólo vi sus ojos cuando llamó a mi puerta no sería que toda su cara estaba cubierta de pelo. Y quizá llevaba las manos metidas en los bolsillos porque también estaban cubiertas de pelo, ¿no?

—Con ese aspecto, seguro que no lleva una vida social normal. A menos que sólo salga una vez que se ha puesto el sol. Vergüenza, sensibilidad a la luz y, ahora, asesinato. En cualquier caso, podría limitar sus actividades a la oscuridad.

—Supongo que podría afeitarse —dijo Stvan con voz pensativa—. Al menos las áreas visibles para la gente, ¿no? Me refiero a la cara, la frente, el cuello, el dorso de las manos...

—Algunos de los pelos que encontramos parecían haber sido afeitados. Si viajaba en un barco, tendría que hacer algo.

—Cuando mata, debe de desnudarse, al menos parcialmente. Todo ese pelo tan largo que deja...

Me pregunté si sus genitales estarían atrofiados, y si eso tendría algo que ver con el motivo por el que desnudaba a sus víctimas únicamente de cintura para arriba. Quizás el ver genitales femeninos adultos normales le recordaba su propia incapacidad como varón. Me costaba imaginar su humillación, su rabia. Esconder a un bebé hipertricótico después del nacimiento era un comportamiento típico entre los padres, sobre todo si se trataba de unos tan orgullosos y con tanto poder como los Chandonne, en su elegante y exclusiva Île Saint-Louis.

Me imaginé a aquel hijo atormentado, aquella *espèce de sale gorille*, viviendo en una habitación a oscuras de la mansión que pertenecía a su familia desde hacía cientos de años, y saliendo sólo por la noche. Cártel criminal o no, una familia rica con un apellido respetado tal vez no quisiera que el mundo supiese que él era su hijo.

—Siempre nos queda la esperanza de que sea posible examinar los registros para averiguar si en Francia ha nacido algún bebé con ese trastorno. La hipertricosis es tan rara que no debería ser muy difícil dar con él. Sólo afecta a una persona de cada mil millones, o algo así.

—No estará registrado —afirmó Stvan.

Le creí. Su familia se habría asegurado de ello. Ya casi era mediodía cuando me despedí de la doctora Stvan con el corazón lleno de miedo y una prueba obtenida ilegalmente dentro de mi maletín. Salí por la puerta de atrás, donde camionetas con cortinas en las ventanillas aguardaban su próximo triste viaje. Un hombre y una mujer vestidos con las ropas raídas de los muy pobres esperaban en un banco negro, junto a la vieja pared de ladrillos. El hombre tenía el sombrero en la mano y miraba el suelo. La mujer alzó los ojos hacia mí, con expresión de pena.

Caminé muy deprisa sobre los adoquines a lo largo del Sena mientras imágenes terribles acudían a mí. Vi el horrible rostro del asesino emergiendo de la oscuridad cuando una mujer le abría la puerta. Me lo imaginé merodeando como una bestia nocturna, escogiendo y acechando hasta que atacaba y destrozaba una y otra vez. Su venganza era obligar a sus víctimas a mirarlo. El terror de sus víctimas era su poder.

Me detuve y miré alrededor. Los coches pasaban a toda velocidad. Me sentía aturdida por el fragor del tráfico y no tenía ni idea de cómo iba a conseguir un taxi. No había sitio para que uno se detuviera a recogerme. Las calles laterales que atravesé estaban desiertas, y tuve muy poca esperanza de que un taxi apareciera por alguna de ellas.

El pánico comenzó a apoderarse de mí. Subí corriendo por un tramo de escalones de piedra para volver al parque, conteniendo la respiración. El aroma de la muerte seguía flotando entre las flores y los árboles. Me senté, cerré los ojos y levanté el rostro hacia el sol invernal, esperando a que mi corazón latiera un poco más despacio. Gotas de sudor frío se deslizaban por debajo de mis ropas. Tenía las manos y los pies entumecidos, y sentía la dureza de mi maletín de aluminio entre las rodillas.

—Me parece que necesita un amigo —dijo de pronto la voz de Jay Talley por encima de mí.

Di un respingo y solté un jadeo ahogado.

—Lo siento —murmuró Talley y se sentó a mi lado—. No pretendía asustarla.

—¿Qué está haciendo aquí? —Un caos de pensamientos

manchados de barro y sangre se agitaba dentro de mi cabeza, chocando unos con otros como soldados que se enfrentaran en un campo de batalla.

—Le dije que cuidaría de usted, ¿no?

Se desabrochó el abrigo de cachemir color tabaco, sacó un paquete de cigarrillos de un bolsillo interior y encendió uno para cada uno.

—También dijo que sería demasiado peligroso que cualquiera de ustedes apareciera por aquí —dije en tono acusador—. Así que yo voy y hago mi trabajo sucio y aquí está usted, sentado en el maldito parque justo delante de la maldita puerta delantera del Institut. —Exhalé el humo con una mueca de irritación, me puse en pie y tomé mi maletín—. ¿A qué clase de juego está jugando conmigo?

Él metió la mano en otro bolsillo y sacó un móvil.

—Pensé que quizá necesitaría que la llevaran a algún sitio. No estoy jugando a ningún juego. Vamos. —Marcó un número en su teléfono y le dijo algo en francés a la persona que respondió a su llamada.

—¿Y ahora qué? ¿El agente de CIPOL vendrá a recogernos? —pregunté con amargura.

—Sólo he pedido un taxi. Me parece que el agente de CIPOL se jubiló hace unos años.

Salimos a una de las tranquilas calles laterales, y unos minutos después un taxi se detuvo junto a nosotros. Subimos a él, y cuando me puse el maletín encima del regazo, Talley lo miró.

—Sí —dije, respondiendo a su pregunta no formulada.

Cuando llegamos al hotel, lo llevé a mi habitación porque no había ningún otro sitio en el que pudiéramos hablar sin correr el riesgo de que nos oyeran. Intenté llamar a Marino, pero no contestó.

—Necesito volver a Virginia.

—No habrá ningún problema. Puede volver allí cuando quiera.

Colgó el letrero de «No molestar» en la puerta y puso la cadena de seguridad.

—Será lo primero que haga por la mañana.

Nos acomodamos en la salita junto a la ventana, con una mesita entre nosotros.

—Bien, en ese caso supongo que madame Stvan se sinceró con usted —dijo Talley—. Ésa era la parte más difícil, si quiere saberlo. A estas alturas la pobre mujer está tan paranoica..., y la verdad es que tiene buenas razones para estarlo. Pensábamos que no le contaría la verdad a nadie. Me alegro de que mi instinto no se haya equivocado.

—¿Su instinto?

—Sí. —Seguía mirándome fijamente—. Yo sabía que si alguien podía llegar hasta ella, sería usted. Su reputación la precede y la doctora Stvan la respeta muchísimo. Pero el hecho de que también sepa algunas cosas personales acerca de usted me ha ayudado un poco, desde luego. —Hizo una pausa—. Gracias a Lucy.

—¿Conoce a mi sobrina?

Yo no le creía.

—Coincidimos en varios programas de adiestramiento en Glynco —contestó, refiriéndose a la Academia Nacional de Glynco, Georgia, donde el ATF, Aduanas, el Servicio Secreto, la Patrulla de Fronteras y unas sesenta agencias policiales más recibían su entrenamiento básico—. En cierta forma, Lucy casi me daba pena. La presencia de su sobrina siempre hacía que todo el mundo empezara a hablar de usted, como si Lucy no poseyera ningún talento propio.

—Yo no puedo hacer ni la décima parte de lo que hace ella.

—Muy pocas personas pueden hacerlo.

—¿Y qué tiene que ver todo esto con ella? —quise saber.

—Creo que debido a usted, Lucy tiene que ser Ícaro y volar demasiado cerca del sol. Espero que no lleve demasiado lejos ese mito y caiga del cielo.

El comentario me llenó de miedo. No tenía ni idea de qué estaba haciendo Lucy en aquellos momentos; además, Talley tenía razón. Mi sobrina siempre tenía que hacerlo todo mejor, más deprisa, a mayor escala y de una manera más arriesgada que yo, como si el competir conmigo pudiera acabar proporcionándole el amor que no creía merecer.

—El pelo transferido del asesino a sus víctimas en los casos de París no es del hombre no identificado que tengo en mi frigorífico —dije, y le expliqué el resto.

—Pero esos pelos tan raros estaban presentes en sus ropas —dijo Talley, tratando de entenderlo.

—En la parte interior. Piense en esto como una mera hipótesis. Supongamos que la ropa fue llevada por el asesino y que su cuerpo está cubierto de ese pelo largo y tupido, tan fino como los cabellos de un bebé. Así que lo transfiere a la parte interior de su ropa, que luego se quita y obliga a ponerse a su víctima, antes de ahogarla.

—Y la víctima es el hombre del contenedor. Thomas. —Talley hizo una pausa—. ¿Y Loup-Garou tiene ese pelo por todo el cuerpo? Entonces obviamente no se afeita.

—Afeitarte todo el cuerpo con regularidad no resultaría nada fácil. Lo más probable es que sólo se afeite las zonas visibles.

—¿Y no hay ningún tratamiento efectivo, algún fármaco o algo así?

—El láser se usa con cierto éxito, pero puede que él no lo sepa. Además, su familia no permitiría que acudiese a una clínica, sobre todo después de que empezara a matar.

—¿Por qué piensa que cambió de ropa con el hombre que encontró dentro del contenedor? ¿Con Thomas?

—Si vas a escapar a bordo de un barco, y suponiendo que su teoría acerca de las prendas usadas sea cierta —le expliqué—, entonces no querrías llevar ropa de marca. También podría tratarse de desprecio, de decir la última palabra. Nos pasaríamos el día entero especulando y no hallaríamos más que los daños que deja tras de sí.

—¿Puedo ofrecerle algo?

—Una respuesta. ¿Por qué no me dijo que la doctora Stvan era la única que sobrevivió? Usted y el secretario general me contaron una larga historia cuando sabían desde el primer momento que estaban hablando de ella.

Talley guardó silencio.

—Temían que me asustara y saliera huyendo, ¿verdad? —proseguí—. El Loup-Garou la ve e intenta matarla, así que si me veía, quizá también intentara matarme, ¿no?

—Varias personas involucradas dudaban que usted fuera a verla si conocía toda la historia.

—Bueno, entonces esas personas no me conocen muy bien. De hecho, saber algo semejante habría incrementado las probabilidades de que fuera. Al demonio con lo bien que cree conocerme y puede predecir esto y aquello después de haber hablado un par de veces con Lucy.

—La doctora Stvan insistió en ello, Kay. Ella quería explicárselo personalmente, por una buena razón. Nunca le ha contado todos los detalles a nadie, ni siquiera al detective amigo suyo. Ese hombre sólo pudo proporcionarnos una idea vaga.

—¿Por qué?

—Una vez más, debido a las personas que protegen al asesino. Si llegaran a enterarse de alguna manera y pensaran que ella podía haberle visto la cara, temía que pudieran hacerle algo. O a su esposo o a sus hijos. Creía que usted no la traicionaría hablando con alguien que pudiera ponerla en una situación vulnerable. Pero en lo que respecta a qué parte de lo que sabía acabaría contándole, dijo que quería tomar esa decisión cuando estuviera con usted.

—Por si no confiaba en mí después de todo.

—Yo estaba seguro de que confiaría en usted.

—Comprendo. Entonces, misión cumplida.

—¿Por qué está tan enfadada conmigo? —preguntó.

—Porque es usted un presuntuoso —respondí.

—No pretendo serlo. Sólo quiero que detengamos a esa especie de hombre lobo antes de que mate y mutile a más personas. Quiero saber qué le impulsa a hacer lo que hace.

—El miedo y el rechazo —dije—. El sufrimiento y la rabia por haber sido castigado por algo de lo que no era culpable, la angustia sufrida en soledad. Imagínese lo que debe de sentirse si uno es lo bastante inteligente para comprender todo eso.

—Y a quién más odiaría sería a su madre —apuntó Talley—. Incluso podría culparla.

El sol hacía brillar su cabello como si fuera de ébano y caía en ángulo sobre sus ojos, salpicándolos de puntitos dorados. Percibí sus sentimientos antes de que tuviera tiempo de volver a ocultarlos. Me levanté y miré por la ventana, porque no quería mirar a Talley.

—Odiaría a las mujeres que ve —dijo—. Mujeres que nunca podrían ser suyas. Mujeres que gritarían de terror si lo vieran, si vieran su cuerpo.

—Y por encima de todo, se odiaría a sí mismo —señalé.

—Sé que yo lo haría.

—Este viaje lo has pagado tú, ¿verdad? —inquirí.

Se levantó y se apoyó en el marco de la ventana.

—No lo ha pagado ninguna gran empresa que quiere acabar con el cártel de los Ciento Sesenta y Cinco —añadí. Lo miré—. Has conseguido que la doctora Stvan y yo nos encontráramos. Lo preparaste todo y lo hiciste posible. Corriste con todos los gastos. —Cada vez me sentía más convencida al tiempo que iba creciendo mi incredulidad—. Pudiste hacerlo porque eres muy rico. Porque tu familia es muy rica. Por eso te hiciste policía, ¿verdad? Para alejarte de todo eso. Y aun así tienes aspecto de rico y te comportas como tal.

Por un instante se sintió acosado.

—Y te gusta mucho más interrogar que ser interrogado, ¿verdad? —dije.

—Es cierto que no quiero ser como mi padre. Princeton, las regatas, casarme con una hija de la familia adecuada, tener niños como es debido y que todo sea como es debido...

Estábamos de pie el uno al lado del otro, contemplando la calle como si algo interesante estuviera ocurriendo en el mundo que había fuera de nuestra ventana.

—No creo que hayas conseguido librarte de tu padre —dije—. Creo que te engañas a ti mismo oponiéndote a todo eso. Y si fuiste a Harvard y eres millonario, no cabe duda de que obtener una insignia, llevar un arma y perforarte la oreja es hacer todo lo contrario de lo que se espera de ti.

—¿Por qué me estás diciendo todo esto?

Se volvió a mirarme; percibí su aliento y el perfume de su colonia.

—Porque no quiero despertar mañana y comprender que formo parte de un guión escrito por ti. No quiero creer que acabo de infringir la ley y todos los juramentos que he hecho a lo largo de mi vida sólo porque eres un niño rico mimado cuya idea de llevarle la contraria a sus padres consiste en animar a alguien como yo a que haga algo tan descabellado que podría arruinar mi carrera. O lo que queda de ella. Y que, además, podría hacer que acabara pudriéndome en una prisión francesa.

—Iría a visitarte.

—Eso no tiene ninguna gracia.

—No soy un niño mimado, Kay.

Pensé en el letrero de «No molestar» y la cadena de seguridad puesta. Le acaricié el cuello y seguí hasta el ángulo de su firme mandíbula, deteniéndome en la comisura de sus labios. Llevaba más de un año sin sentir el roce de la barba de un hombre en mi piel. Alcé las manos y deslicé los dedos por entre su abundante cabellera. Sus ojos no se apartaban de los míos, esperando a ver qué me disponía a hacer con él.

Lo atraje hacia mí. Lo besé y lo acaricié agresivamente, deslizando mis manos por su duro y perfecto cuerpo mientras él luchaba con mis ropas.

—Dios, qué hermosa eres —susurró junto a mis labios—. ¡Cristo, me has estado volviendo loco...! —Arrancó un botón de mi blusa—. Sentada ahí delante del secretario general mientras yo intentaba no mirarte los pechos...

Los tomó en sus manos. Yo deseaba algo salvaje y sin límites. Deseaba que la violencia que había dentro de mí le hiciera el amor a su violencia, porque no quería que nada me recordara a Benton.

Lo llevé al dormitorio, y Talley no pudo resistírseme porque yo poseía experiencia y habilidades de las que él no sabía nada. Lo controlé. Lo dominé. Saboreé a Talley hasta saciarme de él, hasta que los dos quedamos agotados y el sudor hizo resbalar nuestras manos. Benton no estaba en aquella habitación. Pero si hubiese podido ver lo que yo acababa de hacer, lo habría entendido.

La tarde siguió su curso, y bebimos vino y vimos las sombras cambiar en el techo a medida que el sol se iba cansando del día. Cuando sonó el teléfono, no descolgué. Cuando Marino llamó a la puerta y gritó mi nombre, fingí que no había nadie. Cuando el teléfono volvió a sonar, meneé la cabeza.

—Marino, Marino —susurré.

—Vaya guardaespaldas te has echado.

—Esta vez no lo ha hecho muy bien —dije mientras Talley me cubría de besos—. Supongo que tendré que despedirlo.

—Ojalá lo hicieras.

—Dime que no he cometido otro delito este día.

—Pues la verdad es que no estoy en condiciones de asegurarlo...

Al parecer, Marino había decidido olvidarse de mí, y mientras oscurecía, Talley y yo nos duchamos juntos. Me lavó el pelo y bromeó acerca de la diferencia de edad que había entre nosotros. Dijo que era otro ejemplo de su rebeldía. Propuse que fuésemos a cenar.

—¿Qué te parece el Café Runtz? —preguntó.

—¿Qué pasa con él?

—Que es lo que los franceses llamarían *chaleureux, ancien et familial*: acogedor, antiguo, familiar. La Opéra está justo al lado, así que las paredes están cubiertas de fotos de cantantes famosos.

Pensé en Marino. Necesitaba hacerle saber que no andaba perdida por algún rincón de París.

—El paseo es muy agradable —prosiguió Talley—. Llegaríamos en sólo quince minutos, veinte como máximo.

—Antes necesito encontrar a Marino. Debe de estar en el bar.

—¿Quieres que lo busque y te lo mande a la habitación?

—Estoy segura de que él te lo agradecería muchísimo —bromeé.

Marino dio conmigo antes de que Talley diera con él. Aún estaba secándome el pelo cuando se presentó ante mi puerta, y la expresión de su rostro me dijo que sabía por qué no había podido ponerse en contacto conmigo.

—¿Dónde demonios has estado? —preguntó al entrar.

—En el Institut Médico-Légal.

—¿Todo el día?

—No, todo el día no.

Marino miró la cama. Talley y yo la habíamos vuelto a hacer, pero no estaba tal como la habían dejado las camareras aquella mañana.

—Voy a salir a... —comencé a decir.

—Con él. —Marino levantó la voz—. Maldita sea, sabía que esto acabaría ocurriendo tarde o temprano. No puedo creer que hayas sido capaz de hacer algo semejante. Pensaba que estabas por encima de...

—Marino, esto no es asunto tuyo —lo interrumpí en tono de hastío.

Marino se plantó delante de la puerta, con las manos en jarras, como una severa institutriz dispuesta a reñirme. Estaba tan ridículo que me eché a reír.

—¿Se puede saber qué te ocurre? ¡Tan pronto estás llorando encima del informe de la autopsia de Benton como follando con un maldito aprendiz de playboy! ¡No esperaste ni veinticuatro horas, doctora! ¿Cómo has podido hacerle eso a Benton?

—Baja la voz, Marino, por el amor de Dios. Ya se ha gritado bastante en esta habitación.

—¿Cómo has podido...? —Me miró con disgusto, como si yo fuese una prostituta—. Recibes su carta y nos haces venir a mí y a Lucy, y la noche pasada estabas sentada ahí llorando. ¿Y ahora qué? ¿Nada de todo eso ha ocurrido? ¿Vuelves a empezar como si no hubiera pasado nada, y con un puto jovencito?

—Sal de mi habitación, por favor.

Ya estaba harta.

—Oh, no. —Empezó a pasearse de un lado a otro mientras agitaba el dedo ante mí—. Oh, no. No voy a ir a ninguna parte. Si quieres follar con tu chico bonito, puedes hacerlo delante de mí. ¿Y sabes por qué? Pues porque no voy a permitir que ocurra. Aquí alguien tiene que hacer lo correcto, y parece que tendré que ser yo.

Siguió caminando arriba y abajo, poniéndose más lívido con cada palabra.

—No se trata de que tú permitas o no permitas que ocurra. —Estaba empezando a ponerme furiosa—. ¿Quién diablos te crees que eres, Marino? No te metas en mi vida.

—Bueno, pobre Benton. Menos mal que ha muerto, ¿eh? Esto demuestra lo mucho que lo amabas, sí señor. —Dejó de pasear y me señaló con el dedo—. ¡Y yo que pensaba que eras distinta! ¿Qué hacías cuando Benton no miraba? ¡Eso es lo que quiero saber! ¡Y pensar que todo este tiempo he estado sintiendo pena por ti!

—Sal de mi habitación ahora mismo, ¡maldito hijo de puta celoso! ¿Cómo te atreves a hablar de mi relación con Benton? ¿Qué sabes tú? No sabes nada, Marino. Benton lleva más de un año muerto, y ni tú ni yo lo estamos.

—En este momento desearía que lo estuvieras.

—Me recuerdas a Lucy cuando tenía diez años.

Salió de la habitación dando tal portazo que los cuadros se torcieron en las paredes y la araña de cristal tembló. Me acerqué al teléfono y llamé a recepción.

—¿Podría decirme si Jay Talley está en el vestíbulo? Alto, moreno, joven. Lleva tejanos y una chaqueta de cuero beige.

—Sí, señora, lo veo.

Unos segundos después Talley estaba al teléfono.

—Marino acaba de salir de aquí hecho una furia. No dejes que te vea, Jay. Está enloquecido.

—De hecho, ahora mismo está saliendo del ascensor. Y tienes razón. Se le ha puesto cara de loco. He de irme.

Salí a toda prisa de mi habitación. Corrí por el pasillo lo más deprisa que pude y bajé la gran escalera curva enmoquetada, sin prestar atención a las miradas de extrañeza que me lanzaban las personas civilizadas y elegantemente vestidas que andaban con paso lento y tranquilo, y no se peleaban a puñetazos en el Grand Hôtel de París. Cuando llegué al vestíbulo, aflojé el paso, los pulmones ardiendo y sin aliento, y me horroricé al ver a Marino lanzándole puñetazos a Talley mientras dos botones y un mozo de hotel trataban de intervenir. Un hombre marcaba frenéticamente en el teléfono detrás del mostrador de recepción, probablemente llamando a la policía.

—¡Marino, no! —exclamé mientras corría hacia él—. ¡Marino, no! —repetí, agarrándolo del brazo.

Tenía los ojos vidriosos y sudaba profusamente; por suerte no iba armado. Seguí sujetándolo del brazo mientras Talley hablaba en francés y gesticulaba, asegurándole a todo el mundo que no había ningún problema y que no era necesario llamar a la policía. Llevé a Marino de la mano a través del vestíbulo, como una madre que se dispone a castigar a a un niño que ha sido muy malo. Lo escolté por entre los mozos de hotel y los coches caros hasta llegar a la acera, donde me detuve.

—¿Tienes idea de lo que estás haciendo? —le pregunté.

Marino se limpió la cara con el dorso de la mano. Estaba jadeando y por un instante temí que le diera un infarto.

—Marino... —Le sacudí el brazo—. Escúchame, Marino. Lo que acabas de hacer ahí dentro ha sido una auténtica barbaridad. Talley no te ha hecho nada. Yo no te he hecho nada.

—A lo mejor estoy defendiendo la causa de Benton porque él no está aquí para hacerlo personalmente —replicó en tono cansado.

—No. Lo que hacías era liarte a puñetazos con Carrie Grethen y Joyce. Es a ellos a los que quieres golpear, herir, matar.

Su respiración se iba normalizando, y la furia empezaba a ser sustituida por el cansancio de la derrota.

—¿Crees que no sé lo que estás haciendo? —proseguí con voz firme y pausada.

Los transeúntes eran sombras que pasaban por la acera, dejándonos atrás. La luz salía de las *brasseries* y los cafés atestados.

—Tienes que encontrar a alguien que cargue con el muerto, ¿verdad? —proseguí—. Estas cosas siempre funcionan así. ¿Y a quién vas a perseguir ahora? Carrie y Joyce están muertos.

—Al menos tú y Lucy pudisteis matar a esos cabrones. Les llenasteis el puto trasero de plomo, eso es lo que hicisteis... —dijo, y se echó a llorar.

—Vamos. —Lo agarré del brazo y echamos a andar—. Yo no tuve nada que ver con el que murieran. No habría vacilado en hacerlo, pero fue Lucy quien apretó el gatillo. ¿Y sabes una cosa, Marino? No se siente mejor por ello. Sigue odiando y consumiéndose por dentro, y continúa abriéndose paso por la vida a tiros y puñetazos. También tendrá que ajustar cuentas un día u otro; hoy te ha tocado a ti. Venga, vamos.

—¿Por qué has tenido que hacer eso con él? —Marino se secó los ojos con la manga—. ¿Cómo has podido hacerlo, doctora? ¿Por qué él?

—No hay nadie que sea lo bastante bueno para mí, ¿verdad?

Eso hizo reflexionar a Marino.

—Y no hay nadie que sea lo bastante bueno para ti —añadí—. Nadie es tan bueno como Doris. Cuando se divorció de ti, lo pasaste muy mal, ¿verdad? Y si quieres saber mi opinión, ninguna de las mujeres con las que has estado desde entonces le llega a la suela del zapato a Doris. Pero tenemos que intentarlo, Marino. Tenemos que vivir.

—Sí, y todas me dejaron. Esas mujeres que no son lo bastante buenas para mí me dejaron.

—Te dejaron porque son unas golfas que sólo piensan en ir a la bolera.

Marino sonrió en la oscuridad.

37

Las calles de París estaban despertando y empezaban a animarse mientras Talley y yo íbamos hacia el Café Runtz. El aire era fresco y resultaba agradable sentirlo en la cara, pero volvía a estar nerviosa y llena de dudas. Deseé no haber ido a Francia. Cuando cruzamos la Place de l'Opéra y él me tomó de la mano, deseé no haber conocido nunca a Jay Talley.

Sus dedos eran cálidos, fuertes y esbeltos, y nunca hubiese esperado que una forma de afecto tan delicada me llenaría de repugnancia, cuando lo que habíamos hecho en mi habitación hacía unas horas no había tenido ese efecto. Me avergoncé de mí misma.

—Quiero que sepas que esto me importa. No voy por ahí buscando emociones fáciles, Kay. Nunca me han gustado las aventuras de una noche. Es importante que lo sepas.

—No te enamores de mí, Jay —dije alzando la mirada hacia él.

Su silencio lo dijo todo acerca de cómo le hacían sentirse aquellas palabras.

—No estoy diciendo que no me importe, Jay.

—Este café te va a encantar —me aseguró—. Es un secreto. Ya lo verás. Allí sólo se habla francés, y si no hablas francés tendrás que señalar el menú con el dedo o sacar tu pequeño diccionario y entonces la dueña se sonreirá. Odette nunca se anda con rodeos, pero es un encanto de mujer.

Yo apenas oía una palabra de lo que me decía.

—Ella y yo tenemos un pequeño acuerdo. Si es simpática conmigo, frecuento su establecimiento. Si soy simpático con ella, deja que frecuente su establecimiento.

—Quiero que me escuches. —Subí la mano por su brazo y me apoyé en él—. Lo último que deseo en la vida es hacerle daño a alguien. No quería hacerte daño, y ya te lo he hecho.

—¿Cómo puedes decir que me has hecho daño? Esta tarde ha sido increíble.

—Sí, lo ha sido —admití—. Pero...

Se paró en la acera y me miró a los ojos. La gente pasaba por nuestro lado y la luz de las tiendas hacía retroceder a la noche. Yo estaba viva y con los nervios a flor de piel allí donde me había tocado.

—No te he pedido que me amaras —dijo.

—Eso no es algo que debas pedir.

Seguimos andando.

—Ya sé que no es algo que puedas ofrecer, Kay. El amor es tu *loup-garou*, el monstruo al que temes. Y entiendo por qué. Te ha acosado y te ha hecho daño durante toda tu vida.

—No intentes psicoanalizarme. No intentes cambiarme, Jay.

Unos adolescentes con el pelo teñido y el cuerpo lleno de *piercings* chocaron con nosotros y se rieron. Una pequeña multitud señalaba con el dedo un biplano amarillo casi de tamaño real suspendido de uno de los lados del edificio Grand Marnier, que anunciaba una exposición de relojes de la casa Breitling. Las castañas que se asaban sobre las brasas olían a quemado.

—No he estado con nadie desde que Benton murió —confesé—. Ése es el puesto que ocupas en mi cadena alimentaria, Jay.

—No estaba intentando ser cruel...

—Mañana volveré a casa.

—Desearía que no lo hicieras.

—Tengo una misión, ¿recuerdas?

La ira salió de su escondite, y cuando Talley intentó volver a tomarme de la mano, aparté mis dedos de él.

—O quizá debería decir que mañana intentaré volver a casa sin que me detengan. Con un maletín lleno de pruebas ilegales que, por cierto, además son un peligro biológico. Seguiré mis órdenes, como buena soldado que soy, y a ser posible obtendré muestras de ADN que compararé con el obtenido del cadáver no identificado y acabaré determinando que éste y el asesino son hermanos. Mientras tanto, puede que la policía tenga suerte y encuentre a un hombre lobo merodeando por las calles que os cuente todo lo que queréis saber sobre el cártel de los Chandonne. Y quizá sólo dos o tres mujeres más hayan muerto de forma espantosa antes de que todo eso ocurra.

—No estés tan amargada, por favor.

—¿Amargada? ¿Por qué debería estarlo?

Salimos del Boulevard des Italiens para entrar en la rue Favard.

—¿No debería estarlo cuando fui enviada aquí para resolver problemas..., cuando he sido un peón en un plan acerca del que no sé nada?

—Siento que lo veas de esa manera.

—No nos convenimos.

El Café Runtz era pequeño y tranquilo, con manteles a cuadros verdes y cristalería verde. Las lámparas y la araña de cristal eran rojas. Odette estaba preparando un combinado en la barra cuando entramos. Su manera de saludar a Talley consistió en alzar las manos en un gesto de desesperación y empezar a reñirlo.

—Me acusa de haber estado más de dos meses sin poner los pies por aquí y luego no haberle avisado antes de venir —tradujo él.

Se inclinó sobre la barra y la besó en ambas mejillas para disculparse y hacer las paces. El local estaba lleno, pero Odette consiguió acomodarnos en una excelente mesa del rincón, porque Talley producía ese efecto en las personas. Estaba acostumbrado a conseguir lo que quería. Escogió un borgoña Santenay porque se acordaba de lo mucho que me gustaban los borgoñas, aunque yo no recordaba cuándo había dicho eso o si realmente lo había dicho. A esas alturas, ya no estaba muy segura de qué sabía de antemano y qué había obtenido directamente de mí.

—Vamos a ver —dijo examinando el menú—. Te recomiendo las especialidades alsacianas. Pero para empezar la *salade de gruyère*: láminas de queso que parecen pasta encima de lechuga y tomate. Aunque llena bastante.

—Entonces quizá sólo coma eso. —Ya no tenía apetito.

Talley metió la mano en el bolsillo de su chaqueta y sacó de él un pequeño puro y un cortador.

—Me ayuda a fumar menos cigarrillos —explicó—. ¿Quieres uno?

—En Francia todo el mundo fuma demasiado —señalé—. Ya va siendo hora de que vuelva a dejarlo.

—Son muy buenos. —Olisqueó la punta del cigarro—. Éste está aromatizado con vainilla. También los tengo de canela. —Encendió una cerilla—. Pero el que más me gusta es el de vainilla. —Dio una larga calada—. Deberías probarlo.

Me lo ofreció.

—No, gracias —dije.

—Los obtengo de un mayorista de Miami —prosiguió, echando la cabeza hacia atrás para exhalar el humo—. Cojimares. Que no hay que confundir con los Cohiba, los cuales son maravillosos, pero ilegales si son cubanos en vez de estar hechos en la República Dominicana. Ilegales en Estados Unidos, al menos. Y lo sé porque estoy en el ATF. Sí, señora, sé todo lo que hay que saber sobre alcohol, tabaco y armas de fuego. —Ya se había terminado su primera copa de vino—. Las tres ces: Contrabando, Contrabando y Contrabando. ¿No lo habías oído nunca? Lo enseñan en la escuela de la vida. —Se sirvió otra copa y acabó de llenar la mía—. Si regresara a Estados Unidos, ¿volverías a verme? Puestos a hacer conjeturas, ¿qué pasaría si me transfirieran..., digamos que de vuelta a Washington?

—No pretendía hacerte esto.

Los ojos se le llenaron de lágrimas y se apresuró a apartar la mirada.

—Nunca pretendí hacerte esto. Yo tengo la culpa —murmuré.

—¿Culpa? ¿Culpa? Vaya, de pronto es como si estuviéramos hablando de un error, de algo malo de lo que hubiera que culpar a alguien... —Se apoyó en la mesa y sonrió maliciosamente, como si fuera un detective que acabara de pillarme en falso—. La culpa. Hmmmm —añadió en tono pensativo exhalando el humo.

—Eres tan joven, Jay. Algún día lo comprenderás...

—No puedo evitar tener la edad que tengo —me interrumpió levantando la voz, lo que atrajo algunas miradas.

—Y vives en Francia, por el amor de Dios.

—Se puede vivir en sitios peores.

—Juega con las palabras todo lo que quieras, Jay, pero la realidad siempre acaba imponiéndose.

—Lo lamentas, ¿verdad? —Se echó hacia atrás en su asiento—. Con la de cosas que sé sobre ti, no entiendo cómo he cometido semejante estupidez.

—Nunca he dicho que fuese una estupidez.

—Eso es porque no estás preparada.

Yo también estaba empezando a ponerme nerviosa.

—No puedes saber si estoy preparada o no —le dije mientras el camarero se detenía junto a nuestra mesa y luego se iba discretamente sin haber llegado a preguntarnos qué queríamos cenar—. Pasas demasiado tiempo pensando en mí y quizá no el suficiente pensando en ti.

—De acuerdo. No te preocupes. Nunca volveré a tratar de prever tus sentimientos o tus pensamientos.

—Ah. Petulancia. Por fin te comportas de acuerdo con la edad que tienes.

Le destellaron los ojos. Tomé un sorbo de vino. Jay ya se había bebido otra copa.

—Yo también merezco respeto. No soy un niño. ¿Qué ha sido exactamente lo de esta tarde, Kay? ¿Asistencia social? ¿Caridad? ¿Educación sexual? ¿O has estado haciendo de madre adoptiva?

—Tal vez no deberíamos hablar de esto aquí —sugerí.

—O quizá sólo me has utilizado.

—Soy demasiado vieja para ti. Baja la voz, por favor.

—Viejas lo son mi madre, mi tía. La viuda sorda que vive en la casa de al lado es vieja.

Me di cuenta de que no tenía idea de dónde vivía Talley. Ni siquiera tenía el número de teléfono de su casa.

—Ser vieja es lo que haces cuando te pones condescendiente y protectora, y juegas a ser una gallina. —Levantó su copa como si brindara por mí.

—¿Una gallina? Me han llamado montones de cosas, pero nunca me habían llamado gallina.

—Emocionalmente eres una gallina. —Bebió como si estuviera tratando de apagar un fuego—. Por eso estabas con Benton. Con él no corrías riesgos, ¿verdad? Me da igual lo mucho que digas que lo amabas. No, con él no corrías riesgos.

—No hables de algo acerca de lo que no sabes nada —le advertí mientras empezaba a temblar.

—Porque tienes miedo. Has tenido miedo desde que murió tu padre, desde que te sentiste distinta de los demás porque eres distinta de los demás, y ése es el precio que pagan las personas como nosotros. Somos especiales. Estamos solos, y casi nunca se nos ocurre pensar que eso se debe a lo especiales que somos. Nos limitamos a pensar que algo va mal en nosotros.

Puse mi servilleta encima de la mesa y eché mi silla hacia atrás.

—Ése es el problema con vosotros los gilipollas de los servicios de inteligencia —le espeté sin inmutarme—. Os apropiáis de los secretos, los tesoros, las tragedias y los éxtasis de alguien como si fueran vuestros. ¿Por qué no intentas tener una vida? Al menos, yo no soy una mirona que vive a través de personas a las que no conozco. Al menos, no soy una especie de espía.

—No soy un espía —replicó—. Mi trabajo consistía en averiguar todo lo que pudiera sobre ti.

—Y lo hiciste extraordinariamente bien —dije, picada—. Sobre todo esta tarde.

—Por favor, no te vayas —murmuró Jay buscando mi mano por encima de la mesa.

Me aparté de él. Salí del restaurante seguida por las miradas de los otros comensales. Alguien se rió e hizo un comentario que no necesité traducir para entender. Era obvio que el guapo joven y su amiga de mayor edad estaban teniendo una riña de amantes, o quizás él fuera su gigoló.

Ya casi eran las nueve y media, y fui resueltamente hacia el hotel mientras el resto de París, o eso parecía, seguía saliendo a la calle. Una agente de policía con guantes blancos dirigía el tráfico a golpes de silbato cuando me uní al gentío que esperaba para cruzar el Boulevard des Capucines. El aire vibraba con el sonido de voces y la fría luz de la luna. Los aromas de los crepes, *beignets* y castañas asándose sobre pequeños braseros me aturdían y me llenaban de nostalgia.

Corría como una fugitiva, y al mismo tiempo me paraba en las esquinas porque quería que me atraparan. Talley no salió tras de mí. Cuando llegué a mi hotel, confusa y sin aliento, no pude soportar la idea de ver a Marino o volver a mi habitación.

Tomé un taxi, tenía una cosa más que hacer. La haría sola y de noche porque estaba desesperada y me sentía capaz de cualquier locura.

—¿Sí, *madame*? —dijo el conductor, volviéndose a mirarme.

Era como si alguien hubiera desordenado todas las piezas que formaban mi personalidad, y no sabía dónde ponerlas porque no podía recordar dónde habían estado antes.

—¿Habla inglés? —pregunté.

—Sí.

—¿Conoce bien la ciudad? ¿Podría hablarme de lo que estoy viendo?

—¿Viendo? ¿Quiere decir ahora?

—Mientras vamos por ahí.

—Ya veo, quiere que le haga de guía turístico. —Parecía encontrarlo muy gracioso—. Bien, ¿adónde le gustaría ir?

—¿Sabe dónde está el depósito de cadáveres? En el Sena, cerca de la Gare de Lyon...

—¿Quiere ir allí? —Volvió a girarse y me miró con el ceño fruncido mientras esperaba para mezclarse en el tráfico.

—Sí; pero primero quiero ir a la Île Saint-Louis. —Miré alrededor en busca de Talley mientras la esperanza se oscurecía igual que la calle.

—¿Qué? —El taxista rió como si estuviera hablando con la ganadora del primer premio a la locura—. ¿Quiere ir al depósito de cadáveres y a la Île Saint-Louis? ¿Qué tiene que ver una cosa con la otra? ¿Es que alguien rico ha muerto?

Yo estaba empezando a hartarme de él.

—Por favor, lléveme donde le pido.

—Oh, claro. Si es lo que quiere.

Los neumáticos resonaban como tambores sobre los adoquines, y las luces de las farolas, que se reflejaban en el Sena, parecían bancos de peces plateados. Limpié el vaho del cristal de mi ventanilla y lo bajé lo suficiente para ver mejor mientras cruzábamos el puente Louis-Philippe y entrábamos en la isla. Enseguida reconocí las mansiones del siglo XVII que antiguamente habían sido los palacetes de la nobleza. Ya había estado allí antes con Benton.

Habíamos andado por aquellas estrechas calles adoquinadas y leído las placas históricas atornilladas a algunas paredes que explicaban quién había vivido allí en el pasado. Nos habíamos sentado en los cafés al aire libre, y después habíamos hecho un alto en el camino para comprar helado en Berthillon. Le dije a mi taxista que contorneara la isla.

Estaba llena de magníficas casas de caliza marcada por los años, y los balcones eran de hierro forjado. Las ventanas estaban iluminadas, y, a través de ellas, se entreveían vigas, estanterías y hermosos cuadros, pero no vi a nadie. Era como si los elitistas que vivían allí fueran invisibles para el resto de nosotros.

—¿Ha oído hablar de la familia Chandonne? —le pregunté a mi taxista.

—Por supuesto —respondió—. ¿Le gustaría ver dónde viven?

—Sí, por favor —contesté, presa de oscuros presentimientos.

Fue al Quai d'Orléans, pasando por delante del edificio en cuyo segundo piso había muerto Pompidou y que aún tenía las persianas bajadas, y llegó al Quai de Béthune para dirigirse hacia el extremo este de la isla. Hurgué en mi bolso y saqué un frasco de Advil.

El taxi se detuvo. Me di cuenta de que no quería acercarse ni un centímetro más al hogar de los Chandonne.

—Doble por esa esquina de ahí y vaya al Quai d'Anjou —me indicó—. Verá unas puertas adornadas con gamuzas talladas. La gamuza es... ¿Cómo lo llaman ustedes? El escudo de los Chandonne, eso. Incluso las gárgolas tienen forma de gamuzas. Es algo digno de verse. Enseguida la reconocerá. Y manténgase alejada del extremo derecho del puente, porque allí debajo está lleno de chaperos y vagabundos. Es peligroso, ¿sabe?

El *hôtel particulier* en el que la familia Chandonne había vivido durante centenares de años era un edificio de cuatro pisos con múltiples buhardillas, chimeneas y lo que en Francia llamaban *oeil de boeuf*, una ventana redonda en el tejado. La puerta principal, de madera oscura, estaba totalmente cubierta de gamuzas talladas, y las cabras de ágiles pies se sucedían unas a otras para formar cañerías de desagüe doradas.

Sentí que se me erizaba la piel. Busqué refugio entre las sombras, y contemplé desde el otro lado de la calle el cubil que había engendrado al monstruo que se llamaba a sí mismo el Loup-Garou. Las arañas de cristal relucían a través de las ventanas y centenares de libros llenaban los estantes. La repentina aparición de una mujer detrás del cristal me sobresaltó. Era enormemente gorda. Llevaba una túnica rojo oscuro de anchas mangas, una magnífica prenda confeccionada con lo que parecía ser seda o satén. La miré, fascinada.

Vi que movía los labios y que con expresión de impaciencia le hablaba a alguien. Una doncella apareció casi al instante con una bandejita de plata encima de la que había una copa de licor. Madame Chandonne, si es que se trataba de ella, bebió un sorbo. Después encendió un cigarrillo con un mechero de plata y salió del recuadro de la ventana.

Fui rápidamente hacia el extremo de la isla, que estaba a menos de una manzana de distancia, y desde un pequeño parque que había allí, pude entrever la silueta de la morgue. Supuse que estaría a unos cuantos kilómetros río arriba, al otro lado del puente Sully. Recorrí el Sena con la mirada, y me imaginé que el asesino era el hijo de la mujer obesa a la que acababa de ver y que llevaba años bañándose desnudo en el río sin que ella lo supiera, con la luz de la luna brillando sobre su largo y pálido pelo.

Me lo imaginé saliendo de su noble hogar y paseando por aquel parque, después de anochecer, para sumergirse en lo que tal vez lo curaría. ¿Cuántos años llevaba bañándose en aquellas sucias aguas heladas? Me pregunté si iría a la orilla derecha, donde vi a personas que estaban tan fuera de la sociedad como él. Quizás incluso se mezclara con ellas.

Una escalinata llevaba de la calle al *quai*, y el nivel del río había subido tanto que sus aguas lamían los adoquines en oscuras ondulaciones de las que emanaba un tenue olor a cloaca. El Sena estaba crecido porque no paraba de llover y la corriente era muy fuerte. De vez en cuando, veía pasar un pato, aunque se suponía que los patos no nadaban de noche. Las farolas de gas brillaban y esparcían vagos dibujos de copos dorados por encima del agua.

Quité el tapón del frasco de Advil y tiré al suelo las píldoras. Bajé cautelosamente por los resbaladizos peldaños de piedra hasta llegar al *quai*. El agua se agitó alrededor de mis pies mientras lavaba el frasco de plástico y lo llenaba de agua helada. Lo tapé de nuevo y regresé al taxi, volviendo la cabeza varias veces para contemplar el hogar de los Chandonne, medio esperando ver salir de él hordas de criminales del cártel que venían a por mí.

—Lléveme al depósito de cadáveres, por favor —le pedí a mi taxista.

El edificio estaba a oscuras, y el alambre de espino, que pasaba inadvertido durante el día, reflejaba la luz de los coches que circulaban por la calle.

—Aparque detrás del edificio.

El taxista giró por el Quai de la Rapée y entró en la pequeña explanada trasera en la que habían estado aparcadas las camionetas y donde aquella pobre pareja esperaba en un banco hacía unas horas. Bajé del taxi.

—Espéreme aquí —le indiqué al taxista—. Voy a estirar las piernas un momento.

El hombre estaba pálido y tenía cara de cansado, y cuando pude verlo mejor comprobé que le faltaban varios dientes y tenía muchas arrugas. Parecía nervioso y volvía los ojos de un lado a otro como si estuviera pensando en salir corriendo.

—No pasa nada —le tranquilicé mientras sacaba un bloc de notas de mi bolso.

—Oh, es periodista —dijo con alivio—. Está trabajando en una historia.

—Sí, una historia.

Sonrió, asomando la cabeza por su ventanilla abierta.

—¡Me tenía un poco preocupado, *madame*! ¡Pensaba que le gustaban los muertos o algo por el estilo!

—Sólo será un momento.

Comencé a andar de un lado a otro sintiendo el frío húmedo de la piedra vieja y el viento que soplaba del río. Anduve por la oscuridad llena de sombras ominosas y me interesé por todos los detalles, igual que si yo fuera él. Aquel lugar le habría parecido fascinante. Era la sala del deshonor que exhibía sus trofeos y le recordaba su soberana inmunidad. Podía hacer lo que quisiera, donde le viniera en gana y dejando todas las pruebas del mundo. Nadie le pondría un dedo encima.

Probablemente, habría podido ir de su casa al depósito de cadáveres en veinte o treinta minutos, y, por un momento, pude imaginarlo sentado en el parque, contemplando el viejo edificio de ladrillo y pensando en lo que estaba ocurriendo dentro de él, la obra que había creado para la doctora Stvan. Me pregunté si lo excitaría el olor de la muerte.

Una tenue brisa agitó las ramas de las acacias y me acarició la piel. Recordé lo que me había dicho la doctora Stvan acerca del hombre que llamó a su puerta. Había ido a asesinarla y fracasó. Al día siguiente, fue allí y le dejó una nota.

Pas la police...

Quizás estábamos intentando atribuirle un modus operandi demasiado complicado.

Pas de problème... Le Loup-Garou.

Quizá se trataba de algo tan simple como una violenta ansia de matar que no podía controlar. Cuando alguien despertaba al monstruo que dormía en su interior, ya no había escapatoria. Yo estaba segura de que, si el asesino todavía se encontrara en Francia, la doctora Stvan estaría muerta. Cuando huyó a Richmond, quizá pensó que podría controlarse durante algún tiempo. Y quizá logró controlarse durante tres días. O quizás estuvo vigilando a Kim Luong, fantaseando, hasta que ya no pudo seguir resistiendo el impulso malévolo.

Me apresuré a volver a mi taxi. Los cristales estaban tan empañados que no conseguí ver nada a través de ellos mientras abría la puerta de atrás. Dentro, la calefacción estaba puesta al máximo y mi taxista, que se había quedado medio dormido, se incorporó con un respingo y soltó un juramento.

38

El vuelo 2 del Concorde despegó del aeropuerto Charles de Gaulle a las once y llegó a Nueva York a las nueve menos cuarto de la mañana, hora local, lo que en cierto sentido quería decir que habíamos vuelto antes de irnos. A media tarde, entré en mi casa sintiéndome espantosamente mal, con mis emociones aullando y mi cuerpo no muy seguro de qué hora era en realidad. El tiempo estaba empeorando; los pronósticos volvían a anunciar lluvia y granizo, y yo tenía muchas cosas que hacer. Marino se fue a su casa. Después de todo, él tenía aquella enorme camioneta.

Ukrops estaba atestado, porque siempre que anunciaban granizo o nieve los habitantes de Richmond enloquecían. Temían morir de hambre o de sed, y cuando llegué a la sección del pan, no quedaba ni una sola barra. En el *delicatessen* no había jamón ni pavo. Compré lo que pude, porque esperaba que Lucy se quedara una temporada conmigo.

Inicié el trayecto de vuelta a casa pasadas las seis y sin las energías suficientes para negociar un tratado de paz con mi garaje, así que aparqué mi coche delante. Las nubecillas blancas que flotaban sobre la luna parecían una calavera, pero de pronto se movieron y perdieron su forma para alejarse rápidamente al tiempo que un súbito vendaval hizo que los árboles empezaran a temblar y susurrar. Me dolía todo y me sentía tan cansada como si estuviera incubando alguna enfermedad, y cuando Lucy siguió sin llamar y sin venir a casa, empecé a preocuparme de veras.

Supuse que estaba en el CMV, pero cuando contacté con la Unidad Ortopédica me dijeron que no había estado allí desde el día anterior por la mañana. Empecé a ponerme frenética. Di vueltas por la sala e intenté reflexionar. Casi eran las diez cuando volví a subir a mi coche y fui hacia la zona sur, con el cuerpo tan tenso que temí romperme en mil pedazos de un momento a otro.

Sabía que Lucy podría haber ido a Washington, pero no era capaz de imaginármela haciendo eso sin al menos dejarme una nota. El que desapareciese sin decir palabra siempre era un mal presagio. Tomé la salida de la calle Novena, atravesé las calles desiertas de aquella parte de la ciudad y recorrí varios niveles del aparcamiento del hospital antes de encontrar una plaza vacía. Tomé una bata de laboratorio del asiento trasero de mi coche.

La Unidad Ortopédica estaba en el segundo piso del nuevo hospital, y cuando llegué a la habitación me puse mi bata y abrí la puerta. Sentada junto a la cama había una pareja que, supuse, eran los padres de Jo. Fui hacia ellos. Jo tenía la cabeza vendada y la pierna en tracción, pero estaba despierta y sus ojos enseguida se clavaron en mí.

—¿Señor y señora Sanders? —dije—. Soy la doctora Scarpetta.

Si mi nombre significaba algo para ellos, no lo dieron a entender, pero el señor Sanders se levantó educadamente y me estrechó la mano.

—Encantado de conocerla.

No era como me lo había imaginado. Supuse que, basándome en la descripción de las actitudes rígidas de sus padres que había hecho Jo, esperaba caras adustas y ojos que juzgaban cuanto veían. Pero el señor y la señora Sanders eran un matrimonio gordito y afable que no tenía nada de impresionante. Cuando les pregunté por su hija, respondieron con una educación rayana en la timidez. Jo seguía mirándome fijamente con un silencioso grito de ayuda en los ojos.

—¿Les importaría que hablara unos momentos en privado con la paciente?

—No, claro que no —dijo la señora Sanders.

—Y ahora haz todo lo que te diga la doctora, Jo. —El señor Sanders parecía muy abatido.

Salieron y los ojos de Jo se llenaron de lágrimas apenas se hubo cerrado la puerta. Me incliné sobre ella y le besé la mejilla.

—Nos tenías a todos muertos de preocupación.

—¿Cómo está Lucy? —susurró entre sollozos.

Deposité en su mano unos cuantos pañuelos de papel.

—No sé cómo está ni dónde —contesté—. Tus padres le dijeron que no querías verla y...

—Sabía que harían eso —dijo en tono sombrío, meneando la cabeza—. Sabía que lo harían. Me dijeron que Lucy no quería verme. Dijeron que estaba demasiado afectada por lo ocurrido. No les creí. Sé que ella nunca me haría eso. Pero la obligaron a huir y ahora ha desaparecido. Y quizá cree lo que le dijeron.

—Está convencida de que tiene la culpa de lo que te ocurrió. Es muy posible que la bala que te hirió en la pierna saliera de su arma.

—Tráemela, por favor. Por favor.

—¿Tienes idea de dónde puede estar? ¿Hay algún sitio al que creas que pueda ir cuando se encuentra así? Quizás haya vuelto a Miami, no sé...

—Estoy segura de que no iría allí.

Me senté junto a la cama y dejé escapar un largo suspiro de cansancio.

—¿Un hotel quizás? ¿Alguna amiga?

—Quizá Nueva York. Hay un bar en Greenwich Village, el Rubyfruit.

—¿Crees que se ha ido a Nueva York? —pregunté, consternada.

—La dueña se llama Ann, y estuvo en la policía. —Le temblaba la voz—. Oh, no sé. No sé, no sé... Siempre que se escapa me asusto. Cuando se pone así, no sabe lo que se hace.

—Lo sé. Y con todo lo que ha estado ocurriendo, supongo que no tiene las cosas muy claras. Jo, si te portas bien mañana o pasado deberían darte el alta —dije con una sonrisa—. ¿Adónde quieres ir?

—No quiero ir a casa. La encontrarás, ¿verdad?

—¿Quieres venir a mi casa?

—Mis padres no son malas personas —murmuró mientras la morfina goteaba—. No lo entienden. Piensan que... ¿Por qué es malo?

—No lo es. El amor nunca es malo.

Salí de la habitación mientras ella se sumía en la inconsciencia.

Sus padres esperaban delante de la puerta. Los dos se mostraban cansados y tristes.

—¿Cómo está? —preguntó el señor Sanders.

—No muy bien.

La señora Sanders se echó a llorar.

—Ustedes tienen derecho a sus convicciones, pero impedir que Lucy y Jo se vean es lo último que su hija necesita en estos momentos. No necesita más miedo y depresión. No necesita perder su deseo de vivir, señor y señora Sanders.

Ninguno de los dos abrió la boca.

—Soy la tía de Lucy —añadí.

—Bueno, supongo que al menos sigue en este mundo —dijo el señor Sanders—. Si alguien quiere verla, nadie podrá impedirlo. Sólo tratamos de hacer lo que nos parece mejor.

—Jo lo sabe. Les quiere.

No se despidieron, pero me siguieron con la mirada mientras entraba en el ascensor. En cuanto llegué a casa marqué el número del Rubyfruit y pregunté por Ann, intentando hacerme oír por encima del ruido de voces y un grupo de música.

—No se encuentra muy bien —dijo Ann, y supe a qué se refería.

—¿Cuidará de ella?

—Ya lo estoy haciendo. Espere, voy a buscarla.

—He visto a Jo —dije cuando Lucy se puso al teléfono.

—Oh —se limitó a decir, y eso me bastó para saber que estaba borracha.

—¡Lucy!

—Ahora no tengo ganas de hablar.

—Jo te quiere. Vuelve a casa.

—Y en ese caso, ¿qué haré?

—La llevaremos a mi casa en cuanto salga del hospital y tú cuidarás de ella. Eso es lo que harás.

Apenas dormí. A las dos de la mañana acabé levantándome y fui a la cocina para prepararme una infusión de hierbas. Aún llovía con fuerza; el agua rebotaba en el tejado y caía sobre el jardín. No conseguía entrar en calor. Pensé en las torundas, los pelos y las fotos de las marcas de mordiscos que había metido en el maletín, y casi tuve la impresión de que el asesino estaba dentro de mi casa.

Podía sentir su presencia, como si aquellas partes de él emanaran maldad. Pensé en la horrible ironía. La Interpol me había pedido que fuera a Francia, y después de tantos esfuerzos la única prueba legal que había traído conmigo era un frasco de Advil lleno de agua y sedimentos del Sena.

Las tres de la mañana me encontraron sentada en la cama escribiendo un borrador tras otro de una carta a Talley. Nada me sonaba bien. Me asustaba lo mucho que le echaba de menos y lo que le había hecho. Pero él me estaba devolviendo el golpe, y era justo lo que me merecía.

Estrujé otra hoja de papel y miré el teléfono. Calculé qué hora era en Lyon y me lo imaginé sentado detrás de su escritorio, vestido con uno de sus magníficos trajes. Pensé en Talley hablando por teléfono y asistiendo a reuniones, o quizás haciéndole de acompañante a alguien sin acordarse de mí ni por un instante. Pensé en su cuerpo y me pregunté dónde había aprendido a ser tan buen amante.

Fui a trabajar. Cuando ya casi eran las dos de la tarde en Francia, decidí llamar a la Interpol.

—*Bonjour*, diga...

—Jay Talley, por favor.

Al cabo de un instante oí una voz de hombre.

—HIDTA —dijo.

Titubeé, confusa.

—¿Es la extensión de Jay Talley?

—¿Con quién hablo?

Se lo dije.

—No está aquí —repuso el hombre.

Una punzada de miedo recorrió todo mi ser. No le creía.

—¿Con quién estoy hablando? —quise saber.

—Con el agente Wilson. Soy el enlace del FBI. El otro día no tuvimos ocasión de vernos. Jay ha salido.

—¿Sabe cuándo volverá?

—Pues la verdad es que no estoy seguro.

—Comprendo. ¿Podría ponerme en contacto con él o puede decirle que me llame?

Sabía que se me notaba nerviosa.

—Realmente no sé dónde está. Pero si aparece, le informaré de que usted ha telefoneado. ¿Puedo ayudarla en algo?

—No.

Colgué el auricular y me dejé llevar por el pánico. Estaba segura de que Talley no quería tener ninguna clase de contacto conmigo y había dado instrucciones de que, si llamaba, me dijeran que no se encontraba allí.

—Oh Dios, oh Dios —murmuré mientras pasaba junto al escritorio de Rose—. ¿Qué he hecho?

—¿Me decía algo? —Rose levantó la vista de su teclado, mirándome por encima de sus gafas—. ¿Ha vuelto a perder alguna cosa?

—Sí.

A las ocho y media, acudí a la reunión de personal y ocupé mi lugar habitual a la cabecera de la mesa.

—¿Qué tenemos? —pregunté.

—Mujer negra de treinta y dos años del condado de Albemarle —dijo Chong—. Se salió de la carretera y su coche volcó. Al parecer, sencillamente derrapó y perdió el control del vehículo. Tiene fractura de la pierna derecha y de la base del cráneo, y el médico forense del condado de Albemarle, el doctor Richards, quiere que le practiquemos la autopsia. —Me miró—. Me he estado preguntando por qué. La causa y las circunstancias de la muerte parecen bastante claras.

—Porque la ley indica que el médico forense local siempre puede contar con nuestros servicios —contesté—. Ellos lo piden, y nosotros lo hacemos. Podemos perder sesenta minutos practicándole la autopsia ahora, o perder diez horas más tarde, si hay algún problema.

—El siguiente es una mujer blanca de ochenta años que fue vista por última vez ayer alrededor de las nueve de la mañana. Su pareja la encontró ayer por la tarde a las seis y media...

Yo tenía que hacer un gran esfuerzo para enterarme de lo que estaban diciendo.

—... No hay indicios de violencia o uso de drogas —prosiguió Chong—. Nitroglicerina presente en la escena...

Talley hacía el amor como si estuviera hambriento. No podía creerlo, estaba teniendo pensamientos eróticos durante una reunión de personal.

—Necesita un preliminar para averiguar si hay lesiones, y toxicología —decía Fielding—. Habría que echarle un vistazo.

—¿Alguien sabe sobre qué voy a dar clase en el instituto la semana que viene? —preguntó el toxicólogo Tim Cooper.

—Probablemente toxicología.

—Oh, vaya. —Cooper suspiró—. Necesito una secretaria.

—Hoy tengo tres comparecencias para prestar testimonio —informó el subdelegado Riley—. Lo cual es imposible, porque hay no sé cuántos kilómetros de un tribunal a otro.

La puerta se abrió, Rose asomó la cabeza y me hizo señas de que saliera al pasillo.

—Larry Posner tiene que salir corriendo dentro de unos minutos —me dijo—, y se preguntaba si podría pasar por su laboratorio ahora mismo.

—Voy para allá.

Cuando entré, Posner estaba vertiendo con una pipeta una gota de fijador Cargille sobre un portaobjetos mientras unas platinas se calentaban encima de una plancha.

—No sé si significa algo —dijo al verme entrar—. Eche un vistazo por el microscopio. Son diatomeas de su tipo sin identificar. Y recuerde que lo único que le dirá una diatomea, con raras excepciones, es si procede de agua salada, estancada o dulce.

La lente del microscopio me mostró a los pequeños organismos que parecían estar hechos de cristal y tenían toda clase de formas que te hacían pensar en botes, cadenas, zigzagues, cuartos crecientes, rayas como las de un tigre, cruces, e incluso montoncitos de fichas de póquer. Algunas partes me recordaron al confeti y los granos de arena. Otras partículas, de distintos colores, probablemente fuesen minerales.

Posner sacó la platina del portaobjetos y la sustituyó por otra.

—La muestra que trajo del Sena. Cimbella, melosira, navícula, fragilaria y así sucesivamente. Las hay hasta en la sopa. Todas de agua dulce, así que al menos por ahí vamos bien, pero en realidad por sí solas no nos dicen nada.

Me eché hacia atrás en el asiento y lo miré.

—¿Me ha hecho venir aquí para decirme eso? —pregunté, decepcionada.

—Bueno, no soy ningún Robert McLaughlin —respondió ásperamente, refiriéndose al diatomista mundialmente famoso que le había enseñado todo lo que sabía.

Se inclinó sobre el microscopio, ajustó la amplificación en mil aumentos y empezó a examinar platinas.

—Y no, no ha sido por eso. Donde sí hemos tenido suerte es en la frecuencia de aparición de cada especie dentro de la flora.

La flora era un listado botánico de plantas por especies o, en este caso, de diatomeas por especies.

—Cincuenta y uno por ciento de melosira y quince por ciento de fragilaria. No la aburriré con todos los detalles, pero las muestras presentan un considerable grado de consistencia. Tan elevado que, de hecho, casi las calificaría de idénticas, lo cual me parece francamente milagroso, dado que a treinta metros de distancia la flora en la que sumergió su frasco de Advil podría ser totalmente distinta.

Pensé en la orilla de la Île Saint-Louis y las historias del hombre desnudo que nadaba tan cerca de la mansión Chandonne después de oscurecer. Sentí un escalofrío. Me lo imaginé vistiéndose sin haberse duchado o secado, y transfiriendo diatomeas al interior de sus ropas.

—Si nadó en el Sena y estas diatomeas están por toda su ropa, eso significa que no se lavó antes de vestirse. ¿Qué me dice del cuerpo de Kim Luong?

—La flora es distinta de la del Sena —explicó Posner—; pero se me ocurrió tomar una muestra de agua del río James, cerca de donde vive usted, de hecho. Una vez más, la distribución de frecuencias es prácticamente idéntica.

—¿La flora de su cuerpo y la flora del de James son compatibles? —pregunté, porque necesitaba estar segura.

—Lo que me estoy preguntando es si las diatomeas del James no estarán presentes por todas partes en esta zona.

—Bueno, vamos a averiguarlo.

Tomé unos cuantos palillos de algodón y me los pasé por la frente, el cabello y las suelas de los zapatos, y Posner preparó más platinas. No había ni una sola diatomea.

—¿En el agua del grifo, quizá? —pregunté.

Posner sacudió la cabeza.

—Así que yo diría que no deberíamos encontrarlas en una persona, a menos que esa persona haya estado en el río, en un lago o en el océano...

—El mar Muerto, el río Jordán —murmuré.

—¿Qué? —preguntó Posner, perplejo.

—El manantial de Lourdes, el río sagrado Ganges —dije con creciente excitación—. Todos esos sitios tienen en común que sus aguas se consideran milagrosas y que sirven para curar ciegos, lisiados, paralíticos, etcétera.

—¿Insinúas que está nadando en el James en esta época del año? —preguntó Posner—. Ese tipo tiene que estar chalado.

—La hipertricosis no tiene cura.

—¿La hipertricosis? ¿Qué demonios es eso?

—Un trastorno tan horrible como extremadamente raro: naces con todo el cuerpo cubierto de pelo, un pelo tan fino como los cabellos de un bebé, que puede llegar a alcanzar los quince, veinte o incluso veinticinco centímetros de longitud. Entre otras anomalías.

—¡Qué asco!

—Quizá se bañaba desnudo en el Sena en la esperanza de curarse milagrosamente. Puede que ahora esté haciendo lo mismo en el James.

—La mera idea es aterradora —dijo Posner.

Cuando volví a mi despacho, Marino estaba sentado al lado de mi escritorio.

—Tienes cara de no haber pegado ojo en toda la noche —me dijo mientras tomaba un sorbo de café.

—Lucy se ha ido a Nueva York. He hablado con Jo y con sus padres.

—¿Que Lucy ha hecho qué?

—Ya viene para aquí. Todo va bien.

—Bueno, espero que tenga cuidado con lo que hace. No es un buen momento para jugar a las ardillas.

—Marino, puede que el asesino se bañe en los ríos porque se le ha metido en la cabeza que eso podría curar su trastorno. He estado pensando que quizás esté escondido en algún lugar cerca del James.

Marino reflexionó por unos instantes y una expresión muy extraña fue extendiéndose por su rostro.

—Esperemos que en esa zona no haya ninguna antigua propiedad a cuyo dueño nadie ha visto desde hace tiempo —dijo—. Tengo un mal presentimiento.

Pocos minutos después Fielding estaba en mi despacho gritándole a Marino.

—Pero ¿qué demonios te pasa? —Fielding estaba tan rojo como un tomate. Yo nunca le había oído levantarle la voz a nadie—. ¡Has permitido que la puta prensa se enterara antes de que tuviéramos tiempo de llegar a la maldita escena del crimen!

—Eh, cálmate —dijo Marino—. ¿De qué he permitido que se enterara la puta prensa?

—Han asesinado a Diane Bray —dijo Fielding—. Todas las radios y televisiones están hablando de ello. Han detenido a una sospechosa: la detective Anderson.

39

Cuando llegamos a Windsor Farms, estaba muy nublado y había empezado a llover. Se me hacía un poco extraño estar conduciendo la Suburban negra del departamento entre las casas de ladrillo de estilos Tudor y georgiano, por todos aquellos hermosos acres llenos de viejos árboles.

Mis vecinos no se preocupaban mucho por el crimen. Era como si varias generaciones de riqueza y las elegantes calles con nombres ingleses hubieran creado una fortaleza de falsa seguridad. No me cabía duda de que todo eso iba a cambiar.

La casa de Diane Bray estaba en la periferia del barrio, allí donde la autovía del centro canalizaba un ruidoso e incesante torrente de tráfico al otro lado de un muro de ladrillo. Cuando entré en su estrecha calle, quedé consternada. Había reporteros por todas partes. Sus coches y las camionetas de la televisión obstruían el paso y superaban a los vehículos policiales en la proporción de tres a uno. Todos se hallaban delante de una blanca mansión estilo Cape Cod con un tejado abuhardillado que hubiese debido estar en Nueva Inglaterra.

—No puedo acercarme más —le dije a Marino.

—Eso ya lo veremos —replicó él, abriendo su puerta.

Echó a andar bajo la lluvia y fue hacia una furgoneta de una emisora de radio que había metido un par de ruedas en el césped, delante de la casa de Bray. El conductor bajó el cristal de su ventanilla y cometió la estupidez de dirigir su micrófono hacia Marino.

—¡Largo! —dijo Marino con violencia en su voz.

—¿Capitán Marino, podría verificar...?

—¡Quite la puta furgoneta de ahí ahora mismo!

Los neumáticos giraron, arañando la tierra y el césped mientras el conductor de la camioneta se apresuraba a retroceder. Se detuvo en el centro de la calle y Marino le asestó una patada a la rueda de recambio.

—¡Largo! —ordenó.

El conductor salió a toda velocidad y se detuvo en el jardín de alguien a dos casas de distancia. La lluvia me azotaba la cara y fuertes ráfagas de viento me empujaron como una mano cuando saqué mi maletín del maletero de la Suburban.

—Espero que tu último acto de amabilidad no salga en las noticias —dije cuando me reuní con Marino.

—¿Quién demonios está al mando aquí?

—Espero que tú —dije, echando a andar con la cabeza agachada.

Marino me agarró del brazo. Un Ford Contour azul oscuro estaba aparcado en la entrada de Bray. Había un coche patrulla detrás de él, con un agente sentado delante y otro detrás junto a Anderson. La detective, que parecía furiosa e histérica, meneaba la cabeza y hablaba rápidamente, aunque yo no lograba oírla.

—¿Doctora Scarpetta?

Un reportero de la televisión vino hacia mí con un cámara pisándole los talones.

—¿Reconoces nuestro coche de alquiler? —me preguntó Marino en voz baja mientras el agua le chorreaba por la cara, indicándome con la mirada el Ford azul oscuro con el familiar número RGG-7112 en la matrícula.

—¿Doctora Scarpetta?

—Sin comentarios.

Anderson no nos miró cuando pasamos por su lado.

—¿Puede decirnos...?

Los reporteros eran implacables.

—No. —Subí a toda prisa los escalones de la entrada.

—Capitán Marino, tengo entendido que alguien avisó a la policía de que debía venir aquí.

Pasamos por debajo de la cinta amarilla que iba de una barandilla a otra. La puerta se abrió de pronto y un oficial llamado Butterfield nos dejó entrar en la casa.

—No saben cuánto me alegro de verlos —nos dijo—. Creía que estabas de vacaciones —añadió mirando a Marino.

—Oh, sí. De vacaciones forzosas.

Nos pusimos guantes y Butterfield cerró la puerta detrás de nosotros. Estaba muy tenso y sus ojos no paraban de ir de un lado a otro.

—Bueno, cuéntamelo —dijo Marino, recorriendo el vestíbulo con los ojos para acabar volviendo la mirada hacia la sala de estar que había más allá de él.

—Alguien nos llamó desde una cabina telefónica no muy lejos de aquí. Llegamos, y esto es lo que encontramos. Alguien la mató a golpes —dijo Butterfield.

—¿Qué más? —preguntó Marino.

—Hubo agresión sexual, y parece que también robo. La cartera estaba en el suelo y no había dinero dentro, y todo el contenido de su bolso estaba esparcido por ahí. Vayan con cuidado con dónde pisan —agregó, como si no supiéramos que debíamos mirar dónde poníamos los pies.

—Maldición, no cabe duda de que tenía pasta —se asombró Marino, contemplando el lujoso mobiliario de la a todas luces muy cara casa de Bray.

—Pues todavía no has visto nada —apuntó Butterfield.

Lo primero que me llamó la atención fue la colección de relojes de la sala de estar. Había relojes de pared y relojes de mesa en madera de palisandro, caoba y nogal; relojes calendario y pequeños campanarios en miniatura, y todos ellos eran antiguos y estaban perfectamente sincronizados. Hacían bastante ruido y su tic tac me habría vuelto loca si yo hubiera tenido que vivir entre su monótono recordatorio del tiempo.

Bray adoraba las antigüedades inglesas voluminosas y de aspecto hoscamente imponente. Delante del televisor había un sofá y una librería giratoria con falsos lomos de cuero.

Dispuestos aquí y allá, de una manera que no parecía haber tomado en consideración la posibilidad de que fueran usados, había sillones lujosamente tapizados y un biombo hecho con alguna variedad de caoba. Una enorme cómoda de ébano dominaba la sala. Los gruesos cortinajes de damasco estaban corridos y un encaje de telarañas cubría las doseleras fruncidas. No vi ninguna obra de arte, ni una sola escultura o pintura, y la personalidad de Bray se fue volviendo más gélida y arrogante con cada nuevo detalle en que me iba fijando. Aquella mujer me caía cada vez peor, y eso resultaba difícil de aceptar respecto a una persona a la que acababan de matar a golpes.

—¿De dónde sacó el dinero? —pregunté.

—No tengo ni idea —respondió Marino.

—Todos nosotros nos lo hemos estado preguntando desde que llegó aquí —dijo Butterfield—. ¿Han visto su coche?

—No —contesté.

—Ella vuelve cada noche a su casa en un Crown Vic nuevecito —mascculló Marino.

—Un maldito Jaguar más rojo que un coche de bomberos. Parece un modelo del 98 o del 99. No quiero ni imaginarme lo que le costó. —El detective meneó la cabeza.

—Unos dos años de sudor de tu culo —comentó Marino.

—Ya lo creo.

Siguieron hablando de los gustos y la riqueza de Bray como si su cadáver destrozado no existiera. No vi ninguna evidencia de que en la sala hubiera tenido lugar un encuentro, o de que alguien la hubiera usado mucho o se hubiera molestado en limpiarla a fondo.

La cocina estaba junto a la sala, a la derecha. Eché un vistazo en busca de sangre o cualquier otro signo de violencia sin encontrar ninguno. La cocina tampoco parecía haber sido usada. Las encimeras y el horno estaban impecables. No vi comida, sólo una bolsa de café Starbucks y un pequeño botellero que contenía tres botellas de vino merlot.

Marino apareció detrás de mí y pasó por mi lado rumbo a la cocina. Abrió la nevera con una mano enguantada.

—Parece que no le gustaba mucho cocinar —dijo, recorriendo los estantes prácticamente vacíos con la mirada.

Vi el cartón de leche desnatada, las mandarinas, la margarina, una caja de pasas y los condimentos. El frigorífico no prometía nada más.

—Es como si nunca estuviera en casa o siempre comiese fuera. —Marino miró en el cubo de la basura. Metió la mano en él y sacó los trozos de una caja de pizza partida por la mitad, una botella de vino y tres de cerveza St. Pauli Girl. Juntó los fragmentos de la factura—. Una mediana de *pepperoni* con extra de queso —murmuró—. Encargada anoche a las cinco cincuenta y tres. —Siguió hurgando y encontró servilletas de papel estrujadas, tres porciones de la pizza y al menos media docena de colillas de cigarrillo—. Esto empieza a animarse. Bray no fumaba. Parece que anoche tuvo compañía.

—¿Cuándo hicieron esa llamada?

—A las nueve y cuatro minutos, hará cosa de hora y media. Y yo diría que esta mañana Bray no estaba preparando café o leyendo el periódico...

—Estoy casi seguro de que esta mañana ya estaba muerta —apuntó Butterfield.

Seguimos adelante por un pasillo enmoquetado que llevaba al dormitorio principal, en la parte de atrás de la casa. Cuando llegamos a la puerta abierta, los dos nos detuvimos. La violencia parecía absorber toda la luz y el aire. El silencio era total y las manchas y la destrución estaban por todas partes.

—Joder —murmuró Marino.

Las paredes estucadas, el techo, el suelo, las sillas con almohadones y el diván estaban tan profusamente salpicados de sangre que las manchas casi parecían formar parte del plan de un decorador. Pero aquellas gotitas, manchas y rayas no eran tinte o pintura, sino fragmentos de una terrible explosión causada por una bomba humana psicópata. Salpicaduras y goterones secos cubrían los espejos antiguos, y en el suelo había charcos coagulados. La enorme cama de matrimonio estaba empapada de sangre y extrañamente vacía de mantas y sábanas.

Diane Bray había sido tan severamente golpeada que si no la hubiese visto antes no habría podido determinar cuál era su raza. Yacía de espaldas, y su blusa de satén verde y su sujetador negro estaban tirados en el suelo. Recogí ambas prendas. Se las habían arrancado. Cada centímetro cuadrado de su piel estaba cubierto de manchas y franjas secas que volvieron a recordarme algo pintado con los dedos. Su rostro había sido reducido a pulpa. En su muñeca izquierda, había un reloj de oro aplastado. El anillo que llevaba en la mano izquierda estaba incrustado en el dedo hasta el hueso.

La contemplamos en silencio durante un buen rato. Diane Bray estaba desnuda de cintura para arriba. Su cinturón y sus pantalones de pana negra no parecían haber sido tocados. Las plantas de sus pies y las palmas de sus manos habían sido roídas, y, esta vez, Loup-Garou no se había molestado en hacer desaparecer las señales de los mordiscos. Había marcas de dientes pequeños y muy separados que no parecían humanos. Loup-Garou había mordido, chupado y golpeado, y para completa degradación de Bray, su mutilación, especialmente la de la cara, pregonaba una inmensa rabia. Gritaba que, al igual que las otras víctimas de Loup-Garou, Bray quizá conociera a su asesino.

Sólo que él no las conocía. Antes de que llamara a su puerta, él y sus víctimas nunca se habían encontrado salvo en las infernales fantasías de Loup-Garou.

—¿Qué le pasa a Anderson? —le estaba preguntando Marino a Butterfield.

—Que se puso histérica en cuanto se enteró.

—Muy interesante. Eso significa que no tenemos una detective aquí, ¿verdad?

—Déjame tu linterna, Marino, por favor.

El haz luminoso reveló que la cabecera de la cama y una lámpara de noche estaban cubiertas de salpicaduras producidas cuando el impacto de los golpes o tajos había proyectado pequeñas gotas de sangre. También había manchas en la moqueta. Me agaché y examiné la madera ensangrentada del suelo junto a la cama, y encontré más pelos largos y pálidos. Sobre el cuerpo de Bray también los había.

—Nos ordenaron que protegiéramos la escena del crimen y esperáramos la llegada de un supervisor —estaba diciendo uno de los policías.

—¿Qué supervisor? —preguntó Marino.

Dirigí la luz en ángulo hacia unas pisadas ensangrentadas que había junto a la cama. El dibujo de la suela era bastante peculiar y alcé los ojos hacia los oficiales presentes en el dormitorio.

—Eh, creo que el jefe en persona —le estaba diciendo Butterfield a Marino—. Me parece que quiere evaluar la situación antes de que se haga nada.

—Bueno, pues hoy no es su día de suerte —replicó Marino—. Y si aparece, siempre puede esperar bajo la lluvia.

—¿Cuántas personas han entrado aquí? —pregunté.

—No lo sé —respondió uno de los oficiales.

—Si no lo sabe, entonces es que han entrado demasiadas —espeté—. ¿Alguno de ustedes ha tocado el cuerpo? ¿A qué distancia de él han llegado a estar?

—No lo he tocado.

—No, señora.

—¿De quién son esas pisadas? —pregunté, señalándolas—. Necesito saberlo, porque si no son suyas, entonces el asesino se quedó aquí el tiempo suficiente para que se secara la sangre.

Marino les miró los pies. Los dos llevaban calzado deportivo negro. Marino se puso en cuclillas y examinó las tenues marcas que unas suelas habían dejado en el suelo de madera.

—No llevaréis unas Vibram, ¿verdad? —preguntó en tono sarcástico

—He de empezar a trabajar. —Saqué varias torundas y un termómetro de mi maletín.

—¡Aquí dentro hay demasiada gente! —anunció Marino—. Cooper, Jenkins: buscad algo útil que hacer. —Señaló con el pulgar la puerta abierta. Los dos lo miraron y uno de ellos abrió la boca para decir algo—. Trágatelo, Cooper —le dijo—. Y dame la cámara. Puede que hayáis recibido órdenes de proteger la escena del crimen, pero nadie os ha dicho que recogierais pruebas. ¿Qué pasa, es que no podéis resistir ver a vuestra querida jefa en este estado? ¿Es eso? ¿Cuántos gilipollas más se han paseado por aquí con la boca abierta?

—Eh, un momento... —protestó Jenkins.

Marino le quitó la Nikon de las manos.

—Dame tu radiotransmisor —ordenó.

Jenkins lo descolgó de mala gana de su cinturón de servicio y se lo entregó.

—Fuera —dijo Marino.

—No puedo irme sin mi radiotransmisor, capitán.

—Acabo de darte permiso para que lo hagas.

Nadie se atrevió a recordarle a Marino que había sido suspendido de empleo y sueldo. Jenkins y Cooper se apresuraron a marcharse.

—Cabrones —mascculló Marino mientras se iban.

Puse el cuerpo de Bray de costado. El rigor mortis era completo, lo cual sugería que llevaba un mínimo de seis horas muerta. Le bajé los pantalones y las bragas y le pasé una torunda por el ano para recoger posible fluido seminal antes de introducir el termómetro.

—Necesito un detective y unos cuantos técnicos —estaba diciendo Marino por el radiotransmisor.

—¿Cuál es la dirección, unidad nueve?

—La que está en vías de realizarse —contestó Marino crípticamente.

—Diez cuatro, unidad nueve —dijo la operadora.

—Minny —me dijo Marino.

Aguardé una explicación.

—Nos conocemos desde hace tiempo. Es mi chivata de la sala de radio —explicó.

Extraje el termómetro y lo examiné.

—Treinta y un grados —anuncié—. Normalmente el cadáver se enfría un grado y medio por hora durante las primeras ocho horas. Pero en el caso de ella será un poco más rápido, porque está semidesnuda. ¿A cuánto estamos aquí dentro, a veintiún grados?

—No lo sé. Yo estoy ardiendo —repuso Marino—. Bueno, por lo menos estamos en condiciones de asegurar que la asesinaron anoche.

—El contenido de su estómago quizá nos revele algo más. ¿Tenemos alguna idea de cómo entró el asesino?

—En cuanto hayamos acabado aquí, inspeccionaré las puertas y las ventanas.

—Largas laceraciones lineales. —Reseguí las heridas con las yemas de los dedos mientras buscaba cualquier indicio residual que quizá no llegara al depósito—. Como las que produciría una llave de neumáticos. Y también tenemos estas zonas aplastadas. Están por todas partes.

—Podrían haber sido hechas por el extremo del desmontador de neumáticos —dijo Marino, echando un vistazo.

—Pero ¿qué hizo esto?

En distintos puntos del colchón, algún objeto había dejado una impresión especial: la sangre formaba unas manchas que recordaban un campo recién arado. Las rayas tendrían unos cuatro centímetros de ancho con unos tres milímetros de espacio entre cada una, y la longitud total de cada mancha tenía el tamaño aproximado de mi palma.

—Asegúrate de que examinamos los desagües en busca de sangre —dije mientras unas voces resonaban en el pasillo.

—Espero que sean los Chicos del Desayuno. —Se refería a Ham y Eggleston.

Un instante después, aparecieron éstos cargados con voluminosas maletas.

—¿Tenéis idea de qué demonios está pasando? —les preguntó Marino.

Los dos técnicos habían quedado boquiabiertos.

—Madre de Dios —musitó Ham finalmente.

—¿Alguien tiene idea de qué ha pasado aquí? —preguntó Eggleston con los ojos fijos en lo que quedaba de Bray.

—Sabéis tanto como nosotros —contestó Marino—. ¿Por qué han tardado tanto en avisaros?

—Me sorprende que tú te hayas enterado —dijo Ham—. Acaban de llamarnos.

—Tengo mis fuentes —dijo Marino.

—¿Quién avisó a los medios de comunicación? —pregunté.

—Supongo que ellos también tienen sus fuentes —dijo Eggleston.

Él y Ham empezaron a abrir sus maletas, y fueron instalando las luces. De pronto, el radiotransmisor que había confiscado Marino ladró su número de unidad, sobresaltándonos a los dos.

—Mierda —murmuró Marino—. Nueve —dijo por el radiotransmisor.

Ham y Eggleston se pusieron binoculares grises de aumento, o «Luke Skywalkers», como los llamaban los policías.

—Unidad nueve, diez-cinco tres-catorce —dijo el radiotransmisor.

—¿Tres-catorce, estás ahí? —inquirió Marino.

—Necesito que salga —contestó una voz.

—Esto es un diez-diez —dijo Marino, negándose.

Los técnicos empezaron a tomar medidas en milímetros con lentes amplificadoras muy parecidas a lupas de joyero. Por sí solos los binoculares únicamente podían proporcionar tres aumentos y medio, y algunas manchas de sangre eran demasiado pequeñas para ellos.

—Hay alguien que necesita verlo. Ahora mismo —prosiguió la voz en el radiotransmisor.

—Tío, hay aspersión por todas partes.

Eggleston se estaba refiriendo a la sangre que salía despedida del arma cuando volvía a ser blandida después de asestar un golpe, y que creaba senderos o líneas uniformes sobre todas las superficies en que impactaba.

—Ahora no puedo —contestó Marino dirigiéndose al radiotransmisor.

Tres-catorce no respondió. Enseguida sospeché lo que significaba eso, y por desgracia no andaba equivocada. Unos minutos después, se oyeron más pisadas en el pasillo y el gran jefe Rodney Harris apareció por la puerta, con el rostro pétreo e impasible.

—Capitán Marino —dijo.

—Sí, señor. —Marino estaba cerca del cuarto de baño, examinando el suelo.

La presencia de Ham y Eggleston con sus monos negros, sus guantes de látex y sus anteojos de aumento contribuía a aumentar el frío horror de la escena. Trabajaban con ángulos, ejes y puntos de convergencia para reconstruir, a través de la geometría, en qué lugar del espacio se había asestado cada golpe.

—Jefe —dijeron a coro.

—Con el debido respeto, jefe —dijo Marino—, no se acerque ni un centímetro más.

Harris miró hacia la cama, apretando la mandíbula. Era bajo y su aspecto no tenía nada especial. Su pelo color panocha desaparecía por momentos y mantenía una lucha constante contra su peso. Tal vez esas desgracias lo habían hecho lo que era. Yo no lo sabía. Pero Harris siempre había sido un tirano. Era agresivo y no ocultaba su desprecio por las mujeres que rompían con el papel tradicional. Por eso, yo nunca había entendido que contratara a Bray, a no ser que fuera simplemente para quedar bien.

—Lo que quiero saber es si ha sido usted quien ha traído a los medios de comunicación, capitán —dijo Harris en un tono que hubiese asustado a la mayoría de las personas que yo conocía—. ¿También es responsable de eso, o se ha limitado a hacer lo contrario de lo que le ordené?

—Supongo que se trata de lo segundo, jefe. No he tenido nada que ver con lo de los medios de comunicación. Cuando la doctora y yo llegamos, ellos ya estaban aquí.

Harris me miró como si acabara de darse cuenta de que me encontraba en la habitación. Ham y Eggleston subieron a sus escaleras, escondiéndose detrás de su trabajo.

—¿Qué le ha ocurrido? —preguntó Harris, y le tembló un poco la voz—. Cristo.

Cerró los ojos y sacudió la cabeza.

—La han matado a golpes con algún objeto contundente, puede que con una herramienta. No lo sabemos —informé.

—No, lo que quiero decir es si hay algo que... —comenzó a decir. Su fachada de hierro se estaba desmoronando rápidamente—. Bueno... —Carraspeó, con los ojos fijos en el cadáver de Bray—. ¿Qué razón podía tener alguien para hacerle esto? ¿Quién puede haber sido? ¿Tienen alguna idea?

—Estamos trabajando en eso, jefe —dijo Marino—. De momento no tengo ninguna respuesta, pero quizá pudiera usted responderme a unas cuantas preguntas.

Los técnicos habían empezado a adherir cinta rosada de topógrafo a las gotitas de sangre esparcidas sobre la blancura del techo. Harris parecía estar a punto de ponerse enfermo.

—¿Sabe algo sobre la vida personal de la jefa Bray? —preguntó Marino.

—No —respondió Harris—. De hecho, no sabía que tuviera una.

—Anoche Bray recibió una visita. Comieron pizza, quizá bebieron un poco. Al parecer su visita fumaba —dijo Marino.

—Nunca la oí hablar de que saliera con alguien —dijo Harris, apartando su atención de la cama con un visible esfuerzo—. En realidad, no éramos lo que yo llamaría muy amigos.

Ham dejó lo que estaba haciendo, la cinta que sostenía conectada únicamente al aire. Eggleston examinaba las gotitas de sangre del techo a través de su Optivisor. Pasó un amplificador de medición por encima de ellas y anotó milímetros.

—¿Y los vecinos? —preguntó Harris—. ¿Alguien oyó o vio algo?

—Lo siento, pero todavía no hemos tenido tiempo de interrogar a los vecinos, especialmente dado que nadie llamó a ningún detective o técnico hasta que yo por fin lo hice —dijo Marino.

Harris giró sobre los talones y salió del dormitorio. Miré a Marino y él desvió la mirada. Estuve segura de que acababa de perder lo que quedaba de su trabajo.

—¿Cómo vamos por aquí? —le preguntó a Ham.

—Se me está acabando el sitio para pegar todo esto. —Ham sujetó un extremo de la cinta a una gota de sangre del tamaño y la forma de una coma—. Bueno, ¿y dónde sujeto el otro extremo? Qué te parece si apartas un poco esa lámpara de pie. Gracias. Déjala ahí. Perfecto. —Pegó la cinta al florón de la lámpara.

—Debería venir a trabajar con nosotros, capitán.

—Lo odiaría —prometió Eggleston.

—Tienes razón. No hay nada que odie más que perder el tiempo —dijo Marino.

Poner las cintas no era una pérdida de tiempo, pero sí una pesadilla de aburrimiento, a menos que estuvieras enamorado de los transportadores y la trigonometría. Lo importante era que cada gotita de sangre tenía su propia trayectoria individual desde el punto de impacto, o herida, hasta una superficie de recepción como una pared, y, dependiendo de la velocidad, la distancia recorrida y los ángulos, las gotas tenían muchas formas de contar una sangrienta historia.

Actualmente, los ordenadores podían obtener los mismos resultados, pero el trabajo de campo seguía requiriendo la misma cantidad de tiempo, y todos los que habíamos testificado en la sala de un tribunal habíamos descubierto que los jurados preferían ver cintas de colores en un modelo tridimensional tangible que líneas discontinuas en un gráfico.

Pero calcular la posición exacta de una víctima en el momento en que había sido asestado cada golpe era superfluo a menos que los centímetros importaran, y aquí carecían de importancia. Yo no necesitaba tomar medidas para saber que aquello no era un suicidio sino un asesinato, o que el criminal estaba loco de furia en el momento de matar.

—Habrá que llevarla al depósito de cadáveres —dijo Marino—. Bueno, vamos a llamar al equipo de traslado.

—No entiendo cómo logró entrar en la casa —dijo Ham—. Bray era policía. Lo lógico sería pensar que nunca le hubiese abierto la puerta a un desconocido, ¿verdad?

—Eso suponiendo que se tratara de un desconocido.

—Demonios, es el mismo sádico que mató a la chica del Quik Cary. Tiene que serlo.

—¿Doctora Scarpetta? —me llamó Harris desde el pasillo.

Me volví dando un respingo. Creía que se había ido.

—¿Dónde está su arma? ¿Alguien ha encontrado su arma? —preguntó Marino.

—De momento no.

—¿Podría hablar un minuto con usted, por favor? —preguntó Harris.

Marino le lanzó una mirada asesina y entró en el cuarto de baño.

—Ya sabéis que tenéis que examinar las cañerías y los desagües, ¿no? —dijo en un tono de voz un poco demasiado alto.

—Ya llegaremos a ello, jefe.

Me reuní con Harris en el pasillo, y él se apartó de la puerta para que nadie pudiera oír lo que tenía que decirme. El jefe de policía de Richmond había capitulado ante la tragedia. La ira se había convertido en miedo, y eso, sospeché, era lo que no quería que vieran sus hombres. Llevaba la chaqueta colgada del brazo, la corbata aflojada y el cuello de la camisa abierto. Tenía dificultades para respirar.

—¿Se encuentra bien? —pregunté.

—Asma.

—¿Tiene su inhalador?

—Acabo de usarlo.

—No se ponga nervioso, jefe Harris —dije con calma, porque el asma podía volverse peligrosa con mucha rapidez y el estrés lo empeoraba todo.

—Oiga, ha habido rumores. Decían que Bray estaba involucrada en ciertas actividades en Washington. Yo no sabía nada acerca de eso cuando la nombré para el cargo. Me refiero a de dónde saca su dinero, ya sabe... —añadió, como si Diane Bray no estuviera muerta—. Y sé que Anderson la sigue a todas partes igual que un perrito.

—Quizá también la seguía cuando Bray no lo sabía.

—La tenemos dentro de un coche patrulla ahí fuera —dijo él, como si aquello fuera una novedad para mí.

Volvió a sacar su inhalador y se administró dos dosis.

—Jefe Harris, lo que tenemos ahí es a un sádico asesino que también mató a Kim Luong. El modus operandi es el mismo, y demasiado peculiar para que haya sido otra persona. No se conocen suficientes detalles para que se tratara de un imitador, y muchos detalles sólo los conocemos Marino y yo.

Harris hacía esfuerzos por respirar.

—¿Entiende lo que le estoy diciendo? —pregunté—. ¿Quiere que más personas mueran de esta manera? Porque volverá a ocurrir, y pronto. Este tipo está perdiendo el control a la velocidad del rayo. Quizá sea porque ha abandonado su refugio en París y ahora es como un animal salvaje acosado que no tiene donde esconderse, no lo sé. Y está rabioso, desesperado. Quizá se siente desafiado y se está burlando de nosotros —añadí mientras me preguntaba qué hubiese dicho Benton—. Quién sabe lo que ocurre dentro de una mente semejante.

Harris carraspeó.

—¿Qué quiere que haga? —preguntó.

—Quiero que redacte un comunicado de prensa de inmediato. Sabemos que habla francés. Puede que padezca un trastorno congénito que produce exceso de vello, y quizá tenga todo el cuerpo cubierto de un pelaje pálido. Puede que se afeite la cara, el cuello y la cabeza, y tenga la dentadura deformada, con dientes pequeños y puntiagudos bastante separados. Su cara probablemente tenga también un aspecto extraño.

—Dios.

—Marino tiene que llevar esto —le dije, como si estuviera en mi derecho de decírselo.

—¿Qué ha dicho? ¿Se supone que hemos de decirle a la gente que buscamos a un hombre que tiene los dientes puntiagudos y el cuerpo cubierto de pelo? ¿Quiere sembrar el pánico en la ciudad?

Harris apenas podía respirar.

—Cálmese. Por favor.

Le puse los dedos en el cuello para tomarle el pulso. Su

corazón latía a toda velocidad, y la vida se le iba un poco más con cada latido. Lo llevé a la sala de estar e hice que se sentara. Le traje un vaso de agua, le di masaje en los hombros, le hablé en voz baja y suave, pidiéndole que se estuviera quieto y tranquilizándolo poco a poco hasta que se calmó y pudo volver a respirar.

—Lo último que necesita ahora es cargar con toda esta presión —le dije—. Marino se pasa la noche yendo de un lado a otro en uniforme cuando lo que debería estar haciendo es investigar estos casos. Que Dios le ayude si Marino no investiga estos homicidios, jefe Harris. Que Dios nos ayude a todos.

Harris asintió. Se levantó y fue con paso lento y vacilante hacia la puerta de la habitación. Marino había empezado a examinar el interior del armario.

—Capitán Marino —dijo Harris.

Marino dejó lo que estaba haciendo y desafió a su jefe con la mirada.

—Está al mando —le indicó Harris—. Si necesita algo, hágamelo saber.

Las manos enguantadas de Marino rebuscaron por entre una sección de faldas.

—Quiero hablar con Anderson —dijo.

40

El rostro de Rene Anderson estaba tan duro e inexpresivo como el cristal a través del cual veía a los auxiliares depositar en una camilla el cadáver de Diane Bray metido en una bolsa y subirlo a la camioneta. Aún llovía.

Tozudos reporteros y fotógrafos permanecían tensos e inmóviles siguiéndonos con la mirada mientras Marino y yo íbamos hacia el coche patrulla. Marino abrió la puerta del asiento que ocupaba Anderson y dijo:

—Tenemos que mantener una pequeña charla.

Ella me miró, asustada.

—Vamos —ordenó Marino.

—No tengo nada que decirle —dijo Anderson, sin apartar la mirada de mí.

—Creo que la doctora piensa lo contrario. Venga. Salga. No me obligue a ayudarla.

—¡No quiero que saquen fotos! —exclamó ella, pero ya era demasiado tarde.

Las cámaras cayeron sobre ella como una lluvia de flechas.

—Póngase el abrigo por encima de la cabeza para taparse la cara, tal como ve hacer en la televisión —dijo Marino con una sombra de sarcasmo.

Fui hacia la camioneta de traslado para hablar con los dos auxiliares que estaban cerrando las portezuelas traseras.

—Cuando lleguen allí —dije mientras frías gotas de lluvia caían del cielo y el pelo me empezaba a gotear—, quiero que el cuerpo sea escoltado al frigorífico con los de seguridad. Quiero que contacten con el doctor Fielding y se aseguren de que lo supervisa todo.

—Sí, señora.

—Y no le hablamos de esto a nadie.

—Nunca lo hacemos.

—Pero especialmente no en este caso. Ni una palabra.

—Puede estar segura.

Subieron a la camioneta y empezaron a hacer marcha atrás. Yo volví a la casa sin prestar atención a las preguntas, las cámaras y los destellos de los flashes.

Marino y Anderson estaban sentados en la sala, y los relojes de Diane Bray decían que ya eran las once y media. Los tejanos de Anderson estaban mojados y sus zapatos cubiertos de barro y hierba, como si en algún momento se hubiera caído. Tenía frío y temblaba.

—Ya sabe que podemos obtener el ADN a partir de los restos de saliva dejados en una botella de cerveza, ¿verdad? —le estaba diciendo Marino—. Podemos obtenerlo de una colilla de cigarrillo, ¿verdad? Demonios, podemos obtenerlo de un trozo mordido de una puta pizza.

Anderson estaba hundida en el sofá y parecía haberse quedado sin fuerzas.

—Eso no tiene nada que ver con... —comenzó a decir.

—Colillas de mentolados Salem en la basura de la cocina —prosiguió Marino—. Me parece que usted fuma Salem, ¿no? Y sí. Sí que tiene algo que ver, Anderson. Porque creo que usted estuvo aquí anoche poco antes de que Bray fuera asesinada. Y también creo que ella no opuso resistencia, y quizás incluso conociera a la persona que la destrozó a golpes en el dormitorio.

Marino no creía ni por un nanosegundo que Anderson hubiera asesinado a Bray.

—¿Qué pasó? —preguntó—. ¿Bray fue poniéndola cachonda hasta que llegó un momento en que usted ya no pudo aguantarlo más?

Pensé en la provocativa blusa de satén y la ropa interior adornada con encajes que había llevado puestas Bray.

—¿Se comieron una pequeña pizza juntas y luego Bray le dijo que se fuera a casa como si usted no significara nada para ella? ¿Anoche le dio el último chasco? —insistió Marino.

Anderson contemplaba sus manos inmóviles, en silencio. No paraba de lamerse los labios, y contenía el llanto.

—Quiero decir que sería comprensible —prosiguió él—. Todos tenemos un límite más allá del cual estallamos, ¿no es así, doctora? Como cuando alguien te está jodiendo la carrera, y conste que sólo es un ejemplo. Pero ya llegaremos a esa parte dentro de un rato. —Se inclinó hacia delante en su silla de estilo antiguo, con las manazas sobre sus gruesas rodillas, hasta que los ojos inyectados en sangre de Anderson se alzaron para encontrarse con los suyos—. ¿Tiene idea de en qué clase de lío se ha metido?

La mano de Anderson tembló cuando se apartó el cabello de la cara.

—Anoche estuve aquí a primera hora —dijo en tono de abatimiento—. Me dejé caer por aquí y encargamos una pizza.

—¿Tiene costumbre de hacerlo? —preguntó Marino—. Me refiero a lo de dejarse caer por aquí. ¿Bray la había invitado?

—Ya había estado muchas veces en su casa. A veces pasaba por aquí sin anunciarme.

—A veces se dejaba caer por aquí sin haberse anunciado. Es lo que me acaba de decir, ¿no?

Anderson asintió y volvió a humedecerse los labios.

—¿Hizo eso anoche?

Anderson tuvo que pensárselo antes de responder. Advertí que otra mentira se condensaba en sus ojos igual que una nube. Marino se retrepó en su asiento.

—Qué incómodo es esto, maldición —dijo subiendo y bajando los hombros—. Es como estar sentado dentro de una tumba. Me parece que sería una buena idea que dijera la verdad, ¿no cree? Porque ¿sabe una cosa? De una manera u otra lo averiguaré, y si me miente le voy a dejar los dientes tan hechos polvo que cuando esté en la cárcel tendrá que comer cucarachas. No piense que no sabemos lo de usted y ese maldito coche de alquiler que hay aparcado ahí fuera.

—No veo qué hay de raro en que una detective conduzca un coche de alquiler.

No era una respuesta muy convincente, y Anderson lo sabía.

—Si lo usa para ir siguiendo a la gente por todas partes, mucho —replicó Marino. Decidí que era mi momento de hablar.

—Usted aparcó delante del apartamento de mi secretaria. O al menos alguien que conducía ese coche lo hizo. Quizá la misma persona que siguió a Rose.

Anderson no dijo nada.

—Y supongo que sería mucha casualidad que su dirección de correo electrónico fuese M-A-Y-F-L-R —proseguí, deletreándosela.

Anderson se echó el aliento en las manos para calentárselas.

—Cierto. Lo había olvidado —dijo Marino—. Usted nació en mayo. El 10 de mayo, en Bristol, Tennessee, para ser exactos. Si quiere también puedo decirle su dirección y su número de la Seguridad Social.

—Lo sé todo acerca de Chuck —le dije.

Anderson estaba empezando a ponerse muy nerviosa y asustada.

—De hecho, tenemos una cinta de vídeo en la que se ve cómo nuestro querido Chuck roba fármacos del depósito de cadáveres —le informó Marino—. No está mal, ¿eh?

Anderson respiró hondo. En realidad, aún no disponíamos de esa cinta.

—Eso significa un montón de dinero. El suficiente para que él y usted, e incluso Bray puedan vivir francamente bien.

—Fue él quien los robó, no yo —exclamó Anderson—. Y la idea no fue mía.

—Usted estuvo en la Brigada Antivicio —replicó Marino—. Sabe dónde encontrar comprador para esa clase de mierda. Apostaría a que todo el montaje fue idea suya, porque Chuck, aunque siempre me ha caído bastante mal, no traficaba con fármacos robados antes de que usted apareciera en escena.

—Me estuvo siguiendo y también siguió a Rose porque quería intimidarnos.

—Mi jurisdicción abarca toda la ciudad —dijo ella—. Voy continuamente de un lado a otro, y eso no significa que si de pronto me encuentra detrás de usted, sea debido a que tengo algún motivo oculto.

Marino se levantó y pregonó su disgusto con un grosero chasquido de la lengua.

—Vamos, vamos. ¿Por qué no volvemos al dormitorio de Bray? Dado que es usted tan buena detective, quizá pudiera echar un vistazo a toda esa sangre y esos sesos, y decirme qué cree que pasó. Dado que no estaba siguiendo a nadie y no ha tenido nada que ver con lo del tráfico de fármacos, será mejor que vuelva al trabajo y me eche una mano.

Anderson palideció. Advertí una expresión de pánico en sus ojos.

—Bueno, ¿qué me dice? —Marino se sentó a su lado—. ¿No quiere echarme una mano? Vaya, supongo que eso significa que tampoco querrá ir al depósito de cadáveres y presenciar la autopsia, ¿verdad? ¿No tiene ganas de hacer su trabajo? —Se encogió de hombros, se levantó y empezó a pasearse por la estancia mientras sacudía la cabeza—. Aunque debo admitir que se necesitará mucho estómago para asistir a esa autopsia, desde luego. Su cara parece una hamburguesa...

—¡Basta!

—Y el asesino le mordió los pechos de tal manera que...

Anderson, que tenía los ojos arrasados en lágrimas, se tapó la cara con las manos.

—Es como si alguien cuyos deseos no estaban siendo satisfechos hubiera estallado en un frenesí de rabia sexual. La vieja combinación de pasión y odio, ya sabe. Y por lo general hacerle eso a la cara de alguien oculta un móvil sumamente personal, claro.

—¡Basta! —gritó Anderson.

Marino se calló y la observó con tanta concentración como si fuese un problema de matemáticas escrito en una pizarra.

—Detective Anderson —dije—, ¿que llevaba puesto la jefa Bray cuando usted vino aquí anoche?

—Una blusa verde claro de una especie de satén. —Le temblaba la voz, y faltó poco para que se le quebrara—. Unos pantalones de pana negros.

—¿Zapatos y calcetines?

—Botines. Negros. Y calcetines negros.

—¿Joyas?

—Un anillo y un reloj.

—¿Y qué me dice de la ropa interior? ¿Llevaba sujetador?

Anderson me miró. Le moqueaba la nariz y hablaba como si tuviera un resfriado.

—Necesito saber esas cosas —expliqué—. Quizá sean importantes.

—Lo de Chuck es verdad —dijo ella en vez de responder a la pregunta—. Pero la idea no fue mía, sino de ella.

—¿De Bray? —pregunté, decidida a seguirla hacia donde se dirigía.

—Me sacó de Antivicio y me incorporó a Homicidios. Y en cuanto a usted, quería quitarlo de en medio y enviarlo lo más lejos posible —le dijo a Marino—. Llevaba mucho tiempo ganando montones de dinero con las píldoras, que ella también tomaba... Quería librarse de usted. —Volvió a centrar su atención en mí y se limpió la nariz con el dorso de la mano. Busqué dentro de mi bolso y le alargué un par de pañuelos de papel—. Y quería librarse de usted también —añadió, mirándome.

—Eso ha sido más bien obvio —contesté, y de pronto no parecía posible que la persona de la que estábamos hablando fuera los restos mutilados que había examinado hacía unos momentos a unas cuantas habitaciones de distancia, en la parte de atrás de aquella casa.

—Sé que llevaba sujetador —prosiguió Anderson—. Solía llevar cosas provocativas. Iba con el cuello abierto y los botones de arriba desabrochados, ya saben. Y se inclinaba sobre ti para que pudieras mirar por su escote. Lo hacía continuamente, incluso en el trabajo, porque le gustaba la reacción que producía.

—¿Qué reacción? —preguntó Marino.

—Bueno, no cabe duda de que la gente reaccionaba. Y las faldas con esa abertura que parecía de lo más normal hasta que estabas sentada con Bray en su despacho y ella cruzaba las piernas de cierta manera... Le dije que no debería vestir así.

—¿Qué reacción? —insistió Marino.

—Yo siempre le estaba diciendo que no debería vestir así.

—Una humilde detective tiene que ser muy valiente para decirle a la jefa del departamento cómo debería vestir.

—Yo pensaba que los agentes no deberían verla vestida así, ni mirarla de la manera en que lo hacían.

—¿Y eso la ponía un poco celosa, quizá?

Anderson no respondió.

—Y apuesto a que ella sabía que usted se moría de celos y que lo estaba pasando fatal, ¿verdad? Y Bray hacía todo eso porque la excitaba. Era el tipo de persona que disfruta con esos jueguecitos. Primero te da cuerda y después te quita las pilas, y el resultado es que nunca consigues lo que quieres.

—Llevaba un sujetador negro —me dijo Anderson—. La parte superior de las copas estaba adornada con un ribete de encajes. No sé qué más llevaba.

—Bray la utilizó, ¿verdad? —dijo Marino—. La convirtió en su camello, su recadera, su pequeña Cenicienta arrodillada junto a la chimenea. ¿Qué más le pidió que hiciera?

La ira estaba empezando a dar nuevas fuerzas a Anderson.

—¿La obligaba a lavarle el coche? Es lo que se rumoreaba. La hizo pasar por una gilipollas lameculos a la que nadie se tomaba en serio. Y lo más lamentable de todo es que, si Bray la hubiera dejado en paz, ahora usted quizá no sería la mierda de detective en que ha acabado convirtiéndose. Nunca tuvo ocasión de averiguarlo, al menos de la manera en que ella la llevaba de la correa. Deje que le diga una cosa: tenía tantas probabilidades de que Bray se acostase con usted como de acostarse con el primer hombre que pisó la luna. Las personas como ella no se acuestan con nadie. Son como serpientes. No necesitan a nadie más para mantenerse calientes.

—La odio —mascculló Anderson—. Me trataba como si fuese un pedazo de mierda.

—Entonces ¿por qué seguía viniendo aquí? —preguntó Marino.

Anderson clavó los ojos en mí como si no lo hubiera oído.

—Se sentaba en ese sillón donde está usted. Y hacía que le sirviera una copa, y luego tenía que frotarle los hombros y hacerle de criada. A veces quería que le diera masajes.

—¿Y usted se los daba? —preguntó Marino.

—Se acostaba en esa cama vestida únicamente con un albornoz.

—¿El mismo que llevaba puesto cuando la asesinaron? ¿Se quitaba el albornoz cuando usted le daba masaje?

Los ojos de Anderson llameaban cuando volvió la mirada hacia él.

—¡Siempre se mantenía tapada justo lo suficiente! Yo llevaba su ropa a la lavandería y llenaba el depósito de su puto Jaguar y... ¡Era tan mala conmigo!

Anderson parecía una niña enfadada con su madre.

—Oh, desde luego —dijo Marino—. Bray trató mal a mucha gente.

—¡Pero yo no la maté, santo Dios! ¡Nunca la toqué salvo cuando ella quería que lo hiciese, tal como acabo de decirle!

—¿Qué ocurrió anoche? —preguntó Marino—. ¿Decidió dejarse caer por aquí sencillamente porque tenía que verla?

—Me estaba esperando. Tenía que traerle unas cuantas píldoras y un poco de dinero. Le gustaba tomar Valium, Ativan, BuSpar; cosas que la hicieran relajarse.

—¿Cuánto dinero?

—Dos mil quinientos dólares. En efectivo.

—Bueno, pues ahora no está aquí —dijo Marino.

—Estaba encima de la mesa. La mesa de la cocina. No sé.

Pedimos una pizza. Bebimos unas cervezas y hablamos. Bray estaba de mal humor.

—¿Por qué?

—Acababa de enterarse de que ustedes dos habían ido a Francia a hablar con los de la Interpol.

—Me pregunto cómo se enteró de eso.

—Probablemente por alguien de su departamento. Puede que Chuck lo descubriera. ¿Quién sabe? Bray siempre conseguía lo que quería y siempre se enteraba de lo que quería saber. Pensaba que era ella quien hubiese debido ir allí. A entrevistarse con los de la Interpol, quiero decir. Sólo hablaba de eso. Y empezó a echarme la culpa de todo lo que había estado saliendo mal últimamente. De lo del aparcamiento del restaurante, de lo del correo electrónico, de cómo habían ido las cosas en la escena del Quik Cary... De todo.

Todos los relojes dieron la hora con tintineos y campanadas. Era mediodía.

—¿Qué hora era cuando se fue? —pregunté después de que el concierto hubiera cesado.

—Alrededor de las nueve.

—¿Bray iba a comprar alguna vez al Quik Cary?

—Puede que antes hubiera ido allí en alguna ocasión —contestó Anderson—. Pero como probablemente ya se habrá imaginado al ver su cocina, no era muy aficionada a cocinar y casi nunca comía en casa.

—Y además usted siempre estaba trayéndole comida —añadió Marino.

—Ella nunca se ofreció a pagármela. Y yo no gano tanto.

—¿Y ese suculento sueldo extra que se sacaban con los fármacos? No lo entiendo —dijo Marino—. ¿Me está diciendo que no recibía una buena parte?

—Chuck y yo nos quedábamos con un diez por ciento cada uno. Yo le traía el resto a Bray una vez a la semana, dependiendo de los fármacos que hubiéramos conseguido en la morgue o, a veces, en alguna escena a la que yo había acudido. Cuando venía aquí, nunca me quedaba mucho rato. Bray siempre tenía prisa. De pronto tenía montones de cosas que hacer. Yo he de pagar los plazos de mi coche. Mi diez por ciento se iba en eso. En cambio ella... Bueno, Bray nunca ha sabido lo que es tener que preocuparse por el plazo de un coche.

—¿Se peleaba con ella? —preguntó Marino.

—A veces. Discutíamos.

—¿Anoche discutieron?

—Supongo que sí.

—¿A causa de qué?

—No me gustaba su mal humor. Lo mismo de siempre.

—¿Y luego?

—Me fui. Ya se lo he dicho, ¿no? Ella tenía cosas que hacer. Bray siempre decidía cuándo se había acabado una discusión.

—¿Anoche conducía usted el coche de alquiler? —quiso saber Marino.

—Sí.

Me imaginé al asesino viéndola marchar. Estaba allí, escondido entre la oscuridad. Bray y Anderson se hallaban en el puerto cuando el *Sirius* atracó en él, cuando el asesino llegó a Richmond haciéndose pasar por un marinero llamado Pascal. Probablemente la vio. Sí, probablemente vio a Bray. Habría sentido un gran interés por todos aquellos que habían acudido a investigar su crimen, Marino y yo incluidos.

—Detective Anderson, ¿había vuelto alguna vez aquí poco después de haberse ido para tratar de seguir hablando con Bray? —le pregunté.

—Sí —confesó ella—. Bray no tenía ningún derecho a tratarme de la manera en que lo hacía.

—¿Y volvía con frecuencia?

—Cuando me sentía furiosa.

—¿Y qué hacía, llamar al timbre? ¿Cómo le hacía saber a Bray que estaba allí?

—¿Qué?

—Al parecer la policía siempre golpea la puerta, o por lo menos eso es lo que hacen cuando vienen a mi casa. No llaman al timbre.

—Porque en la mitad de los antros donde se esconden las ratas el timbre no funciona —observó Marino.

—Llamaba con los nudillos —dijo Anderson.

—¿Y de qué manera lo hacía? —pregunté.

Marino encendió un cigarrillo y me dejó hablar.

—Bueno...

—¿Dos veces, tres? ¿Con fuerza o suave? —insistí.

—Tres veces. Con fuerza.

—¿Y ella siempre la dejaba entrar?

—A veces no. A veces abría la puerta y me decía que me fuera a mi casa.

—¿Preguntaba quién era, algo? ¿O sólo abría la puerta?

—Si sabía que era yo, se limitaba a abrir la puerta.

—Si *creía* que era usted, querrá decir —puntualizó Marino.

Anderson empezó a seguir el curso de nuestros pensamientos y luego se quedó parada. No podía ir más adelante. No podía soportar hacerlo.

—Pero anoche usted no volvió, ¿verdad?

Su silencio fue su respuesta. Anderson no había vuelto. No había llamado tres veces con los nudillos, fuerte. Pero el asesino sí, y Bray abrió la puerta sin preguntar nada. Probablemente ya estaba diciendo algo, reanudando la discusión, cuando de pronto se encontró con el monstruo dentro de su casa.

—Yo no le hice nada, lo juro —dijo Anderson—. No ha sido culpa mía. —Al parecer no formaba parte de su naturaleza asumir la responsabilidad de nada.

—Es una suerte que no volviera anoche —le dijo Marino—. Eso suponiendo que esté diciendo la verdad, claro.

—Es la verdad. ¡Lo juro por Dios!

—Si hubiese vuelto, quizás habría sido la siguiente.

—¡Yo no tuve nada que ver!

—Bueno, en cierta manera sí que tuvo algo que ver. Bray no habría abierto la puerta si...

—¡Eso no es justo! —exclamó Anderson.

Tenía razón. Fuera cual fuere la naturaleza de la relación

que había mantenido con Bray, ninguna de las dos tenía la culpa de que el asesino hubiera estado al acecho y esperando.

—Así que usted se va a casa —dijo Marino—. ¿Intentó telefonear más tarde? Para ver si podía hacer las paces, no sé...

—Sí. Bray no respondió al teléfono.

—¿Cuánto hacía que se había ido de aquí?

—Unos veinte minutos. Llamé varias veces más, pensando que no pasaba nada, que sencillamente no quería hablar conmigo. Empecé a preocuparme cuando volví a intentarlo unas cuantas veces pasada la medianoche y seguía saliéndome su contestador.

—¿Dejó mensajes?

—No, muchas veces no lo hago. —Hizo una pausa y tragó saliva con esfuerzo—. Y esta mañana vine a ver qué tal estaba. Llegué alrededor de las seis y media. Llamé con los nudillos y no me respondió. La puerta estaba abierta y entré.

Empezó a temblar, los ojos desorbitados por el horror.

—Y entré allí... —dijo, subiendo la voz para luego interrumpirse de golpe—. Y salí corriendo. Estaba tan asustada...

—¿Asustada?

—De quienquiera que... Casi podía sentir aquella horrible presencia en su dormitorio, y no sabía si aún estaría rondando por aquí... Tenía el arma en la mano y salí corriendo de la casa y conduje lo mas deprisa que pude y paré en una cabina de teléfonos y llamé a la policía.

—Bueno, he de reconocer que no lo hizo tan mal —dijo Marino con voz cansada—. Al menos se identificó y no recurrió a esa chorrada de la llamada anónima.

—¿Y si ahora viene a por mí? —preguntó Anderson, y se la veía minúscula y perdida—. He comprado en el Quik Cary. De vez en cuando paso por allí. Solía hablar con Kim Luong.

—Un poco tarde, pero de todas maneras gracias por decírnoslo —dijo Marino. En ese momento comprendí cómo podía estar relacionada Kim Luong con todo aquello.

Si el asesino había estado vigilando a Anderson, ella podía haberlo conducido sin saberlo al Quik Cary y a su primera víctima de Richmond. O quizás había sido Rose. Quizás estaba al acecho cuando Rose y yo fuimos andando al aparcamiento de mi oficina, o incluso cuando pasé por su apartamento.

—Podemos meterla en la cárcel, si de ese modo va a sentirse más segura —estaba diciendo Marino, y hablaba en serio.

—¿Qué voy a hacer? —chilló Anderson—. Vivo sola... Tengo miedo, tengo miedo.

—Conspiración para distribuir y distribución de fármacos del nivel dos —reflexionó Marino en voz alta—. Más posesión sin receta. Todo eso son delitos. Veamos. Dado que usted y el pequeño Chuckie tienen empleo y han llevado unas vidas tan impecables, no fijarán una fianza demasiado alta. Probablemente unos dos mil quinientos pavos, que podrá cubrir con su sobresueldo de los fármacos. Así que no hay problema, ¿verdad?

Hurgué dentro de mi bolso, saqué el móvil y llamé a Fielding.

—El cadáver acaba de llegar —me informó—. ¿Quieres que empiece?

—No. ¿Sabes dónde está Chuck?

—No ha venido a trabajar.

—Ya me lo imaginaba. Si viene, siéntalo en tu despacho y no lo dejes salir de ahí.

41

Faltaban unos minutos para las dos cuando entré en el aparcamiento cubierto. Dejé mi coche a salvo de las inclemencias del tiempo justo cuando dos empleados de una funeraria subían un cadáver metido en una bolsa a un viejo coche fúnebre con cortinas en las ventanillas traseras.

—Buenas tardes.

—Buenas tardes. ¿Cómo está usted, señora?

—¿Qué los trae por aquí? —pregunté.

—El obrero de la construcción de Petersburg.

Cerraron las portezuelas y se quitaron los guantes de látex.

—El que fue arrollado por un tren —prosiguieron, hablando a la vez—. Cuesta imaginárselo, ¿verdad? No me gustaría nada morir así. Que tenga un buen día.

Usé mi tarjeta para abrir una puerta lateral y entré en el pasillo brillantemente iluminado. El suelo estaba recubierto de resina epoxy y toda la actividad era observada por las cámaras de un circuito cerrado de televisión instaladas en las paredes. Cuando pasé a la sala común en busca de café, Rose estaba pulsando, con cara de irritación, el botón de la Coca-Cola Light en la máquina de refrescos.

—Maldición —murmuró—. Creía que la habían arreglado.

Accionó en vano la palanca de devolución del cambio.

—Bueno, pues ahora vuelve a hacer lo mismo de antes. ¿Es que ya nadie sabe hacer su trabajo como es debido? —se quejó—. Hacen esto, lo otro y lo de más allá, y las cosas siguen sin funcionar, igual que los funcionarios.

Soltó un bufido, frustrada.

—Todo se arreglará —dije sin convicción—. No te preocupes, Rose.

—Trabaja demasiado, doctora. Necesita un descanso. —Suspiró.

—Todos lo necesitamos.

Los tazones del personal estaban colgados en un tablero al lado de la máquina del café; busqué el mío sin éxito.

—Pruebe en su lavabo, que es donde lo deja normalmente —dijo Rose.

Aquel recordatorio de los detalles cotidianos de nuestra vida supuso un alivio, por muy breve que fuese.

—Chuck no volverá —dije—. Será arrestado, eso si es que no lo han arrestado ya.

—La policía ya ha estado aquí. No derramaré ni una lágrima.

—Me encontrarás en el depósito. Ya sabes qué estaré haciendo, así que nada de llamadas a menos que sea algo urgente.

—Lucy ha telefoneado. Esta noche irá a recoger a Jo.

—Me gustaría que vinieras a mi casa, Rose.

—Gracias. Pero he de seguir con mi vida.

—Me sentiría mucho mejor si vinieras a casa conmigo.

—Doctora Scarpetta, si no es él, siempre habrá alguien, ¿verdad? Siempre hay alguien malvado acechando ahí fuera. He de vivir mi vida. No quiero ser rehén del miedo y la vejez.

Fui al vestuario y me puse un delantal de plástico y una bata. Mis dedos no conseguían anudar las cintas y no paraban de caérseme cosas. Me sentía dolorida y tenía frío, como si estuviera incubando la gripe. Agradecí poder envolverme en un protector facial, mascarilla, gorra, protectores para el calzado y varios pares de guantes, pues todo eso me protegía tanto de los peligros biológicos como de mis emociones. En ese momento no quería que nadie me viera. Ya tenía bastante con que Rose lo hubiera hecho.

Cuando entré en la sala de autopsias, Fielding estaba fotografiando el cadáver de Bray. Mis dos delegados y tres residentes estaban trabajando en nuevos casos, porque el día seguía trayendo a los muertos. Se oía el ruido del correr del agua y de los instrumentos de acero tintineando contra el acero, voces ahogadas y otros pequeños sonidos. Los timbres de los teléfonos no paraban.

En aquel lugar de acero, no había más color que los tonos de la muerte. Las contusiones y la sufusión eran azul púrpura y la palidez cadavérica era rosada. El rojo de la sangre brillaba sobre el amarillo de la grasa. Las cavidades torácicas estaban abiertas como tulipanes y los órganos se hallaban sobre balanzas o tablas de cortar. Ese día el olor a descomposición era penetrante.

Dos de los otros casos eran jóvenes, un hispano y un blanco, ambos cubiertos de tatuajes y cosidos a puñaladas. Sus expresiones de odio e ira se habían relajado hasta convertirse en los rostros de los muchachos que habrían podido ser si la vida los hubiera depositado en otra puerta, quizá con genes distintos. La banda había sido su familia y la calle había sido su hogar. Habían muerto tal como habían vivido.

—... Penetración profunda. Diez centímetros por encima del lateral posterior izquierdo, a través de la duodécima costilla y la aorta, más de un litro de sangre en las cavidades torácica izquierda y derecha. —Dan Chong iba dictando al micrófono sujeto a su bata mientras Amy Forbes trabajaba al otro lado de la mesa, frente a él.

—¿Hubo hemoaspiración?

—Mínima.

—Y una abrasión en el brazo izquierdo. ¿Quizá como producto de la caída? ¿Te he contado que estoy haciendo un cursillo de submarinismo?

—Uh. Te deseo suerte. Espera a que hagas tu primera inmersión de verdad en el muelle. Resulta realmente divertido, sobre todo en invierno.

—¡Santo cielo! —exclamó Fielding.

Estaba abriendo la bolsa y apartando la sábana ensangrentada que contenía. Fui hacia él y volví a sentir el mismo escalofrío de horror mientras liberábamos a Bray de sus envoltorios.

—Dios, Dios... —seguía murmurando Fielding.

La pusimos sobre la mesa y Bray volvió a adoptar tozudamente la misma posición que había mantenido encima de la cama. Conseguimos relajar los rígidos músculos de sus brazos y sus piernas.

—¿Qué coño le pasa a la gente? —Fielding puso película en una cámara.

—Lo mismo que le ha pasado siempre —respondí.

Sujetamos la mesa transportable de autopsia a una de las piletas de disección adosadas a la pared. Durante un momento, cuando los otros médicos vinieron a echar un vistazo todo trabajo cesó en la sala. No habían podido evitarlo.

—Oh, Dios mío —murmuró Chong.

Forbes estaba tan horrorizada que no podía hablar.

—Por favor —dije, recorriendo sus rostros con la mirada—. Esto no es una autopsia de demostración. Fielding y yo nos encargaremos de todo.

Empecé a examinar el cuerpo con una lupa, recogiendo más de aquellos espantosos pelos finos y largos.

—Le da igual —dije—. Le da igual que lo sepamos todo sobre él.

—¿Cree que sabe que fueron a París?

—No sé cómo puede haberse enterado, pero supongo que podría mantenerse en contacto con su familia. Demonios, ellos quizá lo sepan todo.

Visualicé la gran mansión con sus arañas de cristal, y a mí misma, recogiendo agua del Sena, posiblemente en el mismo lugar donde el asesino se metía en el río para curar su trastorno. Pensé en la doctora Stvan y confié en que estuviera bien.

—Tiene el cerebro oscurecido —dijo Chong, que había vuelto a su caso.

—Sí, igual que el otro. Heroína otra vez, quizás. El cuarto caso en seis semanas, todos por el centro de la ciudad.

—Alguien debe de estar haciendo circular mercancía de buena calidad. ¿Doctora Scarpetta? —dijo Chong, llamándome como si aquélla fuese una tarde cualquiera y yo estuviese trabajando en un caso cualquiera—. El mismo tatuaje, como un rectángulo de fabricación casera. En la membrana carnosa de la mano izquierda, debió de dolerle horrores. ¿La misma banda?

—Fotografíalo.

Las formas de las heridas estaban muy claras, especialmente en el antebrazo y la mejilla izquierda de Bray, donde la fuerza devastadora de los golpes había lacerado la piel y dejado abrasiones de impacto estriadas que ya había visto anteriormente.

—¿Un tubo con rosca, quizá? —sugirió Fielding.

—No encaja del todo con un tubo —respondí.

El examen externo de Bray nos mantuvo ocupados dos horas más, durante las cuales Fielding y yo medimos, dibujamos y fotografiamos meticulosamente cada herida. Los huesos faciales estaban aplastados, y la carne había quedado lacerada por encima de prominencias óseas. Los dientes estaban destrozados. Algunos habían sido golpeados con tal fuerza que habían acabado en su garganta. Los labios, las orejas y la carne del mentón habían sido desgarrados y los rayos X revelaron centenares de fracturas y aplastamientos, sobre todo en la bóveda craneana.

A las siete de la tarde, me estaba dando una ducha. El agua que caía de mi cuerpo era de un rojo pálido a causa de lo ensangrentada que había acabado. Me sentía débil y un poco mareada, porque no había comido nada desde primera hora de la mañana. Me había quedado sola en el departamento. Salí del vestuario secándome el pelo con una toalla y, de pronto, Marino salió de mi despacho. Estuve a punto de gritar. Me puse una mano en el pecho mientras un torrente de adrenalina recorría todo mi cuerpo.

—¡No me des estos sustos! —exclamé.

—No pretendía asustarte.

Marino estaba muy serio.

—¿Cómo has entrado?

—Seguridad nocturna. Somos amigos. No quería que fueras hasta tu coche sola. Sabía que aún estarías aquí.

Me pasé los dedos por el pelo mojado y Marino me siguió a mi despacho. Dejé la toalla encima de mi sillón y empecé a recoger todo lo que necesitaba llevarme a casa. Vi que Rose había dejado unos cuantos informes de laboratorio encima de mi escritorio. Las huellas dactilares del cubo encontrado dentro del contenedor se correspondían con las del hombre no identificado.

—Bueno, eso no nos sirve de mucho —dijo Marino.

Además, había un informe de ADN con una nota de Jamie Kuhn. Ya tenía resultados.

—«... He encontrado un perfil... muy similar con leves diferencias... —leí en voz alta sin interesarme demasiado en lo que leía—. De acuerdo con la muestra biológica... pariente cercano...» —Miré a Marino—. Para abreviar, te diré que el análisis del ADN del hombre no identificado y el del asesino indica que esos dos individuos están emparentados. Fin de la historia.

—Emparentados... —repitió Marino con una mueca de disgusto—. ¡Ese par de cabrones son hermanos!

No me cabía duda de ello.

—Para probarlo necesitamos muestras de sangre de los padres.

—En ese caso, los llamaremos por teléfono y les preguntaremos si podrían pasarse por aquí —apuntó Marino cínicamente—. Los guapos hijos de los Chandonne...

Tiré el informe encima de mi escritorio.

—Hurra es la palabra justa.

—Bah, y a quién le importa.

—Pues a mí me gustaría saber qué objeto utilizó —dije.

—Me he pasado toda la tarde telefoneando a esas elegantes mansiones del río. —Marino ya estaba pensando en otra cosa—. La buena noticia es que todo el mundo sigue con vida. La mala noticia es que seguimos sin tener idea de dónde se esconde. Y ahí fuera hace diez grados bajo cero, lo que significa que no puede estar durmiendo debajo de un árbol o dando vueltas por los campos.

—¿Y los hoteles?

—No tienen registrado a nadie peludo con acento francés o dientes horribles. Y los moteles discretos nunca tienen muchas ganas de hablar con la policía.

Había decidido acompañarme por el pasillo y no parecía tener ninguna prisa por irse, como si hubiera algo más de lo que quisiera hablar.

—¿Algo va mal? —pregunté—. Aparte de todo, claro.

—Se suponía que ayer Lucy debía estar en Washington para comparecer ante la junta de revisión. Han hecho ir en avión a cuatro tipos de Waco para que la asesoren, le den ánimos y todo el rollo. Y ella insiste en quedarse aquí hasta que Jo se ponga bien.

Salimos al aparcamiento.

—Eso todo el mundo lo entiende, claro —prosiguió mientras mi inquietud iba en aumento—. Pero las cosas no funcionan así cuando el director del ATF en persona se interesa por el asunto, y eso significa que el que Lucy haya faltado a su cita puede crearle serios problemas.

—Marino, estoy segura de que ella ya les habrá explicado que... —empecé a defenderla.

—Oh, sí. Lucy telefoneó y prometió que estaría allí dentro de unos días.

—¿Y no pueden esperar unos días a que vaya allí? —pregunté mientras abría la puerta de mi coche.

—Lo tienen todo grabado en vídeo —dijo Marino mientras yo me dejaba caer sobre el frío cuero del asiento—. Y han estado revisando la cinta una y otra vez.

Puse en marcha el motor. La noche pareció volverse súbitamente más oscura, más fría y más vacía.

—Hay muchas preguntas. —Marino metió las manos en los bolsillos de su abrigo.

—¿Sobre si el tiroteo estuvo justificado? ¿Acaso el salvarle la vida a Jo y salvar su propia vida no son justificación suficiente?

—Creo que más que nada se trata de su actitud, doctora. Lucy es tan... Bueno, ya sabes cómo es. Siempre está lista para lanzarse a la carga y luchar. Esa actitud está presente en todo lo que hace, y por eso es tan condenadamente buena. Pero también puede convertirse en un auténtico problema si se le va de las manos.

—¿Quieres entrar en el coche para no congelarte?

—Te seguiré hasta tu casa y después tengo cosas que hacer. Lucy estará allí, ¿no?

—Sí.

—Porque de otra manera no te dejaré sola, no mientras ese hijo de puta siga suelto por ahí.

—¿Qué voy a hacer con ella? —pregunté en voz baja. Ya no lo sabía. Tenía la sensación de que mi sobrina se encontraba fuera de mi alcance. A veces, ni siquiera estaba segura de que todavía me quisiera.

—Todo esto es por Benton, ¿sabes? —dijo Marino—. Oh, claro, Lucy está cabreada con la vida en general y suele perder los estribos. Quizá deberías enseñarle el informe de su autopsia, hacer que se enfrente a lo que ocurrió para que se lo saque de dentro de una puta vez antes de que acabe con ella.

—Yo nunca haré eso. —El viejo dolor volvió de golpe, pero no tan intenso.

—Dios, qué frío hace. Y nos acercamos a la luna llena, que es justo lo que no quiero en estos momentos.

—Lo único que significa una luna llena es que si vuelve a intentarlo, será más fácil verlo.

—¿Quieres que te siga?

—No hace falta.

—Bueno, si por alguna razón Lucy no está ahí, llámame. No quiero que estés sola.

Mientras iba hacia casa me sentí como Rose. Sabía qué quería decir cuando hablaba de convertirse en una rehén del miedo, la vejez, la pena, quien fuese o lo que fuese. Ya casi había llegado a mi vecindario cuando decidí girar y tomar por la calle West Broad, adonde iba alguna vez para comprar en Pleasants Hardware, en el bloque 20-200. Pleasants era una vieja ferretería de barrio que se había ido expandiendo a lo largo de los años y donde podías encontrar otras cosas aparte de las herramientas y los suministros de jardinería habituales.

Cuando iba a comprar allí, nunca llegaba antes de las siete de la tarde, que era la hora en que la mayoría de los hombres iban a la ferretería después del trabajo y recorrían los pasillos como niños codiciando juguetes. Había muchos coches, camionetas y camiones en el aparcamiento. Apreté el paso mientras pasaba junto a los saldos de muebles de jardín y taladros de modelos anticuados. Justo al otro lado de la puerta, había una oferta especial de bulbos de flores y una pirámide de botes de pintura blanca y azul rebajados de precio.

No estaba muy segura de qué clase de herramienta andaba buscando, aunque sospechaba que el arma que había matado a Bray se parecería a un zapapico o un martillo. Así que mantuve los ojos bien abiertos y empecé a recorrer pasillos, examinando estantes llenos de clavos, pernos, tuercas, remaches, tornillos, bisagras y pestillos. Vagué por entre miles de metros meticulosamente enrollados de cables y cuerdas, láminas de revestimiento impermeable, tela asfáltica y prácticamente todo lo que pudiera necesitar un fontanero. No vi nada que me llamara la atención, y en la sección de martillos, barras y palanquetas tampoco encontré nada.

Las tuberías no eran lo que andaba buscando, porque las roscas no eran lo bastante gruesas ni estaban lo suficientemente separadas para haber dejado el extraño dibujo de franjas que encontramos en el colchón de Bray. Las llaves de neumáticos ni siquiera se le acercaban. Estaba empezando a sentirme muy desanimada cuando llegué a la sección de albañilería de la tienda; allí vi la herramienta, colgada en un tablero de clavijas a unos cuantos metros de mí. Me sonrojé y me dio un vuelco el corazón.

Parecía un zapapico de hierro negro con un mango retorcido que le daba el aspecto de un enorme muelle. Me acerqué y descolgué uno. Pesaba mucho. Un extremo de la cabeza era puntiagudo, y el otro tenía forma de cincel. La etiqueta adhesiva decía que era un martillo de desbastar. Costaba seis dólares con noventa y cinco centavos.

El chico de la caja no tenía ni idea de qué era un martillo de desbastar, y ni siquiera sabía que los vendiesen en la tienda.

—¿Hay alguien que pueda saberlo? —pregunté.

Fue al interfono y pidió que una encargada llamada Julie acudiera a su caja. Julie se presentó enseguida. Se la veía demasiado delicada y bien vestida para saber algo sobre herramientas.

—Está pensado para utilizarse en los trabajos de soldadura, para desprender la escoria —me informó—. Pero normalmente se usa en albañilería: ladrillo, piedra, lo que quiera. Es una herramienta polivalente, como probablemente ya se habrá imaginado sólo con verla. Y el punto naranja de la etiqueta significa que tiene un descuento del diez por ciento.

—¿Así que podría encontrarlas en cualquier sitio donde estén haciendo trabajos de albañilería? Tiene que ser una herramienta muy poco conocida.

—Bueno, a menos que se dedique a la albañilería, o a las soldaduras, no tendría por qué haber oído hablar de ella.

Compré un martillo de desbastar con un diez por ciento de descuento sobre el precio marcado y me fui a casa. Lucy no estaba allí cuando detuve mi coche delante del garaje. Confié en que hubiera ido al CMV para recoger a Jo y llevarla a mi casa. Un banco de nubes, que parecía haber salido de la nada, se aproximaba rápidamente, y empezaba a parecer que podía nevar. Metí el coche en el garaje, entré en casa y fui directamente a la cocina. Una vez allí descongelé una bolsa de pechugas de pollo en el horno microondas.

Eché salsa barbacoa encima del martillo de desbastar, especialmente en el mango, y después lo dejé caer encima de una funda de almohada blanca y lo envolví con ella. Las marcas eran inconfundibles. Golpeé las pechugas de pollo con ambos extremos de aquella ominosa herramienta de hierro negro y enseguida reconocí los contornos de las zonas aplastadas. Telefoneé a Marino. No estaba en casa. Lo llamé por el busca. Tardó quince minutos en responder a mi llamada, y para entonces mis nervios ya estaban a punto de estallar.

—Lo siento —dijo—. A mi móvil se le acabó la batería y he tenido que encontrar un teléfono público.

—¿Dónde estás?

—Dando vueltas por ahí. El avión de la policía estatal está sobrevolando el río y lo examina todo con un reflector. Puede que al muy cabrón le brillen los ojos en la oscuridad igual que a los perros. ¿Has visto el cielo? Maldición, de pronto han empezado a decir que igual nos cae encima la nevada del siglo. Ya ha empezado a nevar.

—Marino, a Bray la mataron con un martillo de desbastar.

—¿Qué demonios es eso?

—Un tipo de martillo especial que se usa en ciertos trabajos de albañilería. ¿Sabes si a lo largo del río están construyendo algún edificio en el que usen piedra, ladrillo o algo así? Lo digo porque quizás obtuviera la herramienta de allí si está escondido en las obras.

—¿Y dónde has encontrado tú un martillo de desbastar? Creía que te ibas a casa. No me gusta nada que hagas esas cosas.

—Estoy en casa —dije en tono de impaciencia—. Y puede que ahora mismo él también lo esté. Quizá se esconda en algún sitio donde levantan un muro o ponen losas.

Marino tardó unos momentos en hablar.

—Me pregunto si se podría usar ese tipo de martillo en un tejado de pizarra —murmuró al fin—. Detrás de Windsor Farms, justo al lado del río, hay un viejo caserón rodeado por una gran verja al que le están poniendo un tejado de pizarra nuevo.

—¿Hay alguien viviendo allí?

—No le di más importancia, porque los obreros se pasan todo el día rondando por allí. No, está vacío. Lo han puesto en venta.

—Podría estar dentro durante el día y salir después de oscurecer en cuanto se hayan ido los obreros. Puede que no tengan conectada la alarma por miedo a que se dispare con el ruido de los trabajos.

—Voy para allá.

—No vayas allí solo, Marino, por favor.

—El ATF tiene gente por toda la zona.

Encendí el fuego. Cuando salí a buscar más leña, nevaba con intensidad y la luna era un rostro borroso detrás de unas nubes bajas. Sosteniendo los troncos partidos en el hueco de un brazo, empuñé firmemente mi Glock con la otra mano mientras seguía con los ojos cada sombra y aguzaba el oído para no perderme ni un solo sonido. La noche parecía estar erizada de miedo. Volví corriendo a la casa y conecté la alarma.

Me senté en la sala y puse manos a la obra. Intenté imaginar cómo se las habría arreglado el asesino para conducir a Bray hasta su dormitorio sin asestarle un solo golpe. Aunque llevara muchos años en puestos administrativos, Bray era una agente de policía adiestrada. ¿Cómo la había reducido aparentemente con tanta facilidad, sin luchar ni causarle lesiones visibles? Mi televisor estaba encendido, y cada media hora las emisoras locales daban las últimas noticias.

Suponiendo que tuviera acceso a una radio o un televisor, al hombre que se hacía llamar Loup-Garou no le gustaría nada lo que estaban diciendo.

«... Ha sido descrito como corpulento, de aproximadamente un metro ochenta de estatura, tal vez calvo. Según la doctora Scarpetta, jefa de Medicina Forense, podría padecer una rara enfermedad que causa exceso de pilosidad, deformación facial y alteraciones en la dentadura...»

«Muchísimas gracias, Harris», pensé. Al final, no había podido evitar mencionarme.

«... Las máximas precauciones. Si llaman a su puerta, no abran a menos que estén seguros de la identidad de la persona...»

Aun así, Harris tenía razón en una cosa. Mi teléfono sonó cuando ya casi eran las diez.

—Eh —dijo Lucy. Hacía tiempo que no oía tanta animación en su voz.

—¿Sigues en el CMV?

—Estoy haciendo los últimos arreglos. ¿Ves la nieve ahí fuera? Deberíamos estar en casa dentro de una hora.

—Conduce con cuidado. Llámame cuando llegues para que te ayude a entrar a Jo.

Puse un par de leños más en el fuego y, a pesar de lo segura que era mi fortaleza, empecé a sentirme asustada. Intenté distraerme viendo una vieja película de Jimmy Stewart en la televisión mientras me ocupaba de las facturas. Pensé en Talley, volví a deprimirme y me enfadé con él. Fuera cual fuera mi ambivalencia, en realidad no me había dado una oportunidad. Yo había tratado de contactar con él y Talley no se había molestado en devolverme la llamada.

Cuando volvió a sonar el teléfono, me levanté de un salto y un fajo de facturas se me cayó del regazo.

—¿Sí?

—El hijo de puta ha estado escondiéndose en esa casa, de eso no cabe duda —exclamó Marino—. Pero ahora no está allí. Hay basura y envoltorios de comida por todas partes. Y la puta cama cubierta de pelos. Las sábanas apestan como si un perro sucio mojado hubiera estado durmiendo encima.

Un chisporroteo de electricidad me subió por las venas.

—La HIDTA tiene un grupo ahí fuera, y estamos vigilando toda la zona. Si mete un pie en el río, su trasero será nuestro.

—Lucy va a traer a Jo a casa, Marino. Ella también está ahí fuera.

—¿Estás sola? —balbuceó Marino.

—Estoy dentro de casa con todo cerrado, la alarma conectada y la pistola encima de la mesa.

—Bueno, pues no te muevas de ahí. ¿Me has oído?

—No te preocupes.

—Una cosa buena es que está nevando muchísimo. Habrá como unos ocho centímetros de nieve acumulada en el suelo, y ya sabes cómo lo ilumina todo la nieve. No es buen momento para que nuestro amigo vaya merodeando por ahí.

Colgué y cambié de un canal a otro, pero nada me interesó. Me levanté y fui al despacho para comprobar mi correo electrónico, pero no me apetecía responder a ninguno de los mensajes. Alcé el recipiente lleno de formalina, lo sostuve bajo la luz y contemplé aquellos diminutos ojos amarillos que realmente eran puntos dorados reducidos de tamaño. Pensé en lo equivocada que había estado acerca de tantas cosas. Me angustié recordando cada paso demasiado lento y cada desvío equivocado que había tomado. Dos mujeres más habían muerto.

Dejé el recipiente encima de la mesita de la sala. A las once, puse la NBC para ver las noticias. Naturalmente, sólo hablaban de aquel hombre terrible, Loup-Garou. Acababa de cambiar de canal cuando me sobresaltó mi alarma antirrobo. El mando a distancia cayó al suelo al levantarme de un salto, y huí a la parte de atrás de la casa. El corazón parecía querer atravesarme el pecho. Cerré con llave la puerta de mi dormitorio, agarré mi Glock y esperé a que sonara el teléfono, lo que ocurrió unos minutos más tarde.

—Zona seis, la puerta del garaje —me informaron—. ¿Quiere a la policía?

—¡Sí! ¡Los quiero aquí ahora mismo!

Me senté en la cama y dejé que la alarma me taladrara los tímpanos. Mantuve un ojo clavado en el monitor Aiphone, y de pronto me acordé de que no funcionaría si la policía no llamaba al timbre. Y, como yo sabía muy bien, nunca llamaban al timbre. Tuve que desconectar la alarma y reinicializarla. Después me senté y esperé en silencio, escuchando con tal atención cada sonido que me imaginé que podía oír la nieve cayendo.

Al cabo de unos diez minutos llamaron a la puerta principal y eché a correr por el pasillo. Una voz decía «policía» en el porche.

Dejé mi pistola encima de la mesa del comedor sintiendo un inmenso alivio.

—¿Quién es? —pregunté

Quería estar segura.

—La policía, señora. Estamos respondiendo a su alarma.

Abrí la puerta y los mismos dos agentes de unas noches antes se sacudieron la nieve de las botas y entraron en mi casa.

—Parece que está teniendo una mala temporada, ¿eh? —dijo la agente Butler mientras se quitaba los guantes y miraba alrededor—. Se podría decir que hemos adquirido un interés personal en usted.

—Esta vez es la puerta del garaje —dijo McElwayne, su compañero—. Bien, vamos a echar un vistazo.

Los seguí hasta el garaje, y enseguida supe que no había sido ninguna falsa alarma. La puerta del garaje había sido subida a la fuerza unos quince centímetros, y cuando nos agachamos para mirar por la abertura, vimos pisadas en la nieve que iban hasta la puerta y luego se alejaban de ella. No había ninguna marca de herramienta visible excepto unos arañazos en la tira de goma del extremo de la puerta.

Las pisadas estaban espolvoreadas de nieve. Habían sido dejadas hacía poco, y eso encajaba con el momento en que sonó la alarma.

McElwayne tomó la radio y pidió que mandaran un técnico. Éste apareció veinte minutos después, sacó fotos de la puerta y las pisadas, y echó polvos en busca de huellas dactilares. Pero una vez más, en realidad la policía no podía hacer más que seguir el rastro de pisadas. Éstas avanzaban junto al muro de mi patio hasta llegar a la calle, donde la nieve había sido removida por los neumáticos.

—Lo único que podemos hacer es reforzar las patrullas en la zona —me dijo Butler cuando se disponían a irse—. Mantendremos lo más vigilada posible su casa, y si ocurre alguna cosa más, llámenos de inmediato. Aunque sólo sea un ruido que la ha puesto nerviosa, ¿de acuerdo?

Llamé a Marino por el busca. Ya era medianoche.

—¿Qué pasa? —preguntó.

Se lo expliqué.

—Voy para allá ahora mismo —dijo.

—Oye, estoy bien. Un poco nerviosa, pero estoy bien. Preferiría que siguieras ahí fuera buscándolo en vez de venir a hacerme de canguro.

Marino no parecía tener ni idea de qué hacer. Yo sabía qué estaba pensando.

—Y de todas maneras, entrar por la fuerza no encaja con su estilo —añadí.

Marino titubeó.

—Hay algo que deberías saber —dijo finalmente—. No sabía si debía decírtelo, pero... Talley está aquí.

Me quedé atónita.

—Es el jefe del grupo de la HIDTA que han enviado a la zona.

—¿Cuánto hace que está aquí? —Traté de aparentar que sólo sentía curiosidad.

—Un par de días.

—Salúdalo de mi parte —dije como si Talley no significara gran cosa para mí.

Marino no se dejó engañar.

—Siento que haya resultado ser tan gilipollas.

En cuanto hube colgado, marqué el número de la Unidad Ortopédica del CMV. La enfermera de guardia no sabía quién era yo y se negó a darme ninguna información acerca de nada. Yo quería hablar con el senador Lord y con el doctor Zimmer, con Lucy, con un amigo, con alguien a quien le importara lo que pudiera ser de mí, y en ese momento eché de menos a Benton tan agudamente que pensé que no podría seguir viviendo.

Pensé que me estaban enterrando entre los restos de mi vida. Pensé en morir.

Intenté reavivar el fuego, pero la leña que había llevado estaba húmeda y no quería encenderse. Contemplé el paquete de cigarrillos que había encima de la mesita, pero no tenía fuerzas ni para encender uno. Me senté en el sofá y enterré el rostro en las manos hasta que los espasmos de la pena se fueron disipando.

Cuando volvieron a llamar a la puerta, mis nervios se tensaron de golpe pero estaba demasiado cansada para reaccionar.

—Policía —dijo una voz masculina desde fuera mientras volvía a llamar a la puerta con algo duro, tal vez una cachiporra o un bastón de ronda.

—No he llamado a la policía —respondí a través de la puerta.

—Señora, nos han llamado diciendo que una persona sospechosa merodeaba por su propiedad. ¿Se encuentra bien?

—Sí, sí. —Desconecté la alarma y abrí la puerta para dejarlo entrar.

La luz de mi porche estaba apagada. Nunca se me había ocurrido pensar que fuera capaz de hablar sin acento francés. Noté aquel olor a perro sucio y mojado al mismo tiempo que él entraba en mi casa y cerraba la puerta empujándola con el tacón. Logré reprimir el grito que intentaba salir de mi garganta. Él me sonreía con su horrible sonrisa y extendía una mano peluda para acariciarme la mejilla, como si lo único que sentía por mí fuese ternura.

Una mitad de su cara quedaba más abajo que la otra y estaba cubierta de un fino vello rubio. Dos ojos enloquecidos, uno más arriba que el otro, ardían de rabia, ansias de matar y diabólica malicia.

Se quitó su gabardina negra para echármela por encima de la cabeza como si fuese una red y yo eché a correr. Todo esto en cuestión de segundos.

El pánico me llevó a la sala. Él me pisaba los talones emitiendo sonidos guturales que no parecían humanos. Estaba demasiado aterrorizada para poder pensar. Me vi reducida al impulso infantil de querer tirarle algo y lo primero que vi fue el frasco de formalina que contenía parte de la carne del hermano al que había asesinado.

Lo levanté de la mesa de centro, subí al sofá y salté por encima del respaldo mientras intentaba abrir el recipiente. Él ya empuñaba su arma, aquel extraño martillo. Mientras lo alzaba y se lanzaba sobre mí, le arrojé un cuarto de litro de formalina a la cara.

Chilló y se llevó las manos a los ojos y la garganta mientras el producto químico le quemaba la piel y le impedía respirar. Cerró los ojos, chillando y tirando de su camisa empapada para arrancársela, jadeando y abrasándose. Eché a correr, agarré mi arma de la mesa del comedor, pulsé el botón de alarma y salí a toda prisa hacia la nieve por la puerta principal. Mis pies resbalaron sobre los escalones y mi brazo izquierdo se extendió como un resorte para detener mi caída. Cuando intenté levantarme, supe que me había roto el codo. Horrorizada, lo vi dirigirse hacia mí, tambaleándose.

Se agarró a la barandilla, y bajó a ciegas la escalera sin dejar de gritar. Yo estaba sentada sobre el último escalón, aterrorizada y echándome hacia atrás, como si estuviera remando en una regata. Su torso estaba cubierto por una gruesa capa de largo pelaje pálido, que también colgaba de sus brazos y se ondulaba sobre su columna vertebral.

Cayó de rodillas y, agarrando puñados de nieve, empezó a frotarse la cara y el cuello con ellos mientras luchaba por respirar.

Estaba tan cerca de mí que habría podido tocarlo. Pensé que en cualquier momento se levantaría de un salto como un monstruo no humano.

Alcé mi pistola y descubrí que no podía hacer retroceder la guía. Lo intenté una y otra vez, pero mi codo fracturado me impedía doblar el brazo.

No podía levantarme. Cada vez que lo intentaba, sólo conseguía volver a resbalar. Él oyó el ruido que hacía y vino a rastras hacia mí. Yo retrocedía y resbalaba, y luego intenté rodar sobre mí misma. Jadeando, se dejó caer de bruces sobre la nieve, intentando aliviar el dolor de sus graves quemaduras químicas. Empezó a cavar en la nieve igual que un perro, amontonándola sobre su cabeza y llevándose puñados al cuello. Extendió un brazo cubierto de pelo hacia mí. Yo no podía entender su francés, pero pensé que me estaba suplicando que le ayudara.

Él estaba llorando. Con el torso desnudo, temblaba de frío. Sus uñas estaban sucias y rotas. Llevaba las botas y los pantalones de un obrero, quizá de alguien que trabajaba a bordo de un barco. Se retorcía y aullaba, y casi me dio pena. Pero no quería acercarme a él.

Los tejidos de mi articulación fracturada estaban en plena hemorragia. Mi brazo se hinchaba y palpitaba, y no oí llegar el coche.

Un instante después, Lucy corría sobre la nieve, a punto de perder el equilibrio varias veces, mientras tiraba de la guía de aquella Glock del calibre cuarenta a la que tanto quería. Se dejó caer de rodillas junto a él, en postura de combate, y dirigió el cañón de acero hacia su cabeza.

—¡Lucy, no! —exclamé, tratando de incorporarme sobre las rodillas.

Lucy respiraba entrecortadamente, con el dedo en el gatillo.

—Maldito hijo de puta. Asqueroso saco de mierda —masculló mientras él seguía gimiendo y se frotaba los ojos con nieve.

—¡Lucy, no! —grité. Ella empuñó la pistola con más fuerza, sosteniéndola firmemente con ambas manos.

—¡Voy a hacer que dejes de sufrir, condenado hijo de puta!

Me arrastré hacia ella. Oía ruido de voces, pies y puertas de coche que se cerraban.

—¡Lucy! —insistí—. ¡No! ¡Por el amor de Dios, no!

Era como si no me oyera, como si ya no pudiera oír a nadie. Estaba atrapada en algún mundo lleno de odio y furia creado por ella misma. Tragó saliva mientras él se retorcía y se tapaba los ojos con las manos.

—¡No te muevas! —le gritó.

—Baja el arma, Lucy —dije mientras seguía acercándome.

Él no podía dejar de moverse y Lucy se había quedado paralizada. Entonces la vi vacilar.

—Tú no quieres hacer esto, Lucy. Por favor. Baja el arma.

No quería bajarla. No respondió y no volvió la mirada hacia mí.

De pronto, oí ruido de pies en torno a mí, y fui consciente de la proximidad de varias personas con uniforme oscuro de combate, y de muchos fusiles y pistolas.

—Baja el arma, Lucy —le oí decir a Marino.

Lucy no se movió. La pistola temblaba en sus manos. El desgraciado al que llamaban Loup-Garou gemía y trataba de respirar. Estaba a unos centímetros de los pies de Lucy, y yo estaba a unos centímetros de ella.

—Lucy, mírame —grité—. ¡Mírame!

Volvió la cabeza hacia mí y una lágrima resbaló por su mejilla.

—Ya ha habido demasiadas muertes —dije—. Basta ya, por favor. Esto no es defensa propia, Lucy. Jo te está esperando en el coche. No lo hagas. No lo hagas, por favor. Te queremos.

Tragó saliva con dificultad. Extendí cautelosamente la mano hacia ella.

—Dame el arma. Por favor, Lucy. Te queremos. Dame el arma.

La bajó y la arrojó sobre la nieve, donde brilló como si hubiese sido de plata. Se quedó donde estaba, con la cabeza inclinada. Un instante después, Marino estaba a su lado, diciendo cosas que no conseguí entender mientras mi codo palpitaba como una sección entera de tambores. Alguien me levantó con manos firmes.

—Vamos —me dijo Talley dulcemente.

Me abrazó y alcé la mirada hacia él. Me parecía tan fuera de lugar con el uniforme de combate del ATF que no estaba muy segura de si realmente se encontraba allí. Era un sueño o una pesadilla. Nada de todo aquello podía ser cierto. Los hombres lobo no existían y Lucy no le había disparado a nadie y Benton no estaba muerto. Yo estaba a punto de desmayarme y Talley me sostuvo.

—Tenemos que llevarte a un hospital, Kay. Apuesto a que podrías darme el nombre de unos cuantos por aquí cerca —dijo Jay Talley.

—Hemos de sacar a Jo del coche. Tiene que estar pasando mucho frío. No puede moverse —murmuré. Mis labios estaban tan entumecidos que apenas podía hablar.

—Se pondrá bien. Nos ocuparemos de todo.

Mis pies parecían haberse vuelto de madera cuando él me

ayudó a andar. Talley se movía como si la nieve y el hielo no tuvieran ningún efecto sobre él.

—Siento haberme comportado como lo hice —dijo.

—Yo lo hice antes. —Tuve que luchar con cada palabra.

—Podría llamar una ambulancia, pero me gustaría llevarte en mi coche.

—Sí, sí. Eso estaría bien.